KB167660

We as Nazarick 100 level all NPC

To the great ruler, Ainz Wool Goun.

Kugane Maruyama | illustration by so-bin

마루야마 쿠가네 지음 **김완** 옮김

OVERLORD [7] The invaders of the Large tomb

대분묘의 침입자

7

오버로드

Contents 목차

나자릭 지하대분묘 최하층인 제10계층, 가장 안쪽이자 심장부—— 마흔 개의 깃발이 드리워진 옥좌의 홀은 조용한 열기로 가득했다.

말없이 정렬한 모든 이들이 깊이 옥좌를 향해 고개를 조아리고 자신의 충성심을 드러낸다.

도열한 온갖 이형의 그림자들은 각 계층수호자들을 필두로 지고의 41인이라 불리는 자들의 손에 의해 만들어진 NPC, 그리고 수호자 직속 서번트들이었다. 인원은 200을 가볍게 넘었으며, 이만한 숫자가 모인 것은 이 세계로 전이한 직후를 제외하고는 처음이었다.

더군다나 지난번과는 크게 다른 점이 있다. 지금 모인 직할 서번트들은 평소와 달리 레벨 면에서 보았을 때 강자들뿐이어서, 평균 레벨 80 이상은 될 것 같았다.

제1계층에서 제3계층까지를 다스리는 수호자인 샤르티아가 보통 곁에 데리고 다니는 것은 뱀파이어 브라이드(Vampire Bride)들인데, 오늘은 자신에게 주어진 최고위 언데드들을 대동했다. 게다가 제6계층 수호자 중 하나인 마레조차 이제까지 밖에 데리고 나온 적이 없었던 수호자 직속 용Dragon 두 마리를 데리고 나왔다. 캐시 뽑기 —— 그것도 매우 낮은 확률 —— 로밖에 얻지 못하는 90레벨에 가까운 용을.

확실하게 엄선되었음을 알 수 있는 그러한 서번트들 가운데 이채를 발하는 자들이 있었다.

그것은 열등한 언데드의 무리. 가장 높아봤자 40레벨밖에 안 되는 자들이 100여 마리 정도 —— 조금 전의 200명과는 별도로 —— 대열을 이루고 있었다.

게다가 다른 서번트는 옥좌를 보며 횡대로 도열했는데, 이 성역에 모인 자들 중 틀림없이 가장 말석에 속할 그들은 세로로 대열을 지었고, 선두는 수호자 바로 곁 —— 옥좌에 가까울수록 신분이 높다 —— 에까지 이르렀다.

있을 수 없는 파격적인 대우였지만 여기에는 지극당연한 이유가 있었다.

그러한 언데드들은 나자릭 지하대분묘의 지배자인 아인즈 울 고운, 본인의 손으로 직접 만든 자들인 것이다. 결코 소홀히 대해도 되는 존재가 아니었다.

이 자리에 모인 모든 이는 분명 아인즈의 부하이며 길드 '아인즈 울 고운'에 절대충성을 맹세했지만, 그들 사이에도 명확한 상하관계는 있다. 당연히 최상위는 지고의 존재들이 직접 만든 NPC들이다. 그중에서도 각 계층의 수호자라는 막중한 임무를 받은 자들이 정점에 속한다.

NPC들 다음은 POP 혹은 위그드라실의 용병 시스템으로 소환된 몬스터—— 서번트들이다. 서번트들은 강함이나 주어진 역직 등에 따라 지위가 달라지지만, 계층의 깊이 같은 것도 별로 상관은 없고 대부분이 대동소이했다.

그렇다면 아인즈가 직접 만들어낸 언데드들은 어떤 위치에 해당하는가.

이것은 수호자 총책임자인 알베도를 고민케 했던 문제였다. NPC와 동격으로 판단해야 하지 않을까 해서.

그녀가 이에 대해 질문했을 때, 아인즈는 파안대소하더니 최하위여도 상관없다고 선언했다.

아인즈의 언데드 작성능력은 하루 사용횟수에 한계는 있지만 대가 없이 쓸 수 있는 능력이다. 반면 수호자들이 이끄는 고레벨 서번트는 위그드라실이라는 게임의 거점용 용병 시스템에 따라 금화 내지는 현금 거래로 만들어낸 존재들이다. 전자는 죽어도 무료로 만들 수 있지만 후자는 죽으면 비용이 날아간다. 그렇기에 아인즈의 언데드는 소비하여 태어난 자들, 까놓고 말해 유료로 만든 자들보다는 열등하다.

그렇다고는 하지만 그것은 아인즈의 관점이지 충성을 바친 부하들의 관점은 아니다. 관대한 주인의 판단에 감격의 눈물을 흘리면서도 '분부 받들겠나이다.' 라고는 대답하지 못한 채, 알베도는 고뇌하면서 아인즈가 만들어낸 언데드들의 위치를 횡렬이 아니라 종렬로 세워두는 예외적 조치를 취함으로써 얼버무려두었다.

그러한── 알베도가 필사적으로 지혜를 쥐어짜내 생각한 순서로 늘어선 서번트들을 이 방의 가장 높은 곳에 놓인 옥좌에서 내려다본 아인즈는 신탁과도 같이 조용히 선언했다. 아니, 휘하 모든 부하들에게 아인즈의 말은 신의 말 그 자체였다.

"우선, 오랜 기간에 걸쳐 정보를 수집하느라 노고들이 많았다. 세바스, 그리고 솔류션. 잘해주었다."

눈 아래의 두 사람이 깊이 머리를 조아리고 아인즈는 만족스럽게 고개를 끄덕였다. 다만 문제가 되는 것은 이제부터였다. 임금님 흉내란 일반인에게는 너무나도 버거워 압박감에 짓눌릴 것 같았다. 아래에는 무수한 부하들의 모습. 눈동자에 깃든 것은 경애의 광채.

있지도 않은 위장이 시큰거리고, 마찬가지로 있지도 않은 심장이 격렬하게 요동쳤다.

하지만 그것도 한순간. 온 힘을 다해 도망치고 싶다는 격렬한 감정의 작용은 이 몸이 되고 나서 얻은 특성에 따라 강제로 가라앉았다.

간신히 지배자에 어울리는 연기를 할 수 있겠다고 판단한 아인즈는 명령을 내렸다.

"두 사람은 내 앞으로 오라."

이름이 불린 두 사람이 나란히 일어났다. 예행연습이라도 했던 것처럼 호흡이 딱 맞는 동작으로 옥좌 아래의 계단을 올라와, 아인즈의 정면 대각선 위치에 있는 알베도 바로 앞에서 걸음을 멈추었다.

다시 호흡이 맞는 동작으로 무릎을 꿇는다.

"고개를 들라. 너희의 훌륭한 활약을 칭송하며 포상을 내리겠노라."

아인즈는 세바스에게 시선을 보냈다.

"세바스. 너는 트알레의 목숨을 구해달라고 하였다만, 보호를 약속한 이유는 내가 입은 은혜를 갚기 위해서였다. 너의 활약과 인과관계가 없는 것이다. 그렇기에 너에게도 원하는 것을 내리겠노라. 자, 바람을 말해 보거라."

수많은 이들 앞에서 칭송해주면 다른 이들에게도 분발을 촉구할 수 있다. 사장이 수여하는 상 같은 것을 모든 사원들 앞에서 주는 것도 대개 그러한 노림수 때문이다. 부하가 자신들도 포상을 받고 싶다고 열의를 품고 행동해준다면 조직의 운영 상황도 좋아지는 법이다. 그렇기에 아인즈는 사회인 시절의 경험을 살려, 그러한 장면을 만들고자 수많은 부하를 옥좌의 홀에 모은 것이다.

하지만 이것은 매우 위험한 측면도 있다. 많은 부하들 앞에서 아인즈는 주인과도 같은 태도—— 지배자의 매력을 보여야만 하기 때문이다. 그것은 단순한 일개 회사원에게는 지극히 어려운 행위다. 그래도 나자릭 지하대분묘에 남은 최후의 한 명으로서 클리어해야만 하는 과제였다.

'NPC들의 충성심에 보답해야만 한다.'

아인즈가 강철 같은 결의를 품고 있으려니 세바스가 콧수염을 꿈틀거렸다.

"아인즈 님께 소인의 모든 것을 바치고 진력을 다하는 것이야말로——."

'정말 이 녀석들은 충성심이 너무 강하다니까. 그래서 압박감이 생기는 건데…….'

"——괜찮다. 뛰어난 활약에는 포상을 주어 보답하는 것이 주인의 책무일진저. 부하의 무욕이 때로는 주인을 불쾌하게 만든다는 점을 명심하라."

"예, 결례를 저질렀나이다! 그렇다면……."

세바스가 몇 초 생각에 잠기더니 입을 열었다.

"아인즈 님의 온정에 따라, 저의 직속이 된 인간 트알레의 의복 같은 생활필수품을 받았으면 하옵니다."

"……옷 같은 것이야 개인창고에 있는 물건을 꺼내가도 상관없다만?"

위그드라실 시절, 수량한정품이나 플레이어 제작품 외장 같은 것들은 한번 놓치면 입수할 가능성이 낮으므로 조금이라도 마음이 동한 외장은 망설이지 않고 사들였다. 이것은 딱히 아인즈만 그랬던 것이 아니라 동료들 전원이 같은 성향이었다. 아니, 이것은 플레이어라면 누구나 마찬가지가 아닐까.

이 성향을 가리켜, 길드 동료이자 샤르티아의 제작자인 페로론티노는 '마음에 든 에로 이미지와 마찬가지로 쓸지 말지는 별개로 쳐도 일단은 저장하고 보는 현상'이라고 말했다. 그리고 그는 이렇게도 덧붙였다.

『뭐, 어지간해서는 어딘가 폴더 속에 잠든 채 행방이 묘연해지지만.』

실제로도 그러했다. 남자 것 여자 것을 막론하고 사들여 놓고는 보관만 해둔 채 거의 쓰질 않았다. 옷장에만 채워두는 것도 아까우므로 유용하게 활용하는 편이 좋을 것이다.

아인즈는 모아둔 의복을 떠올렸다. 위그드라실 시절의 옷 같은 것은 좀 화려한 것이 많지만 트알레에게 딱 어울리는 옷도 있을 것이다.

"아니옵니다. 그럴 필요까진 없사옵니다. 트알레는 아인즈 님께 크나큰 은혜를 입은 바, 이 이상은 과분하다 사료되옵니다."

"그래……? 그렇다면 좋다. 하지만 의복이라…….."

여성복 같은 것은 사본 적이 없는 아인즈에게는 너무나도 어려운 과제였다. 취향이 안 좋다고 생각하면 어떡하지? 나 자릭 여성진 사이에서 아인즈의 평가가 단숨에 떨어져버리는 것은 아닐까?

"나베랄에게 부탁하여도 괜찮지 않을는지요? 나자릭의 지배자이신 아인즈 님의 손을 번거롭게 해드릴 수는 없사옵니다."

아인즈의 불안을 간파한 것은 아니겠지만 세바스의 제안은 그야말로 적절했다.

"……나베랄, 너도 괜찮겠지?"

목소리에 반응해, 눈 아래에 도열해 부동자세를 유지하던 NPC들 중 하나가 깊이 고개를 숙였다.

"좋다, 세바스. 그 건은 나베랄에게 위임하마. 혹은……."

아인즈는 싱긋 웃었다. 물론 얼굴은 움직이지 않았지만 그런 기분이었다.

"데이트도 할 겸 트알레를 데리고 가도 좋다."

세바스와 트알레의 관계는 메이드장에게서 들었다. 육체관계는 아직인 것 같았지만 시간문제일 거라고 데미우르고스도 말했다.

'그러고 보니 데미우르고스 그 녀석은 왜 세바스와 트알레가 육체관계를 가지는 것이 좋다고 했담? 뭐, 동료에게 애인이 생겨 축하해준 거겠지. 그렇다면 의외로 사이가 좋은 것 아닐까? 왕도에서는 어쩐지 분위기가 험악했지만, 그건 상황이 상황이라 그랬을지도. 마음이 조금 놓이는군. 그 두 사람처럼 계속 싸우기만 하는 것도 바람직하지 못하니…….'

길드 멤버 터치 미와 우르베르트의 대립은 위그드라실 외부, 다시 말해 현실세계에서 우르베르트가 품었던 질투가 원인이었다.

'그 두 사람이 서먹해지기 시작했던 건 그 싸움 때부터였지……. 그게 모든 일의 발단이었는지도 몰라.'

이제는 이해가 간다고, 황량한 사막을 내려다보는 듯한 심정으로 생각하던 아인즈는 놀라움을 머금은 세바스의 목소리에 제정신을 차렸다.

"그, 그래도 괜찮사옵니까? 그렇다면 트알레를 데리고 다녀오고자 하옵니다."

"상관없다."

'──딱히 싱글이라고 사이좋은 커플들을 괴롭히거나 하진 않아.'

두 사람이 에 란텔에서 데이트를 한다면 질투 마스크라도 뒤집어쓰고 미행해줄까 하는 칠칠맞은 생각을 하면서, 무릎을 꿇고 있는 또 한 사람에게 턱짓을 했다.

"그러면 다음으로 솔류션. 너의 바람을 말해보거라."

"……인간을 몇 명 얻고자 하옵니다. 괜찮으시다면 살아 있는 인간을. 만일 그것이 무구한 자라면 더할 나위 없는 기쁨이겠사옵니다."

아인즈는 머릿속으로 그동안 사로잡은 인간들을 떠올려 보았다. 살아남은 인간들은 대부분 '여덟손가락'의 조직 관계자, 다시 말해 아인즈를 불쾌하게 만든 자들이다. 그중에서도 쓸모가 있는 자들은 고문으로 마음을 꺾어놓고 있다는 보고를 받았다. 그 밖에는 예외적으로, 근신 중인 자들이 보호하는 인간들뿐.

'그 인간들은 안 되지. 페스토냐와 니글레도가 내 말을 거역하면서까지 지킨 자들이니.'

"좋다. 살아있는 인간 몇 명을 네게 주마. 다만 무구한 자는 기각이다. 너의 요망을 모두 들어줄 수 없는 나를 용서해 다오."

"당치 않으신 말씀이옵니다! 무구한 자라니, 분수에도 맞지 않는 바람이었사옵니다. 살아 있는 인간을 받는 것만으로도 황공하옵니다!"

깊이 고개를 숙이는 솔류션에게 아인즈는 지배자에게 어울릴 것이라 생각되는 태도로 고개를 끄덕였다.

"……그렇게 말해주니 고맙다. 그렇다면 두 사람 모두 물러나라. 이어서 엔토마, 앞으로 나오라."

두 사람과 엇갈려 엔토마가 아인즈의 앞에 무릎을 꿇었다.

"자, 엔토마."

"예.에."

알아듣기 힘든 목소리에 아인즈가 쓴웃음을 지었다.

"아직까지도 목소리가 돌아오지 않은 모양이구나."

엔토마가 장비한 구순충은 나자릭 내에서는 POP하지 않는 몬스터다. 하지만 없지는 않다. 위그드라실 화폐를 사용해 소환한 것들이 그녀의 방에 몇 마리나 있으므로 언제든 기초가 된 목소리를 되돌릴 수 있다. 그러지 않는 이유는 한 가지. ──개인적인 원념 때문이다.

"귀에. 거슬리.시옵니까. 당장. 목소리를. 회복해. 돌아오겠.나이다!"

"그럴 필요는 없다. 나는 그 목소리도 싫지 않다."

"성은이. 망극.하옵니다."

"아무튼 너도 그렇게 되면서까지 충분히 활약해주었다. 그렇다고는 하나 포상을 내리기에는 조금 부족하다는 생각도 드는구나. 조금 전의 두 사람만큼 들어줄 수는 없겠다만, 무언가 바람이 있느냐?"

포상을 배포 좋게 툭툭 내던져주는 행위는 삼가야 한다고 아인즈는 생각했다. 넘쳐나면 가치가 떨어진다는 것은 어느 곳에나 해당되는 말이다.

그러한 의미에서 엔토마는 아인즈의 평가 기준에서 봤을 때 포상을 내리기에는 활약이 불충분했다. 그렇다고는 해도 큰 부상을 입었는데 아무것도 주지 않는다면 조금 불쌍했다.

'퍼플 하트(명예부상훈장)라고 그러던가? 밀리터리 쪽은 잘 모르겠는걸. 그 사람이 있었다면 이것저것 가르쳐줬을 텐데.'

밀리터리 오타쿠라던 길드 멤버를 떠올렸다.

"그러. 면…… 아인즈. 님. 그. 계집애를. 죽일. 기회가. 오. 면. 저에게. 말씀을. 해. 주십시오. 그자의. 목소리를. 빼앗고자. 하옵니다."

이블아이라는, 가면을 쓴 수상쩍은 여자를 말하는 것임을 깨달은 아인즈는 이를 허가했다.

"알았다. 그때는 너에게 말해주마. 물러나라, 엔토마."

엔토마가 조금 전의 위치로 돌아가는 것을 지켜보았다.

"그럼 다음 안건으로 들어가자."

이의는 당연히 나오지 않았다. 하지만 아인즈는 그 사실에 전혀 기쁨을 느끼지 않았다.

아인즈를 절대자라 보고, 아인즈의 말이면 흰 것도 검다고 생각하게 되는 자들이기에 이렇게 조용한 것이다. 결코 아인즈가 옳은 행동을 하기에 침묵을 지키는 것이 아니다.

'감사기관처럼 다양한 기관을 만들어야 하려나?'

처음에 만들어야 할 것은 논공행상을 담당할 부서일 것이다. 조금 전 세바스처럼 NPC들도 서번트들도 아인즈에게 충성을 다하는 것은 당연하다고 생각하므로 무상봉사 또한 당연하다고 인식해버린다. 이것은 문제가 된다. 게다가 기준으로 삼을 평가가 애매해지고, 아인즈의 생각만으로 결정해버리는 것도 좋지 못하다.

'조직을 꾸려나갈 때는 이런 것을 명확하게 결정해둘 필요가 있지……. 결국 알베도에게 조직 관리를 통째로 맡겨버리고 도망쳤던 대가를 치르고 있는 셈이군. 하지만 일반인의 한계를 넘어선다구. 이제까지의 인생 경험을 거의 살리질 못했으니.'

받는 사람이었던 아인즈, 아니 스즈키 사토루는 주는 쪽의 고뇌에 골머리가 썩을 지경이었지만 열심히 참았다. 이런 일은 자신 혼자 있을 때, 좋은 냄새가 나는 자신의 침대에 드러누워 생각하면 될 일이다.

"향후 나자릭의 방침을 결정하겠다. 데미우르고스, 옆으로 오라."

나자릭 최고의 현자가 계단을 올라 알베도의 맞은편에 서듯 자리를 잡았다.

"나자릭 수호자 총책임자인 알베도, 그리고 나자릭 최고의 현자인 데미우르고스여. 너희 두 사람에게 명령한다. 당초의 계획은 대부분 종료되었다만 나자릭은 앞으로 어떻게 행동해야 할지 방침을 말해보라. 그리고 다른 안이 있는 자는 거수를 허하노라."

아인즈의 우선사항 첫 번째는 나자릭의 존속이었다. 아니, 최악의 경우 나자릭이라는 장소가 사라져도 옛 동료들의 자식인 NPC들만 지키면 그만이었다. 이는 피난 장소를 만드는 식의 대응으로 어떻게든 대처할 수 있을 것이다.

두 번째는 아인즈 울 고운이라는 이름을 세계에 퍼뜨리는 것이다. 이것은 동료들이 이 세계에 있다면 찾아와 주리라는 희망적 관측에 따른 것이었으니, 어쩌면 우선순위를 좀 낮추어도 괜찮을 것이다.

세 번째는 나자릭의 강화다. 이것은 반대로 더 상위에 두어야 할지도 모른다.

사실 이 세상을 알아나감에 따라 나자릭 지하대분묘는 난공불락의 대요새이며 '아인즈 울 고운'은 최강의 조직임을 느낄 수 있었다. 하지만, 비록 세계급 아이템을 사용했다고는 해도 샤르티아를 지배했던 자가 있는 이상 마음을 푹 놓기란 위험했다. 특히 세계급 아이템이 있는 이상 모종의 길드가 존재한다 보고 행동하는 편이 훗날 뒤통수를 맞지 않을 것이다. 그렇기에 나자릭의 힘을 더욱 끌어올릴 수 있도록 행동해야 한다.

현재는 리저드맨 같은 존재들을 포섭하거나 아인즈의 언데드를 생산해 강화를 꾀하고 있지만, 더욱 탐욕스럽게 가야 할 것이다.

네 번째는 최우선사항이었지만 어느 정도 달성하면서 순

위가 낮아진 정보 수집이었다.

이러한 순서로 아인즈는 생각했다. 다만 단순한 일반인인 아인즈가 생각한 일이므로 어딘가 구멍이 있을지도 모르고, 확실하게 정보를 분석해 세운 이론은 아니다.

그렇기에 아인즈는 머리가 좋은 두 사람의 지혜를 빌리려 하는 것이다. 만일 그냥 빌리려 한다면 두 사람만 불러 의논 하면 충분하다. 아인즈의 알맹이가 평범한 인간임을 들킬 위험을 무릅쓰고 이런 대형 무대를 마련하면서까지 해야 할 일은 아닐 것이다.

그러나 그것이야말로 착각이다.

주인으로서, NPC들이 생각하는 —— 이제는 망상의 영 역인 것 같기도 하지만 —— 아인즈 울 고운, 절대존재로서 감히 예측할 수조차 없는 현자를 연기하기 위해서는 오히려 이 무대가 필요했다.

"두 사람은 모두가 들을 수 있도록 말하라. 이곳에 있는 자들은 각 수호자들이 엄선한 정예다. 이자들이 향후의 방 침을 자신의 귀로 빠짐없이 들을 수 있도록."

그렇다. 이것이 아인즈의 고육지책. 그간 몇 번이나 써먹 었던 '수호자 전원이 알아듣도록 설명하라'를 대규모로 바 꾼 것이다. 모르는 사람이 있다, 혹은 모두가 이해할 수 있 도록 설명하라는 명목을 만들어 아는 척하는 아인즈도 설명 을 듣는다는 작전이다.

"그러면 데미우르고스. 상세한 내용을 모르는 자들을 위해 현재의 정보를 알기 쉽게 설명하라. 일단은 나자릭이 왕국에 무엇을 했는지부터."

"분부 받들겠나이다."

데미우르고스가 계단 아래의 NPC들을 돌아보았다.

이것을 듣고 싶었다. 분명 그때는 아인즈도 수긍했다. 현자인 데미우르고스가 취한 행동이므로 틀림없을 것이라고. 하지만 가만히 생각해보면 무언가 하지 않아도 될 만한 일까지 저질렀다는, 그런 기분이 드는 것이다.

"우선 왕국은 마레와 뉴로니스트, 그리고 공포공의 활약으로 암흑가 최상위층이 완전히 제압되었습니다. 향후 천천히 침투시켜나가면 조만간 왕국의 암흑가를 지배할 수 있을 것이옵니다."

"……응?"

아인즈는 조그맣게 목소리를 냈다. 왜 왕국의 암흑가를 지배하지? 그런 의문이 입에서 새어나온 것이다. 그때 가볍게 들었던 설명과는 조금 다른 것 같았다. 금전을 지속적으로 얻기 위해, 혹은 정보를 쉽게 얻기 위해서라고 생각하는 게 타당할까?

그런 생각을 하고 있으려니 입을 다문 데미우르고스가 휙 얼굴을 돌려선 일직선으로 바라보았다. 아인즈는 땀이 흐르지 않는 육체에 감사하며 물었다.

"왜 그러느냐, 데미우르고스? 무슨 일이 있었느냐?"

"아니옵니다. 아인즈 님께서 무언가 말씀하신 것 같아서……."

"아, 미안하다. 맞장구를 치고자 했다만 실수한 모양이구나. 그러면 계속해서 왕국의 암흑가를 지배하는 의미를 모든 이들에게 가르쳐 주도록."

"예. 자, 제군. 왕국의 암흑가를 총괄함으로써 아인즈 님의 주요 목적인 세계정복의 토대가 마련되었다. 이를 모르는 어리석은 자는 없겠지?"

아인즈가 내려다보는 모든 이의 얼굴에 이해의 빛이 번졌다. 누구 한 사람 모르는 이가 없었다는 것처럼.

모르는 것은 아인즈 단 한 사람뿐이다.

"……세계정복?"

뭔데 그게. 언제부터 그렇게 됐는데?

──라고는 묻고 싶어도 물을 수 없었다.

아인즈는 이제까지 살아온 생애를 통틀어 가장 격렬하게 머리를 굴려 몇 초 동안 온갖 생각을 했다.

그야말로 불가사의했으며 이해할 수 없었다. 어쩌다 이렇게 됐을까. 원래는 조용히 움직이고, 적을 만들지 않고, 명성을 높여서 이 세계에 있을지도 모르는 옛 동료들과 연락을 하고 싶다는 그런 소소한 바람이었을 텐데.

하지만 현재──.

'세계정복이라고?! 대체 언제부터 그렇게 얘기가 된 거야?!'

부정하고 싶은 이야기였지만 아인즈에게는 그것을 기각할 용기가 없었다.

NPC는 물론 서번트 한 마리 한 마리에 이르기까지 이미 다 아는 사실인 것처럼 수긍하는 표정을 보인다. 다시 말해 '그야 그렇지.'라고 생각하는 것이다. 세계정복이라는 개념이 모두의 공통인식으로 자연스레 침투되었음은 일목요연했다. 옥좌 주변에만 한 줄기 강풍이 표표히 휘몰아치는 것 같았다.

아인즈 울 고운은 나자릭 지하대분묘의 절대자이자 지고의 존재. 그러한 우상이 생겨났는데, 여기서 자신이 그것을 파괴해버린다면 어떤 결과로 이어질까.

파파라치에게 있는 일 없는 일 다 까발려진 아이돌 같은 결과가 되진 않을까. 인기가 떨어지고 수입도 떨어진 아이돌도 가엾지만, 자신에게는 그 이상의 비극적인 운명이 기다릴 거라는 그런 예감마저 느꼈다.

'거액을 투자하는 바람에 중지할 수 없게 된 프로젝트 같잖아……'

다만 냉정하게 생각해보면 세계정복도 나쁘지 않을지도 모른다.

물론 게임처럼 간단히 되지는 않겠지만, 일반인인 아인즈에게는 그것이 얼마나 터무니없는 일인지 너무나도 막연해 이해할 수 없었다. 다만 명성을 얻는다 —— 악명이 될지도 모르지만 —— 는 목적을 이루는 데는 완벽한 수단이라는 인식이 있었다.

다만 동료들이 알면 무어라 생각할까 하는 문제가 있었다. 그때는 솔직하게, 나자릭을 제대로 관리하지 못했다고 사과하는 수밖에 없겠지.

'게다가 샤르티아를 세뇌한 미지의 적이 있는걸. 어느 정도 변명은 할 수 있을 거야……. 용서들 해주겠……지?'

각오를 다진 아인즈는 칭찬해주기를 바라는 듯한 데미우르고스에게 느긋하게 고개를 끄덕였다.

"호오. 기억하고 있었느냐."

"물론이옵니다. 아인즈 님의 말씀이라면 이 데미우르고스는 한 마디도 잊지 않나이다."

"그래……. 그때 했던 이야기 말이지?"

"그렇사옵니다."

"……그때 맞지?"

"그렇사옵니다."

"그때로군……. 그래. 나는 기쁘다, 데미우르고스……."

"성은이 망극하옵니다."

"하지만 세계정복이란 매우 어려운 일이지."

"지당하신 말씀이옵니다."

"그래서…… 어떻게 하는 것이 좋다고 생각하느냐?"

목소리를 떨지 않고 말했던 자신을 칭찬해주고 싶을 지경이었다.

"그것이 향후의 방침이 되어야 한다고 소인은 제안하는 바이옵니다. 나자릭을 외부세계에 드러내야 한다고. 샤르티아를 지배했던 자들이 지금도 암약하는 이상, 이쪽도 어둠 속에 숨어 있기만 해서는 성가신 일도 생겨날 것이옵니다."

"……그렇겠지."

──그런가? 숨어있는 편이 안전하지 않나?

어떻게 그런 생각에 도달했는지 아인즈는 도저히 알 수 없었다.

"저도 같은 의견이옵니다, 아인즈 님. 조직으로서 외부에 모습을 드러내면 당당하게 대처할 수도 있지 않겠나이까. 지금처럼 소수를 파견하여 어둠 속에서 몰래 뒷배를 캐는 일은 하지 않아도 좋으리라 사료되옵니다."

──아, 그렇구나.

알베도의 설명을 듣고서야 아인즈는 처음으로 수긍이 가는 심경이었다.

바늘로 찔러가는 듯한 작업만을 해나가다가 앞으로는 더 대담하게 행동할 수 있게 된다니, 제법 매력적이었다.

"그러니까 왕국을 뒤에서 지배해서, 나자릭을 조직으로서 인정받게 하려고 공작을 꾸민 거지, 데미우르고스? 하지만 아인즈 님께 지배당하는 이 땅이 어느 한 나라에 속한 조직 취급을 당하다니, 그건 사양하고 싶은걸?"

알베도의 의문에 데미우르고스는 고개를 가로저었다.

"물론입니다, 알베도. 저도 싫습니다. 게다가 그간 모은 정보를 분석해 고려한 것이지만, 왕국의 현재 상황을 보자면 전혀 매력이 없습니다. 단 한 사람을 제외하고는. 그것은 다른 나라도 그렇지만요. 저는 조직으로서 어느 특정한 국가를 섬기는 것은 어리석은 일이라고 생각합니다."

"그건 왜?"

"국가를 섬긴다는 것은 우리의 활동도 어느 정도 제약을 받는다는 뜻이지요. 샤르티아를 지배했던 자들이 조직이었던 이상, 특정한 국가를 섬기면 행동이 몇 수 늦춰질 가능성이 있습니다. 따라서…… 아인즈 님."

데미우르고스가 아인즈를 바라보며 엄숙히 제안했다.

"소인은 나자릭 지하대분묘라는 국가를 세울 것을 제안드리옵니다."

1장 죽음으로의 유혹

Chapter 1 | Invitation to death

1

　바하루스 제국령에서 약간 서쪽에 위치한 제도 아윈타르는 중앙에 선혈제(鮮血帝)라는 별명을 가진 황제—— 지르크니프 룬 파로드 엘 닉스의 거성인 황성(皇城)을 두고, 방사선 형태로 대학원이며 제국마법학원, 각종 행정기관 등 중요시설이 펼쳐져 있다. 그야말로 제국의 심장부라 할 수 있는 도시다.

　인구야 리 에스텔 왕국의 왕도보다 적지만 규모 면에서는 왕도 이상일 것이다. 게다가 지난 몇 년 동안의 대개혁으로 제국사를 통틀어 최대의 발전을 거두는 중이었으며, 새로운 것을 끊임없이 받아들여 수많은 물자와 인재가 유입되었다.

그리고 낡고 탁했던 것들은 파괴되어가는 중이라, 이곳에 사는 시민들의 얼굴도 장래에 대한 희망으로 매우 밝았다.

시끄러울 정도로 열기가 소용돌이치는 거리를, 아인즈는 나베랄과 함께 걸었다.

보통 때 같으면 시골에서 올라온 촌뜨기처럼 주위를 둘러보며 천천히 이동했을 것이다. 왕국과의 많은 차이에 깊은 감명을 받으며.

하지만 현재의 아인즈에게 그럴 여유는 전혀 없었다.

아인즈의 심경이 그대로 드러나, 발걸음은 거칠었다.

지금 그를 지배하는 감정의 이름은 불쾌감.

이번에 아인즈가 제도까지 출장을 나오게 한 이유인 데미우르고스의 계획은, 생각하면 생각할수록 미간에 주름이 생길 것 같았다. 환영으로 만든 얼굴이지만.

원래 나자릭 최고지배자인 아인즈 울 고운에게 인내라는 말은 필요가 없다. 짜증을 억누를 필요도 없다. 아인즈의 말이야말로 절대적이며, 흰색을 검은색이라 하면 검은색으로 받아들이게 만들 수 있는 지배자에게는 자신의 마음대로 되지 않는 일이란 없을 것이다.

그렇다면 어쩌다 이런 사태가 벌어지고 말았는가 하면, 데미우르고스의 제안에는 기각하고 싶어도 그럴 수 없는 이유가 있었기 때문이다.

계획의 목적—— 나자릭의 힘을 과시한다는 점에서 데미

우르고스의 계획은 매우 이해하기 쉽고 효과가 빠른 것이었다. 그럼에도 아인즈가 싫어했던 이유는 동료들이 만든 것에 흠칠을 하는 행위라 여겼기 때문이었다.

개인적인 감정으로 멋진 계획을 거부하기란 한심했으며 최고지배자로서 이를 받아들일 만한 도량이 없음을 간파당하는 것도 싫었다. 게다가 대안을 마련할 수도 없었다.

대안이 없는 반대는 어차피 생떼나 마찬가지. 지배자가 아닌 사회인 아인즈가 그렇게 외치고 있었다.

아인즈는 자신에게 수없이 들려주었던 말을 다시 한 번 중얼거리고 있었다.

냉정해져야 한다. 머리를 식힐 필요가 있다. 이성과 감정. 어느 쪽을 중시할지 묻는다면 이성을 선택하는 것이 올바른 상사다. 감정으로 행동하는 타입은 제대로 맞아떨어지면 굉장한 결과를 만들어내지만 대개는 좋지 못한 결과밖에 내지 못한다. 게다가 이미——.

"——주사위는 던져졌지."

아인즈는 폐가 없는 몸이기는 하지만 숨을 크게 들이마셨다가 토해냈다.

걷다가 갑자기 심호흡을 하는 전사에게 의아한 시선을 보내는 주위의 시민들은 별로 신경도 쓰이지 않았다.

애초에 이런 장한이 나타났다는 것 자체가 주위의 이목을 끌 일이다. 특히 영웅이라 칭송받는 몸이면 주목을 끌지 못하는 것이 이상할 정도다. 그러기 위해 이제는 연기를 해야만 할 때. 햄스케를 탈 때처럼 특별한 상황을 제외하면 일반인의 시선을 신경 쓰는 일은 없었다.

몇 번 심호흡을 되풀이해, 스멀스멀 스며 나오는 불쾌감을 약간 남겨두는 정도로 가라앉고 나서야 비로소 뒤를 따라오는 나베랄을 신경 쓸 여력이 생겼다.

"미안하다. 내 걸음이 좀 빨랐구나."

갑옷을 입었지만 성큼성큼 걸어가는 남자인 아인즈와 로브를 입은 여자인 나베랄은 보폭이 완전히 다르다. 육체적인 면을 생각하면 별로 힘은 들지 않겠지만, 그래도 이기적으로 굴었다는 생각이 들어 남자로서 사과할 필요가 있었다.

"당치도 않사옵니다."

"그래……."

종복이기에 그런 대답을 하는지, 아니면 정말로 신경을 쓰지 않는지 그 부분을 알 수 없어 아인즈는 보폭을 조금 좁히며 화제를 찾아보았다.

이제까지 예민한 분위기를 풍겼던 자신이 조금 부끄러워져, 분위기를 바꾸려는 의미에서도 필사적으로 생각을 굴려보았지만 별로 좋은 화제는 떠오르지 않았다.

영업사원이라면 날씨 같은 무탈한 화제로 시작해 이야기를 부풀려나가는 기술을 곧잘 써먹는다. 스포츠 관련 화제도 나쁘지 않지만 상대가 어느 팀을 응원하는지 등등 여러 가지 사전정보가 필요하다.

그런 화제를 던져볼까 생각했을 때, 아인즈는 마음속으로 혀를 찼다.

'왜 부하인 나베랄에게 이렇게까지 신경을 써야 하지? 기왕 이렇게 된 거, 주인의 롤플레잉 삼아 부하를 대하는 대화를 연습해 봐야지. 그렇다고는 해도 지배자에 어울리는 태도랄까, 절대자라는 존재는 보통 부하와 어떤 화제를 나누는 거지?'

회사에서 상사와 나누던 일상적인 대화를 떠올려보았지만, 그런 얘기를 해도 될까 싶어 아인즈는 망설였다. 그는 나자릭 지하대분묘의 최고지배자이지 기업의 중역이 아니다. 굳이 비교하자면 회장이나 마찬가지다.

'아니, 회장도 좀 다른 것 같지만······. 그럼 왕국의 왕은 가제프 스트로노프와 대체 무슨 이야기를 나눌까? 참고할 수 있으면 좋겠는데.'

그렇다고는 하지만 새삼스러운 소리다. 이대로 말없이 걷는 것도 부담스럽다. 이런 화제도 괜찮을까 하며, 아인즈는 되는 대로 입을 열어보았다.

"······헌데 나베. ······이 목소리를 어떻게 생각하느냐?"

아인즈는 자신의 성대, 정확히 말하자면 성대가 있어야 할 장소를 검지로 가리켰다. 건틀릿으로 목받이Gorget 부분을 누르니, 본래 같으면 금속의 감촉만이 느껴지겠지만 그

안에서 물컹물컹한 탄력이 전해졌다. 그와 동시에 목이 젖어드는 것 같은 기묘한 위화감도.

"솔직히 말씀드리자면 그리 좋은 목소리라고는 여겨지지 않사옵니다. 그 목소리가 이상하다는 것이 아니라, 역시 평소 모몬 니—— 씨의 목소리가 더 훌륭하다고 생각하기 때문이옵니다. 모몬 씨의 사정도 이해하오나 원래 목소리로 돌아가 주시기를 바라 마지않사옵니다."

"그렇구나. 나는 제법 중후하고 좋은 목소리라고 생각했다만……. 뉴로니스트가 50여 명 중에서 골라준 목소리인 만큼 무어라 형언할 수 없는 매력이 있는 것 같아서."

갑자기, 녹음했던 자신의 목소리를 들었을 때를 떠올리고 아인즈는 살짝 신음했다. 정신은 이내 안정을 되찾았다.

"그렇사옵니까? 저는 평소 모몬 씨의 목소리를 좋아하옵니다만."

"그 말은 고맙구나, 나베. 그건 그렇다 쳐도 나도 이것을 장비할 수 있으리라고는 생각하지 못했다……."

빈말인지 진심인지 의아해하며 아인즈는 다시 목을 찔러 보았다. 목에 달라붙은 생물—— 구순충(口脣蟲)이 꾸물거리는 것이 느껴졌다. 인간이었다면 간지럽다고 느꼈을까?

'단순히 몰랐을 뿐일까, 아니면 실제로는 패치가 되었던 걸까. 그런 정보 부족이 위험을 가져올 가능성도 절대 없다고는 못하겠지. 이 세계만이 아니라 위그드라실의 지식도

한 차례씩 검증해볼 필요가 있다니, 귀찮은걸.'

위그드라실이라는 게임을 즐기던 플레이어에게 제작진이 바랐던 의도는 미지를 즐기라는 것. 그러기 위해 이것저것 시도해보라는 것이었다. 그러므로 제작사는 방대한 데이터와 함께 건드려볼 구석이 많은 시스템을 마련했다.

그렇게 해서 플레이어 앞에 정말로 미지가 펼쳐졌다.

맵에 관해서도 별 정보는 없었으며, 던전이며 온갖 지식 —— 광석 채굴 방법, 식재료, 굶주린 마수 등 —— 도 불친절할 정도로 미지였다. 그런 세계에서는 모두 스스로 조사해야만 했다. 까놓고 말하자면 무엇을 장비할 수 있고 무엇을 장비할 수 없는지조차 직접 시행착오를 되풀이해야만 했다.

물론 공략 사이트 내지는 정보 사이트도 있다. 하지만 그런 사이트에 게재되는 정보의 대부분은 그저 널리 알려진 정보를 정리한 것, 혹은 신빙성이 매우 떨어지는 수상쩍은 정보였다. 위그드라실은 미지를 탐색하는 게임. 자신이 얻은 정보는 보물. 그것을 낯모르는 사람에게 무상으로 공개해봤자 득 될 것이 없기 때문이다.

신용할 수 있는 정보는 자기 길드에서 얻은 것, 혹은 신뢰할 수 있는 길드와 교환해 얻은 것. 그 외에는 도움이 되지 않는 싸구려라는 것이 일반적인 인식이었다.

그러고 보면 '길드를 탈퇴했으니 우리 길드가 숨겨놓았던 정보를 공개하겠습니다.' 하는 너무나도 수상쩍은 게시

물이 잇달아 올라오던 시기도 있었을 정도다.

'뭐…… 개중에는 진짜 정보도 있었지만.'

'타오르는 세눈'이라는 길드가 있었다.

그곳은 회원등록제 유료 정보 사이트의 운영자들이 만든 길드로, 상위 길드에 스파이를 파견해 정보를 훔쳐오는 악랄한 짓을 저질렀다. 하지만 운영진은 이를 '악질'이라고는 판단하지 않았다. 그러한 정보 획득 방법도 수단 중 하나라고 묵인한 것이다. 그러나 정보를 도둑맞은 사람들에게 그런 변명은 통하지 않는다.

분노가 정점에 달한 상위 길드는 '얼라이언스'를 조직해 '타오르는 세눈'을 급습했다. 길드 홈이나 시내의 신전 같은 부활지점을 장악한 채, 길드원들을 PK한 다음 소생하면 즉시 PK하는 부활킬을 반복했다. 결국 '타오르는 세눈'은 붕괴되고 구성원은 뿔뿔이 흩어지기에 이르는 결과를 낳았다.

그 후로 자신들의 정보 사이트를 완전 무료로 공개했던 것은 그리운 기억이었다.

'뭐, '아인즈 울 고운'에는 스파이가 없었지만……. 그래도 그것만 없었으면 멤버가 더 늘었을지도 모르는데…….'

그 사건이 방아쇠가 되어 '아인즈 울 고운'의 신규 가입에는 제한이 걸려버렸고, 41명이라는 상위 길드 최소구성 인원이 되었던 것이다.

어쩌면 위그드라실 말기에는 매우 신빙성 높은 정보만을 게재한 사이트도 있었을지 모른다. 하지만 아인즈가 그러한 사이트를 몇 번이나 돌며 죽치다시피 조사해보았던 것은 '아인즈 울 고운'의 절정기, 황금기였다. 그때 본 바로는 도움이 되는 정보는 별로 없었다.

'내 지식이 그 무렵에서 멈춰버렸을 가능성. 운영진의 패치 정보는 일단 주의해서 살폈지만……. 이 세계에는 나 이외의 위그드라실 유저도 확실히 있을 거야. 그들보다도 정보에서 뒤질지 모른다는 위험성도 고려해야지.'

'여덟손가락'을 산하에 두어 나자릭 인근의 지식은 단숨에 모였다. 왕국이나 제국의 정보는 수없이 있었으므로 현재 유용하게 활용하는 중이다. 다만 성왕국이나 법국, 평의국의 정보는 적었으며 앞으로 신중하게 모아나가야 할 것이다.

"나 원. 생각할수록 불안만 드는군. 슬슬 밝은 화제도 좀 있었으면 좋겠는데."

아인즈는 여기서 말을 끊고 주위를 슬쩍 둘러보았다.

"그건 그렇다 쳐도 제국은 활기가 있구나."

"그렇사옵니까? 에 란텔과 비슷한 느낌이옵니다만."

나베랄의 말에 다시 주위를 둘러보았다.

"시내에는 활기가 있고, 걸어다니는 사람들의 얼굴도 밝다. 자신들의 생활이 좋아지고 있다고 믿는 사람들의 기척이지."

"과연 모몬 씨……."

약간 뒤에서 걷던 나베랄이 그렇게 맞장구를 쳤지만 스스로 말해놓고 부끄러워진 아인즈는 대꾸하지 못했다. 그런 기분이 드는 정도일 뿐, 정말로 그런지는 자신의 눈에 자신감이 없었기 때문이다.

'판도라즈 액터 흉내도 아니고…… 기척은 무슨. 아니꼬운 소리를 부끄러운 줄도 모르고…… 네가 무슨 시인이냐?'

왕도에서는 어느 정도 영웅다운 행동을 염두에 둘 필요가 있었으므로 아인즈가 생각하는 영웅의 연기를 했지만, 그것이 아직까지 남은 모양이었다.

투구 안에서 살짝 수치심에 얼굴을 붉힌 —— 물론 해골 얼굴을 붉히기란 무리지만 —— 아인즈는, 앞쪽에서 나타난, 플루더에게 들었던 숙소를 발견했다.

제도 최고급 여관인 그곳은 멀리서 보아도 에 란텔의 최고급 여관을 능가하는 호화로움이 느껴졌다. 그렇다고는 하지만 숙박시설에 필요한 기능을 즉물적으로 갖춰놓은 분위기였다. 왕도의 여관이 역사 있는 고급 온천 료칸이라면 이곳은 신규 오픈한 고급 호텔 같은 느낌이라, 어느 쪽이 정말 좋은지는 의견이 분분할 것이다.

"안에 들어가 보기 전까진 모르겠지만, 분명 그런 분위기인걸."

아인즈는 가슴께에서 흔들리는 아다만타이트 클래스의

증표를 슬쩍 닦은 다음 여관 입구로 다가갔다.

에 란텔과 마찬가지로 입구에는 가죽갑옷을 입은 체격 좋은 경비병들이 있었다. 아치문을 지나 다가오는 아인즈와 나베랄에게 사내들은 의아한 시선을 보냈다. 하지만 어떤 한 점에 시선을 보내더니 눈을 크게 떴다.

"지, 진짜가? 저 멋들어진 장비를 보면 분명 그럴듯하긴 한데……."

동료와 수군거리는 소리가 들렸다.

긴장된 낯빛을 감출 수 없는 직립부동 자세의 경비병에게 가까이 다가가자, 그는 긴장된 어조로 정중히 물었다.

"안녕하십니까, 아다만타이트 클래스 모험자님. 매우 죄송합니다만, 증표를 보여주실 수 있겠습니까?"

아인즈는 목에서 플레이트를 벗어주며 질문했다.

"이 숙소는 처음 오는 손님은 사절인가?"

"예. 당 시설의 품격을 유지하고자, 소개가 없는 분의 숙박은 유감스럽게도 거절하고 있습니다. 그러나 아다만타이트 클래스 모험자님이라면 당연히 예외지요."

두 손을 옷으로 닦은 경비병 중 한 사람이 고개를 숙여가며, 부서지는 물건이라도 받듯 증표를 받아들었다.

그리고 뒤로 뒤집어, 그 뒤에 적힌 문자를 읽었다.

"칠흑…… 모몬 님이십니까?"

"그렇다네."

"확인하였습니다! 아다만타이트 클래스 증표를 보여주셔서 감사합니다!"

경비병은 이번에도 매우 정중하게 증표를 돌려주었다. 모험자의 지위를 나타내는 플레이트는 지위명과 같은 금속으로 이루어졌으며, 아다만타이트 정도 되면 이 조그만 플레이트 하나만으로도 값을 헤아릴 수 없는 재산이다. 지극히 단단한 금속이므로 떨어뜨린다고 상처가 나는 일도 없지만 잃어버리기라도 했다간 엄청난 금액을 물어내야만 한다. 골드 플레이트를 돌려주려다가 콰란베라트 —— 까마귀 비슷한 새 —— 에게 빼앗겼다는 이야기며 비슷한 사례는 끊이질 않는다.

이는 값비싼 물건을 다룰 때 주의를 촉구하기 위한 비유가 아니다. 실제 있었던 이야기다.

아인즈가 플레이트를 받아들자, 두 경비병은 어깨에서 무거운 짐을 덜었다는 양 눈에 띄게 안도했다.

"그러면 들어가겠네."

"예, 모몬 님. 제가 접수대까지 안내해드리겠습니다."

"그런가. 잘 부탁하네."

왕국에는 팁 같은 제도는 없었는데, 제국도 마찬가지일까? 아인즈는 경비병 한 사람에게 안내를 받으며 멍하니 그런 생각을 해보았다.

숙소에 들어간 아인즈는 대리석으로 여겨지는 포석이 깔

린 입구 홀을 빠져나가 곧장 접수 카운터로 향했다.

"아다만타이트 클래스 모험자이신 모몬 님과 일행 분을 안내합니다."

접수대에 앉아 있던 기품 있는 사내가 경비병에게 흘끔 눈짓을 하자 경비병은 아인즈에게 공손히 인사를 하더니 자기 자리로 돌아갔다.

"어서 오십시오, 모몬 님. 제도에 체류하시면서 당 숙소를 이용해주셔서 깊이 감사드립니다."

접수원이 아인즈에게 깊이 고개를 숙였다.

"마음에 두지 말게. 일단은 1박을 부탁하네."

"알겠습니다. 그러면 여기 숙박부에 서명을 해 주시겠습니까?"

아인즈는 투구 안에서 씨익 웃더니 펜을 들어 놀렸다.

왕국어로 '모몬'이라고 수십 번이나 되풀이해 연습했던 사인을 써넣었다.

"감사합니다. 그러면 어떤 객실을 원하십니까?"

개인적으로는 싼 방이라도 상관없었다. 그러나 그렇게 말할 수는 없다. 늘 그랬듯.

'음식도 못 먹으니, 식사는 빼고 잠만 자도 전혀 상관없지만.'

아인즈는 이 세계의 온갖 음식을 떠올렸다.

녹색의 달콤한 향을 뿜어내는 진한 과실수. 핑크색의 스크램블드에그 같은 음식. 푸른 액체를 끼얹은 슬라이스된 고기. 모두 호기심을 자극했지만 먹을 수는 없었다.

'……성욕, 식욕, 수면욕. 이 몸이 된 덕에 여러모로 도움도 받았지만 잃은 것도 많군. 아쉬워. 그렇다곤 해도 육체가 있었다면 욕망에 빠졌을 가능성이 높으니…….'

알베도와 침대에 들어간 자신을 상상하고 아인즈는 슬쩍 얼굴을 찡그렸다.

상사가 부하 여사원에게 성희롱── 그 이상의 행위를 하는 이미지가 떠올랐기 때문이다.

'알베도는 나를 사랑하는 모양이지만…… 복잡한 심정이야. 그때 그런 짓을 하지 않았다면…… 아차차!'

"음, 미안하네. 나에게 어울리는 객실이라면 상관없네. ……헌데 교역공통금화가 아니라 왕국금화로 지불해도 괜찮나?"

"아무런 문제도 없습니다. 원래 왕국금화와 제국금화는 가치가 1대 1이니까요."

"그렇군. 그러면 일임하겠네."

"분부 받들겠습니다. 그러면 모몬 님께 어울리는 객실을 준비해드리겠습니다. 괜찮으시다면 라운지 바에서 잠시 기다려주실 수 있겠습니까?"

아인즈는 의자마다 간격이 널찍한, 고급스러움이 넘쳐나는 50석 정도 되는 바를 바라보았다. 매우 푹신하고 사용감이 좋을 것 같은 의자. 음유시인Bard이 조용히 곡을 연주하고 있었다.

"저곳에서는 음료와 식사는 모두 서비스로 제공해드리고 있사오니, 편히 쉬십시오."

지불하는 금액에 따라 그에 합당한 서비스를 받을 수 있는 것은 어느 세계나 마찬가지다. 그래 봤자 아인즈에게는 별로 기쁘지 않은 서비스지만.

"알았네. 그러면 나베, 가자."

아인즈는 나베랄을 데리고 라운지 바로 들어가 근처의 의자에 앉았다.

라운지에는 그들 외에도 몇 명의 손님이 보였다. 모험자로 보이는 자들이 대부분이었다.

상위 모험자는 한 번 일을 마치면 파격적인 보수를 얻을 수 있다. 그렇게 되면 필연적으로 생활수준도 높아져 이런 숙소를 태연하게 이용할 수 있다.

아마 어느 도시에서나 같을 것이다. 왕도에서도 에 란텔에서도 그러했으니까.

아인즈는 목에 건 아다만타이트 클래스 플레이트가 확실하게 보이는지를 확인했다. 바를 이용하는 손님들이 화제로 삼아 지명도가 올라가는 것은 나쁘지 않은 일이다.

아인즈는 주목을 받고 있음을 의식하며, 자리에 놓인 메뉴를 펼쳤다.

'못 읽겠네······.'

적당히 넘겨보았다. 어차피 읽지 못한다는 것을 알아도 상관하지 않고 펼친 이유는, 될 수 있는 한 의심을 사지 않기 위해서였다.

세바스에게 빌려온 해독 아이템을 가져오기는 했지만 이런 자리에서 공공연히 쓸 수도 없다.

"세바스······ 그리고 트알레라."

부하의 얼굴을 떠올리고 연상된 여성의 이름이 새어나왔다.

"그 여자에 대해 무언가 생각이라도 있으십니까?"

"아, 아니, 별다른 것은 아니다만. 문제없이 잘해나갈 수 있을까, 문득 그런 생각이 들어서 말이다."

세바스에게 맡겨두기는 했지만 보호를 약속한 이상 종업원인 그녀의 상황에 주의를 기울이는 것도 경영자의 역할이다.

"문제는 없다고 생각하옵니다. 지금은······ 메이드장님이 근신 중이라 세바스 님이 1대 1로 메이드의 업무를 가르쳐드리고 있나이다. 어느 정도 매너를 익히면, 요리나 그 외의 일도 가르쳐 적성을 알아본 후 정식 배치될 것으로 보입니다."

"그렇구나. 뭐, 세바스가 있다면 문제는 없겠지. 그리고······ 이제 그만 두 사람의 근신을 풀어주어도 좋으려나. ······알베도도 슬슬 화가 가라앉았을 테니."

나베랄은 아무 대답도 하지 않고 살짝 고개를 숙였다.

이야기가 일단락되었다고 보았는지 웨이터가 조용히 다

가왔다.

"주문은 결정하셨습니까?"

"나는 아이스 마카디아. 나베는 어떻게 하겠느냐?"

"저도 같은 것으로."

"좋아하는 것을 주문해도 괜찮다."

"아니옵니다. 저도 같은 것으로 부탁드립니다. 아, 제 것에는 우유를 많이 넣어주십시오."

"알겠습니다."

웨이터가 깊이 고개를 숙이고 조용히 떠나갔다.

마카디아는 아인즈가 에 란텔의 숙소에서 곧잘 보았던 카페라테 같은 색을 가진 음료였다. 냄새도 비슷했지만 카페라테나 커피는 따로 있는 것을 목격했다. 참고로 맛은 아인즈도 모른다. 말할 필요도 없지만, 음료를 마실 수 없기 때문이다. 시험해본 적이 있는데 턱 밑으로 줄줄 새지, 맛은 알 수 없지, 좋은 점이라곤 전무했다.

그래도 주문한 이유는, 이 음료가 고급스러운 가게에만 있는 것 같았으므로 이러한 장소에 어울릴 거라 생각했기 때문이다.

아인즈는 흐르지 않는 땀을 닦으며 나베랄에게 당연한 질문을 건넸다.

"……나베. 마카디아란 어떤 맛이 나더냐?"

나베랄이 마신 적이 있음을 알기에 물어볼 수 있다.

나베랄은 잠시 생각에 잠기는 눈치였다. 커피란 어떤 맛이 나느냐는 질문을 받은 사람이 어떻게 설명해야 좀 더 이해하기 쉬울까를 궁리하면 이런 표정이 되지 않을까.

"아마도…… 샤케라토와 비슷한 것 같습니다. 다만 연유 같은 맛이 살짝 남는 것이 마음에 들지는 않더군요."

"……그렇구나. 맛있을 것 같구나."

'샤케라토? 들어본 적이 없는데. 그것도 이 세계의 오리지널 음료일까?'

"나쁘지 않다는 정도지만요."

아인즈가 흐음 대답을 하고 있을 때 음료가 도착했다.

"나는 신경 쓰지 말고 마시거라. 둘 다 입을 대지 않으면 너무 이상하게 보일 테니."

왕국에서 투구를 벗지 않는 생활에 익숙해져버린 탓에, 아인즈는 음료가 도착했어도 여전히 투구를 벗지 않는 부자연스러움을 잊어버린 채 태연히 말했다.

"고맙습니다."

"그리고 마시면서도 상관없으니 그대로 들어다오. 일단은 이틀 정도 제도를 견학해볼까 한다. 듣자 하니 중앙시장은 놀랄 정도로 물건이 많아 구경만 하고 다녀도 재미있다더구나. 그리고 북부시장도. 매직 아이템이 중심인 시장인데 모험자들이 잘 드나든다고 하지."

이러한 정보는 이번에 새로 지배한 '여덟손가락'에서 얻은 정보였다. 좀 더 언더그라운드에 속하는 이야기도 많았지만 아인즈 자신은 그러한 곳에 관여할 예정이 없었으므로 자료는 대강 훑어보기만 했다.

"사흘째쯤 해서 모험자 조합에 가자. 가능하다면 제국의 아다만타이트 클래스 모험자와도 면식을 가졌으면 좋겠다만, 무리라면 간단하고 단시간 내에 끝낼 수 있는 일을 맡아 얼굴을 알리기로 하자꾸나. ……예정으로는 7일 정도 있다가 이곳을 떠날 수 있다면 바람직할 것 같다. 무언가 제안 같은 것이 있느냐?"

음료를 마시다 말고 귀를 기울이던 나베랄은 조용히 고개를 가로저었다.

2

제국의 힘이 모인 결정체인 제도에는 놀라운 광경이 여러 가지 있지만, 그중 하나. 제도에 온 사람들의 대부분이 놀라는 것. 그것은—— 거의 모든 도로가 벽돌이나 돌로 포장되었다는 점이다.

이것은 주변 국가에서도 유례를 찾아볼 수 없는 —— 법국은 더 진보했지만 —— 모습이다. 물론 제국 국내의 모든 도시가 이런 것은 아니다. 그래도 제도를 보면 제국의 잠재력을 알 수 있다고, 주변 국가의 외교관들이 감탄할 만했다.

특히 중앙도로. 가도에서 그대로 이어지며, 제도의 대로 중 하나이기도 한 이 길은 일반적인 길과 마찬가지로 길 한 가운데를 마차나 말이 다니고 양옆으로 사람들이 다니는 인도가 있다.

다른 점은 도로와 인도의 경계선에는 조그만 방책이 있고 나아가서는 단차를 두어 보행자의 안전을 확보했다는 점, 밤이 되면 도로 옆에는 마법의 빛을 뿜어내는 가로등이 밝혀진다는 점, 또한 수많은 기사들이 순찰을 돌며 주변의 안전에 눈을 빛내는 점 등등 많은 요소를 열거할 수 있다.

그렇게 제도에서도 손꼽힐 정도로 치안이 좋은 거리를 한 사내가 가벼운 발놀림으로 나아가고 있었다. 헤실헤실 웃으며, 기분 좋은 콧노래와 함께.

사내의 신장은 170대의 중간 정도. 나이는 막 스물이 되었을까.

금발에 벽안, 볕에 그을린 건강한 피부. 제국에서는 별로 드물지 않은 외견이다.

미남은 아니다. 군중 속에 있으면 그 속에 묻혀버릴 것 같은 평범한 용모다. 하지만 어딘가 모르게 이목을 끄는 매력이 있었다. 그것은 얼굴에 떠오른 명랑한 웃음에서 나오는 것 같기도 했고, 자신감 넘치는 당당한 태도에서 나오는 것 같기도 했다.

팔다리가 움직일 때마다 주름 하나 없는 말끔하고 훌륭한 옷 안에서는 사슬끼리 맞부딪치는 소리가 어렴풋이 들렸다. 날카로운 자라면 그것이 체인 셔츠를 입었기 때문임을 알 수 있을 것이다.

허리 좌우에는 두 자루의 검을 늘어뜨렸다. 길이는 쇼트 소드 정도. 그립 부분은 너클가드에 완전히 덮였다. 칼집은 장식이 화려하지는 않았지만 적어도 싸구려로 보이지는 않았다. 그리고 허리 뒤에는 때리기 무기인 메이스. 찌르기 무기인 스틸레토도 있었다.

이 세계에서 무기를 한둘 가지고 다니는 것은 당연하다면 당연한 일. 그러나 찌르기, 베기, 때리기 세 가지 종류의 공격수단을 갖춘 사람은 그리 흔하지 않다.

눈썰미가 있는 사람이 본다면 그를 모험자라 간주할 것이다. 눈썰미가 더 좋은 사람이 본다면 모험자가 보통 목에 걸고 다니는 플레이트가 없음을 알아차리고, 그의 정체를 '워커'라 간파했을 것이 분명하다.

워커. 그것은 모험자에서 낙오된 자들을 가리키는 말이다.

모험자의 업무는 조합이 받아, 조사하고, 적절하다 여겨지는 랭크의 모험자에게 배분한다. 다시 말해 적당한 일인지 아닌지는 첫 단계에서 조합이 조사하는 법이다. 그렇기 때문에 위험한 일── 시민의 안전을 위협할 만한 일이나 범죄에 얽힐 만한 일은 거절하며, 경우에 따라서는 적으로 돌린다. 예를 들면 마약에 쓰이는 식물의 조달 같은 일은 조합이 온 힘을 다해 저지한다.

나아가 조합은 생태계의 균형을 파괴하는 일도 거절한다. 예를 들면 어떤 숲에서 생태계의 정점에 있는 몬스터를 기꺼이 죽이거나 하지는 않는다는 뜻이다. 그 몬스터를 죽이면 생태계가 무너지고 그 결과 몬스터가 숲 밖으로 나올 수도 있다. 그런 일은 기피해야 한다. 물론 정점에 있는 그 몬스터가 숲 밖으로 나와 사람들의 생활권을 침범한다면 이야기가 다르지만.

다시 말해 모험자는 정의의 사도와도 비슷하다.

다만 세상 모든 일이 그렇게 아름답게만 돌아갈 리가 없다.

무엇보다, 돈이 필요하거나 대가를 원해 위험한 일을 하려는 사람도 있다. 몬스터를 죽이는 것을 좋아하는 사람도 있다.

그런 사람들—— 모험자들이 가진 빛의 측면보다도 그늘의 측면을 추구하는 사람들. 모험자에서 낙오된 사람들. 그런 사람들을 조소와 경계를 담아 청부업자, 즉 워커라 부른다.

하지만 그렇다고 워커가 된 사람이 모두 그런 자들뿐이냐 하면, 그렇지는 않다.

예를 들어—— 어떤 마을에 큰 부상을 입은 소년이 있다고 하자. 그 마을을 우연히 지나가던 모험자가 무료로 치유

마법을 써서 소년을 치료해주는 행위는 옳은가 잘못인가.

답은 잘못이다.

모험자가 정해진 돈을 받지 않고 무료로 치유마법을 써선 안 된다는 규칙이 있기 때문이다.

보통 치유마법은 신전이 맡고 있으며, 환자는 헌금을 내고 마법을 받는다. 그런데 모험자가 무료로 이런 일을 한다면 신전은 밥줄이 끊어진다.

그렇기 때문에 신전에서는 모험자 조합에 그런 일이 없도록 강하게 요청을 하는 것이다.

이러한 규칙에 수긍이 가지 않는다면 워커가 될 수밖에 없다.

이렇게 보면 마치 신전이 악역 같지만, 마법을 걸어주고 수익을 얻기에 신전은 정치 같은 데에 간섭하지 않고 사람들을 위해 일할 수 있는 것이다. 게다가 신관을 육성하고 언데드를 몰아내고 새로운 치유마법을 개발해, 더 많은 사람들이 행복하고 안전한 생활을 할 수 있도록 하는 비용도 여기서 나간다.

만일 모험자가 무료로 치유마법을 걸어준다면 신전은 더욱 세속으로 떨어지고 이념은 더럽혀질 것이다.

모든 일에는 표면과 이면, 두 가지 측면이 있다. 그것은 워커라는 존재도 마찬가지다. 그들이 금전을 목적으로 재료를 남획해, 그 결과 약을 저렴한 가격으로 만들 수 있게 되어 사람들이 도움을 받는 사례도 없지는 않으니까.

그런 워커라는 직업에 종사하는 사내―― 헤케란 터마이트의 얼굴이 헤실헤실 풀어졌다.

"뭘 살까."

필요한 매직 아이템은 무수히 많다. 일단 우선시해야 할 것은 방어계 아이템일 것이다. 그리고 또 한 가지. 모험과는 별도로 필요한 것도 있다.

"그쪽 돈은 따로 저금해두고…… 남은 돈으로 모험에 쓸 만한 매직 아이템을 살까. 음? 순서가 반대인가? 매직 아이템을 사고 여유가 있으면 그쪽으로 빼놔야지."

헤케란은 머리를 긁었다.

그렇게 되면――

"난 전열이니까 마법저항력도 더 강화해야겠고, 그렇다면 슬슬 저금을 깨는 게 좋을지도 모르겠는걸. 아니, 앞으로도 카체 평원의 언데드 퇴치로 돈을 벌 생각을 한다면 사독(死毒)을 경계해 독이나 마비, 병에 대한 저항력을 강화해주는 아이템이 좋을지도 모르겠어."

매직 아이템은 값이 매우 비싸며 그중에서도 모험자가 원하는, 전투에 쓰이는 아이템은 값이 더 올라가는 경향이 있다. 유니크한 물건이라면 헤케란은 건드리지도 못할 금액이 된다.

일단 헤케란이 생각하는 아이템은 그렇게까지 비싸진 않지만, 그래도 일반인이라면 상당히 오랜 세월의 수입에 필적하는 액수다. 그만큼 값진 물건을 사는 것이다. 신중하게 생각할 필요가 있다.

그런 생각에 마음이 들뜬 그가 풀어진 얼굴을 다잡은 것은 거리에 서 있던 기사와 시선이 교차한 순간이었다.

중장갑기사와 경장갑기사 2인조가 거리 한 모퉁이에 서서 주위를 경계한다.

4대신의 신전이 늘어선 이 부근은 경계가 특히 엄중한 것으로 유명하다. 평범하게 걸어가는 일반인을 갑자기 붙들고 검문을 하는 일은 없겠지만, 그래도 기사들의 시선이 헤케란의 허리에 찬 무기에 집중되기 시작하는 것을 느낄 수 있었다.

모험자라면 모를까, 워커처럼 뒷배가 없는 사람은 제국의 치안을 지키는 기사와 싸움을 하는 것이 득책이 아니다.

기도가 통했는지, 손에 든 수배서 따위와 비교하던 기사들에게 붙들리는 일도 없이 신전이 늘어선 구역을 지나갔다.

켕기는 구석이 있는 사내, 헤케란이 안도하며 시선을 멀리 보내자 거리 저 멀리 독특한 건물이 보였다. 동시에 바람을 타고 미미한 환성—— 피에 굶주린, 전투의 포효와 같은 목소리도 들려왔다.

그 독특한 건물이 바로 제도에만 존재하는 대투기장. 제도 내에서도 인기가 높은 관광 명소였다.

딱히 그런 곳에 가지 않더라도 일 때문에 충분히 만족할 만큼 피를 보고 있으며 돈을 거는 행위에도 관심이 없는 그와는 인연이 없는 곳이다. 다만 제도 서민의 가장 큰 오락거리 중 하나 —— 귀족계급에게는 연극이지만 —— 라 일컬어지는 만큼, 이곳까지 환성이 들리는 이상 오늘도 만원사례인 것은 분명했다.

"본선 결승인가? 저렇게 흥분하는 걸 보면."

헤케란이 이끄는 워커 팀도 업무의 일환으로 마수 여러 마리와 연속 전투를 하는 이벤트에 나간 적이 있다. 마수를 상대로 항복은 인정되지 않으므로 패배는 곧 죽음이다. 물론 인간끼리 싸워도 죽는 사람은 나온다. 투기장에서 사망자가 없는 날은 거의 없다. 아니, 사람이 죽을수록 열기가 뜨거워진다.

그리고 죽는 사람이 많이 나오는 이벤트 중에서 가장 인기가 있는 것이 투기대회다.

헤케란은 어깨를 으쓱했다.

이제는 완전히 흥미를 잃었다. 업무가 없는 날까지 그런 피비린내 나는 전장을 바라볼 마음은 들지 않았다. 다만 완전히 머리에서 몰아내지는 않았다. 투기장의 이벤트는 여러 장소에서 좋은 화젯거리가 되기 때문이다.

'투기장에는 두 번 다시 들어가고 싶지 않지만, 돌아가면

오늘 이벤트에 대해 누군가에게 물어보는 것도 나쁘지 않겠군.'

헤케란은 마음의 메모장에 그렇게 적고는, 많은 가게가 늘어선 거리를 걸어갔다. 이윽고 전방에 '노래하는 사과'라 적힌 눈에 익은 간판이 보였다.

사과나무로 만든 악기를 켜는, 그런 음유시인들이 모인 것이 가게의 시초라고 하는 주점 겸 여관이었다. 외견에서는 세월의 연륜이 느껴지지만 내부는 의외로 산뜻하다. 웃풍 같은 것도 없고, 바닥은 말끔하게 닦아놓았다. 숙박비는 나름 비싸지만 지불하지 못할 정도는 아니니 헤케란 일행, 아니 워커에게는 최고의 여관이라 해도 과언이 아니었다.

제도의 최고급 숙소와 비교하면 모든 면에서 떨어진다. 하지만 그런 장소는 양지를 걸어가는 모험자에게나 최고이지 워커에게는 최고가 아니다.

우선 워커에게 오는 의뢰는 지저분한 일도 많다. 그렇기 때문에 사람들의 출입이 눈에 뜨이는 곳은 의뢰인이 망설이게 된다. 그렇다고 치안이 나쁜 곳을 거점으로 삼으면 귀찮은 소동의 씨앗이 될 수 있다.

아울러 여러 팀이 체류할 수 있다는 점도 '노래하는 사과' 같은 여관이 의뢰인에게 환영받는 또 다른 이유였다. 모험자처럼 조합이 없기 때문에 의뢰인은 워커들을 자신의 연줄로 찾아야만 한다. 그때 팀이 여러 곳에 흩어져 있으면 매우 귀찮다.

그 외에 워커들에게 좋은 점도 있다. 숙소를 같은 곳으로 잡아 친근감을 얻어, 서로가 서로를 죽이는 그런 의뢰는 피할 수 있게 되는 것이다. 그리고 마지막으로 무엇보다도 가장 중요한 이유——— 음식이 맛있다.

그는 오늘 저녁 식사를 생각하며 문을 열었다. 그가 좋아하는 돼지고기 스튜가 나오면 정말 끝내주겠다고.

그런 마음을 품고 여관으로 들어선 그의 귀에 들어온 목소리는 동료들의 환영 인사도, 노고를 치하하는 말도 아니었다.

"———아까부터 말했잖아요! 모른다고!"

"아니아니, 아무리 그러셔도 말이죠."

"딱히 걔를 돌보는 사람도 아니고 가족도 아닌데, 어디 있는지 어떻게 알아요?"

"동료 아닙니까. 모른다고 하셔봤자 저도 호락호락 물러날 수는 없습니다. 이것도 일이라서요."

여관 1층, 주점 겸 식당 한복판에서 눈싸움을 하고 있는 한 쌍의 남녀.

여자는 그도 매우 잘 아는 얼굴이었다.

눈매가 사나운 얼굴에는 화장기가 전혀 없었다. 그런 그녀의 가장 눈에 뜨이는 점은 보통 사람보다 훨씬 길쭉한 귀. 그렇다고는 해도 엘프의 절반 정도다. 그렇다. 그녀는 하프엘프라는 종족이었다.

엘프는 인간보다도 몸이 가느다란데, 그녀도 그 피를 물려받은 것이 일목요연해 전체적으로 가녀리고 가슴에도 엉덩이에도 여성 특유의 둥그스름함이 전혀 없었다. 철판이라도 끼워놓은 것 같아서 체격만으로 판단하면 가까운 곳에서 봐도 한순간 남자로 착각할 지경이었다.

입고 있는 옷은 몸에 착 달라붙는 가죽갑옷. 평소에 들고 다니는 화살통이나 활은 없었고 무기는 허리에 걸친 단도뿐이었다.

이름은 이미나. 헤케란의 동료 중 하나였다.

다만 이미나와 마주 앉은 남자는 그가 모르는 인물이었다.

굽실굽실 고개를 숙이고는 있지만 눈에는 사과의 빛이 전혀 없다. 그뿐이랴, 보기에도 기분이 나빠지는 그런 감정이 섞여 있다. 다만 일단은 저자세로 나오는 모습으로 판단컨대 뇌가 없지는 않은 것 같다.

사내의 팔이나 가슴에는 근육이 단단히 붙어 있어 앞에 서기만 해도 위압감을 줄 만한 외견이었다. 폭력을 휘두를 상황에선 주저하지 않겠지만 이미나를 상대로 완력에 호소할 수 있을 리는 없다.

왜냐하면 이미나는 외견이야 가녀려도, 실력에 다소 자신이 있는 정도의 양아치라면 간단히 죽여버릴 만한 능력을 감추고 있으니까.

"그러니까 아까도 계속 말했지만!"

다소 짜증을 머금은 높은 목소리에 헤케란은 황급히 끼어들었다.

"왜 그래, 이미나."

헤케란의 목소리를 듣고서야 그가 온 것을 알아차렸는지 이미나가 고개를 돌렸다. 그리고 놀란 표정을 지었다.

대화에 정신이 팔린 나머지, 지각력이 뛰어난 레인저인 그녀는 헤케란이 들어온 것도 알아차리지 못한 모양이었다. 얼마나 격앙했는지를 잘 알 수 있었다.

"……뭐야, 댁은."

헤케란을 훼방꾼이라 간주한 사내가 으름장을 놓는 목소리로 물었다. 눈은 날카로워 당장에라도 덤벼들 것 같은 분위기를 뿜어냈다. 흉악한 몬스터와 대치하면서도 이제까지 살아남았던 헤케란이 보기에는 쓴웃음이 나오는 정도일 뿐이지만.

"……우리 리더예요."

"오오오, 이런이런. 헤케란 터마이트 씨로군요. 소문은 많이 들었습니다."

표정을 홱 바꾸고는 애교 섞인 웃음을 짓는 사내에게 헤케란은 약간이나마 혐오감을 드러냈다.

무슨 이유인지는 몰라도 이 여관 —— 헤케란 일행이 거점으로 삼고 있는 곳 —— 까지 온 사내가 아닌가. 헤케란이 누구인지를 모를 가능성은 낮다.

아마도 조금 전의 으름장은 헤케란이 어느 정도 되는 인물인지를 가늠하기 위한 것이었으리라. 조금이라도 사내의 위협에 움츠러들었다면 그대로 위압적으로 이야기를 끌어나갈 생각이었음이 분명하다.

워커나 모험자 중에는 몬스터라면 태연하게 죽일 수 있지만 인간을 상대로는 몸을 사리는 자들도 있다. 물론 한 발물러나기는 해도, 상대가 더욱 밀어붙이면 그때는 죽일 작정으로 공세에 나서는 타입이 대부분이다.

'초면부터 다짜고짜 위아래를 정하려고 위협을 가하다니…… . 이 자식, 좋아할 수 없는 타입이구만.'

분명 그것도 교섭기술 중 하나라는 점은 헤케란도 잘 안다. 당연한 테크닉이다. 하지만 헤케란은 그런 교섭을 좋아하지 않는다. 숨기는 것 없이 솔직하게, 직구로 오가는 대화를 좋아하는 것이다.

"……소란스럽게 말이야. 여긴 여관이라고. 다른 손님들도 있으니 이렇게 떠들지 말아줬으면 좋겠는데?"

그렇게 말은 하지만 주위에는 손님이라곤 전혀 보이지 않았다. 그뿐이랴, 가게 사람들도 없다.

숨었기 때문은 아닐 것이다. 워커에게 이 정도 소란은 술안줏감밖에 되지 않으니까. 모습이 보이지 않는 이유는 그야말로 우연이다.

헤케란은 노려보듯 사내의 얼굴에 눈길을 던졌다. 모험자라면 미스릴에도 필적할 전사의 안광은 사내의 것과는 비교도 되지 않았다. 마수를 앞에 둔 것처럼 사내는 움츠러드는 기색을 보였다.

"아니, 아니, 아니, 정말 죄송하지만요, 그럴 수도 없어서."

사내는 목소리를 약간 낮추면서도 말을 이으려 했다. 헤케란의 안광을 받고도 그런 행동을 보일 수 있다니, 아무리 봐도 완력을 쓰는 일 —— 특히 폭력을 생업으로 삼는 자가 분명했다.

'그런 놈이 대체 뭘 하러 온 거야?'

분명 거친 일을 하고는 있지만 이런 자는 전혀 모르고, 이런 태도를 보일 만한 자들을 끌어들인 기억도 없다. 게다가 업무 의뢰처럼 보이지도 않았다.

곤혹스러워진 헤케란은 눈빛을 누그러뜨리며 당사자에게 물어보기로 했다.

"……대체 무슨 일인데?"

"그게 말이죠. 터마이트 씨의 지인인 푸르트 씨를 뵙고 싶어서 말입니다."

푸르트란 이름을 듣고 헤케란의 뇌리에 떠오른 인물은 한 명뿐이었다.

그녀가 이런 자와 관련이 있으리라는 생각은 들지 않았다. 수많은 사선을 함께 넘나들었던 동료로서 헤케란은 그

렇게 판단했다. 그렇다면 성가신 일이라고 생각해도 좋을
것이다.

"아르셰? 걔가 뭘 어쨌는데."

"아르셰…… 아, 그랬지요. 저희는 푸르트 씨라고만 하다
보니, 제가 혼동했습니다. 어, 아르셰 이브 리일 푸르트 씨
였죠?"

"그러니까! 아르셰가 뭘 어쨌냐고."

"아뇨아뇨, 잠깐 드릴 말씀이 있어서……. 비밀스러운 이
야기라, 몇 시쯤 돌아오실까 하고……."

"그걸 우리가 어떻게 알아."

이야기를 딱 잘라버리는 헤케란. 마치 칼로 베는 듯한 그
자세에 사내는 눈을 껌뻑거렸다.

"그래서, 얘기 끝났어?"

"하, 할 수 없군요. 이 근처에서 좀 기다리다가……."

"꺼져."

헤케란은 턱짓으로 입구를 가리켰다. 그 모습에 사내는
다시 눈을 껌뻑거렸다.

"까놓고 말할게. 너 마음에 안 들어. 그딴 놈이 내 시야
안에 있는 걸 나는 도저히 견딜 수가 없어."

"여긴 술집이고, 제가……."

"그렇긴 하지. 분명 술집이지. 술을 마신 놈들이 곧잘 싸
움을 벌이는 장소이기도 하지."

헤케란은 사내에게 씨익 웃음을 지으며 말을 이었다.

"너무 경계하지 마셔. 안심하라고. 댁이 싸움에 말려들어 크게 다친다 해도 우리에겐 치유마법을 쓸 수 있는 신관이 있거든. 유료로 고쳐줄게."

"요금 할증하는 거 잊지 마. 안 그러면 신전에서 잔소리를 하니까. 승려들이 암살자라도 보내면 어떡해."

이미나가 싱글싱글 짓궂은 웃음을 지으며 옆에서 끼어들었다.

"뭐, 그래도 다소는 서비스해줄게요. 당신도 고맙죠?"

"——그렇다는데?"

"지금 위협하려는……."

사내의 말은 중간에 끊어졌다. 눈앞에 있던 헤케란의 표정이 갑자기 변한 것을 보고.

헤케란이 불쑥 한 걸음 나서더니 서로 얼굴밖에 안 보일 만큼 거리를 좁혔다.

"아앙? 위협업? 술집에서 싸움이 일어나는 건 드문 일도 아니잖아? 사람이 친절하게 충고해주는데 넌 위협이라고 했냐? 지금…… 싸움 걸어?"

미간에 실룩실룩 시퍼런 핏대를 세운 헤케란의 얼굴은 사선을 무수히 넘나들었던 사내의 얼굴이었다.

압도된 상대는 한 걸음 후퇴하더니, 그래도 들으란 듯이 혀를 찼다. 그러고는 잽싸게 입구 쪽으로 다가갔다. 필사적으로 아닌 척하고는 있지만 그 배경에 공포가 있음은 일목요연했다. 입구까지 가자 고개만 돌리더니, 헤케란과 이미나에게 내뱉듯 고함을 질렀다.

"푸르트네 계집에게 전해! 기한이 다가왔으니 알아서 하라고!"

"아앙?"

헤케란의 으르렁거리는 목소리에, 사내는 구르듯 여관을 뛰쳐나갔다.

소란을 떨어댔던 사내의 모습이 사라지자 헤케란의 표정이 홱 원래대로 돌아왔다. 무슨 얼굴 개인기의 일종이라 해도 믿을 것처럼 변화했다. 실제로 이미나는 짝짝 가볍게 박수를 쳤다.

"그래서, 무슨 일이었는데?"

"몰라. 아까 네가 들었던 내용하고 똑같은 소리밖에 안 했어."

"아차아. 그럼 좀 더 얘기를 들어볼 걸 그랬네."

아뿔싸 싶어 머리를 감싸쥐었다.

"아르세가 돌아온 다음에 물어보면 되잖아."

"……그래도 남의 일에는 별로 끼어들고 싶지 않아서."

"아니, 그거야 이해하지만. 넌 리더니까 힘내."

"리더 권한으로, 같은 여자인 이미나가 물어보도록 명령할게."

"살려줘. 난 싫어."

서로에게 쓴웃음이 배어나왔다.

모험자나 워커가 공통적으로 인식하는, 동료들 사이에 해선 안 될 일이 몇 가지 있다.

우선 서로의 과거를 조사하거나 캐묻는 일.

다음으로는 과도할 정도로 욕망을 감추지도 않고 드러내는 일.

욕망으로 워커가 된 사람이 많은 관계상 어느 정도는 어쩔 수 없는 일이다. 하지만 너무 공공연해지면 팀을 꾸려나갈 수 없게 될 가능성이 있다. 예를 들면 매일같이 돈을 밝히는 동료는 거금이 걸린 일이나 새어 나가서는 안 될 중요한 기밀 유지에서 얼마나 신용할 수 있을까? 이성을 밝힌다고 말하는 자와 과연 같은 방에서 잘 수 있을까? 목숨의 위기가 닥쳤을 때 서로의 등을 맡기는 상대이다. 팀은 항상 최소한도의 신뢰를 확인할 수 있어야만 한다.

아르셰는 누가 봐도 골칫거리를 끌어안은 것이 분명했다. 이것은 곧 신뢰를 떨어뜨릴 만한 흠을 가졌다는 뜻이 된다. 결코 어물어물 넘어갈 수 있는 문제가 아니다.

목숨을 걸고 일을 하는 이상 조금이라도 불안을 남길 수는 없는 것이다.

헤케란은 머리를 벅벅 긁었다. 동시에, 싫다는 표정을 뚜렷하게 드러내는 것도 잊지 않았다.

"할 수 없지. 돌아오면 물어볼 수밖에."

"잘 부탁해~."

웃으며 손을 흔드는 이미나에게 헤케란은 눈에 짐짓 힘을 주었다.

"어딜 도망가려고 그래? 너도 물어봐야 해."

"뭐어~."

이미나는 싫어하는 눈치였지만 헤케란의 표정이 전혀 변하지 않아 포기했다.

"할 수 없네. 너무 노골적인 얘기는 아니었으면 좋겠는데……."

"그래서, 지금 어디 있어?"

"응? 아, 이번에 그 업무 때문에. 뒷조사도 할 겸 정보 수집하러."

"그건 나랑 로버가 할 일이잖아?"

헤케란 일행이 카체 평야의 언데드 퇴치를 마치고 제도로 돌아와 쉬고 있을 때, 새로운 의뢰가 들어왔다. 그들 팀에게는 나쁘지 않은 의뢰였으므로 받아들이는 방침으로 움직였던 것이다.

언변이 가장 좋은 로버딕이 의뢰인의 배후관계나 의뢰가 자신들에게 온 경위를 조사하고, 헤케란은 언데드 퇴치의 보수를 받으러 제국행정부 창구 —— 카체 평야의 언데드 퇴치는 국가사업이다 —— 에 갔으며, 겸사겸사 로버딕과 같은 내용을 다른 각도에서 조사하기로 이야기가 되었다.

이미나와 아르셰는 이곳에서 대기하기로 했을 텐데.

"그것만이 아니야. 목적지 근교의 역사나 상황도 알아봐야 하잖아."

그건 그렇다며 헤케란은 고개를 끄덕였다. 제국 마법학원을 중퇴했다고는 하지만 아르셰는 아직도 어느 정도 연줄을 유지하고 있다. 학술적인 지식을 모으는 데에는 그녀가 가장 적임자다. 마술사 조합에 가서 자료를 뒤지고 있을지도 모른다.

"그래서 로버랑 둘이 여기저기 돌아보겠대. 로버도 나름 지식이 있고, 신전 관련 연줄도 있으니까. 그래서 네 쪽은 어땠어?"

"그게 말이야."

헤케란은 말하면서 의자에 앉아 목소리를 낮추었다.

"워커를 고용할 만한 얘기가 맞더라고. 그렇다기보다, 장소로 봤을 때 모험자는 고용할 수 없어. 다만 의뢰인도 말했던 건데, 다른 팀도 불렀다는 건 사실인가 봐."

"진짜로 합동? 아무도 들어가 본 적이 없는 유적이라지만, 의뢰인은 아주 짭짤할 거라고 확신하는 건지."

"얘기를 들은 워커란 게 그링엄네 팀이었는데, 그 녀석도 같은 소릴 하던걸. '헤비 매셔'는 받아들이는 방향으로 움직이는 모양이었으니까, 우리도 내일까지 어떻게 할지 결정하지 못하면 참가는 힘들 것 같아."

의뢰 내용을 들었을 뿐 아직 승낙하지는 않았다. 대답은 내일까지 들려주기로 했지만 받아들이려면 이것저것 준비가 필요하다.

"그리고 이 타이밍에 성가신 일이 일어나다니…… 상관이 있는 걸까?"

"돈벌이 얘기라고 본 다른 팀이 움직였을 가능성도 없다고는 단언하지 못하겠지만, 아르셰 말을 들어본 다음에 생각해야겠지. 만약 뒤에 다른 팀이 있었을 때는 일을 포기하거나, 아니면 한바탕 붙을 각오를 하자고."

"당연히 붙어야지. 우리한테 싸움을 걸었다면, 두 번 다시 그러지 못하도록 이가 몽땅 빠져나갈 때까지 두들겨 패야 하는 거야."

"과격한걸."

이미나는 보기보다 격렬한 면이 있지만, 헤케란도 이미나의 제안은 잘못되지 않았다고 생각했다.

우습게보였다간 끝장, 까진 아니더라도 평가가 떨어진다. 그것은 뒷골목 세계에 절반 이상 발을 들여놓은 워커에게는 피해야 할 일이었다.

딱딱한 빛을 눈동자에 머금고 조용히 고개를 끄덕였을 때, 삐걱거리는 소리가 주점에 울려 퍼졌다. 활짝 열린 문을 통해 두 명의 실루엣이 주점 안으로 들어왔다.

"——다녀왔어."

"다녀왔습니다."

속삭이는 듯한 여자 목소리. 한 박자를 두고, 그녀의 목소리가 지워지지 않도록 배려한 예의 바른 사내의 목소리.

먼저 들어온 것은 깡마른, 아직 소녀라는 말이 어울릴 법한 여성이었다.

10대 중반에서 후반 정도 되었을까. 윤기 있는 머리카락은 어깻죽지에서 싹둑 잘랐으며 이목구비는 매우 단아하다. 미인이라기보다는 기품 있는 분위기의 아름다움이었다. 다만 인형 같은 무기질적인 느낌이 있었다.

손에는 자신의 키 정도 되는 긴 쇠지팡이. 여기에는 무수한 문자인지 기호인지 알 수 없는 문양이 새겨져 있었다. 입은 옷은 넉넉한 로브. 그 안에는 다소 방어 효과가 있는 두툼한 옷. 매직 캐스터임을 알 수 있는 차림이었다.

사내는 풀 플레이트 아머를 입었으며 —— 아무리 그래도 풀 페이스 헬름까지는 쓰지 않았지만 —— 그 위에 성표(聖標)가 그려진 서코트(surcoat)를 입었다. 허리에는 모닝스타가 달려 있었고 목에는 서코트와 같은 성표를 걸었다.

얼굴 윤곽은 다부지고 우락부락한 형태였지만 머리카락은 단정하게 깎았으며 살짝 긴 수염도 꼼꼼하게 손질해두었으므로 산뜻한 인상을 주었다. 외견은 30대 정도로 보였다.

그들이 헤케란의 나머지 동료인 아르셰 이브 리일 푸르트와 로버딕 골트론이었다.

"아, 어서들 와."

타이밍이 좋다고 해야 할까 나쁘다고 해야 할까. 마침 돌아온 두 사람에게 헤케란은 딱딱한 어조로 대답했다.

"두 분, 무슨 일 있으셨습니까?"

로버딕이 연장자라고는 여겨지지 않는 정중한 어조로 두 사람에게 물었다. 이것은 그의 인품 탓이기도 하지만, 워커로서 대등하기 때문이기도 하다.

"아, 아무것도 아니야."

"그, 그래. 헤케란 말이 맞아."

휘휘 두 손을 내젓는 헤케란과 이미나를 지그시 관찰하는 두 사람.

"어, 일단, 여기서 이야기하는 것도 뭣하니, 저쪽으로 갈까?"

재미없는 장난은 그만두고 진지한 얼굴로 돌아온 헤케란이 가리킨 곳은 가게 안쪽의 둥근 테이블이었다.

"그 전에 우선 뭘 좀 마시고── 어? 이미나, 그러고 보니 주인은?"

이제 와서 묻느냐는 표정이 돌아왔다.

"……물건 사러. 그래서 내가 가게 보는 중이야."

"진짜? 그럼 어쩌지? 적당히 마실까?"

"──난 괜찮아."

"아, 저도 괜찮습니다."

"……그래? 그럼, 뭐…… 우리 '포사이트'의 회의를 시작해볼까."

모두가 그와 동시에 이제까지 지었던 표정을 지웠다. 슬쩍 테이블 위로 몸을 내밀면서 얼굴을 가까이 댄다. 주위에 사람이 없어도 이야기를 나눌 때면 이렇게 되는 것은 일종의 직업병이라 할 수 있었다.

"우선 의뢰 내용 확인부터."

전원의 시선이 모여든 것을 확인하고 헤케란이 말을 이었다. 어조는 이제까지와 완전히 달랐다. 다잡을 때는 확실하게 다잡는다. 리더로서 당연한 일이었다.

"이번 의뢰자는 페멜 백작. 의뢰 내용은 왕국 영토 내에 있는 유적—— 지하분묘라 여겨지는 건축물을 조사하는 것. 보수는 선 200, 후 150. 선금이 비싼 매우 보기 드문 계약이고, 또한 아주 고액이지. 게다가 조사 결과에 따라서는 추가 보수도 있고. 다만 발견된 마법 아이템은 모두 백작의 것. 발견자에게는 시장가의 5할 정도로 구입권을 준다고 해. 보석이나 귀금속, 미술품은 가격을 상정한 후 절반으로 나눌 것. 그리고 다른 워커 팀에게도 교섭을 했으며, 경우에 따라서는 여러 팀이 동시에 착수할 수도 있다—— 이건 진위를 확인해놓았어."

헤케란은 자신이 얻은 정보를 아르셰와 로버딕에게 들려주고는 다시 의뢰 내용 확인으로 돌아갔다.

"조사기간은 최장 사흘. 내용은 유적에 대해 다각도로 알아보는 것. 가장 중요한 것은, 몬스터가 있다고 여겨지는데 어떤 종류가 서식하는가 하는 것. 뭐, 일반적인 유적 조사 맞지?"

버려진 옛 도시의 폐허나 유적에 몬스터가 사는 경우는 매우 많다. 그렇기 때문에 워커의 '조사'는 거의 강행정찰이나 마찬가지다.

"다만 한 가지 중요한 건, 그곳이 미발견 분묘인 것 같다는 점이야."

입에 담은 순간 그 자리의 분위기가 바뀌었다.

200년 전에 마신이 세상을 휩쓸었을 때, 수많은 나라가 멸망했다. 그것은 인간의 국가만이 아니라 아인종, 이형종 등의 나라도 마찬가지였다. 그렇게 멸망한 도시에 파격적인 보물—— 매직 아이템이 숨겨진 경우가 있다. 이를 발견하는 것은 모험자나 워커의 꿈이라 해도 과언이 아니었다.

그렇기에 모험자나 워커는 누구도 발굴하지 않은 유적을 추구한다. 그것이 지금 눈앞에 나타난 것이다.

동료들의 형형히 빛나는 눈빛을 확인한 헤케란은 정보 수집을 하고 온 두 명에게 바통을 넘겼다.

"그리고 왕복 이동수단과 체류기간 중에 소비할 식량은 백작 측이 부담하기로 했지. 이상. 자, 아르셰하고 로버딕. 조사한 내용을 보고해줘."

"──그럼 나부터. 궁정에서 페멜 백작의 입장은 별로 좋지 않아. 선혈제에게선 푸대접을 받는다는 소문도 있었어. 금전적으로 쪼들리지는 않는다는 정보도."

"왕국 내에 있는 유적을 조사한다고 했지만, 저와 아르셰 씨가 알아보니 그 부근에 유적이 있다는 소문도, 도시 같은 것이 존재했다는 역사도 확인되지 않았습니다. 분묘라면 무언가 정보가 남아있어도 이상하지 않을 텐데…… 솔직히 그런 장소에 분묘가 있다는 것이 이해하기 힘들 정도입니다. 주변 지리로 보자면 조그만 마을이 하나 있는 정도였고요. 그 마을에서 정보를 수집하면 무언가 조금이라도 파악할 수 있을지 모르겠습니다만."

"무리지. 가능한 한 비밀리에 행동해달라고 했으니. 목격자에게 무언가를 할 필요는 없고, 하지 말아달라는 게 의뢰인의 요청이었어."

"──당연해. 그 주위는 왕국의 직할령인걸. 잘못 움직였다간 왕국, 바이셀프 왕가를 적으로 돌릴 텐데."

타국의 유적을 조사한다는, 거의 범죄에 가까운 일이기에 이 의뢰는 모험자가 아닌 워커에게 돌아온 것이다.

"다시 말해 일반적인, 지저분한 일이란 거지?"

"그렇겠지요. 다만 미묘한 문제도 있겠지만 말입니다."

이미나가 고개를 끄덕였다.

"하기야. 제국에서 일하는 워커가 왕국 내에서 설쳤다간 이것저것 문제가 될 테고, 잘못하면 백작에게까지 불똥이 튈지도 모르니까."

헤케란이 말했다.

"그렇게 되면 문제는 하나뿐이군."

"유적의 정보가 어디서 나왔는지, 출처 말이야?"

"그래. 암만 생각해도 이상해."

"그럴까? 토브 대삼림 부근이잖아? 숲을 개척하면서 발견됐다거나 그런 거 아닐까?"

"──그것도 이상해. 이걸 봐."

아르셰는 지도를 펼치더니 어떤 지점 위에 원을 그렸다.

"자세한 내용은 알 수 없지만, 이 근처인 것 같아."

조그만 손가락이 스슥 움직이더니 툭툭 두드린다.

"──그리고 여기가 마을. 하지만 아주 작아. 집락이라고 하는 편이 나을걸. 그런 마을에서 숲을 개간할 능력이 있을까?"

"하긴 그렇군요. 위험한 대삼림을 개간하기란 조그만 마을에서는 어려운 일이겠지요. ……왕국이 국가사업으로 숲을 개간했을 가능성은 있겠지만, 이곳에 국가 수준의 입지적인 이점이 있을 것 같지도 않습니다. 애초에 그런 정보도 없었지요."

네 사람은 고민했다. 이번 일은 정말로 받아도 좋은 것일까.

모험자 조합이라는 배경이 없기 때문에 업무에 대한 상세한 조사는 당연히 필요하다. 처음에 확실하게 의뢰인의 배후관계를 캐고, 일을 할 장소에 대해 알아본다. 나아가서는 의뢰 내용까지 조사한 후에야 비로소 일을 맡는 것이다. 이렇게까지 해도 성가신 일과 맞닥뜨리는 경우가 종종 있다.

그들의 일에는 목숨이 걸려 있다. 아무리 조사해도 부족하지 않다고 생각해야 워커 노릇을 해나갈 수 있다. 자신들이 감당하지 못할 위험한 냄새가 난다면 아무리 조건이 좋아도 포기해야 한다.

"······금전적인 면을 확인해봤지만, 선금으로 받았던──"

헤케란은 테이블 위에 금속판 하나를 놓았다. 의뢰를 거절할 때는 돌려줘야 하는 것인데, 여기에는 이런저런 문자가 빽빽이 새겨져 있었다.

"──금권판(金券板)을 제국은행에서 확인해봤지만 전부 지불을 마친 상태였어. 언제든 환전이 가능해."

금권판은 제국 국영 은행이 보장하는 수표 같은 것이다.

위조하지 못하도록 매우 세밀한 구조를 가졌으며, 수속에 시간이 걸리고 수수료를 떼어야 한다는 단점은 있지만 장점도 헤아릴 수 없을 만큼 많다.

여러 나라에서는 보통 모험자 조합이 이런 업무를 수행하지만 제국에서는 국가가 보증하는 것이다.

"함정일 가능성도 없고······. 뭐, 이 금권판을 넘겨준 시점에서 진심이라고는 생각했지만."

함정에 빠뜨릴 작정이었다면 이만한 의뢰비를 선불로 지불할 필요는 없을 것이다. ——그렇게 방심시키는 것이 목적일 수도 있지만, 헤케란은 이름도 모르는 귀족에게 원한을 산 기억은 없었다.

"난——."

"잠깐, 이미나. 아직 끝나지 않았어. 조금 더 머리를 부드럽게 해놓고 갔으면 해."

"그래그래. 그럼 들려줘봐. 급하게 해야 할 일치고는 수긍이 가지 않는 점이 몇 가지 있거든. 예를 들면 여러 팀을 고용한 점이 그렇잖아. 이건 왜 그럴까?"

이미나의 말이 옳다. 연락이 오가는 시간 등을 고려한다면, 급했으면서도 여러 팀을 고용했다는 이유를 이해할 수 없었다.

"——불명. 원래 서두르는 이유 자체를 알 수 없지. 백작의 관계자들에게 모종의 비상사태가 일어나고 있다는 이야기도 없었어. 며칠 내로 식전 같은 특별한 무언가가 있다는 이야기도 못 들었고. 있다고 하면 유적이 왕국 측에 발견될까 두려워서? ——여러 팀을 고용한 것은 확실성을 높이기 위해서?"

"저기 말이야, 헤케란. 그링엄네 팀은 뭔가 감 잡은 거 없었대?"

"그것까지 가르쳐줄 리가 없잖아? 애초에 어느 팀에 요청을 했는지 알아보려고 해도, 오히려 우리가 가진 정보를 흘리고 다니지 않도록 주의하는 게 고작인걸."

두 손 들었다는 식으로 헤케란은 어깨를 으쓱했다.

"──다른 가능성을 고려하자면, 대립하는 자가 있다거나."

"그건 그럴듯하군요, 아르셰. 그렇다면 서두를 이유도, 많은 이들을 고용할 이유도 되지요. 아, 맞아. 최근 왕국 방면에서 무언가 큰 움직임이 있었다고 합니다. 다만 그건 에 란텔 근교의 이 유적과는 직접 관련이 없는 것 같았지만요……."

"그 얘기도 일단은 들려줘, 로버."

"그리 많은 이야기가 모인 것은 아닙니다. 소문 정도였지요."

그렇게 전제를 두고, 로버딕이 왕도에서 큰 사건이 일어났다는 애매한 이야기를 했다. 이 이상의 내용을 알아보려면 시간이 더 필요하다고 했다. 분명 이대로는 신뢰성이나 정보가 부족했다.

"으음──. 관계가 있을 것 같기도 하고 없을 것 같기도 하고. 일단 아르셰가 말한 가능성이 가장 높을 것 같은데. 로버도 찬성했고."

"만약 그렇다고 가정한다면…… 워커 팀을 여럿 고용하려 했다는 점, 왕국 영토 내에서 하는 일임을 고려했을 때,

왕국의 정규 의뢰를 받은 합동 모험자 팀이 경쟁 상대가 되거나 하진 않을까? 그렇게 되면 제국 내에서 정보를 모아도 소용이 없을지도 몰라."

"그 밖에 주의해야 할 점은, 다른 의뢰인에게 고용된 팀—— 매복이지. 목적을 이루었다 싶었더니 자는 사이에 목이 달아나면 어떻게 해."

"매복, 혹은 모험자. 그나마 모험자 쪽이 낫겠군요. 그들이라면 교섭도 가능하고, 나쁜 짓은 하지 않으니."

"워커가 상대가 되면 진짜로 죽이려 드니."

"——리더, 어떻게 할까?"

대체로 의견은 다 나왔다. 남은 것은 추측이나 예측에 속하는 이야기일 뿐이었다.

"결정하기 전에 한 가지 말해두지……. 좀 들어둬야 할 이야기가 생겼어."

헤케란은 크게 한숨을 쉬고, 옆에 앉은 이미나가 살짝 숨을 들이마셨다.

"아르셰. 널 만나려고 이상한 놈이 찾아왔었어."

만든 것처럼 감정이 희미한 아르셰의 얼굴에서 눈썹이 꿈틀 움직였다. 그 반응을 보고 헤케란은 아는 사람이 분명하다고 생각했다.

"그놈이 마지막에 이렇게 말하던걸. ……뭐였지?"

헤케란이 이미나에게 묻자 웬 농담을 하느냐는 시선이 돌아왔다. 이윽고 진짜로 기억하지 못한다는 사실을 알아차리고, 이미나는 지친 목소리로 대답했다.

"『푸르트네 계집에게 전해! 기한이 다가왔으니 알아서 하라고!』"

"라더군."

모두의 시선이 아르셰에게 쏠렸다. 한 호흡을 두고, 무거운 입이 열렸다.

"——빚이 있어."

"빚?!"

헤케란은 자신도 모르게 놀라 소리를 내고 말았다. 물론 헤케란만이 아니었다. 이미나도 로버딕도 놀란 표정을 지었다. 워커로서 얼마나 많은 보수를 얻는지는 균등하게 분할하는 관계상 서로 잘 아는 것이다. 자신의 품에 들어간 금액을 생각해보면 빚을 질 이유가 없었다.

"대체 얼마나 됩니까?"

"——금화 300닢."

아르셰의 대답에 모두들 얼굴을 마주 보았다.

일반인의 수입으로 생각해보면 터무니없는 금액이었다. 그들 정도 되는 워커라 해도 그런 금액을 한 번에 벌어들일 수는 없다. 이번 의뢰에서 제시된 금액은 분명 합계 350닢이었지만, 이것은 팀 전체가 받을 보수다. 실제로는 여기서 필요 경비나 팀의 공동재산으로 구입하는 소비성 아이템,

나아가서는 팀 자금 같은 것을 뺀 금액이 주어진다. 그 결과 한 사람 앞에는 60닢 정도가 돌아갈 것이다.

그들의 팀은 워커들 중에서도 제법 상위에 속한다. 모험자로 평가한다면 미스릴 클래스에 필적하는 능력을 가졌다. 그런 클래스에서도 한 번에는 벌 수 없는, 그만한 빚을 대체 무슨 이유로 졌단 말인가.

의문에 가득 찬 눈을 감지했는지 아르셰의 표정은 어두웠다.

당연히 말하고 싶지 않을 것이다. 하지만 말해야만 한다. 여기서 말을 끊어버린다면 팀에서 쫓겨나도 이상하지 않다.

그렇게 생각했는지 아르셰가 겨우 무거운 입을 열었다.

"——우리 집안의 수치라 말할 수 없었어. ——우리 집은 선혈제에게 귀족 작위를 박탈당한 가문이야."

선혈제—— 지르크니프 룬 파로드 엘 닉스.

그 별명 그대로, 자신의 두 손을 피로 물들인 황제였다.

아버지인 선대 황제를 불의의 사고로 잃고 즉위하였고, 그 직후 5대 귀족 중 하나였던 어머니의 친가를 황제 암살 혐의로 단절했다. 나아가서는 형제들을 잇달아 없앴다. 성 내에 휘몰아친 죽음의 바람에 등을 떠밀린 것처럼 어머니도 그 무렵 사고로 죽었다.

물론 반대 세력은 있었다. 그러나 황태자였던 무렵에 기사라는 무력을 장악했던 선혈제의 적수는 되지 못했다. 압도적인 군사력을 배경으로 유력 귀족들을 밀 이삭이라도 수확하듯 소탕했다. 마지막에는 본심이야 어쨌든 황제에게 충성을 맹세한 자들만이 남아 완전한 중앙집권이 확립되었다.

하지만 선혈제는 여기서 그치려 하지 않았다. 무능한 자는 필요 없다는 말과 함께 수많은 귀족의 작위를 박탈했고, 반대로 유능하다면 평민이어도 천거한다는 정책에 따라 권력을 반석처럼 다져놓았다.

모두가 놀란 점은 두 가지. 터무니없는 규모의 적대 귀족 토벌극은 신들린 듯한 수완으로 실행되어 국력을 떨어뜨리지 않았던 점. 그리고 이를 이룬 황제는 당시 겨우 10대 초반의 소년이었다는 점.

그런 인물 덕에 몰락한 귀족은 드물지 않다. 다만——.

"——그래도 부모님은 아직까지 귀족 같은 생활을 해. 물론 그런 돈이 있을 리 없지. 그래서 조금 좋지 못한 곳에서 돈을 빌려 충당했어."

세 사람은 얼굴을 마주 보았다.

잘 감추기는 했지만, 하나같이 언짢아하고 분노했음을 알 수 있었다.

『——마법 실력에 자신이 있다. 동료로 넣어줘.』

자신의 키보다도 큰 지팡이를 두 손에 든 가녀린 아이가 그런 말을 하면서 나타났을 때는 모두들 어이없다는 표정을 지었다. 그 표정을 떠올린 사람은 헤케란만이 아닌 모양이었다. 그리고 그 후 아르세의 마법 실력을 알았을 때의 아연 실색하던 얼굴까지도.

그로부터 2년 이상이 지나 수많은 모험—— 자칫 잘못하면 죽을 수도 있는 모험을 넘어서면서 상당한 돈을 벌었지만 아르세의 장비는 별로 바뀔 줄을 몰랐다.

그 이유를 지금에야 겨우 알았다.

"진짜야? 우리가 따끔하게 한마디 해줄까?"

"신의 말씀을 들려드려야 겠군요. 아니아니, 신의 주먹이 먼저일까요?"

"귀에 구멍이 뚫리지 않았을지도 모르니까 우선은 구멍부터 뚫고 봐야겠지?"

"——기다려줘. 이렇게 된 이상 내가 말할게. 경우에 따라서는 여동생들을 데리고 집을 나오겠어."

"여동생이 있어?"

고개를 끄덕이는 아르세. 세 사람은 다시 얼굴을 마주 보았다. 입 밖으로는 내지 않았지만, 이 일을 그만두게 하는 편이 좋지 않을까 생각했기 때문이다.

워커는 분명 모험자보다도 돈을 잘 버는 직업이다. 그런 반면 위험도가 매우 높은 직업이기도 하다. 안전을 확인하고 일을 선택해도 예기치 못한 사고는 부지기수다.

자칫하면 동생들을 남기고 죽을지도 모른다. 그러나 여기서부터는 쓸데없는 참견이 된다는 것이 모두의 심정이었다.

"그렇군……. 그럼 일단 아르셰의 문제는 받아들이고 넘어가지. 그 건의 해결은 아르셰에게 맡기기로 하고…… 이번 일을 받아들일지 어떨지를 얘기해보자."

헤케란은 여기까지 말하고는, 아르셰에게 싸늘한 시선을 보냈다.

"아르셰. 미안하지만 너에게는 결정권이 없어."

"──미안하긴 뭘. 문제없어. 금전 문제를 끌어안은 나는 올바른 판단을 내리지 못한다는 것쯤은 잘 아니까."

돈에 눈이 멀 수 있다는 소리다.

"──솔직히 이 팀에서 쫓겨나지 않는 것만으로도 다행이지."

"무슨 소릴 하냐. 너처럼 실력 좋은 매직 캐스터가 동료로 들어온 건 우리한테도 행운이었어."

이건 빈말이 아니었다. 사실이다.

특히 그녀의 탤런트. 기적적으로 부여받은 그 눈에 헤케란 일행이 몇 번이나 도움을 받았는지 알 수 없었다.

아르셰의 탤런트에 이름을 붙인다면, 간파의 마안(魔眼)이라고 해야 할까.

마력계 매직 캐스터는 눈에 보이지 않는 마력의 오라 같은 것을 몸 주위에 펼치고 있다고 하는데, 아르셰는 이능으로 이를 볼 수 있으며 상대가 마력계 몇 위계 마법까지 쓸 수 있는지를 간파한다.

상대의 역량을 간파한다는 것이 얼마나 도움이 되는지는 말할 필요도 없으리라.

그녀 외에 같은 능력을 가진 자는, 헤케란이 아는 한 제국에서 단 한 사람뿐이다. 그것은 제국 최고의 대 매직 캐스터 —— 플루더 팔라다인.

눈만 놓고 본다면 아르셰는 그 위대한 플루더에게 필적한다는 뜻이다.

"하지만 마법학원은 이렇게 우수한 아이를 왜 방출했담."

"동감입니다. 이 나이에 저와 같은 위계까지 구사할 수 있는데 말입니다. 어쩌면 제6위계까지 도달할 수 있을지도 모르지요."

"——그건 어려울걸. 하지만 가능성이 조금이라도 있으면 좋겠어."

조금이나마 공기가 누그러졌을 때, 헤케란은 손뼉을 한 번 쳤다. 그 메마른 소리가 모두의 시선을 모았다.

"자, 이번 의뢰를 받을지 말지 말해보자. ——로버딕."

"괜찮을 것 같습니다."

"이미나는?"

"괜찮지 않겠어? 오랜만에 받은 제대로 된 일이고."

워커 일도 그리 빈번히 들어오는 것은 아니다. 분명 얼마 전까지 카체 평야의 언데드를 퇴치하기는 했지만 그것은 성과급을 받는 몬스터 퇴치일 뿐, 의뢰자가 있는 일과는 좀 다르다.

"그렇다면——."

"——날 걱정해서 그러는 거라면 관둬. 만약 이번 일을 받지 않더라도 다른 방법이 있으니까."

세 사람의 시선이 오가고, 이미나가 씨익 웃었다.

"설마아. 생각 좀 해봐. 나쁜 조건이 아니란 걸 알았잖아? 보수도 듬뿍. 그치, 로버?"

"그렇습니다. 당신을 위해서가 아니에요. 미지의 유적에 잠든 수많은 아이템. 안 그렇습니까, 헤케란?"

"들었지, 아르셰? 발견자로 이름을 퍼뜨리지 못한다는 건 유감이지만."

"——고마워."

꾸벅 고개를 숙인 아르셰에게 세 사람은 서로 눈짓을 하며 웃음을 나누었다.

헤케란이 말했다.

"그럼 아르셰는 나하고 가서 금권판을 환전하자. 나머지 둘은 모험도구를 준비해줘."

모험에 쓰기 위한 도구, 로프며 기름, 마법 도구 같은 것은 면밀히 체크해두어야 한다. 꼼꼼한 로버딕과 도적 기술도 쓸 수 있는 이미나에게 적합한 일이었다. 아니, 헤케란에게 적합하지 않다고도 할 수 있겠지만.

"그럼 행동을 개시할 텐데…… 아르셰."

왜 그러냐는 듯 고개를 갸웃하는 아르셰에게 헤케란은 의문으로 여겼던 점을 물었다.

"너 말이야, 이번 보수 가지곤 빚을 갚기에는 부족할 텐데?"

"――문제없어. 그 정도 상황하면 조금 더 기다려줄 테니."

"나머지 액수 정도는 빌려줄 수 있는데?"

"그렇습니다. 이다음 보수로 갚아주시면 되지 않습니까."

결코 준다고는 하지 않지만 그것은 당연하다. '포사이트'는 모두가 대등하니까.

"――그건 사양하겠어. 이젠 슬슬 부모님이 갚아야 할 때니까. 최소한의 효도라 생각해 시간은 주겠어."

"그 말이 지당하네."

넷이 얼굴을 마주 보고, 각자 해야 할 일에 착수하기로 했다.

3

제도의 한 구역에 있는 고급 주택가에는 넓은 부지에 오래됐으면서도 든든한, 그러면서도 호화로운 저택이 늘어서 있었다. 역사가 느껴지면서도 결코 낡지는 않은 가옥의 주민은 당연히 대부분 귀족이다.

귀족의 저택이란 하나의 스테이터스 심벌이며, 돈이 아

깝다고 저택을 치장하지 않는 자는 귀족 계급에서는 조롱의 대상이 된다.

세간, 보석, 의류, 저택, 정원—— 아름답게 장식된 이러한 것들은 귀족사회라는 전장에서는 군사력과 마찬가지다. 재력은 물론 연줄이 얼마나 넓고 깊은지를 거짓 없이 전달해주기 때문이다. 빈궁한 집에 살면 그만큼 비웃음을 산다. 그렇기에 어지간히 정치에 관심이 없는 무인 기질의 귀족이 아니고선 모두들 자신의 몸과 집을 치장해대는 것이다. 말하자면 군사적 시위행동이지만, 그것도 이에 걸맞은 힘을 가진 자에 한정되는 법.

주위로 눈을 돌려보면 몇 가지 사실을 알 수 있다.

제도 내에서도 치안이 매우 좋은 구역이며, 조용한 거리다. 그러나 이 근방의 정적에는 그것과는 다른 이유도 있는 것 같았다. 인기척을 느낄 수 없는 가옥이 여럿 보이는 것이다.

실제로 그러한 저택에는 사람이 없었다. 선혈제에게 신분을 박탈당해 저택을 유지할 수 없게 된 옛 귀족들이 포기한 집이기 때문이다.

공허한 빈 껍질만이 늘어선 그 속에, 아직도 주민을 가진 한 저택이 있었다. 하지만 외벽은 제대로 손질하지 못했고 정원수도 가지치기를 소홀히 한 것 같았다.

그런 저택의 응접실에서 굳은 표정을 한 아르셰를 맞아준

것은 그녀의 부모님이었다. 귀족이란 이런 것이라는 양 기품 있는 얼굴로 질 좋은 옷을 입고 있다.

"오오. 어서 오너라, 아르셰."

"어서 오렴."

두 사람에게 대답을 하기도 전에, 아르셰는 테이블 위에 있는 유리세공품에 시선을 돌렸다. 매우 섬세한 조각이 가미된 유리잔으로, 고급품 특유의 점잔 빼는 분위기를 풍겼다.

아르셰가 뺨을 실룩거린 이유는, 그것이 이제까지 집에서 본 적이 없는 물건이기 때문이었다.

"——그건?"

"오오, 이건 그 유명한 예술가 장——."

"——그런 것을 물어본 것이 아닙니다. 이제까지 우리 집에 없었던 물건이 왜 여기 있느냔 말입니다."

"그건 말이지, 오늘 아침에 샀기 때문이란다."

매우 가벼운—— 오늘 날씨 이야기를 하는 듯한 아버지의 말에 아르셰의 몸이 휘청 흔들렸다.

"——얼마에?"

"흐음…… 분명 금화 15닢이었던가? 싸지?"

아르셰는 어깨를 축 늘어뜨렸다. 이번 선불로 빚을 일부나마 갚았는데 다시 빚이 늘어나면 누구나 이렇게 될 것이다.

"——왜 샀습니까."

"귀족은 이런 것에 돈을 들이지 않으면 비웃음을 사는 법이다.”

자랑스럽게 웃는 아버지에게 이제는 아르셰라 해도 적의가 깃든 눈을 하지 않을 수 없었다.

“──우리는 이제 귀족이 아닙니다.”

그 말에 아버지의 표정이 굳어지더니 시뻘겋게 물들었다.

“무슨 소리냐!”

아버지는 테이블을 쾅 두드렸다. 응접실의 두꺼운 테이블이었으므로 유리잔이 전혀 움직이지 않은 것을 다행이라 해야 할까. 아르셰야 깨져도 상관없다고 생각했지만 설령 깨졌다 해도 아버지는 후회하지 않을 것이다. 겨우 금화 15닢짜리 지출이라고 생각할 뿐.

아르셰가 분노를 억누르는 동안에도 아버지는 침을 튀겨가며 고함을 질러댔다.

“그 코흘리개 애송이가 죽으면 우리 가문은 당장에라도 귀족으로 부활할 게다! 우리 가문은 100년도 넘게 제국을 지탱했던 역사 있는 귀족 가문이야! 그걸 단절하다니, 누가 용서하겠느냐! 이것은 그러기 위한 투자다! 게다가 이렇게 힘을 과시하여 그 어리석은 놈에게도 우리 가문이 굴하지 않았음을 보여주어야 하지 않겠느냐!”

어리석다.

흥분하여 콧김을 씩씩거리는 아버지를 아르셰는 그렇게 평가했다. 그가 말하는 애송이란 선혈제를 말하는 것이겠지만, 황제는 아르셰의 가문 따위에는 아무 생각도 없을 것이다. 애초에 이런 짓이 아니라 다른 수단으로 돌아보게 만들어야 하지 않겠는가.

자신의 조그만 세계에 사로잡혀 바깥을 전혀 보지 못한다.

아르셰는 힘없이 고개를 가로저었다.

"둘이 싸우지 마세요."

천하태평한 어머니의 말에 아르셰와 아버지의 대치는 일시 휴전으로 끝났다.

어머니가 일어나더니 아르셰에게 작은 병을 내밀었다.

"아르셰, 너에게 줄 향수를 샀단다."

"——얼마?"

"금화 3닢이지."

"그래요…… 고맙습니다."

합계 금화 18닢. 마음속으로 계산하면서 아르셰는 어머니에게 인사를 하고, 양도 별로 많지 않은 병을 받아 그것을 주머니 속에 단단히 집어넣었다.

아르셰의 입장에서는 어머니를 냉랭하게 보기 힘들었다. 왜냐하면 향수나 화장품 같은 것은 보기에 따라서는 그나마 현명한 구매라고 할 수 있기 때문이다.

몸가짐을 단정히 하고 좋은 파티에 출석해 힘 있는 귀족들을 반하게 만드는 것. 여자의 행복은 결혼과 임신, 출산, 육아에 있다는 사고방식은 귀족의 관점에서 보자면 상당 부분 옳다. 그러기 위한 투자로 이러한 물건을 사는 것은 잘못되지 않았다.

다만, 그래도 지금 이 집의 상태에서 향수는 말이 안 되지 않느냐는 생각도 있었다. 애초에 금화 3닢이면 평민 3인 가족이 한 달을 지낼 수 있는 금액이다.

"──몇 번이나 말했듯 낭비를 해서는 안 됩니다. 최소한도의 생활에 필요한 금액만 소비하십시오."

"그러니 말했잖느냐! 이건 필요한 소비라고!"

분노한 나머지 얼굴이 얼룩덜룩하게 물든 아버지를 아르셰는 지친 표정으로 바라보았다. 몇 번이나 되풀이되었고 그때마다 유야무야 끝났던 문제였다. 이렇게 된 것은 아르셰의 탓이기도 하다. 좀 더 일찍, 모종의 강압을 동원했더라면 이렇게는 되지 않았을지도 모른다. 그리고 '포사이트' 멤버들에게 폐를 끼치는 일도 없었을 것이다.

"──나는 이제 돈을 가져오지 않을 것입니다. 동생들과 집을 나가 살겠습니다."

그 조용한 목소리에 격앙한 것은 아버지였다. 이 집에 돈을 가져올 사람이 사라져선 곤란하다는 정도의 생각은 있는 모양이지. 아르셰는 그렇게 냉정한 생각을 했다.

"이제까지 호사를 누렸던 것이 누구 덕인 줄 알고!"

"──이미 은혜는 갚을 만큼 갚았습니다."

아르셰는 단언했다. 이제까지 넘겨준 금액은 엄청난 액수에 이르렀다. 그리고 그 돈은 원래 모험에서 얻은, 동료들과 함께 강해지기 위한 비용이었다. 물론 보수를 쓰는 방법은 저마다 다 다르다. 다만 암묵적인 양해로, 대부분 자신을 강화하기 위해 쓴다.

언제까지고 무장을 새로 맞추지 않는 아르셰를 보며 동료들은 어떻게 생각했을까.

무장을 강화하지 않는다는 것은 동료 한 사람만이 약한 채로 남아 있다는 뜻이다.

그러나 '포사이트' 멤버들은 아르셰에게 결코 그런 말을 하지 않았다. 그동안 그 배려에 너무 기댔다.

아르셰는 눈에 힘을 주고 노려보았다. 강인한 의지를 느끼게 하는 시선에 아버지는 움츠러든 것처럼 고개를 돌렸다. 당연하다. 사선을 넘나들고 있는 아르셰가 단순히 어리석은 귀족에게 질 리 만무하다.

아무 말도 못하게 된 아버지를 노려보고, 아르셰는 방을 나갔다.

등 뒤로 손을 돌려 문을 닫고 하아 한숨을 내쉬었다. 그 타이밍을 노린 것처럼 누군가가 말을 걸었다.

"아씨."

"——자임스, 무슨 일인가?"

오랫동안 그들을 섬겼던 집사 자임스였다. 주름 많은 그의 얼굴은 긴장감 때문에 딱딱했다. 즉시 그 이유를 짐작했다. 그것은 아버지가 몰락한 후로 종종 보았던 표정이었기 때문이다.

"아씨께 이런 말씀을 드리기는 저어되옵니다만……."

아르셰는 손을 들어 그 이상 말을 하지 않도록 제지했다. 응접실 앞에서 나누어야 할 이야기가 아니라 판단하고, 둘이서 조금 멀리 떨어졌다.

아르셰는 품에서 조그만 가죽자루를 꺼내 이를 벌렸다. 안에는 다양한 종류의 광채가 있었다. 가장 많은 것은 은색이었다. 이어서 구리. 가장 적은 것은 금색이었다.

"──이걸로 어떻게든 되겠는가?"

가죽자루를 받아 내용물을 확인한 자임스의 얼굴이 살짝 누그러졌다.

"급료 및 상인에게 갚을 외상…… 어떻게든 될 것 같습니다, 아씨."

"──다행이군."

아르셰도 안도의 한숨을 내쉬었다. 일을 해 돈을 가져오지 않으면 그 순간 무너져 버리는 그런 상태였지만, 아직은 어떻게든 해결할 수 있음을 알고.

"──아버지에게 물건을 사지 못하게 할 수는 없었나?"

"무리였습니다. 유리잔을 판 사람이 주인 나리의 지인 귀족 분과 함께 오셨거든요. 나리께는 거듭 말씀을 드렸으나……."

"──그랬군."

둘이 나란히 한숨을 쉬었다.

"──잠깐 듣고 싶네. 만일 지금 고용한 자들을 전부 해고한다면, 금액이 최소한 얼마나 필요한가?"

자임스의 눈이 살짝 커지고, 쓸쓸하게 미소를 지었다. 그 속에 동요의 빛이 없었던 것은 그도 각오했기 때문이리라.

"그러면 금액을 대체로 계산해 대령하겠습니다."

"──부탁하네."

그때, 경쾌하게 달려오는 가벼운 발소리가 들렸다. 그쪽으로 눈을 돌리지 않아도 누구인지 알 수 있었다.

입가에 살짝 웃음을 지은 아르셰가 돌아보니 달려오는 그림자 하나가 있었다. 그대로 속도를 늦추지 않고 아르셰에게 부딪친다.

품에 뛰어든 것은 키가 100센티미터도 안 되는 소녀였다. 나이는 다섯 살 정도일까. 눈언저리가 아르셰와 매우 닮았다. 그런 소녀는 부루퉁 불만스럽게 핑크색 뺨을 부풀렸다.

"딱딱해."

아르셰의 가슴이 납작하기 때문이 아니다. 가죽을 많이 쓴 모험용 옷은 방어능력이 탁월하다. 특히 가슴에서 복부에 걸쳐 단단한 가죽을 쓰고 있다. 그곳에 뛰어들었으니 짓눌리는 느낌이 들었을 것이다.

"──안 아프니?"

소녀의 얼굴을 만지고 머리를 쓰다듬었다.

"응! 괜찮아, 언니!"

소녀는 생긋 웃었다. 아르셰도 동생에게 웃음을 지었다.

"……그러면 저는 이만."

두 사람을 방해하지 않으려고 걸어가는 집사에게 눈으로 인사를 하고, 아르셰는 여동생의 머리를 다시 쓰다듬었다.

"우레이, 뛰어다니면……."

여기까지 말하려다 아르셰는 입을 다물었다. 귀족 영애가 복도를 뛰어다니다니, 예의에 어긋나는 짓이다. 하지만 아버지에게 말했듯 이제 아르셰와 그녀는 귀족이 아니다. 그러면 뛰어다녀도 되지 않을까.

그러는 동안에도 아르셰의 손은 멈추지 않고 머리를 이리저리 쓰다듬었다. 소녀는 그 손길에 티 없는 웃음소리를 냈다. 아르셰는 주위를 둘러보고 또 한 사람이 없는지를 확인했다.

"——쿠데는?"

"방에!"

"그렇구나……. 잠깐 할 이야기가 있는데, 같이 가자꾸나."

"응."

동생의 명랑한 웃음. 이 웃음을 지키는 것이 자신의 역할이다. 그렇게 확신하고, 아르셰는 동생의 조그만 손을 잡았다.

아르셰의 손에 쏙 들어오는 조그만 손에서 따뜻한 체온이
전해졌다.

"언니 손 딱딱해."

아르셰는 반대쪽 손을 보았다. 모험 때문에 몇 번이나 베
이고 단단해진 손은 이미 귀족 영애의 손이 아니었다. 그러
나 후회하진 않는다. 이 손은 친구―― '포사이트' 동료들
과 함께 살아왔던 증거니까.

"그래도 정말 좋아해!"

두 손으로 자신의 손을 꼬옥 잡는 동생을 보며 아르셰는
미소 지었다.

"――고마워."

*

제도 북부시장은 여느 때처럼 활기로 가득했다. 다만 이
곳에 오는 손님들 중 일반인은 매우 적으므로, 사람으로 가
득한 중앙시장과는 달리 길가에 늘어선 노점을 쳐다보며 걸
어도 사람들과 부딪치는 일은 없다.

시장에 도착한 헤케란과 로버딕은 눈에 익은 광경에 어깨
에서 힘을 빼며 어슬렁어슬렁 걷기 시작했다.

경계라는 말이 머리에서 떠나간 이 편안한 태도는, 북부
시장은 소매치기나 날치기가 없는―― 어쩌면 제도에서도

가장 치안이 좋은 장소이기 때문이다.

"그래서 헤케란. 일단은 뭘 사실 겁니까?"

"우선 치유 아이템. 예산으로 보자면 경상 치유 완드를 노리고 있는데, 경우에 따라서는 중상 치유 완드로 할지도……. 사용 횟수 잔량이 절반 정도로 줄어든 건 사지 않겠어. 분묘라고 했으니, 어쩌면 언데드에게 사용하게 될지도 모르잖아. 그리고 언데드 대책의 기본이니 독과 병을 막아줄 아이템, 부정 에너지 대책, 가능하다면 비실체 언데드 대책도 세워두고 싶고. ……효과가 영구적인 아이템은 비싸니까, 그런 마법이 적힌 스크롤이라도 문제는 없겠지만……."

완드는 사용 횟수만큼 같은 마법을 쓸 수 있는 아이템이므로, 스크롤로 사는 것보다도 마법 한 번에 대한 비용이 싸게 먹힌다. 그러므로 상처 치유 마법처럼 모험에서 자주 쓰는 마법은 완드로 사두는 편이 비용이 절약된다.

"그랬군요. 선물이라도 사러 온 건가 생각했지요. 저를 부른 이유는 의견을 듣고 싶어서가 아닐까 하고."

"선물?"

"……아무것도 아닙니다, 헤케란. 그러면 숨은 보물이 있는지 열심히 찾아보지요."

"……어, 응."

이 시장에 늘어선 노점은 하나같이 볼품이 없었다.

대부분은 얄팍한 널빤지 한 장으로 만든 상품대에 아이템을 딱 하나만 올려놓고 있다. 그나마 신품은 거의 없고 어딘가 낡았거나 남루한 중고뿐이다.

그런 물건을 파는 자들은 나름 연륜이 느껴지는 면면들이었다. 팔뚝이 굵거나, 혹은 매직 캐스터 차림을 하고 있는 등 교섭이나 상품 가격 설정에 익숙하다기보다는 전투능력이 뛰어날 것 같다.

언뜻 보면 경호병이 가게를 지키는 모습인 것 같지만, 그들은 어엿한 노점 주인이다. 다만 가게 주인으로 나오는 것은 하루뿐이며 평소에는 모험자나 워커로 생계를 꾸려나간다. 다시 말해 헤케란이나 로버딕과 같은 업계 사람인 것이다.

그들은 자신들이 이제까지 쓰던 아이템, 혹은 모험 도중에 발견했지만 팀 내에서 사용할 사람이 없었던 아이템을 이곳에서 판매하는 것이다. 매직 아이템을 전문으로 판매하는 상인이나 마술사 조합에 파는 것보다도, 살 사람을 스스로 찾아 교섭하는 편이 중개비용 같은 수수료가 없는 만큼 파는 사람에게도 사는 사람에게도 이익이 많다. 상공조합 같은 곳에 지불할 소소한 점포 신청 비용을 염두에 둔다 해도.

그러한 사정 때문에 헤케란과 로버딕처럼 우선 이곳부터 보러 오는 모험자나 워커는 많다. 제도에 있는 동안에는 매일같이 숨은 보물을 발굴하러 오는 자도 있을 정도였다.

그리고 이것이 북부시장에 범죄자가 적은 이유다. 누가 전투의 전문가들에게서 금품을 훔치려 하겠는가. 원한을 샀다간 무시무시한 일이 벌어지리란 사실을 알면서도.

한동안 노점을 둘러보던 두 사람의 얼굴은 어둡지는 않았지만 밝지도 않았다.

"없군요."

"없네."

필요 없는 아이템을 판매하는 만큼 헤케란 일행에게도 필요 없는 아이템이 대부분이었다. 두 사람보다도 하위의 모험자나 미숙한 워커라면 구입할 만한 아이템은 있지만, 유감스럽게도 두 사람이 —— 동료들까지 생각해도 —— 쓸만한 것은 없었다.

"유감이군요. 역시 평범하게 사러 가는 편이 빨랐을지도 모르겠습니다."

"있으면 좋겠다 싶어서 왔던 거니까 없으면 어쩔 수 없지. 뭐, 이런 꼼꼼한 절약이 저축의 첫걸음이라는 거야."

"저축이라……. 헤케란, 어떻게 생각하시나요?"

"그 말만 가지고 무슨 소린지 알아먹으면 내가 초고위 매직 캐스터게? ……아르셰 얘기지?"

"아시면서 그러십니까."

"뭐, 이야기의 흐름으로 대충 예측한 거니까."

"그러면 제가 무슨 말을 하려 했는지도 아시겠군요."

"……이게 마지막 모험이 될지도 모른다는 말이지?"

"그렇게 불길한 말씀은 하지 마십시오."

로버딕은 쓴웃음을 지었다.

"그래도 썩 틀린 말은 아니군요. 아르세 씨는 동생들을 데리고 나오겠다고 했지만, 그렇게 되면 모험에 나가기는 쉽지 않을 테니까요."

"그렇겠지. 다른 기술을 익힌달까, 모험에 안 나가도 돈을 벌 만한 일을 찾아야겠지."

"일 자체는 금방 찾을 겁니다. 그녀는 제3위계 매직 캐스터니까요. 가족—— 동생들이 몇 명 있는지는 모르지만 서너 명 정도라면 부양할 수 있을 테지요."

"응, 그렇겠지? 그러니까 데리고 나오겠다고 했겠지."

"그렇다면 문제는 저희 쪽이지요. 마술사Wizard인 아르세 씨가 팀에서 나간다면, 다음 멤버를 어떻게 할지."

"어디 근처에 제3위계 마력계 매직 캐스터 하나 안 떨어져 있을까?"

"꿈은 침대 위에서 꾸세요. ……저희가 모험자라면 조합에 문의했겠지만…… 그냥 찾으려면 운이 차지하는 비중이 크지요."

두 사람은 얼굴을 마주 보며 동시에 한숨을 쉬었다.

동료를 잃거나, 혹은 함께 모험을 할 수 없게 되거나, 또는 혼자서만 팀 내에서 균형이 맞지 않는 실력을 가졌을 때. 그럴 때는 모험자도 워커도 팀을 탈퇴한다. 이것은 결코 드문 일이 아니다. 처음부터 마지막까지 같은 팀에 속하는 일은 상당히 드문 케이스이며 어지간하면 두세 번은 팀에서 팀으로 이동하게 된다.

헤케란, 로버딕, 이미나도 그랬다.

다만, 그렇다고 해서 마력계 매직 캐스터── 그것도 제 3위계까지 구사할 수 있으면서 현재 동료를 가지지 못한 워커를 발견하기가 쉬우냐고 하면, 전혀 그렇지 않다.

"제2위계 매직 캐스터를 동료로 받아서 단련시킬까?"

"그건 마지막 수단이 아닐까요? 가능하다면 그렇게는 하고 싶지 않습니다."

"다른 팀에서 뽑아오기도 어렵고. 애초에 워커가 되겠다는 놈들은 어딘가 성격이 이상한 놈들이 많으니, 함부로 끌어들였다간 문제만 생길 테고. 전투광이라든가."

"……그런 의미에서 보자면 우리는 기적적이지요."

"다들, 까놓고 말해 돈이 필요하다는 이유만으로 모인 보기 드문 사례지. 뭐, 아르셰는 나중에 소문을 듣고 왔으니 좀 다를지도."

"아르셰 씨가 왔던 것도, 우리가 마지막 한 사람을 어떻게 할까 생각하던 때였지요."

로버딕이 어딘가 먼 곳을 바라보는 듯한 눈을 했다. 헤케란은 자신도 같은 눈빛이 아닐까 생각했다.

"그때 마시던 음료까지도 기억납니다. ……아르셰 씨가 왔을 때는 타이밍이 너무 좋아서, 신께서 이 팀을 만들라고 하시는 게 아닌가 싶었을 정도였거든요."

"헤에, 그거 대단한걸. 난 거기까진 기억 안 나는데. 로버는 뭘 마시고 있었어?"

"물이지요."

"평소랑 똑같구만! ⋯⋯진짜 술을 안 마신다니까. 이미나처럼 마시면 싫지만."

"어쩔 수 없잖습니까. 술을 못하니. 반면에 이미나 씨의 술버릇이 나쁜 것도 좀 그렇기 하쥬⋯⋯."

"뭐, 로버는 한 잔 마시기만 하면 얼굴이 빨간색 파란색을 거쳐 흰색으로 변하니까. 마법으로 해독하지 않았으면 처음 마셨던 그때, 어떻게 됐으려나."

"이 자리엔 제가 아닌 다른 사람이 있었을지도 모르지요. 술 때문에 죽는 사람도 있다니."

로버딕은 어깨를 으쓱했다.

"이야기가 엇나갔군요. 아르셰 씨가 나갈 경우 어떻게 하시겠습니까? 팀을 해산할 가능성도 있나요?"

"⋯⋯멤버가 모이지 않으면 그럴 수밖에 없겠지? 셋이서 모험하기는 너무 위험해. ⋯⋯아니면 모험자로 돌아갈까?"

"남을 돕는 데 신전의 의향을 따라야만 하는 신분은 이제 싫습니다. 그러느니 차라리 은퇴하지요."

"은퇴라——. 그것도 나쁘지 않겠네."

"저는 저축한 돈도 있고, 무언가 남에게 도움이 되면서 약한 사람들을 구할 수 있는 그런 일에 종사하고 싶습니다. 개척마을에서 밭일을 하며 신관 흉내를 내는 것도 나쁘지 않겠지요. 헤케란은 어떻게 할 겁니까?"

"난 어떻게 할까."

로버딕이 입가를 씨익 틀어올렸다.

"……혼자서 결정하셔도 괜찮겠습니까?"

로버딕의 발언이 헤케란의 머릿속까지 스며드는 데에는 다소 시간이 걸렸다. 이윽고 진의를 깨닫고, 얼굴을 굳혔다.

"――이봐아!"

"큭큭……."

사악한 웃음이었다.

"제가 눈치 못 챘을 줄 알았습니까?"

"아~. 아―. 아―! 아―! 아니, 숨겼던 건 아니지만 말이야. 그 왜, 타이밍이란 게, 그치? ……그런 소리였구만. 선물이라."

"누가 먼저였습니까?"

"어, 로버! 저기 좀 봐봐!"

헤케란이 가리킨 곳에는 훌륭한 천막 밑에 늘어선 상품을 보는 2인조가 있었다.

한 사람은 칠흑의 갑옷을 걸친 전사. 진홍색 망토를 등에 늘어뜨리고 거대한 검을 짊어졌다.

"상당히 억지로 화제를 돌리는군요……. 뭐, 좋습니다.

나중에 제대로 들려주십시오. 음— 장비는 멋진데, 알맹이도 거기에 어울린다면 매우 뛰어난 전사겠군요. 우리도 아는 사람이 새로운 장비를 구입한 걸까요?"

"모르겠지만, 이제까지 제도에 있던 사람은 아닐 거야. 왜냐하면 봐봐. 그 옆에, 가려서 잘 안 보이지만 여자가 있잖아? 저 사람은 본 적이 없어."

"제 위치에선 각도가 좀 안 좋군요. 이미나 씨와 비교하면 어느 쪽이 예쁩니까?"

"──관두자고, 그런 화제는. 내 입으로 말할 수 있겠냐! ……솔직히 말하면 저 여자가 더 예쁘네."

"이미나 씨는 상당히 아름다운 여성입니다만? 거기에 사랑이라는 토핑까지 얹힌 헤케란 씨가 그렇게 말한다면……. 그럼 두 사람 모두 여행자 내지는 흘러든 모험자겠군요. 어쩌면 제도로 거점을 옮겨 새로 일을 시작하려는 사람들인지도 모르겠습니다."

"하지만 생활용 매직 아이템을 사고 있는데? 이상하지 않아?"

그 훌륭한 천막에는 다양한 매직 아이템이 있었다. 다만 그것들은 모험자나 워커가 쓰는 매직 아이템과는 종류가 다른, 일상생활에서 쓰이는 것들이었다. 예를 들면 상자 안에 냉기를 발생시켜 안에 든 것이 잘 상하지 않게 해주는 냉장고. 바람을 일으켜 더위를 식혀주는 선풍기 같은.

이러한 아이템은 200년 전에 '입만 현자'라 불렸던 한 미노타우로스가 고안한 것들이 많다.

다양한 아이템을 고안했지만 그것을 만들 능력도 없었고, 어떻게 그런 형상이 되는지, 어떤 원리로 그런 결과가 나오는지 설명할 수 없었기 때문에 그런 별명이 붙은 전사였다.

하지만 전사로서는 초일류였다고 한다. 도끼를 한 번 휘두르면 회오리바람을, 대지에 꽂으면 지진을 일으켰다는 허무맹랑한 전설도 있다. 게다가 인간종을 식량으로밖에 보지 않았던 미노타우로스의 대국을 움직여 인간종을 노동 노예 계급까지 끌어올렸다는 사실로도 유명하다.

그런 아인종이 고안한, 모험에 가져가기는 힘든 생활용품 계통의 매직 아이템을, 숙소에서 생활하는 경우가 많은 일반적인 모험자가 탐내는 것은 진귀한 광경이었다.

"그렇게 이상할 것도 없습니다. 제국의 마법기술은 상당히 뛰어나니까요. 다른 나라보다도 값이 싸니, 가지고 돌아갈 수고를 생각해도 싸게 먹힌다고 판단한 것 아닐까요?"

"아, 그렇구나. 그렇게 생각할 수도 있겠네."

"물론 저희를 기준으로 보면 이상하지만, 여행자라고 생각하면 이상할 것도 없습니다."

"그건 그래. 그렇게 보면 저 진지한 태도도 이해가 가네."

갑옷을 입은 전사는 그러한 매직 아이템을 매우 주의 깊게 만지작거리고 있었다. 문을 연신 열었다 닫아보고, 들었다가 뒤집어보고. 그를 상대하는 상인의 이마에서 땀이 흘러내리는 환영이 보일 지경이었다.

"우리도 저만큼 진지하게 아이템을 찾아보도록 하죠."

"그래야겠네."

2장 거미에게 붙잡힌 나비

Chapter 2 | Butterfly entangled in a spider web

1

아직까지 해가 뜨지 않은 시각. 백작의 저택 내 정원에 여러 워커들이 모여 있었다. 마지막으로 이곳에 도착한 헤케란을 비롯한 '포사이트'를 포함해 그 숫자는 18명. 이번 일을 위해 모인, 제도 내에서도 실력에 자신이 있는 워커들이었다.

각 팀마다 서로 조금씩 거리를 둔 채 품평하듯 관찰하다가 마지막으로 도착한 '포사이트'의 넷에게 일제히 시선이 모였던 것은 어떤 의미에선 장관이라고 할 수 있었다.

"아~ 어디서 본 얼굴이 여기저기 있네. 게다가 저기 있는 장수풍뎅이 아저씨는 바로 얼마 전에 카체 평원에서 만났잖아."

"어라, 여관에서 말 안 했던가? 그링엄네 팀에도 의뢰가 갔던 것 같다고…… 안 했던가? 그 비슷한 말을 했던 것 같은데……. 아무튼 이렇게 제도에서도 유명한 워커들이 모여 있답니다! 의뢰인님의 유복함에 박수!"

"박수는 됐습니다. 그보다 저기 계신 분들이 팀 리더 아닌가요?"

팀 단위로 나뉜 가운데 세 명 정도로 모여 정보를 교환하는 자들이 있었다.

"그링엄도 있고, 그러네. 틀림없겠어. 그럼 잠깐 인사하러 갔다 올게."

"……어! 으엑, 저 자식도 있어? 아~ 그렇구나. 그럼 저기 있는 엘프 여자애들은…… 끝장이네. 죽어버리라지, 빌어먹을."

이미나가 내뱉듯 말했다. 일단 목소리를 깔기는 했지만 헤케란 일행은 황급히 주위의 눈치를 살필 만큼 적의가 담겨 있었다.

"이미나 씨!"

"나도 알아, 로버. 이번에는 업무 파트너니까. ……그래도 저 자식 얼굴은 보고 싶지 않아."

"──나도, 좋아하진 않아."

"그야 좋고 싫고로 따지면 저도 싫습니다. 그래도 태도는 생각하셔야지요."

잔소리가 많다는 표정을 짓는 이미나와 로버딕 사이에 끼어들어 너스레를 떨듯 헤케란이 어깨를 으쓱했다.

"……이봐이봐, 이제 인사하러 가야 하는데 싫은 소리 하지 마. 얼굴에 드러나잖아."

"힘내십시오, 리더."

"남의 일이라고 편하게 말하네."

로버딕의 성원에 짐짓 얼굴을 찡그리며 대답해주고 헤케란은 그들 셋에게 다가갔다.

다가오는 헤케란에게 제일 먼저 말을 건 사람은 구리색 풀 플레이트 아머를 착용한 워커였다. 갑옷이 이상하게 둥그스름하며 어깨 부분이 매우 커서, 사람이라기보다는 똑바로 선 장수풍뎅이처럼 갑충에 가까운 외견이었다. 전방이 뚫린 투구의 이마 부분에 뿔이 달린 것을 보면 분명 노리고 했을 것이다.

다만, 분명 노리고 그러진 않았겠지만 그는 다리가 짧아 어린아이가 장수풍뎅이를 억지로 세워놓은 것 같은 모습이었다. 좋게 말해준다면 짧고 굵은 다리로 땅을 단단히 밟고 서 있어, 마치 드워프처럼 전사에 적합한 체격이었지만.

"예상은 했네만 역시 그대도 왔는가, 헤케란."

"그래, 그링엄. 제법 괜찮은 이야기 같아서 말이야."

헤케란은 나머지 두 사람에게도 가볍게 손을 들어주었다. 매우 스스럼없는 태도였는데도 그들에게서는 언짢아하는 기색이 없었다. 네 사람은 나이도 경험도 저마다 달랐지만 워커로서 실력을 비교하자면 동격이기 때문이다.

"너희네는⋯⋯."

헤케란은 그링엄의 팀에 눈을 돌리고 인원을 헤아리며 다시 물었다.

"다섯이잖아. 다른 멤버들은 어떻게 했어?"

"요양에 들어가 피로를 풀고 있다네. 그대의 팀과 같은 일을 했던 관계로, 파손된 물건도 수리하고 새로 구입도 할 겸."

이 사내―― 그링엄이 리더를 맡고 있는 팀 '헤비 매셔'는 멤버가 모두 열네 명이나 되는 대형 워커 팀이다.

인원이 많아 좋은 점도 물론 있다. 우선 업무의 성질에 따라 다양한 접근이 가능해 응용성이 풍부하다. 특히 의뢰에 맞춰 최적의 팀을 구성할 수 있다는 점은 상당히 유리하다.

다만 불리한 점도 있다. 보수를 머릿수로 나눠야 하므로 한 사람에게 돌아가는 몫이 줄어든다는 점이다. 그리고 뜻을 결정하기까지 시간이 걸리므로 움직임이 둔해지는 경우가 많다.

이러한 일장일단이 있고, 워커가 되려는 자들의 성격 때문에 인원이 많으면 언제 분열되어도 이상하지 않다. 그런데도 팀을 하나로 통솔해 완전히 장악하는 것을 보면, 그것만으로도 이 사내의 관리 운영 능력이 높다는 것을 알 수 있다.

"흐음, 거 힘들겠네. 하지만⋯⋯ 너무 많이 벌어서 남겨

진 동료들에게 원한을 사지 않도록 우리들을 서포트해주는
건 어때?"

"우문일세. 일이 끝나는 대로 리더로서 노고를 치하해주
어야 하는 만큼, 유감이지만 우리야말로 최선의 결과를 내
도록 노력할 거라네."

"이봐이봐, 너무 진지하게 나서지 말라고. 아니 그보다
도, 평소 말투로 얘기해도 괜찮은데?"

그링엄이 씨익 웃었다. 부정적인 감정을 느낀 헤케란은
어깨를 으쓱하고는 다른 사람을 돌아보았다.

"그쪽하고 얼굴 맞대고 얘기하는 건 처음이었지?"

잘 부탁한다며 손을 내밀자 그 사내도 악수를 했다. 든든
하고 단단한 손이었다.

가늘고 긴 눈이 움직여 헤케란을 바라본다.

"── '포사이트'. 소문은 많이 들었습니다."

방울 소리를 연상케 하는 시원한 목소리였다. 외견에 어
울린다고 해야 할까.

"'천무(天武)', 그쪽도."

투기장에서도 불패의 천재검사인 그를 모르는 워커는 없
을 것이다. 그런 '천무'는 어떤 의미에서는 1인으로 구성된
팀이나 마찬가지였다. 그것이 바로 이미나가 질색하는 이유
이기도 하지만.

"왕국 최강 가제프 스트로노프에 필적한다는 검술의 천

재와 함께 일하게 되어 기쁜걸."

"고맙습니다. 하지만 이제는 슬슬 그분이 바로 저에게
—— 에르야 우즈루스에 필적한다고 말을 바꿔야 할 때가
아닐지."

"오~ 거침없는데."

에르야는 희미하게 웃으며 거만하다고도 받아들일 수 있
는 표정을 지었다. 헤케란은 눈에 떠오를 것 같은 감정을 감
추려는 의미에서 연신 눈을 깜빡였다.

"그럼 유적에선 댁의 검술 실력을 기대하겠어."

"예, 맡겨만 주십시오. 이제부터 갈 유적에 고전할 만한
몬스터가 있다면 좋겠습니다만."

에르야는 허리춤의 무기를 툭툭 두드렸다.

"……어떤 몬스터가 있을지는 모르는걸? 용Dragon이 나
올지도."

"그거 무섭군요. 용처럼 강대한 몬스터라면 고전할 테니
까요. 하지만 승리를 보여드리지요."

그러시냐고 얼굴만으로 웃고 헤케란은 마지막 한 사람의
반응을 곁눈질로 살피며 감정을 억제했다.

검술 실력만으로 보자면 에르야는 오리하르콘 클래스 모
험자마저 능가한다는 소문도 있고 하니 큰소리라고는 단언
할 수 없는 대답이었다. 게다가 자신의 실력에 자부심을 가
진다는 것은 좋은 일이고, 능력 어필 또한 워커에게는 중요

한 덕목이다.

하지만 그것도 도를 지나쳐선 안 된다는 전제가 따른다.

세계 최강의 종족인 용.

천공을 날며, 입으로는 강렬한 입김Breath을 토해낸다. 비늘은 단단하고 육체능력은 타의 추종을 불허한다. 나이를 먹은 개체는 마법까지도 구사한다. 인간과는 비교도 안 될 만큼 긴 수명을 자랑하며, 그렇게 축적한 지혜는 현자조차 무릎을 꿇을 정도라고 한다.

그만한 강자이기에 사악한 적으로도, 용사에게 힘을 빌려주는 존재로도 이야기 속에 곧잘 등장한다. 고대 십삼영웅의 마지막 모험이 되었던 상대도 '신룡(神龍)'이라 불렸던 용이었다. 이처럼 영웅의 마지막 상대가 용인 경우는 흔하다.

그렇게 이야기에 등장하는 소재라고 해도, 용 같은 존재를 대상으로 거론했는데 저렇게 오만한 태도를 보일 수 있다면 이제는 그저 놀랄 따름이다. 연극적인 말투는 농담처럼 들리기도 하지만 유감스럽게도 에르야의 눈은 완전히 진심이었다. 자의식이 얼마나 비대한 걸까.

앞으로 향할 유적에 어떤 몬스터가 있을지 알 수 없으니, 에르야의 정신구조는 모두의 발목을 붙들 수도 있을 만큼 위험하다고 판단해도 좋을 것이다.

'별로 가까이하지 않는 게 낫겠네.'

죽는 거야 자기 마음이지만 저쪽에서 먼저 매달리기라도

했다간 골치 아프다. 헤케란은 슬쩍 미소를 지은 채 그렇게 판단하면서 에르야를 대할 방식에 수정을 가해두었다. 이용하고 버린다는 방향으로.

"저쪽이 '포사이트' 분들이군요. 어라——."

이미나를 본 에르야의 시선에 모멸과 차별적인 감정이 깃들었다.

에르야는 인간이야말로 가장 존엄하다고 생각하는 종교 국가 슬레인 법국 출신이라는 소문이 있다. 인간 이외의 피가 섞인 자들은 인간보다도 한 단계 낮은 위치에 있다고 보는 국민성이 있다.

그런 자가 본다면 하프엘프 이미나가 자신과 대등한 입장에서 이번 일에 참가한다는 사실이 불쾌할 것이다.

'이런 부분이 소문에 신빙성을 주는 이유인데……. 하지만 법국 출신이라면 세례명이 있을 테고. 물론 버렸다는 소문도 있긴 하지만.'

헤케란은 마음속으로 투덜거리면서 혹시나 몰라 못을 박아두었다.

"……이봐, 내 동료들에게 손대진 말라고."

"물론이지요. 이번 일에서는 파트너니까요. 서로 힘을 합쳐야지요."

"그 말, 믿어도 되겠지?"

에르야라는 자에게서는 힘을 가진 어린아이가 그대로 성

장해버린 것 같은 무서움이라고나 할까, 정신적인 불균형이 느껴졌다. 못을 박아두어도 안심할 수 없는 언짢은 분위기가.

"네, 믿어주십시오. 그래서 조금 전 이야기로 돌아가자면, 어쨌거나 여행 도중 지휘권은 맡지 않겠습니다. 어지간한 일이 없는 한 전체를 통솔하실 분의 지시에 따를 테고, 전투가 벌어지면 정면을 맡아도 상관없습니다. 모두 제 칼로 베어버리지요."

"그려, 알겠어."

"……그러면 저는 팀 쪽으로 가볼 테니, 무슨 일이 있으면 말씀해 주십시오."

에르야는 고개를 꾸벅 숙이고 걸어갔다.

에르야가 간 곳에서 기다리던 여러 명의 여성을 보고 헤케란의 얼굴이 한순간 일그러질 뻔했다. 하지만 감정을 겉으로 드러낼 수는 없다. 어떤 감정을 가졌는지 남에게 알려져 불이익이 되는 경우도 있다. 그런 짓을 해서는 리더 실격이다.

감정을 억누르고 표정을 지웠다.

오물에서 눈을 돌리듯 시선을 옮긴 그는 마지막 한 사람에게 인사를 했다.

"안녕하십니까, 노공(老公). 여전히 정정하셔서 다행입니다."

"어혀, 헤케랴. 쟈네도 건강한 것 같구먼."

공기가 빠져나가는 듯한 발음은 앞니가 거의 없기 때문이다.

팔파트라 '그린 리프' 오그리온.

별명의 유래는 아침 이슬에 젖은 녹색 잎사귀처럼 광채를 발하는 갑옷을 착용하기 때문이다. 금속으로 만든 것이 아니라 녹룡Green Dragon의 비늘로 만든 일품이다. 팔파트라의 팀은 용 사냥에 성공한 팀인 것이다. 물론 크기로 보자면 별로 대단치 않았지만, 그래도 용은 보통 워커나 모험자들에게는 벅찬 상대다.

팔파트라는 여든 살이나 먹은 노인이다.

보통 이러한 일에 종사하는 사람은 40대 중반 정도면 은퇴한다. 이른 경우에는 마흔이 되기 전에. 50대가 되어서도 모험자를 하는 사람은 급속히 줄어든다. 이유는 역시 가혹하고 사선을 넘나드는 일을 하는 자에게 육체의 노쇠는 무시할 수 없기 때문이다.

사실 그가 아무리 유별나다 해도 실력은 전성기 —— 오리하르콘 클래스라고도 하던 시절 —— 때보다 훨씬 떨어질 것이다. 그럼에도 팔파트라는 전선에서 물러나려 하질 않았다.

그 나이까지 살고도 여전히 모험을 하는 팔파트라에게, 이 업계에 속한 사람들 대부분이 존경심을 품는다.

"흐음——. 헌데 저 친구는 좀 위험하구먼."

쪼글쪼글한 얼굴을 한층 쪼글쪼글하게 구기며 목소리를

낮추는 팔파트라에게 헤케란도 찬성하는 뜻을 보였다.

"그렇지요. 망하는 거야 자기 마음이라지만 함께 망하면 곤란한데 말입니다."

그링엄이 옆에서 끼어들었다.

"그가 강한 건 사실이라네. 허나 과도한 자신감은 함께하는 자들까지 위험에 빠뜨릴 가능성도 있는 바. 위험하기 그지없지."

나직하게 으르렁거리는 듯한 그 목소리는 마치 '다루기 벅차다'고 말하는 듯했다. 에르야의 태도를 보고 그렇게 생각하지 않는 워커는 한 사람도 없겠지만.

"이봐, 그링엄. 저 녀석은 실제로 얼마나 강하다고 보면 되겠나? 요즘은 투기장에 가보질 않아서 말일세."

"그대는 모르시나? 나는 알고 있네만—— 노공께서는 아시오?"

"나는 말로만 들었고 직접 본 적은 없어서 말일세. 동료들에게 물어보면 좀 알 수 있으려나. 애초에 강하다는 기준을 어디에 둘 건지 말일세. 가제프 스트로노프를 정점에 두고서, 우리가 잘 아는…… 이를테면, 그렇지…… 이를테면 제국 4기사는 어느 정도로 강한가?"

"'중폭(重爆)', '부동(不動)', '뇌광(雷光)', '격풍(激風)' 말이시오……? 기준으로 삼기는 어렵다 하겠소. 그 유명한 강자—— 왕국 전사장보다는 떨어지겠지만, 가제프 스트로노프가 정점에 있었던 것도 과거의 이야기. 시간이 흐르면 새로운 강자가 나오는 것 또한 필시."

"에르야 우즈루스가 그 강자 축에 속한다고? 그 정도야? 애초에 제국 4기사가 얼마나 강한지 눈앞에서 본 적도 없고……. 내가 본 강자라고 하면 제국 황제 직속 백은근위대(白銀近衛隊) 대장 정도? 그 사람은 꽤나 강했는데…… 4기사에 필적할 정도였던가?"

"흐음. 이 노인네가 아는 이들 중 최강은 평의국의 용왕이라네. 그건 인간이 이길 상대가 아니었지."

"용왕은 다섯 마리라고도, 일곱 마리라고도 들었습니다만…… 아차차, 지금은 일단 우즈루스가 얼마나 강한지를 평가하기 위한 기준을 세워야 하니, 인간 검사만으로 한정 짓지요."

"그렇게 전제한다면 아그란드 평의국의 어지간한 검사는 아인종이니 모두 제외해야 하네. 투기장의 무왕(武王)도 마찬가지고. 그렇다면 성검을 쓴다는 로블 성왕국의 여자 성기사를 거론할 수 있지 않겠는가. 그렇다고는 하나 검술 실력만을 놓고 본다면 조금 불안하군."

워커로서 강자의 정보를 모으는 것은 의뢰를 수행하는 데 매우 중요한 일이다. 그런 자들이 앞을 가로막았을 때 정보의 유무가 승패를 좌우하게 되기 때문이다. 물론 그렇지 않더라도, 전사로서 똑같이 검의 세계를 살아가는 사람들의 이야기는 자신도 모르게 수집하게 되는 법이다.

지금도 그러했다. 처음에는 에르야가 얼마나 강한지 하는 이야기에서 시작한 화제였지만, 서서히 열기를 띠기 시작해 강자의 정보를 교환하는 모임이 되고 말았다. 어린아이들이 "누구누구가 제일 싸움 잘해!"라고 떠드는 것과 비슷한 면이 있었다.

"슐레인 법국은 평균이 높다지만, 특히 잘하는 사람 소문은 못 들었구먼. 뭐, 있어도 신앙계 매직 캐스터니 예외에 들어가겠지."

"왕국의 최고위 모험자 중에 여전사가 있지 않소이까. 그녀는 어떨지?"

"아~ '가슴이 아니라 대흉근' 말이야? 그 여자 무섭지. 그래도 시합 형식으로 붙었을 때는 전사장에게 졌다고 들었는데?"

"……그 별명으로 불렀다가 반쯤 죽어나간 모험자도 있다는구먼. 혀혀혀, 무서운 아가씨여!"

"이렇게 이름을 열거해놓고 보니 검술 실력만으로 한정한 강자란 참으로 어렵구려. 도시 연합의 용사라든가 암기사(闇騎士), 용공국(龍公國)의 아다만타이트 클래스 모험자 팀, '크리스탈 티어'의 '섬렬(閃烈)' 세라브레이트, 워커 팀 '호염홍련(豪炎紅蓮)'의 '진홍' 옵틱스. 왕국의…… 브레인 앙글라우스도 있군."

처음으로 대화가 멈추었다.

"브레인 앙글랴우스? 누군고, 그게?"

팔파트라가 의아하다는 듯 그링엄에게 물었다.

"노공께서는 모르시오이까? 왕국에서 이름이 알려진 검사이오만⋯⋯. 그대는 어떠한가?"

질문을 받은 헤케란은 고개를 가로저었다. 들어본 적이 없는 이름이었다.

"그래, 모르나⋯⋯?"

낙담한 빛을 감추지 못하며, 그링엄은 옛날 기억을 되새기는 듯 애매한 어조로 말했다.

"오래된 이야기이네만, 내가 왕국에서 개최하는 어전시합에 출장했을 때 준준결승에서 마주쳤던 상대일세. 당시 나는 그의 발밑에도 미치지 못했지."

"그거 가제프 스트로노프가 우승했던 대회 아냐?"

"그렇다네. 결과만 보자면 앙글랴우스도 스트로노프에게 패했네만, 강자 두 사람의 시합은 괄목할 만했지. 그것이야말로 뭇 검사들의 교본이었네. 저 검을 대체 무슨 기술로 튕겨냈을까, 저 국면에서 검의 궤도를 구부려 공격하다니⋯⋯ 등등, 눈이 호사를 누렸다고 할 만했네."

그링엄 같은 사내가 이 정도까지 평가하고, 또한 인근 국가 최강이라 일컬어지는 전사 가제프와 호각으로 싸웠다면 실력은 초일류급일 것이다.

모르고만 있을 뿐, 세상에는 강한 사람도 얼마든지 있는 법이다 싶어 헤케란은 감탄했다.

"흐음~. ……그래서 그 앙글라우스인지 하는 친구하고 우즈루스 중에선 누가 뎌 강할 것 같은가?

"우즈루스."

그링엄이 즉시 대꾸했다.

"어전시합 시절의 앙글라우스와 비교하면 틀림없이 그놈이라네. 바로 최근에 투기장에서도 관전했네만, 단언할 수 있지."

"그럼 몇 년 전의 왕국전사장하고 맞먹는다고? 우즈루스가 그렇게 강해?! 아차차."

흥분해서 자신도 모르게 커져버린 목소리를 억누르는 헤케란.

"그려쿠먼, 앙글라우스라. 왕국의 정보도 좀 입슈해야…… 어이쿠, 그래. 쟈네들 들어본 적 있나? 그 왜, 왕국에 세 번째 아다먄타이트 클래스 모험쟈가 나탸났다지 않나."

"물론, 들어본 적이 있습니다. 노공."

"아, 죄송합니다. 들어본 적이 없네요."

"헤케란…… 무지는 그대의 팀에 위험을 가져올 걸세."

"그 정도야 알지만 왕국의 업계 정보까지는 모을 수가 없어서 말이야. 돈도 아깝고."

"혀혀혀, 호방하구먼! 난 그런 쟈네가 싫지 않다네."

"노공, 고견을 좀 여쭙겠소. '칠흑' 모몬의 소문을 들었소만, 지나치게 과대하다고 여기진 않았소? 겨우 둘이서 기간트 바질리스크를 토벌했다느니, 치유를 담당하는 자가 없다느니."

"우와, 그건 헛소문 아닐까?"

기간트 바질리스크 같은 강적을 둘이서 쓰러뜨리다니, 불가능에 가깝다. 아다만타이트 클래스라 해도 무리일 것이다.

"그대도 동의하나, 헤케란? 정보를 수집하면 수집할수록 수상쩍더군. 왕국에서 일어났던 소동 때는 난이도 200이 넘는 악마를 일격에 물리쳤다느니 하는 이야기마저 있었네. 이건 내 짧은 생각이네만, 왕국의 모험자 조합이 안팎에 위엄을 세울 목적으로 거짓된 화제를 만들어 아다만타이트 클래스 모험자로 끌어 올려놓은 것은 아닐지?"

"그건 그럴듯하군. 상위 모험자가 나온다는 건 대단한 일이니까. 하지만 조합이 그런 일을 속이거나 할까? 꽤 완고한 면이 있잖아, 조합이란."

"도시마다, 조합장마다 꽤 다른 법이라네. 이 노인네가 옛날에 모험쟈였을 시절의 조합장은 아주 지독했거든. 얼굴을 있는 힘껏 때려줬지. 혀혀혀! 그 덕분에 지금은 워커지만 말일세!"

팔파트라가 기분 좋게 껄껄 웃었다.

그가 워커가 된 경위는 매우 유명했다. 아마 제도에서 이일에 종사하는 사람 중에선 모르는 이가 없을 것이다. 팔파트라와 술을 마시면 그의 입을 통해 몇 번이고 듣게 되는 이 야기이기도 했다.

"그래도 그런 짓까지 하진 않을 게야."

"그럼 그게 진실이라고요, 노공?"

"나는 믿을 수 없소. 백 보 양보한다 쳐도 상식으로 생각 하면 난이도 200―― 이 단계부터 이미 헛소문 같소만, 그 만한 악마를 일격에 물리치다니 도저히 불가능하오. 행여나 가능했다손 치더라도, 아마 이야기에 살이 한참 붙었을 거 요. 난이도가 높은 악마가 출현했고, 이를 여러 팀으로 토벌 했고, 이때 마지막 결정타를 날렸던 자가 '칠흑'이었던 것 아니겠소?"

"아항. 그 정도면 있을 법하겠네."

"혀혀혀. 오리하르콘 이상 모험쟈를 전부 아다만탸이트 로 분류했기에, 그 정도로 강한 샤람이 나와도 이상하지 않 을 걸세. 아다만타이트라 해도 폭이 넓으니 말일셰."

"헤케란은 저와 같은 의견인 모양이오만, 노공께서는 진 실이라고 보시는지?"

"물론 아무리 그래도 전부 진실이라고 보진 않네만."

"말만 가지곤 감이 안 오니, 한 번쯤 만나보고 싶기도 하 고…… 아니기도 하고."

헤케란의 말에 두 사람이 동시에 동의했을 때, 고깃덩어 리를 때리는 듯 둔중한 소리와 여성의 꽉 억누른 비명이 들렸다.

그 자리에 있던 워커 전원의 시선이 한 곳에 몰렸다. 비상 사태라 간주한 몇 명은 이미 자세를 슬쩍 낮추며 전투태세로 들어가려 했다.

비명이 들린 곳── 에르야의 앞에 동료 여성이 쓰러져 있었다. 상황으로 보건대 에르야가 때린 것이 분명했다. 분노에 일그러진 에르야의 얼굴을 올려다보며, 여성은 겁먹은 표정으로 비굴하게 용서를 구했다.

위장에서 치밀어 오르는 부글거리는 기분을 열심히 억누르던 헤케란은, 문득 뇌리에 번뜩인 것이 있어 자신의 동료── 이미나에게 황급히 주의를 돌렸다.

예상했던 대로, 모든 감정이 빠져나간 얼굴이었다. 약간의 계기만 더 생겨도 즉시 공격에 들어갈 것 같은 위험한 분위기를 풍겼다.

황급히 이미나의 곁에 선 로버딕과 아르셰에게 만류하도록 신호를 보냈다.

개인적으로야 헤케란도 이미나와 같은 심정이었다. 하지만 다른 팀의 일에 간섭해서는 안 된다. 물론 하려고 마음먹으면 못할 것은 없다. 다만 이 경우에는 모든 것을 짊어질 각오가 필요하다. 다른 팀 또한 몇몇이 불쾌함에 얼굴을 일그러뜨리고 있을 뿐 실제로 행동하려는 사람은 없는 것도 그런 이유였다.

간신히 이성으로 감정을 억누르는 데 성공한 이미나는 에르야의 등을 향해 저속한 손동작을 들이대더니 바닥에 침을 뱉었다.

그링엄이 탄식했다.

"……왕국전사장에 필적하는 건 검술 실력뿐인가 보오. 인간성으로도 필적해주면 바랄 나위가 없을 것을. 그건 과한 욕심인지……. 자, 수다는 그만들 둡시다."

"……그렇구먼. 헤케란도 왔으니, 가장 중요한 일을 정해야지."

"저놈은 사퇴했는데, 전체 지휘권은 누가 잡는 것이 좋을까요?"

침묵이 내려앉았다.

이곳에는 모두 네 팀이 모였다. 전투력으로는 상당하지만, 이를 통솔하고 지휘할 사람이 없다면 원활히 움직이지 못할 것이다. 팔이 몇 개씩 있어봤자 이를 동시에 쓰지 못한다면 하나뿐인 것과 다를 바 없다.

제각각 개성이 풍부한 팀을 원활히 운용하기란 상당히 어려우며, 특히 불만의 여지가 없도록 지휘하기란 지극히 곤란하다. 지시의 결과가 실패로 이어졌을 때는 물론이고, 지휘자가 자기 팀의 이익을 우선시하는 것처럼 보일 경우에는 다른 팀에게 원망을 사기 때문이다.

솔직히 말하자면 능력이 요구되는 것치고는 이익보다도

불이익이 많다.

그 점을 아는 리더들은 침묵을 지키며 서로 눈치를 살폈다. 처음 말을 꺼낸 사람에게 떠넘겨 버리려는 것이다. 침묵이 1분 정도 이어졌을 때, 지친 얼굴로 헤케란이 제안했다.

"솔직히 전체 지휘관은 없어도 되지 않을까요?"

"그건 문제를 미루는 셈이로구먼. 전투가 벌어지면 문제가 되지 않겠나?"

"……나는 교대제를 제안하오. 가장 불만이 적을 거요. 유적에 도착한 후에는 다시 상담하면 될 것이오."

"오~."

"그거 죠쿠먼."

그링엄의 제안에 두 사람이 동의했다.

"그렇다면 여기에 온 순서대로 지휘권을 잡을까?"

"우즈루스의 '천무'는 어떻게 하면 좋겠소?"

"저 애송이야 건너뛰어도 신경 안 슬 걸세. 애쵸에 지휘를 맡을 재목도 못 되고."

"동의하오, 노공. 그러면 발안을 하였으니 우리 '헤비 매셔'가 첫 지휘를 맡도록 하겠소."

"잘 부탁해, 그링엄."

"잘 부탁하네, 젊은 친구."

"고맙소. 그러나 제국 내에서 흉악한 괴물이 출현할 가능성은 거의 없소. 문제가 될 만한 것은 왕국, 그것도 대삼림에 접근한 후가 될 거요."

"아~ 순서를 반대로 할 걸 그랬네."

헤케란이 짐짓 너스레를 떨며 머리를 쥐어뜯는 시늉을 하자 두 사람이 조용히 웃었다. 그러다 즉시 표정을 다잡았다. 한 남자가 워커들에게 다가오고 있었던 것이다. 이미 주위의 워커들은 그쪽을 돌아보고 있었다.

겨우 뿌옇게 밝아지기 시작한 정원을 따라 백작가의 집사가 다가왔다. 등을 쭉 편 곧은 걸음. 백작을 섬기는 자에게 잘 어울리는 자세였다.

집사는 워커들 앞까지 오더니 고개를 숙였다. 이에 응대하는 이는 없었으나 개의치 않고 입을 연다.

"시간이 되었습니다. 이번에 저희 백작가의 의뢰를 받아들여 주셔서 진심으로 감사드립니다. 본 가문에서 동행할 인원은 마부 두 명, 마차 호위 등을 맡을 모험자가 합계 여섯 명. 목적지는 왕국령 내에 있는 미탐색 유적── 형태는 아마도 분묘. 조사를 위해 체류할 기간은 사흘. 추가 보수는 주인님께서 정보를 통해 무엇을 얻느냐에 따라 달라지므로 추후 전해드릴 것입니다. 질문 있으십니까?"

집사의 이야기는 의뢰 내용과 별 다를 것이 없었다. 새로운 정보라면 경호원으로 모험자를 붙인다는 정도일 것이다.

유적의 정보를 입수한 경위에는 관심이 갔지만, 물어본다고 대답해줄 사항과 그렇지 않은 사항 정도는 워커라면 누구나 분별할 수 있다. 가르쳐줄 만한 정보는 의뢰를 한 시점에서 가르쳐주었을 테니까.

게다가 만일 깨끗한 일이라면 모험자를 시키지 않았겠는가. 지저분한 일인 이상 의뢰인의 입은 무거워질 수밖에 없다. 따라서 억지로 들으려 하지 않는 편이 안전하다.

"……그러면 저희가 마련한 마차까지 안내해 드리겠습니다."

이의는 없었으며, 모두가 뒤를 따라 움직이기 시작했다.

헤케란을 비롯한 '포사이트' 멤버들은 가장 뒷줄에서 따라갔다.

"저 개자식은 죽어버리는 편이 좋을 것 같은데 말이야. 어때? 해치워버릴까?"

에르야에게 적개심을 감추지 못하는 이미나는 헤케란의 곁에 서자마자 슬쩍 얼굴을 가까이하더니 밉살스럽다는 듯 내뱉었다. 목소리를 잔뜩 낮춘 이유는 분노했기 때문이었을까, 아니면 자제심을 발휘했던 것일까. 파악할 수는 없었지만 후자이기를 기도했다.

"소문으로는 들었지만 저열한 자로군요."

"——저질이야."

나머지 두 사람도 불쾌감을 감추지 않았다.

'포사이트'의 입장에서 보자면 당연하다. 이미나 같은 여성을 동료로 삼은 이상 에르야가 하는 짓은 용서하기 힘들다.

에르야의 팀은 에르야를 제외하고는 모두 여자이다. 그것도 엘프 여성.

단순히 그것만이라면 이미나도 다른 멤버도 불쾌감을 드러내지 않았으리라. 하지만 그들이 아무런 망설임도 없이, 만장일치로 에르야를 저질 쓰레기라 단언하는 데에는 그만한 이유가 있다.

그것은 엘프 여성이 모두, 최소한도의 장비는 걸쳤지만 질 안 좋은 재료로 만든 허술한 것만을 착용했기 때문이었다. 게다가 짧게 잘린 머리카락에서 튀어나온, 엘프의 특징이기도 한 길어야 할 귀는 중간 정도에서 싹둑 잘려 있었다.

그런 상태인 이유는 그녀들, 에르야의 팀 멤버들이 모두 슬레인 법국에서 흘러들어온 엘프 노예이기 때문이었다.

과거에는 제국에도 존재했던 노예제도는 선대 황제 시대에 크게 바뀌었다. 노예라는 명칭은 있지만 내용은 완전히 다르다. 하지만 투기장에서 싸우는 아인종처럼 예전과 다를 바 없는 노예 또한 있다.

에르야가 거느린 엘프 노예도 여기에 속했다.

바하루스 제국, 리 에스티제 왕국, 슬레인 법국 3개국은 인간이 차지하는 비율이 거의 100퍼센트이며 주변 여러 국가와 비교해도 이종족에 대해 배타적인 분위기가 있다. 그렇기에 아인종이라 해도 —— 하프엘프인 이미나도 —— 다소 살아가기 힘든 나라였다.

예외는 드워프 정도였다. 바하루스 제국과 리 에스티제 왕국 한가운데를 가로지르는 경계선 아제를리시아 산맥 속에는 드워프의 왕국이 있으며, 제국은 그곳과 교역을 하는 관계상 드워프의 인권은 확실한 보호를 받는다.

"엘프를 딱하게 여기는 건 나도 이해해. 하지만 지금 우리가 해야 할 일은 저 엘프들을 구하는 게 아니야."

이미나는 깊이 숨을 토해냈다. 그녀도 머리로는 잘 안다. 감정이 따라오지 못할 뿐이다.

"가자."

불쑥 짧게 말하고 걸어가는 이미나를 선두로, 뒤처진 거리를 따라잡고자 헤케란 일행은 걸음을 빨리 놀렸다. 그리고 놀라움에 눈을 크게 떴다.

집사가 안내해준 곳에 마련된 것은 유적까지 이동하는 데쓰일 커다란 포장마차 두 대였다. 그곳에 짐을 싣는 한 무리가 있었다. 그들이 집사가 말했던 모험자일 것이다. 목에 걸린 플레이트가 황금빛을 냈다.

다만 놀란 것은 그들이 아니라 마차를 끄는 말에 대해서였다.

"──슬레이프니르."

경악에 찬 목소리가 새어 나왔다.

여덟 개의 다리를 가진 슬레이프니르는 보통 말보다도 체구가 크며 근력, 지구력, 이동력이 뛰어나 육지를 달리는 짐승들 중에서는 최고라 일컬어지기도 하는 마수(魔獸)였다.

물론 그만큼 파격적인 가격이 붙어 군마 다섯 마리 이상에 필적하는 가격으로 거래되므로, 귀족이라 해도 어지간해서는 보유할 수 없다.

그것을 두 마리 세운 마차가 두 대 있으므로 합이 네 마리. 모험에서 잃어버릴 가능성도 고려했을 테니, 그 각오에는 칭송을 보낼 수밖에 없었다. 아니면 슬레이프니르가 아니고선 끌 수 없을 만큼 유적에 많은 보물이 잠들어 있으리라 내다보았다는 뜻일까?

비슷한 생각에 이른 사람이 있었는지 어디선가 꼴깍 침을 삼키는 소리가 들려왔다.

"이 마차를 쓰십시오. 식량 같은 것은 안에 실어두었습니다. 그리고 이 마차와 여러분의 야영 장소를 경비하기 위해 모험자를 고용했습니다. 그들은 원칙상 유적까지는 들어가지 않도록 계약했다는 점을 잊지 말아주셨으면 합니다."

이거 당장 상의를 해봐야겠다 싶어 헤케란은 동료들에게서 떨어져 그링엄에게 달려갔다.

"미안한데, 그링엄. 잠깐 의논하고 싶은 게 있어."

"무슨 일인가?"

"마차 분배 말인데. '천무' 하고 우리를 따로 놔주지 않겠어?"

"음? 그렇군. 그대의 불안이 무엇인지 이해하였네. 그녀 때문이군. 그렇다면 우리가 '천무'와 행동을 함께함세."

"미안해. 고마워."

"신경 쓸 일도 아닐세. 우리는 이번 일에서는 동료가 아닌가. 유적 조사라는 본론에 들어가기도 전에 문제를 일으켜선 안 될 테니 나로서도——."

"——골드 클래스 모험자 따위가 도움이 되겠습니까? 돌아와봤더니 이미 거점이 박살났다거나, 야영 도중에 몬스터가 지나가기라도 하면 곤란할 텐데요?"

느닷없이 들려온, 〈화염구Fireball〉 마법이라도 던지는 듯한 고함에 두 사람은 마주했던 얼굴을 뻣뻣하게 굳혔다.

에르야가 고함을 지른 대상은 집사였다. 그러나 낮추려고도 하지 않는 목소리의 볼륨에 마치 시간이 멈춘 것처럼, 모험자들이 짐을 운반하던 손을 멈추고 있었다.

물론 골드 플레이트의 입장에서 보자면 위로는 아직도 까마득한 경지가 있으며, 실제로 그곳까지 올라갈 수 있을지 어떨지도 모른다. 그래도 한 걸음 한 걸음 이제까지 걸어온 자들에게 에르야의 발언은 불쾌하기 그지없었다. 그들 또한 힘이 모든 것을 말하는 세계에서 살아오는 자들로서 실력을 의심당했다간 그것으로 끝장이다. 자칫하면 앞으로의 의뢰에도 영향을 미칠 수 있다. 그렇다면 알기 쉬운 형태로 힘을 보여줄 필요가 있다.

모험자든 워커든, 물러날 수 없는 폭언을 던지는 자는 애초에 상대의 입장에서 생각할 줄 모르는 법이다. 그렇기에 에르야는 순식간에 살벌해진 분위기에도 아랑곳 않고 다시 주워섬겨댔다.

"아니, 짐꾼으로는 합격점이라는 거야 알지만요. 위험을 배제해줄 거라는 점에서는 불안하단 말입니다."

'제발 그만 좀 해라. 분위기 험악하게 만들어서 좋을 게 뭐 있다고. 저 사람들도 일이니까 어느 정도는 참고 있겠지만……'

이 자리의 워커 팀은 분명 모험자로 친다면 미스릴 클래스에 필적한다. 다시 말해 그들보다도 상급이다. 그렇지만 해도 될 말과 안 될 말이 있다.

——누가 두들겨 패서라도 말려!

워커들이 눈빛을 험악하게 띠고 서로 눈짓을 나누는 가운데 헤케란은 황급히 이미나에게 달려갔다. 아무리 그래도 칼부림이 나선 안 된다.

하지만 주먹을 내지른 것은 워커가 아니었다.

"우즈루스 님이라고 하셨습니까? 저는 분명 문제가 없다고 확신하였습니다만."

"……그건 우리가 함께 나서리라는 전제가 있기 때문입니까? 그렇다면 수긍이 가는 대답이지만요."

"아닙니다. 여러분보다도 강한 분이 동행하시기 때문입니다. ——모몬 씨?"

냉기마저 머금은 집사의 목소리에 대답하듯, 한 마차 안에서 풀 플레이트 아머를 입은 전사가 투구를 쓴 얼굴을 내밀었다. 조금 전까지 짐칸에 놓였던 짐을 안으로 나르고 있었던 모양이었다.

"소개하겠습니다. 단 두 분이서 아다만타이트 클래스까지 올라가신 모험자 팀 '칠흑'의 모몬 씨입니다. 그리고 팀메이트인 나베 씨도 계십니다. 이 두 분이 동행하시면서 여러분의 야영지를 지켜드릴 것입니다. 이만하면…… 수긍이 가셨겠지요?"

분위기가 다시 크게 바뀌었다. 모험자와 워커—— 이러한 일에 종사하는 자들의 정점. 최강의 증거를 앞에 두고 워커들은 모두 침묵에 빠졌다.

모험자의 정점이 등장하자 워커들이 보인 솔직한 반응에 기분이 좋아진 모험자들은 멈췄던 손을 다시 움직이기 시작했다. 모험자 팀의 리더로 보이는 자가 짐짓 미소까지 지어가며 칠흑의 전사에게 말을 걸었다.

"뒷일은 저희가 할 테니 모몬 씨는 워커 분들과 교류를 다지고 계시는 것이 어떻겠습니까? 저희의 리더로서 앞으로의 경비방침 같은 것도 미리 의논을 해두시면 좋을 것 같습니다."

"알겠네. 자네들 팀이 그래도 상관없다면야 미력하나마 기꺼이 그 역할을 맡지. 그렇지만 경비 방침은 자네들을 주체로 세워야 하지 않겠나? 자네들이 인원이 많으니 핵심으로 움직여주는 편이 여러모로 편해질 걸세."

"아뇨, 미력하다뇨! 무슨 말씀을! 게다가 모몬 씨를 내버려두고──."

"──아닐세. 경비는 자네들을 주체로 부탁하네. 우리를 잘 부려주게. ──나베."

살짝 웃음소리를 내며, 모몬이 가벼운 발걸음으로 짐칸에서 내려왔다. 놀라울 정도로 아름다운 여자가 그 뒤를 따랐다.

미녀가 나타나면 술렁거리기도 하는 법이다. 하지만 너무나 뛰어난 미모는 그런 반응을 일절 용납하지 않는다. 인간은 정말로 아름다운 이를 보면 그저 눈길을 빼앗길 수밖에 없는 것이다.

"헤케란, 저분들은⋯⋯."

"그래, 로버. 나도 같은 생각이야. 북시장에서 본 사람들이 맞아. 저 사람들이⋯⋯ '칠흑' 모몬. 그리고 한 사람밖에 없다는 동료였구만. 저 장한을 보니 기간트 바질리스크를 잡았다는 소문도 헛소문만은 아닐 것 같아."

"기간트?! 정말입니까, 그게?!"

"그렇대. 그뿐만이 아니라 난이도 200짜리 악마도 일격에 때려잡았다는걸. 그링엄 말로는."

"──그건 아무리 그래도 거짓말 같은데. 난이도 200이면 인간이 이길 수 있는 영역이 아닌걸. ……100을 잘못 들은 거 아냐?"

"그것도 대단하지만, 근데 어쩐지 거짓말이 아니라는 생각이 들어. 그런 분위기야."

골드 클래스 모험자 팀의 리더임직한 사내와 나눈 짧은 대화로 모몬의 성격은 파악할 수 있을 것 같았다. 아다만타이트 클래스 모험자에 어울리는 관록과 카리스마를 가진, 호감을 느낄 만한 인물이라고.

"교류를 다지기 전에…… 워커 제군에게 묻고 싶은 것이 있네."

큰 목소리는 아니었다. 그러나 굵은 목소리는 그 갑옷 안의 웅혼함을 충분히 느끼게 해주었다.

"어째서 유적으로 가나? 의뢰를 받았기 때문임은 이해하네. 하지만 조합에서 강하게 요청하면 거절하기 어려워지는 모험자와는 달리, 족쇄가 없는 자네들이 이를 받아들인 이유는 무엇인지? 무엇이 자네들의 등을 떠밀었나?"

워커들은 서로를 쳐다보았다. 누가 말해야 할지 망설이다가, 입을 연 사람은 팔파트라 팀의 한 사람이었다.

"그야, 돈이죠."

완벽한 대답이었으며, 그 이상의 이유가 없을 것 같았다. 워커들이 망설인 이유는 대답이 궁색해서가 아니라, 너무나 당연한 대답이 돌아올 것을 잘 알 텐데도 모몬이 그런 질문을 건넨 진의를 가늠하지 못해서였다.

워커들이 입을 모아 동의하는 목소리를 내는 것을 확인한 모몬이 이어서 질문을 건넸다.

"자네들의 목숨에 걸맞을 만한 금액이 제시되었다는 뜻인가?"

"그렇소. 의뢰인은 수긍할 만한 금액을 제시해주었소. 나아가서는 유적에서 발견된 아이템에 따라 추가 보수까지도 기대할 수 있지. 목숨을 걸기에는 충분하다고 생각하오만."

대답한 사람은 그링엄이었다.

"그렇군……. 그것이 자네들의 결단이란 말인가. 잘 알겠네. 정말로 시시한 질문을 했네. 용서해 주시게."

"사죄하실 것까지는……. 신경 쓰지 마시오."

"혀혀혀. 그쪽은 질문이 끝난 모양이니, 이쪽도 질문 하나 해도 되겠나?"

"그러시오, 노인장."

"쟈네 소문을 확인하고 싶어서 그러네. 쟈네가 챠원이 다를 정도로 강하다는 소문의 진위를, 우리 앞에서 보여줄 슈는 없겠나?"

"그렇군. 백문이 불여일견이라 했으니. 좋소. 내가, 아니 우리가 경호를 맡았다는 데에 만족해주실 수 있다면 힘을 보여드리겠소. 그러면 어떤 수단으로 표명해드리면 되겠소?"

"그야, 누구하고 한번 붙어주면 최고 아니겠나?"

전원의 시선이 모인 곳은——.

"——당연히 말을 꺼낸 이 노인네와."

"예? 노인장께서? ……매우 송구스럽지만, 나는 손속에 사정을 보는 법을 잘 모르는 사람이오. 부상을 입혀 드릴 마음은 없으나 적당히 상대해드릴 자신도 전혀 없는지라—— 그래도 괜찮으시겠소?"

"혀혀혀혀! 과연 아다만타이트로구먼! 이 노인네는 쟈네를 다치게 하리라곤 요만큼도 생각하지 않는다네."

희미한 웃음소리가 투구 밑에서 들려왔다.

"당연한 말씀이오, 노인장. 그것이 엄연한 실력의 차이이니. ——나는 강하오. 여러분 중 그 누구보다도. 그렇기에 아다만타이트 클래스에 오른 것이오."

압도적인 자부심으로 장식된, 높은 곳에서 내려다보는 듯한 태도였으나, 결코 불쾌감을 수반하지는 않았다. 아마도 모몬이라는 사내에게서 뿜어져 나오는 박력 탓일 것이다. 수많은 죽음을 쌓아올릴 수 있었던, 무시무시할 정도의 위압감과 함께 나온 말은 강한 설득력으로 넘쳐났다.

"……굉장한데."

"……그러게, 굉장해."

열기에 달뜬 것 같은 목소리가 여기저기에서 들려왔다.

강한 사내에게 반하는 여자는 많다. 그리고 강한 남자에게 존경이라는 의미에서 반하는 남자 또한 많다. 불꽃 옆에서 춤을 추는 나방이 그렇듯, 피와 강철의 세계에서 살아가는 자들에게 강함이란 큰 불길과 같다. 거리를 잘못 가늠했다가는 몸이 불타버린다는 것을 알면서도 끌려들어가지 않을 수 없는 매력이 있다.

"혀혀혀! 이미 쟈네가 아다만타이트 클래스라는 사실에 반박할 만한 자는 없을 걸세! 그렇다고는 해도 기왕 이렇게 만났으니, 한 슈 배우는 셈치고 겨뤄보겠네. 여기선 마차가 있어 방해가 되는구먼. 저쪽 널찍한 곳을 빌려도 되겠나, 집사 양반?"

집사에게 허가를 받은 팔파트라를 선두로 모두가 나란히 정원으로 향했다. 워커들은 물론 모험자들도 집사도 따라갔다.

"할아버지한테는 무리일 것 같은데?"

"──저 사람, 굉장히 강할 것 같아."

"으음── 강하달까, 자릿수가 다르달까, 그런 느낌? 제국의 아다만타이트 클래스 모험자 팀은 다들 초월했다고 할 만큼 강하지는 않았는데."

"정말 그렇지요. '은사조(銀絲鳥)'는 보기 드문 직업에 속한 분들이 계셔서 독특한 능력을 가졌지만 능력 면에서는 기본 직업 분들보다 떨어지지요. '잔물결 팔연(八蓮)' 분들은 인원이 많고 팀워크가 훌륭한 덕이라는 이야기가 있고요."

'은사조'는 영웅의 영역까지 도달한 바드가 리더를 맡은 팀이며, 유별난 직업을 가진 자들로 이루어졌다. '잔물결 팔연'은 아홉 명으로 구성된 팀이다. 인원이 많아 개개인의 능력은 아다만타이트에 도달하지 못한다는 의견도 있지만, 서로 힘을 합치면 다른 아다만타이트 클래스에게는 어려운 일도 해낸다는 의견 또한 있다.

다만 양쪽 모두 불가능을 가능케 하는 인류의 비밀병기 아다만타이트, 라 표현하기에는 고개가 갸웃거려질 수밖에 없다.

팀메이트들이 뒤에서 소곤소곤 작은 목소리로 그런 말을 하는 것이 헤케란에게 들렸다.

그들 셋만이 아니었다. 귀를 기울이면 온갖 이야기가 들렸다. 대부분은 팔파트라가 얼마나 선전할까 하는 내용이었다. 모몬을 이길 수 있으리라고 생각한 사람이 한 명도 없는 것은, 단시간이지만 모몬이라는 사내가 아다만타이트 클래스임을 수긍할 만한 오라를 뿜어냈음을 모두가 알아보았기 때문이리라.

생각에 잠겨 걷고 있으려니 누군가가 옆으로 다가왔다. 금속 갑옷이 내는 소란스러운 소리 덕에 누구인지는 보지 않아도 알 수 있었다.

"그링엄, 넌 이 시합이 어떻게 될 것 같아?"

"노공께는 미안하지만 모몬이 확실히 이기지 않겠나. 그저 노공께서 어느 정도나 버티실지, 그 점만이 달라질 걸세.

그런데 자네는 노공의 다음 차례를 예약하지 않나?"

"설마아. 살려달라고. 그런 자네는 어때?"

"나도 사양하겠네. 급이 다른 전사의 관록을 본 것만으로도 만족하였네. 다만 가는 길에 잠깐이라도 검술 지도를 받아보았으면 하는 마음은 있지."

"그거라면 나도── 어, 시작한다."

두 사람의 시선 너머에서, 정원에 도착한 모몬과 팔파트라가 거리를 두고 대치했다.

팔파트라의 안광은 결코 평범한 노인이 낼 수 있는 것이 아니었다. 그야말로 역전의 전사가 뿜어낼 만한 안광이었다.

기백은 서서히 찌르는 듯한 살기로 바뀌고, 가벼운 탐색전 분위기는 이미 사라져버렸다.

"……저거, 위험한 거 아녀? 노공이 너무 진지한데?"

곁에서 지켜보던 그링엄이 자기도 모르게 원래 말투를 내고 있었다.

"아다만타이트 클래스 모험자가 상대이니 죽일 작정으로 덤비는 것도 이해가──."

헤케란은 노인과 대치하는 칠흑의 전사에게 눈을 돌렸다가, 말과 동시에 숨을 멈추었다.

모몬에게서는 아무것도 느껴지지 않았다.

두 손을 늘어뜨린 무방비한 자세에는 이제부터 검을 마주하겠다는 기개가 전혀 없었다. 마치 검을 든 어린아이를 상대하는 어른처럼 여유가 넘쳐났다.

헤케란은 감탄사를 터뜨렸다.

"굉장한데! 저만한 살기를 얻어맞고 있으면서 아무 반응도 없잖아. 살기를 못 느낄 리는 없을 테니, 저게 전사의 극치, 무극(無極)이라는 그건가?!"

"무심(無心)? 아니면 명경지수? 무기의 차이가 극단적인데도 저런 여유를 보일 만큼 자기 실력에 자신이 있다는 건지……. 이거 정말, 황송한 광경이구만."

팔파트라가 든 스피어는 드래곤의 이빨을 깎아 만든 날을 단 매직 아이템이다. 반면 모몬이 쥔 것은 이곳에 오기 전에 모험자 중 한 사람에게 빌린 나무 지팡이로, 도저히 마력이 깃든 물건이라고는 생각할 수 없는 물건이었다. 마법무기라면 위력을 높이거나 장비한 자의 능력을 높여주거나 추가 대미지를 주는 등 온갖 효과가 있다. 지금으로서는 무기만을 놓고 보면 팔파트라가 압도적으로 유리하다 할 수 있다.

"아니, 그건 아니지 않을까? 그야 무기로는 비교도 안 될 정도로 차이가 있지. 하지만 모몬 씨의 갑옷은 노공의 갑옷보다도 마법적인 의미로 봤을 때 위잖아. 게다가 다른 매직 아이템도 더 강할 거고. 전체적으로 차이는 없지만 모몬 씨가 유리한 것 같은데."

"그건 너무 섣부른 판단 아녀? 노공이 차고 다니는 매직 아이템의 숫자는 아다만타이트 클래스의 보유량을 가볍게 넘어선다는 소문 못 들었어? 노공은 저 나이가 될 때까지 모험을 하고 수많은 의뢰를 달성했잖아. 이제까지 번 보수만 따지면 제국에서도 최고라구!"

"아니아니, 그래도——."

"그래도는 무슨——."

헤케란과 그링엄이 그렇게 옥신각신하는 동안, 드높아진 전투 의욕을 그대로 안은 채 싸움은 막을 열었다.

"내 그럼, 시작하겠네."

"노인장, 중요한 일을 앞두고 있으니 무리하지 않을 정도로 덤비——."

모몬이 말을 마치기도 전에 팔파트라는 팔순 노인이라고는 생각할 수 없는 매끄럽고 힘찬, 그러면서도 빠른 움직임으로 한 발을 내디뎠다. 반면 모몬은 손에 든 지팡이를 제대로 들려고도 하지 않았다.

"——〈용아천(龍牙穿)〉!"

첫 수부터 망설임 없이 무투기를 사용하는 팔파트라를 보며 헤케란은 눈을 크게 떴다.

창을 구불텅하게 날린, 용의 송곳니와도 같은 2연속 찌르기. 게다가 부가효과로 속성에 따른 추가 대미지를 주는 기술이다. 이 무투기는 〈천격(穿擊)〉이라는 무투기의 발전형이며, 40년도 더 전에 팔파트라가 개발했다고 전해진다. 공수의 균형이 안정적이라는 점에서 널리 알려졌으며 오늘에 이르기까지 수많은 이들이 수련하는 기술이다.

그런 〈용아천〉 중에서도 팔파트라가 쓴 것은 〈청룡아천〉 이라 불리는 무투기였다. 부가효과로 번개 속성 추가 대미지를 입히는 기술이었다.

'무슨 생각을 하는 거야, 저 영감! 치유 마법을 쓰면 된다지만 그건 아니잖아!'

스치기만 해도 번개 속성 대미지를 주는 무투기는 금속 갑옷을 입은 상대에게는 최적이며, 이를 선택했다는 점에서 진지함이 엿보였다.

그러나 금속 갑옷을 입은 자에게는 성가신 그런 공격을 모몬은 가볍게 회피했다. 칠흑의 풀 플레이트 아머를 입었음에도 깃털처럼 가벼운 움직임이었다. 그리고 그 이상으로 놀라웠던 것은 뒤로 뛰어 물러나거나 하는 큰 움직임이 아니라, 선 장소에서 거의 움직이지 않은 채 완벽하게 피했다는 점.

'말도 안 돼! 동체시력과 육체능력이 얼마나 뛰어나다는 거야!'

"——〈질풍가속〉."

다시 팔파트라가 무투기를 발동했다.

'이 영감탱이야, 그건 너무 지나쳤어! 노망났냐!'

"〈용아천〉!"

다시 조금 전과 같은 무투기가 모몬을 엄습했다. 창날에 깃든 것은 하얀 냉기. 〈백룡아천〉이었다.

숨 쉴 틈도 없는 합계 네 차례의 연속공격——.

관객들이 술렁거렸다.

당연하다. 그중 한 발도 모몬의 갑옷을 스치지 않았기 때문이다.

팔파트라가 크게 뒤로 뛰어 물러났다. 이마에 구슬 같은 땀방울이 맺힌 것은 공격으로 체력을 소진했기 때문이 아니라 사지에서 창을 휘둘러댔다는 정신적 중압감 때문일 것이다.

"대단해~!"

"——헤케란보다 강하네."

"당연한 소릴 하고 그래, 아르셰. 아니, 그보다 나하고 비교하지 말아줄래? 저거야말로 최고위의 모험자라고. 모든 이들의 정점. 아다만타이트 클래스 모험자의 힘이야."

모몬이 지팡이를 천천히 들어 정면으로 겨누었다.

"그럼 이번에는 이쪽 차례로군."

반면 팔파트라는 꽉 쥔 스피어를 어깨에 걸머졌다. 자세를 잡은 것이 아니다. 이제는 전투 의욕이란 것이 존재하지 않는—— 전투를 체념한 자의 모습이었다.

"훌륭했네. 이기지 못하는 정도가 아니라, 찰과상이나 입힐 수 있나 모르겠네. 난 관두겠셔."

"……그러시겠소?"

팔파트라가 항복을 선언하자 구경하던 자들에게서 우오오

오 하는 감탄의 신음 소리가 새어나왔다. 그야말로 압도적이었다. 어린아이와 어른 정도의 차이를 생생하게 보았다.

회피하던 그 발놀림은 대체 어느 유파의 것이냐느니, 흥분한 관객들이 입을 모아 생각을 늘어놓고 감동을 공유했다. 그런 자들을 내버려둔 채, 헤케란은 그링엄과 함께 팔파트라에게 걸음을 옮겼다.

모몬은 이마의 땀을 닦는 팔파트라에게 말했다.

"벌써 끝난 거요, 노인장?"

그리고 갑자기 분위기와 어조를 바꿔서는.

"……이제부터 진지하게 싸우려고 하셨죠?"

"……혀혀혀, 이 친구가 노인에게 무리를 시키려는구먼. 그게 내가 가장 진지하게 싸웠던 거라네, 모몬 공."

"――아, 아니, 이거 실례했습니다."

"샤과하지 말게나. 정말로 슬퍼지니. 그리고 말은 놓아도 상관없네. 우리 같은 샤람들이 평가해야 할 점은 샬아온 시간이 아니라 강함이니. 쟈네처럼 압도적으로 강한 샤람이 나에게 경의를 표하면 간지러워서 못 견디겠셔."

"……그렇군. 그러면 그렇게 하겠소. 헌데 나는 여기서 끝내려니 조금 부족한 기분이 드는구려. 만일 다음 기회가 있다면 그때는 내가 먼저 손을 쓰겠소. 그러면 짐을 마차에 옮겨야 하니 이만 실례."

"짐이야 다른 샤람들이 나르고 있잖나? 자네가 할 일은 아닐 텐데."

"나는 그렇게 생각하지 않소. 어떤 지위에 있더라도 주어진 일은 확실하게 해야 하오."

그 말만을 남기고 모몬은 마차로 걸어갔으며, 그 뒤를 절세미녀가 따랐다. 두 사람과 엇갈리며 도착한 헤케란과 그링엄은 그의 뒷모습을 지켜보았다.

그 커다란 등을.

"혀혀, 무언가 묻고 싶은 표정이로구먼."

"──노공, 감상은 어떻소?"

쪼글쪼글한 얼굴이 일그러진다. 쓴웃음처럼 여겨지기도 했지만, 그 이외의 감정도 있는 것 같았다.

"저 친구는 강해. 아니, 아다만타이트 클래스니까 강한 거야 당연하지만. 그래도 져렇게까지 강할 줄은 생각도 못했서. 마주 션 순간부터, 암만 치고 들어가봤자 다 막힐 것 같은 기분이 들었다네."

헤케란도 같은 느낌을 받았다. 그가 펼치는 모든 공격을 저 모몬이라는 사내는 쉽게 막아내고 반격하리라고. 모든 수가 계획대로 펼쳐진다 한들 저 갑옷에 튕겨날 것 같다는 이미지만이 떠올랐다. 정면에서 마주 섰던 팔파트라는 그 이미지가 더욱 강했을 것이다.

"저게…… 아다만타이트."

"그렇지. 져것이 바로 아다만타이트일세. 극소수만이 도달할 수 있다는, 그런 영역의 존재. 혀혀. 정말로 훌륭하고 아름답구먼. 손이 닿지 않는 경지란……. 이보게나, 자네들도 높은 경지를 보고 만족했나?"

"물론이오! 관전자로 있었던 만큼 두 분의 움직임이 더 잘 이해되었소. 마주 섰으면 이렇게까지 냉정하게 관찰하기는 불가능했을 터. 개인적으로는—— 노공께는 송구스럽사오나, 공격에 나서는 모몬 공의 능력을 보고 싶었소."

"그건 무리일 걸세. 모몬 공은 나를 공격할 뜻이 별로 없었던 것 같지 않았나? 전투 의욕이란 것이 없었셔. 아마 스스로도 말했듯, 손속에 사정을 두는 것이 셔툰 샤람이겠지. 이 노인네를 공격했다간 금방 죽여버리고 말 거라 생각했을 게야."

그 말이 사실이라면 상당히 오만한 생각이라고도 할 수 있다. 노공—— 팔파트라는 나름 실력이 있는 전사이므로, 베테랑의 기술을 보지도 않고 과소평가했다고도 할 수 있으니까.

하지만 그럴 수 있기에 아다만타이트 클래스 모험자인 것이다.

"어쩔 슈 없는 노릇이라네. 저분과 이 노인네의 실력 챠이는 실제로 그 정도일 테니까. 쳐음에는 불쾌했네만, 방어에 집중했다 한들 모두 회피해버린 이상 찍쇼리도 못하지."

강하다는 것은 그런 것이다.

손에 익은 무기도 아닌, 무게도 균형감각도 전혀 다른 물건을 들고 나선 것은 그만한 자신감이 있었기 때문이다. 두 사람의 차이는 그만큼 컸던 것이다.

팔파트라는 지쳤다 지쳤다 중얼거리며 등을 보이고 걸어가기 시작했다. 물론 포장마차의 방향이었다.

멀어져가는 뒷모습을 지켜보던 헤케란은 작은 목소리를 들었다.

"젊었던 시절에도 저 영역에는 셔질 못했는데, 져것이 아다만타이트 클래스라…… 높구먼."

팔파트라의 등은 매우 조그맣게 보였다. 그것과 반비례해 모몬의 모습은 매우 크고 위압감 있게 느껴졌다.

"……저게 바로 최고위. 아다만타이트."

"그렇지. 굉장하지 않나."

두 사람의 감탄 어린 목소리에 동의하지 못할 사람은 없었다.

2

제도 아윈타르 시내의 포석 깔린 도로 위를 마차 한 대가 바람처럼 달려갔다.

보기에도 훌륭한 마차였으며, 여덟 개의 다리를 가진 마수 슬레이프니르가 끌고 있었다. 마부석에는 실력이 확실해

보이는 전사 두 사람이, 마차의 지붕—— 짐칸이 되는 장소
는 개량되어 매직 캐스터나 노궁(弩弓)을 든 전사 등 네 명
이 앉아 주위에 경계의 눈빛을 보냈다.

이동하는 방어진이라 할 만큼, 과도하다고도 할 수 있는
경비로 대로를 당당히 달려간다. 그 이유는 당연히 안에 탄
사람의 신분 때문이다.

마차의 옆에 새겨진 세 개의 지팡이가 교차한 문장을 언
뜻 보면, 다소나마 지식이 있는 자라면 누가 소유한 마차이
며 안에 탄 사람이 누구인지 알 것이다. 그렇기에 대로를 경
계하는 기사들도 앞을 막아서거나 하지 않았다.

마차 안에 탄 사람은 모두 세 명의 남자였으며, 로브를 걸
친 매직 캐스터 같은 차림이었다.

세 사람은 하나같이 제국 마법계에서 이름이 널리 알려진
자들이었는데, 그 가운데에서도 태도로 확실하게 알 수 있
는 상하관계가 있었다. 최상위는 백발의 노인이었다.

가제프 스트로노프가 전사로서 유명하듯, 매직 캐스터 중
에서는 이 인물 이상으로 주변 나라에 이름을 떨친 자가 없
다. 이 노인이 바로 제국 최강 최고의 대 매직 캐스터, '삼
중마법영창자Triad' 플루더 팔라다인이었다.

플루더와 마주 앉은 사람은 제4위계 마법까지도 쓸 수 있
는 그의 고제(高第) 두 사람이다.

황성을 나온 후이기는 했지만, 마차 내를 지배하는 중압

감조차 느껴지는 조용한 공기에 못 이긴 듯, 조심스레 고제 중 하나가 입을 열었다.

"스승님, 폐하의 명령을 어떻게 하실 생각이십니까?"

침묵이 다시 마차 안을 지배했다. 그렇게 생각한 것도 찰나, 플루더는 깊이까지 느껴지는 조용한 목소리로 대답했다.

"폐하의 요청이 아니더냐. 신하 된 자로서 행동하고 조사할 수밖에. 그러나 마법적 수단으로 조사하는 것은 위험성이 크다. 우선 자료를 조사하는 데서부터 시작하고, 다음으로 악마를 소환하여 정보를 수집해야 할 것이다."

"그렇다면 스승님도 모른다는 말씀이십니까?"

플루더는 눈을 감았다가, 몇 초가 지난 후 다시 눈을 떴다.

"식견이 부족하여 모르겠구나. 얄다바오트라는 이름의 강대한 악마라니."

한 달 전, 왕국의 수도를 악마의 무리가 급습했다. 그동안 모은 정보에 따르면 지휘관은 얄다바오트이며, 그를 따르던 메이드 악마들은 차원이 다른 무시무시한 존재였다고 한다.

이 악마 소동 탓에, 예년 같으면 왕국을 침공했어야 할 제국기사단은 움직이지 않았다. 평범하게 생각하면 피폐해졌을 때 쳐들어가는 것이 병법의 상식일 것이다.

그러나 원래 제국이 왕국에 전쟁을 거는 데에는 크게 두 가지 이유가 있다.

첫째는 왕국의 피폐를 유발하는 것. 상비병을 둔 제국과는 달리 왕국은 징병제를 채택했다. 그렇기에 제국이 병사를 움직이면 왕국은 질에서 밀리는 만큼 물량을 동원해야만 한다. 그러한 이유로 수확 시기 등을 노리고 전쟁을 걸어 농민을 징병케 하고, 이로 인해 수확 일손이 부족해지게 만들어 작물을 못쓰게 한다는, 장기적인 계획으로 나온 것이다.

그리고 또 하나가 제국 내 귀족들의 힘을 깎아내리는 것이다. 황제에게 반감을 가진 귀족들에게서 전시 특별징수를 실시해 금전을 토해내게 만든다. 물론 거절하면 반역죄로 가문을 없애버린다. 결국은 천천히 죽어가느냐 단숨에 죽느냐의 차이밖에 없지만.

이러한 이유에 따라, 제국이 움직이지 않았어도 왕국이 피폐해졌다면 억지로 움직일 필요는 없으리라고 황제——지르크니프는 생각했던 것이다. 제국 내 귀족들의 송곳니는 이제 상당히 많이 빠졌으니까.

다만 문제는 한 가지.

그야말로 악마 같은 짓을 저지른 얄다바오트는, 대체 어디 있단 말인가. 그리고 어떤 존재란 말인가. 그런 불안이 남았다.

제국에서도 가장 뛰어난 매직 캐스터인 플루더에게 얄다바오트를 조사하라는 명령이 떨어진 것도 당연한 수순이었다.

"그리고 얄다바오트를 격퇴했던 '칠흑' 모몬, 그의 동료 '미희' 나베. 흥미로워. 남은 것은 수수께끼의 매직 캐스터 아인즈 울 고운. 재야에 숨은 영웅들이 움직이기 시작한 것인지. 어쩌면 200년 전처럼 마신과의 전쟁 때와 같은 치열한 싸움이 일어날지도 모르겠구나."

"……일어날까요?"

"모르지. 그러나 일어난 후에 대비하는 것은 어리석은 이들이나 하는 짓. 지혜로운 이는 미리 준비하는 법이다."

이윽고 마차는 목적지에 도달했다.

광대한 부지는 높은 담장에 에워싸였으며 여러 개의 감시탑이 안팎을 경계했다. 선발된 기사 —— 제국 8개 기사단 중 최정예인 제1기사단에 속한 자들 —— 와 매직 캐스터의 혼성경비대가 여럿 순찰을 하고 있었다.

상공에 눈을 돌려보면 황제 직속 근위부대, 비행마수를 탄 황실 공호병단(空護兵團, Royal Air Guard)의 모습이나, 비행 마법으로 경계를 하는 고위 매직 캐스터의 모습까지 있었다.

이곳이 바로 제국의 힘을 상징하는 곳이자 선대 황제 이래로 가장 힘을 쏟는 제국마법성(帝國魔法省)이었다.

기사들에게 줄 마법의 무구를 생산하고, 새로운 마법을 개발하고, 마법실험에 따른 생활수준의 향상 연구 등 제국의 마법에 관한 정수가 모인 곳이라 할 수 있다. 그리고 이곳의 총책임자가 —— 마법성의 장관은 따로 있지만 —— 플루더였다.

부지 내를 나아간 마차는 이윽고 가장 심장부에 위치한 탑 앞에서 멈추었다.

이곳까지 오며 다채로운 형태를 띤 건물들을 지나쳤지만 모든 곳에 수많은 사람들이 드나들고 있었다. 그러나 이 탑만은 사람이 거의 보이지 않았다. 다만 입구의 경계는 다른 건물들보다도 삼엄했다.

우선 경호 기사들의 모습이 달랐다. 곳곳에서 보이던 제1 기사단이 아닌 것이다.

온몸을 감싼 것은 마법의 풀 플레이트 아머였으며, 손에는 마법의 방패를 들고 허리에는 마법 무기를 찼다. 제국의 문장이 들어간 진홍색 망토 또한 당연히 마법이 걸린 것이다.

여기에 걸린 마법의 힘은 약하지만, 그래도 이만한 무장을, 아무리 제국이라 해도 평범한 기사가 착용할 수는 없다. 그리고 무엇보다도 단순한 기사가 제국의 중요 기관 중 하나인 이곳에 배치될 리가 없다.

이 최정예 기사들이 바로 황제 직속 근위대인 황실 지호병단(地護兵團, Royal Earth Guard)이었다.

나란히 선 매직 캐스터들도 기사들에게 꿀리지 않았다. 실전을 거듭하며 전투에 능숙해진 그들은 그야말로 역전의 전사에게 뒤지지 않는 분위기를 풍겼다.

그런 자들만이 아니라 몸길이가 2.5미터가 넘는 돌 골렘 Stone Golem 네 마리가 입구를 단단히 지켰으며, 피로도 식사도 모른 채, 딴청을 피우는 일도 없이 수호 임무를 다했다.

　황제의 주변에 필적할 만한 경비체제가 이루어진 이곳에는 제3위계에서도 후반 수준이라 할 수 있는 실력이 매우 뛰어난 매직 캐스터, 혹은 특별한 이유를 얻은 지극히 일부의 연구원 매직 캐스터들만이 들어올 수 있다. 당연한 말이지만 멈춰 선 마차에서 내려온 플루더와 고제 두 사람도 탑에 들어갈 수 있는 자들이다.

　기사와 매직 캐스터들의 최고 예우 경례에 슬쩍 손을 들어 답례하며 입구로 들어선다. 똑바로 뻗은 통로를 조금 걸어가자 유발처럼 한가운데가 우묵하게 만들어진 공간의 윗부분에 도달했다. 그곳에서는 바쁘게 일하는 수많은 매직 캐스터들이 있었다. 그중에서도 가장 지위 높은 사람이 플루더에게 황급히 달려왔다.

　"무슨 일이라도 있었나?"

　"아무 일도 없었습니다, 스승님."

　침을 삼키고 목젖을 움직이는 제자의 여느 때와 같은 대답에는 좋은 의미와 나쁜 의미가 동시에 존재했다.

　플루더는 애매한 표정으로 고개를 끄덕이곤, 자신이 직접 지도한 서른 명의 제자 —— 선택받은 서른 명이라고도 불리는 지명도 높은 제자 —— 중 하나이자 이 장소의 부책임자이기도 한 자를 돌아보았다.

　"그렇군. 아직 자연 발생에는 이르지 못했단 말이지."

"예. 최하급 언데드, 스켈레톤의 존재 발생까지는 가지 않았습니다. 현재는 시체를 근처에 배치하여 좀비의 발생으로 이어지는지를 실험하고 있습니다."

"흠, 흠."

플루더는 자신의 긴 수염을 쓰다듬으며 눈 아래에 펼쳐진 광경을 바라보았다.

그곳에는 십여 마리의 스켈레톤이 있었다. 그것들이 밭일을 하는 것이다.

괭이를 들어, 내리친다. 그 동작은 좌우의 어느 스켈레톤과 비교해도 완전히 똑같다. 옆에서 보면 겹쳐져서 한 마리의 스켈레톤으로 보이지 않을까 싶을 정도였다.

너무나도 조화가 잡힌, 마스게임과도 같은 이 광경이 바로 제국이 비밀리에 추진하는 대형 프로젝트의 정체, '언데드 노동력' 이었다.

언데드는 음식도 수면도 필요하지 않으며 지치는 일도 없다. 말하자면 완벽한 노동력이다. 물론 저급 언데드는 지성이 없기 때문에 명령을 받은 것 이상의 일은 불가능하며 복잡한 일도 해낼 수 없다. 하지만 곁에서 세세하게 명령을 내리면 해결될 문제이기도 하다.

언데드를 농지에 풀어놓아 명령을 수행시킬 때의 이점은 상상도 할 수 없을 만큼 많다. 인건비의 절약으로 농작물의 단가를 낮출 수 있으며, 농장과 밭을 크게 만들고, 인적 피해를 방지하는 등 그야말로 꿈만 같은 프로젝트라고 해도 과언이 아니다.

비슷한 안으로 소환한 몬스터나 골렘을 이용하는 플랜도 있었으나 비용 대비 효과 등을 고려하면 언데드야말로 최적이었다.

하지만 그런 완벽하게도 보이는 프로젝트를 대대적으로 행하지 못하는 이유 또한 당연히 있다.

그것은 반대 세력—— 특히 신관을 필두로 한 세력이 있기 때문이다. 산 자를 증오하는 죽음의 현현인 언데드를 사역하다니, 영혼을 모독하는 행위라고 반대하는 자들이다.

종교적인 시점 또한 문제가 된다.

죄인의 시체를 이용해 언데드를 만들어낸다 해도, 종교관에서 보자면 형을 집행한 시점에서 죄는 깨끗하게 씻겨나간 것이며 그 이상은 모독이라는 의견을 가진 그들을 설득하기는 어려웠다.

만일 항상 식량 문제를 끌어안고 있으며 아사자가 빈발하는 그런 상황이었다면 설득이 가능했을지도 모른다. 하지만 제국의 식량 사정은 매우 풍족했으며 노동력 면에서도 문제가 발생한 적은 없었다.

그러한 이유로 신관들은 프로젝트에 반대하는 것이다.

결국 이 프로젝트의 이면에 있는 것은 강병책이었다. 생산력을 언데드에게 의존하면 다른 면으로 인적자원을 돌려

더 뛰어난 기사의 발견 등으로 이어질 수 있기 때문이다.

게다가 언데드 노동력이 일반적인 것이 된다면 인간 노동자가 해고되는 것 아닐까, 언데드가 정말로 언제까지고 말을 들을까, 나아가서는 언데드가 무수히 있을 때 삶과 죽음의 밸런스가 붕괴되어 더 강대한 힘을 가진 언데드가 자연 발생하진 않을까 하는 불안 또한 있겠지만, 이는 신관들만이 아니라 이야기를 들은 자들이라면 당연히 품는 생각이다.

이 장소는 그러한 불안을 하나씩 검토하며 해결해나가기 위한 시설이었다.

"근본적인 이유는 아직도 알아내지 못했나?"

"예. 면목이 없습니다, 스승님."

어째서 언데드가 자연히 발생하는가. 그 근본 이유를 규명하는 일이 장래에는 중요한 의미를 가진다.

엷은 안개가 1년을 통틀어 지면을 덮고 제국과 왕국이 전쟁할 때만 걷힌다는, 카체 평야라는 저주 받은 땅이 있다. 최강의 언데드 중 하나이며 어떤 마법도 통하지 않는 골룡까지 출현한다는, 언데드의 출현 빈도가 매우 높은 곳이다.

장래 제국이 에 란텔 근교를 지배하게 된다 해도 언데드가 빈번이 출현하는 그런 땅을 영내에 끌어안고 싶지는 않았다. 그러므로 어떠한 과정을 거쳐 언데드가 출현하는지를 알아내는 것은 분명히 통치에 도움이 될 만한 사실이다. 어쩌면 언데드가 두 번 다시 나타나지 않도록 원인을 제거할 수 있을지도 모르기 때문이다.

"그렇군. 알았네."

질타가 없다는 데 안도한 부책임자의 감사 인사를 흘려들으며 플루더는 유발 모양 방을 빙 돌아 걸었다.

맞은편의 문에 도착했을 때쯤 플루더의 뒤를 따르는 고제의 수는 더 늘어났다.

일행은 문을 지키던 기사가 열어준 곳으로 발을 들였다. 조금 전과 비슷한 통로이기는 했지만 급속도로 쇠퇴한 것처럼 인기척이 사라졌다. 공기는 먼지 냄새를 띠었으며 빛이 어둠에 밀려나는 것 같았다.

으스스함마저 감도는 통로를 똑바로 나아가면 바로 아래로 뻗은 나선계단으로 이어진다.

중간에 배치된 수많은 문을 지나면서 나선계단에 뚜벅뚜벅하는 발소리가 울려 퍼진 시간은 그리 길지 않았다. 깊이는 지하 5층 정도일까. 하지만 그렇게 여겨지지 않을 만큼 공기는 점점 무겁게 가라앉았다.

이것은 결코 지하에 왔기 때문이 아니었다. 그 증거로 플루더를 포함한 일행의 낯빛은 긴장으로 딱딱해졌다.

최하층── 휑뎅그렁한 공간에 도달한 자들의 표정은 무거웠다. 이제 곧 전투태세에 들어가려는 자들 같다고 해도 과언이 아닐 만큼 긴박했다.

모두의 날카로운 시선은 하나뿐인 두꺼운 문에 모여들었

다. 마치 세계를 갈라놓는 듯한 위압감으로 넘쳐나는 문에
는 부서지지 않도록, 쉽게는 열리지 않도록 수많은 물리적,
마법적 방어가 설치되어 있었다. 결코 탈출을 용납하지 않
을 그런 문이다.

게다가 중간에 있던 수많은 두꺼운 문 또한 이 안에 도사
린 위험을 말해준다. 그것은 단순한 문이 아니라, 이 안에
있는 위험이 움직이기 시작했을 경우 시간을 버는 의미에
서, 봉인을 한다는 의미로 만들어진 격벽이었다.

플루더의 딱딱한 목소리가 제자들에게 경고를 발했다.

"결코 방심하지 마라."

짧고 간결한 말이었으나 그렇기에 두려웠다.

동행한 매직 캐스터들이 일제히 크게 고개를 끄덕였다.
플루더의 경고는 이 장소에 올 때마다 되풀이되었다. 하지
만 그래도 이 안에 무엇이 있는지 아는 그들은 표정을 누그
러뜨릴 수가 없었다.

이 안에 있는 것은 궁극의 언데드. 만약 밖으로 풀려나기
라도 한다면 제도에는 미증유의 대참사가 벌어질 것이 분명
하기 때문이다.

몇 명이 일제히 방어마법을 걸기 시작했다. 순수한 물리
방어계 마법만이 아니라 정신을 수호하는 마법도 걸었다.
충분한 준비시간을 들인 후, 플루더는 자신의 제자들을 둘
러보며 표정에서 각오를 읽어냈다.

한 차례 고개를 끄덕이곤, 문을 여는 키워드를 외웠다.

마법의 힘에 의해 우웅 하는 소리와 함께 천천히, 무거운 문이 열리기 시작했다.

어둠이 도사린 실내에서는 냉기 같은 것이 흘러나와 몇몇 제자들은 추운 것처럼 어깨를 옹송그렸다. 설령 환경대응 마법 아이템을 보유했더라도 안에서 뿜어져 나오는 산 자에 대한 증오는 간담을 서늘하게 하기에 충분했다.

누군가가 꼴깍 침을 삼키는 소리가 크게 울려 퍼졌다.

"가자."

플루더의 말에 반응하여 제자들이 만들어낸 마법의 불빛이 여럿 켜져 실내의 어둠을 밀어냈다. 도망친 어둠은 빛의 바깥에 도사린 채 더욱 짙어진── 그런 기분마저 들었다.

플루더를 선두로 일행은 죽음의 기척이 감도는 실내로 나아갔다.

그리 넓지 않은 방이기도 해서 금방 가장 깊은 곳이 마법의 빛에 드러났다.

그곳에 있던 것은 천장까지 이어지는 거대한 기둥이었다. 그것은 묘비처럼 또렷이 눈길을 끌었다. 하지만 그 이상으로 눈길이 못 박히는 것은 사슬에 꽁꽁 감겨 매달린 존재였다.

온몸을 엄지손가락보다도 훨씬 굵은 사슬에 묶인 채 완전히 구속당했다. 사슬 끝은 포석에 고정되어 있다. 그것만이 아니라 손발에는 거대한 철구까지 매달아놓았다.

어떤 존재라도 몸을 움직이는 것조차 불가능한 그런 상황이었다. 지나칠 정도로 엄중한 이 구속이 오히려 이 상대에 대한 경계심이 어느 정도인지를 전해주었다. 그렇기에 일행 중에는 굵은 사슬을 보고도 불안을 품는 자 또한 있었다. 저 존재라면 손쉽게 사슬을 부수고 자유를 얻는 것이 아닐까 하고.

외견은 시커먼 풀 플레이트 아머를 입은 기사처럼 보인다. 그러나 인간이 무장을 한 것과는 모든 것이 다 달랐다.

우선 그의 거구가 눈길을 끌었다. 신장은 2미터를 가볍게 넘는다.

다음으로는 몸에 두른 시커먼 풀 플레이트 아머. 혈관이라도 흐르는 듯한 무늬가 새겨졌으며 곳곳에는 폭력을 현현한 것만 같은 가시가 튀어나와 있다. 투구에는 악마의 뿔이 달렸고, 뚫린 얼굴 부분으로 드러난 것은 썩어가는 인간의 얼굴. 뻥 뚫린 눈구멍 안에는 산 자에 대한 증오와 살육에 대한 기대가 형형히, 시뻘겋게 빛났다.

그것은 산 자가 아닌 죽은 자. 그렇지 않고서는 불가능한, 산 자에 대한 원념을 주위에 흩뿌려대고 있었다.

"죽음의…… 기사."

처음으로 이 자리에 온 제자 중 하나가 이 전설급 언데드의 이름을 중얼거렸다. 너무나도 전설적이기 때문에 오히려 지명도가 낮은 언데드의 이름을.

죽음의 기사Death Knight가 눈에 깃든 붉은빛을 깜빡이듯 움직이더니, 그 자리에 온 매직 캐스터들을 천천히 돌아보았다. 아니, 깜빡이는 빛에서 시선의 움직임 따위 느껴질 리 만무했다. 그러나 몸이 떨려오는 두려움이 자신을 본다는 느낌을 주는 것이다.

여기까지 동행한 자들은 최소 제3위계 마법을 구사할 수 있는, 극소수의 실력자들이다. 하지만 그런 그들도 이가 따닥따닥 소리를 내는 것을 막을 수가 없었다.

정신계 수호 마법을 걸었는데도 솟아나는 공포를 누르기란 불가능했다. 그럼에도 도망치지 않고 버틴 것이야말로 마법의 수호 덕일 것이다.

"——마음들을 강하게 먹어라. 약함은 죽음을 부른다."

플루더는 경고하더니 죽음의 기사에게 다가갔다. 이에 반응해 살기를 뿜으며 죽음의 기사가 사지에 힘을 주었다.

철그렁. 사슬이 커다란 비명이라도 지르듯 삐걱거리는 소리를 냈지만 몸은 꿈쩍도 하지 않고 슬쩍 움직였을 뿐이었다.

플루더가 손을 죽음의 기사에게 내밀었다.

마법의 불빛이 어둠을 불식하는 장소에서 플루더의 마법 영창이 울려 퍼졌다. 〈제6위계 사자 소환Summon Undead 6th〉을 개량해 만든, 플루더의 오리지널 스펠이었다.

"——복종하라."

마법이 해방되고——주위를 녹이듯 플루더의 조그만 목소리가 흘렀다.

그러나 죽음의 기사가 뿜어내는 눈빛은 여전히 산 자에 대한 증오로 가득했다. 모두들 마법이 실패했음을 깨달았다.

"……아직까지 지배할 수 없다니."

플루더의 목소리에는 분한 마음이 묻어났다. 5년이 지나도록 이 언데드를 지배하지 못했기 때문이다.

이 몬스터가 발견된 것은 언데드 다발지대로 유명한 카체 평야였다.

놈과 조우했던 제국기사 1개 중대는 익숙하지 않은 언데드이기는 했지만 임무였으므로 여느 때처럼 토벌을 개시했다. 그것이 섣부르고도 어리석은 판단이었음을 깨달았던 것은 수십 초 후였다. 정강하기로 유명한 제국기사들의 얼굴은 공포와 절망으로 덧칠되었다.

너무나도 압도적이며 일방적으로——상대는 강했다.

수많은 기사들이 잡초가 베이듯 죽어나갔으며, 도저히 대처할 도리가 없다고 판단하여 후퇴를 개시했다.

물론 그런 괴물을 그대로 방치해둘 수는 없었다. 특히 살해당한 기사가 언데드로 변하여 사역당하는 모습을 목격해버린 이상, 상대에게 시간을 주면 심대한 피해로 직결된다는 사실은 명백했다.

제국 수뇌부에서 떠들썩하게 토론이 벌어졌으며, 첫 수부터 비장의 카드로 마련해두었던 관리들—— 제국 최대 전력인 플루더가 이끄는 고제들이 동원되기에 이르렀다.

　그리고 이 자리에 죽음의 기사가 사로잡혀 있다는 데에서 이미 명백하지만, 결과적으로는 플루더 일행의 승리로 막을 내렸다. 그러나 플루더 일행이 이겼던 것은 단순히 죽음의 기사에게 비행 기술이 없었기 때문이었다. 융단폭격과도 같은 범위공격—— 상공에서 〈화염구〉 연사를 되풀이해 죽음의 기사를 약화시켰고, 마지막에는 그 압도적인 힘에 끌린 플루더가 포박을 명령했다.

　현재는 이곳에 묶어놓고 수많은 마법, 수많은 매직 아이템, 수많은 수단—— 통상의 언데드라면 지배할 수 있을 만한 온갖 수단을 강구해 플루더는 죽음의 기사를 지배하려 했다.

　"아쉽구나……. 놈을 지배할 수 있다면, 나는 그자를 넘어선 최고의 매직 캐스터가 될 수 있었을 것을."

　십삼영웅 중 네크로맨서 리그리트 베르스 카우라우. 그를 아득히 능가할 수 있으리라고.

　사실 플루더에게 힘에 대한 욕구는 별로 없었다. 그의 진의는 더욱 깊은 심연을 엿보는 것. 모든 것은 이를 위한 과정일 뿐이었다.

그것을 제자들은 모른다. 그렇기에 엇나간 위로를 입에 담는다.

"스승님은 이미 충분히 그 영웅을 능가하고 계십니다."

"그렇습니다. 십삼영웅 따위 과거의 존재 아닙니까. 현대 마법기술의 최첨단에 계신 스승님께는 이길 수 없습니다."

"저도 스승님께서는 십삼영웅을 초월했다고 생각하지만, 그래도 스승님께서 죽음의 기사를 지배하실 수 있다면 제국은 더욱 강한 힘을 얻을 것입니다."

"개체로는 무리를 이기지 못한다지만, 그것은 개체의 힘이 약할 때뿐입니다. 이 죽음의 기사는 최강급의 개체가 아닙니까."

플루더의 작은 쓴웃음은 뒤에 있는 제자들에게는 보이지 않았다. 다만 죽음의 기사가 증오에 깃든 눈으로 쳐다보았을 뿐이었다.

"하지만 스승님조차 지배할 수 없다면…… 이 죽음의 기사는, 대체 얼마나 강한 힘을 지닌 것일까요."

"글쎄…… 모르지. 이론적으로는 지배할 수 있어도 이상하지 않을 텐데. 그렇다면 무언가가 부족하단 뜻일까? 누구 생각해본 자는 없느냐?"

질문에 돌아온 대답은 침묵이었다.

언데드를 마법적으로 지배할 수는 있다. 실제로 십삼영웅 중 한 사람은 그랬다. 플루더의 실력이라면 상당히 상급 언데드까지도 지배할 수 있다. 어쩌면 눈앞에 있는 죽음의 기사조차 가능할지도 모른다.

하지만 그것은 단순히 생각일 뿐, 마법에 의한 언데드 지배는 더욱 복잡한 시스템으로 이루어져 있다. 기본적으로 언데드의 지배와 파괴는 신의 힘을 빌린 신관의 영역이다. 마법의 힘을 구사해 억지로 신의 힘을 대신하려 드니 이것저것 차질이 발생하는 것도 당연하다.

"……스승님을 모욕할 생각은 아닙니다만……."

제자 하나가 무겁게 입을 열어, 플루더는 그다음 말을 계속하도록 지시했다.

"스승님의 힘이 부족한 것은 아닐까요? 죽음의 기사는, 이를테면 제7위계 마법이란 것이 존재한다면, 그 영역의 불사자 소환으로 불러내는 것일 가능성도……."

"그건 분명 괜찮은 관점이구나."

"모험자들은 수많은 몬스터를 수치화해 난이도라는 숫자를 붙여놓았다고 들은 적이 있습니다. 그것을 기준으로 생각해보면 어떨는지요."

"그건 기준이 되는 수치가 매우 엉성해서, 나이나 체구의 차이 정도로도 금세 의미를 잃는다고 들은 적이 있네만?"

다른 제자가 대답했다.

"하지만 미지의 몬스터를 제외하면 그 이상 알기 쉬운 것도 없지 않을까요? 그 수치도 일단은 모험자들이 싸우며 느낀 감상 등 폭 넓은 자료를 모아 만들어낸 것이니, 완전히 뜬금없지는 않다고 봅니다."

"그렇다면 역시 죽음의 기사 같은 전설급 몬스터에는 별로 도움이 안 되지 않겠느냐?"

"그리고 보니, 스승님. 몬스터를 무수히 기재한 비전서가 있잖습니까. 거기에는 실려 있지 않습니까?"

"실려 있지 않았다."

플루더는 수염을 쓰다듬었다.

"'에류엔티우'에는 완전한 비전서가 있을지도 모르겠다만, 유통 중인 것은 불완전한 물건뿐이니라."

무언가 의문을 품었는지 제자 중 하나가 옆의 제자에게 물었다. 목소리는 조그마했지만 방 자체가 정적 그 자체였다 보니 의외로 크게 들렸다.

"에류엔티우란 게 대체 무슨 뜻이죠?"

"도시 이름이잖아."

"그건 알지만요. 기괴한 이름이다 싶어서."

"아…… 분명 전에 한 번 조사한 적이 있었는데. 그 근방 고어(古語)로 '세계의 중심에 있는 거목'이라는 뜻이라던 걸."

자기들끼리 이야기를 시작한 제자들에게 경고하는 의미에서 플루더는 지팡이로 바닥을 찍었다. 이곳은 전설급 언데드가 있는 위험한 장소. 절대로 마음을 놓아도 되는 곳이 아니다.

경고에 따라 즉시 정적이 돌아와 실내를 지배했다. 남은 것은 그저 죽음의 기사가 쇠사슬을 끊고자 꿈틀거리는 소리뿐이었다.

"유감이지만 더 이상 이곳에는 볼일이 없다. 오늘은 말이다. 그만들 가자."

"예."

안도의 빛을 다소 머금은 여러 명의 대답에 따라, 죽음의 기사 앞에서 플루더는 떠나갔다.

아무리 플루더라 해도 들어왔을 때와 나갈 때의 발걸음 속도가 같을 수는 없었다. 아무래도 등 뒤에서 때려 박는 듯한 시선을 받으면 발이 빨라졌다. 그것은 제자들도 마찬가지이기는 했지만.

플루더는 어둠 속을 걸으며 조금 전 제자들의 이야기를 떠올렸다.

'에류엔티우'.

그 유명한 팔욕왕이 만들어냈던 국가의 수도이자 마지막으로 남은 단 하나의 도시. 그리고 차원이 다른 마법의 무구를 장착한 서른 명의 도시수호자라는 인물들이 지키는 도시이기도 하다.

그 땅에 있으리라 여겨지는 팔욕왕이 남긴 매직 아이템이 있다면 자신의 마법기술도 더욱 진보하리라고 플루더는 생각했다. 결코 아무도 손에 넣은 적이 없으며, 오로지 십삼영웅만이 몇 가지를 가지고 나갈 수 있도록 허락을 받았다는 초급(超級) 매직 아이템.

플루더의 마음에 시커먼 불꽃이 일렁였다.

십삼영웅. 과거의 영웅. 플루더라면 어깨를 나란히 할 수 있는 존재일 테지만, 그들에게는 허용이 되었지만 자신에게는 아니다. 무엇이 부족하단 말인가.

플루더는 황급히 가슴속에 일렁이는 불꽃을 꺼뜨리고자 자기 위안을 시도했다. 자신의 현재 지위, 그리고 쌓아놓은 것. 그러한 것들은 결코 십삼영웅에게 뒤지지 않는다. 아니, 제국의 매직 캐스터들 중에서 보자면 플루더의 지위는 십삼영웅을 넘어섰을 것이다.

그러나 한번 솟아오른 시커먼 불꽃── 질투는 쉽게 끌수 없었다. 그의 질투는 강함에, 재능이나 능력에 대한 것이 아니라, 마법의 심연을 엿볼 기회를 얻었던 선구자들에 대한 것이었으므로.

플루더는 최고위의 매직 캐스터다. 그것은 모두가 인정하는 바였으며, 그와 어깨를 나란히 할 자라면 과거의 십삼영웅 정도일 것이다. 하지만 죽음의 기사를 지배할 수는 없었으며, 모두 합쳐── 신빙성이 좀 떨어지는 정보이기는 하지만── 제10위계까지 존재한다는 마법 중 제6위계까지

밖에 구사하지 못한다.

그러한 상황이, 마법의 심연까지는 아직도 멀었다는 사실을 눈앞에 들이밀어 주었다.

플루더도 나이를 많이 먹었다.

정신계 매직 캐스터로서 수련을 쌓았던 선술(仙術)의 한 계통—— 금주(禁呪). 어떤 행위를 일어나지 않도록 금지하는 마법을 행사하여 노화를 막고 있다. 물론 플루더가 수련한 위계에서 보자면 지나치게 어려운 마법행사였다. 이를 의식마법과 융합시켜 억지로 발동시키고 있다.

그러나 불가능을 가능케 하는 데서 오는 왜곡은 분명히 존재했으며, 완벽하게 발동하면 나이를 먹지 않았어야 할 마법은 플루더에게 조금씩이기는 하지만 시간의 경과를 받아들이게 만들고 있었다.

지금은 어떻게든 버티고 있다. 하지만 왜곡은 서서히 커지고, 이윽고 파국이 찾아오리라.

그렇다. 플루더는 마법의 심연을 엿보지 못하고 죽는 것이다.

만일 뛰어난 선구자가 있었다면 여기까지 좀 더 빨리 왔을지도 모른다. 그러나 그의 앞에는 아무도 없었으며, 자신이 길을 만들 수밖에 없었다.

플루더는 가까이에 있는 제자들을 은근슬쩍 둘러보았다.

플루더라는 인물이 만들어낸 길을 걸어온 자들을.

질투의 불꽃에 연료가 부어져 더욱 거대해졌다.

자신이, 이 자리에 있는 어느 누구보다도 재능이 뛰어난 자신이 제자들의 수준까지 도달할 수 있었던 것은 몇 살 때였던가. 아니, 생각할 것도 없다. 분명 이 제자들보다도 나이가 많았을 때였다. 가르치는 자가, 앞을 나아가며 이끌어주는 자가 있는 것과 없는 것은 이 얼마나 다르단 말인가.

어째서 자신에게는 스승이 없었는가.

플루더는 언제나 하던 생각을 또 다른 생각으로 짓누르려 했다.

──뭐가 어떻단 말인가. 나는 선구자로서 역사에 이름을 남길 것이다. 내 뒤를 지나 매직 캐스터로서 대성하는 자는 모두 플루더 덕분이 될 테니까. 제자들이야말로 나의 보물이다. 이 중에서 한 사람이라도 나보다 위에 오를 자가 있다면 그것은 나의 힘이기도 하다──.

그렇게 위로하며 플루더는 자신들의 제자 중 하나, 이제는 사라진 제자를 생각했다.

그 소녀라면, 과연 어느 위계까지 올라갈 수 있었을까.

"──아르셰 이브 리일 푸르트."

우수한 아이였다. 그 어린 나이에 제2위계 마법을 익혔으며 제3위계까지 발을 걸쳤다. 그대로 갔다면 언젠가는 플루더의 영역까지 왔을 가능성도 있을 것이다. 결국 그녀는 모종의 사정으로 제자를 그만두고 말았지만…….

그때는 참으로 어리석다고 실망했을 뿐이었다.

"아까운 짓을 했지."

어쩌면 자신은 커다란 새를 놓쳐버리고 말았는지도 모른다.

그 아이는 지금 어디 있을까. 조금 찾아볼까 하는 마음도 들었다. 혹시 제3위계 마법까지 쓸 수 있게 되었다면 나름대로 지위를 약속해주는 것도 좋으리라.

그렇다고는 하지만 지금은 아직 해야만 할 일이 있다.

플루더는 암구호를 외워 무거운 문을 열었다.

그리고 밖으로 나와 주위의 제자들과 마찬가지로 호흡을 몇 번 되풀이했다. 죽음의 기사가 내뿜던 기척이 강하게 남은 실내에서는 공기가 무거워 호흡을 해도 공기가 폐에 확실하게 들어오지 않는 그런 기분에 사로잡혔던 것이다.

"스승님!"

나직하고 굵은 목소리가 들렸다. 그곳에 있던 것은 자신의 고제 중 한 사람이며 모험자로도 이름을 떨치는 사내였다. 그 경험 덕에 마법성의 경비관계 부책임자로 활약하고 있다.

"……무슨 일이냐? 비상사태더냐?"

"아니오, 비상사태는 아닙니다. 아다만타이트 클래스 모험자 분들이 스승님께 면회를 청하고 있습니다."

플루더는 의아한 표정으로 사내를 바라보았다.

그런 약속은 한 적이 없었다. 플루더는 제국 최고의 매직 캐스터로 온갖 일을 맡았으며 그 때문에 자신의 마법 연구에 할애할 시간이 없을 정도였다. 갑자기 만나고 싶다고 해도 당장 고개를 끄덕일 수는 없다. 사전승낙 없이 그를 만날 수 있는 자는 제국을 통틀어 오직 황제뿐이다.

그렇지만 거절하는 것도 속단이다. 아다만타이트 클래스 모험자는 영웅이며, 한 사람이라도 결코 무시할 수 없는 존재. 그것은 대 매직 캐스터인 플루더라 해도 마찬가지였다. 희귀품 입수 같은 의뢰를 맡길 수도 있는 존재를 소홀히 대해서는 안 된다.

"'은사조' 분들인가? 아니면 '잔물결 팔연'?"

제국에 존재하는 두 아다만타이트 클래스 모험자 팀의 이름을 입에 담았다.

하지만 제자는 고개를 가로저었다.

"아닙니다. '칠흑'이라고 하는 두 분이었습니다. 증거로 아다만타이트 클래스를 나타내는 플레이트를 제시하셨습니다."

"무어라고?!"

왕국에서 유명해진 모험자 팀 '칠흑'. 두 사람밖에 안 되면서도 수많은 영웅급 실적이 있다. 최근에는 왕국 수도에서 날뛰었던 얄다바오트와 1대 1로 싸워 이를 격퇴했다고 들었다.

그런 인물이 어째서 자신을 만나러 왔단 말인가. 의문은 동시에 수없이 떠올랐지만, 그 이상으로 고위 매직 캐스터라 일컬어지는 '미희' 나베와 마법에 대해 이야기를 나누고 싶다고 생각하던 차가 아니었던가. 의문 따위 즉시 내팽개쳤다.

다만, 그래도 황제의 신하로서 자신의 주인인 지르크니프가 그들을 만나고 싶어했던 점을 떠올렸다.

면회가 끝나면 그런 이야기도 해보기로 할까, 그런 생각을 하며 플루더는 제자에게 명령했다.

"그분들을 안으로 모셔라. 나도 준비를 마치는 대로 즉시 가겠다."

3

"야~. 정말 유적이 있어서 깜짝 놀랐지 뭐야. 그만한 보수를 준비한 단계에서 헛소리는 아니라고 생각했지만, 이런 들판 한복판에 미탐색 유적이 있다니 정말 놀라워. 그치?"

헤케란의 물음에, 옆에 서서 유적을 내려다보던 동료들이 동의하는 반응을 보였다.

유적은 분묘라고 했는데, 대지에 파묻힌 듯한── 마치 무언가 위에 있었던 것이 푹 들어간 듯한, 분지를 연상케 하는 장소에 존재했다.

이 유적이 미탐색이었던 이유는 주위가 온통 초원이며, 옛 도시의 흔적처럼 모험자들의 눈길을 끌 만한 요소가 전혀 없었기 때문일지도 모른다. 게다가 주위에는 비슷한 대지의 융기가 넓은 범위에 걸쳐 다수 존재했으며 유적은 그런 융기 중 한 곳에 묻혀있다시피 존재했으니 알아차리지 못할 만도 했다. 중앙의 건물 지붕이 아주 조금 튀어나와 있긴 하지만 그것도 이곳에 올라오기 전까지는 알아보기 힘들 것이다.

유적 주위를 에워싼 것처럼 쌓여 있던 토사가 무너지면서 벽 일부가 드러나, 그 덕에 유적이 발견되었으리라. 그것이 각 팀의 참모들이 내린 결론이었다.

"틀림없겠어. 이거 솔직히 두근두근하는걸. 미탐색 유적이라면 깜짝 놀랄 만한 아이템이 잠들어 있을 가능성도 제법 높을 테니까."

"글쎄, 어떨지. 뭐, 이런 곳에 있으면서도 전혀 문제가 일어나질 않았으니 위험한 몬스터는 없겠지. 그보다도 의뢰인이 베이스캠프를 칠 곳을 지정해놓았다는 점이 어째 불안한데."

베이스캠프의 위치는 탁 트인 초원이라 최적의 선택이라고 할 수 있었다.

곳곳에 솟아난 언덕에 에워싸여 쉽게 드러나지 않으며 멀리서 발각될 가능성은 낮다. 불빛만 새지 않도록 주의하면 들키진 않을 것이다.

그렇기에—— 두려웠다.

"정말 그렇지? 의뢰인은 어떻게 이 장소를 알고 있었을까."

가장 큰 가능성을 들자면, 의뢰인이 모종의 이유로 이 부근에서 베이스캠프에 최적인 장소를 찾고 있었을 경우. 그렇다면 이래저래 이해가 간다.

하지만 그렇게 되면 새로운 의문도 생겨난다. 애초에 이런 외진 곳에다 베이스캠프를 설치하려 했던 이유다. 그것도 제국 귀족이, 왕국의 영토 내에서.

"——왕국에는 큰 암흑가 세력이 있다는 말을 들은 적이 있는데. 아마 이름이 '여덟손가락'이었지. 이것저것 상당히 악랄한 짓을 한다나."

"제국에 밀수입도 한다며? 왕국 내에서는 꽤 힘이 있어서, 조사를 하려 들면 큰 문제가 된다고 도적 관계자들이 투덜거리는 걸 들은 적이 있어."

이미나가 바람에 흐트러지는 머리를 붙잡으며 아르셰에게 맞장구를 쳤다. 내뱉듯 로버딕이 중얼거렸다.

"저는 마약에 관한 이야기도 들어봤습니다. 약물은 분명 잘 쓰면 훌륭한 물건이지요. 그러나 약자를 잡아먹기 위한 상품으로 삼는 놈들에게는 불쾌감밖에 들지 않습니다."

목소리가 다소 커지는 것도 어쩔 수 없는 노릇이다. 로버딕은 약한 이들을 돕기 위해 워커가 되었으니까.

"이번 의뢰하고 상관없는, 심지어 근거도 없는 이야기를 망상하진 말자고. 애초에 아르셰가 알아본 범위에서는 숙청될 만한 짓을 할 만한 인물은 아니었다며?"

"──조사가 부족했거나, 혹은 교묘하게 위장되었을지도……."

아르셰가 중얼거렸지만 무시하고 헤케란은 동료들에게 확인을 구했다.

"뭐, 다들 알고는 있을 거라 생각해. 그렇지?"

"물론이야. 다른 팀 앞에서는 말 안 해. 워커들이라면 '여덟손가락'에 밀수입 의뢰를 받는 경우도 있으니까. 다른 팀이 그 조직과 모종의 관계가 있어도 이상하지 않은 만큼 공연한 소리는 할 수 없는걸. 이 의뢰가 정리될 때까지."

"사람들의 눈물을 얼마나 빨아먹은 지저분한 보수일지 모르지만 말입니다."

"──지저분한 돈이라도 보수는 보수니까, 사람은 살아갈 수 있지."

흘끔 아르셰를 쳐다본 로버딕이 내부의 열기를 토해내고 식히려는 듯 심호흡을 했다.

"──미안해. 실례되는 말이었어."

"아닙니다. 저도 하마터면 실례되는 말을 할 뻔했습니다.

용서해주십시오."

"──신경 쓰지 말아줘. 당신은 아무 말도 하지 않았으니까. 하지만 나로서는 그런 생각이 들 수밖에 없다는 걸, 조금은 염두에 두었으면 해. 정신적인 유복함보다도 물질적인 유복함을 추구하는 경우도. 다만──."

스윽 손을 들어, 아르셰는 아직 자신의 말이 이어진다는 사실을 어필했다.

"──절대 동료들에게 불리해질 만한, 그런 짓은 피할 생각이야. 욕심 때문에 몸을 망치는 인간을 수없이 봤으니까."

"난 믿는다, 아르셰."

헤케란의 말에 고개를 끄덕이는 아르셰를 보며 아무도 이의를 제기하지 않았다. 아무 말이 없어도 마음은 충분히 전해진다. 몇 번씩이나 싸워보기도 했으므로 충분한 신뢰가 싹트는 것이다.

"그래서, 어떻게 생각해? 분묘를 누군가가 지배하고 있을 가능성이 높은데."

헤케란의 눈은 깔끔하게 깎인 잔디를 주시했다. 또한 곳곳에 설치된 정밀한 천사며 여신의 조각상은 그야말로 훌륭했는데, 그것도 정기적으로 손질을 받는 것이 분명했다.

하지만 그런 한편 묘지 곳곳에 우뚝 솟은 거목의 가지는 기이하게 늘어져 지극히 음울한 분위기를 풍겼다. 묘비의 배열도 질서 정연하지 않아, 마치 추악한 마녀의 듬성듬성

한 이처럼 난립하고 있어서 청결감을 유지하는 부분과 대비되어 강렬한 위화감을 주었다.

누군가가 이곳을 관리한다. 그러나 그 인물은 제정신이 아니다. 그런 으스스한 예감이 위장을 찔러댔다.

헤케란은 오한을 떨쳐버리려는 듯 거대한 건조물에 의식을 돌렸다. 묘소 내의 동서남북 네 곳에는 작은 영묘가, 중앙에는 그보다도 거대하고 장엄한 영묘가 있었다. 대영묘 주위를 에워싼 여덟 개의 전사상도 매우 큼지막해, 영묘에 다가오는 모든 재앙과 침입자를 처단하겠다는 의지가 감도는 것만 같은 위압감이 있었다.

"묘지의 초목을 깔끔하게 정돈해놓았군. 아니, 이끼조차 보이지 않아. 상당히 꼼꼼하게 손질을 하는 자가 있다고 치고, 대체 어떤 놈일까?"

분명 어느 팀이나 —— '천무'를 제외하고 —— 사전조사 시점에서 기괴한 느낌을 받기는 했다.

도착해 주위를 둘러보니 평야밖에 없다. 분묘를 세우기에는 너무나도 어울리지 않는다.

우선, 단순한 묘지로서 편이성을 생각한다면 마을이나 도시에서 멀리 떨어진 이런 곳에 이렇게 훌륭한 것이 세워져 있는 것도 기묘하다. 너무나도 불편하지 않겠는가.

죽은 이를 모시기 위해서가 아니라 고인을 위한 업적을 후세에 전하기 위한 기념물이라면 이해할 수도 있다. 위업을 이룬 곳에 건물을 세우는 경우가 있으니까.

하지만 그렇게 따지면 불후의 업적을 세웠다는 역사적 사실이 전해지지 않는 점에서 위화감이 든다. 모든 팀이 가진 정보를 모아봐도 관련 정보가 전혀 없다는 것은 곧 정말로 역사에서 말소되었을 가능성이 높다는 뜻이다.

너무나도 앞뒤가 안 맞는다.

목에 무언가가 걸린 듯한 기묘한 이물감이 눈살을 찌그리게 만드는 요인이 되었다.

"하지만 누가 사느냐에 따라서는 큰 사건이 될 텐데, 그점은 어떻지?"

"……무고한 사람의 집이라면 그건 싫은데요."

"──각 팀의 지식 담당끼리 조금 전에 토의를 해봤는데, 조합에 이 근처 유적의 정보가 전혀 없고, 가까운 마을과도 꽤 거리가 있다는 점을 봐선, 평범한 사람이 살 가능성은 낮다고 봐. 그렇기 때문에 여기 있는 자라면 햇빛 드는 곳에는 나오지 못할 불법점거자 내지는 몬스터. ──다만 유적 밖에 나온 흔적이 없으니 음식이 필요 없는, 혹은 유적 내에서 자급자족할 수 있는 구조인 것으로 보여. 그래도 지금은 정보가 너무 부족하니까 이 이상 추측해봤자 고정관념에만 사로잡히고 생각의 범위가 좁아질 거야. 그렇기 때문에 유적 고찰은 그정도에서 중지했어."

유적이 발견되면 해당 정보는 모험자 조합을 통해 그 나라의 행정부로 흘러간다. 그리고 첫 발견자가 일정 기간 조사권을 보유한다. 이런 규칙을 만들어, 국가나 모험자 조합이 정보를 얻지 못한 유적이라면 그곳을 불법 점거한 자를 죽여도 묵인되는 것이 현실이었다.

이것은 '의심스러우면 죽여라.' 라는 방침에 따른 것이다.

매우 난폭한 방침일지도 모르지만, 이 세계에서 인간은 약한 생물이다. 그렇기에 인간 세계 바로 근처에 정체 모를 자들이 도사리고 있어서는 안 된다.

실제로 20년쯤 전에 유적을 점거하고 끔찍한 실험을 자행하던 줄라논이라는 조직에 큰 피해를 입은 사례가 있다. 정보가 부족해 수수방관하는 사이에, 작기는 해도 도시 하나가 멸망했다.

그러한 일을 두 번 다시 되풀이하지 않도록 조합은 규칙을 만든 것이다.

"뭐, 흔한 패턴대로라면 여느 때처럼 언데드겠지만. 언데드가 점거했으면 냉큼 토벌하고 부정 에너지를 축복으로 몰아내지 않으면 위험하잖아?"

"아시다시피 매우 위험합니다. 언데드를 방치해두면 더욱 강대한 언데드가 발생할 가능성이 있습니다. 유적 같은 곳에 강한 언데드가 있는 이유가 그런 것이지요."

"그냥 폐기된 분묘고, 옛 주인에게서 명령을 받은 골렘이 청소만 하고 있는 거라면 고맙겠는데 말이야. 귀찮은 일이 단숨에 줄어들어서. 그래서 결국 앞으로의 작전은 어떻게 한다고?"

"──헤케란이 내 대신 회의에 나갔어야지."

"신경 쓰지 마. 다른 팀 리더들도 안 나갔잖아? 적재적소란 거야. 응."

윙크를 하는 헤케란에게 아르셰는 짐짓 커다란 한숨을 쉬어주었다.

"──아무튼 밤이 되면 팀 전체가 행동을 개시할 거야. 사방에서 침투해서 중앙의 거대한 영묘로 집합."

"하긴. 밝으면 침입을 들키기 쉬우니까."

"──응."

주변은 탁 트여서 감시자나 여행자의 모습은 보이지 않았다. 그렇기 때문에 지금부터 침입해도 될 거라고 생각하지만, 그래도 생각하지 못했던 사태는 일어날 수 있다. 어둠 속에서 활동하는 편이 다소는 안전할 것이다.

게다가 밤까지라고 기간을 정해두기는 했어도 유적을 계속 관찰하면 무언가 정보를 얻을 수 있을지도 모른다. 이번 일은 시간제한이 있지만 여기서 시간을 죽여도 아깝지는 않다고 지식 담당자들은 생각했던 것이리라.

사실은 며칠 동안 감시를 계속하고 싶었을지도 모르지만.

"하지만 〈투명화Invisibility〉를 쓰면 안전하게 정찰할 수 있지 않을까요?"

"──그것도 생각은 했어. 하지만 성가신 일이 생길 가능성이 있으니까 전부 한꺼번에 해버리는 편이 나아. 최악의 상황이라도 어느 정도 조사는 가능해."

투명화 마법도 간파할 수단이 무수히 있듯 완벽한 마법은 아니다. 만약 워커가 마법을 써서 접근한다는 사실이 ── 누군지는 모르지만 ── 유적을 경호하는 자에게 탄로 난다면 경계 레벨은 당연히 올라간다. 자칫하면 며칠 동안 잠입이 불가능할 정도로.

이를 피하기 위해 모두 동시에 행동하는 작전을 세운 것 같았다.

그렇게 이해하고 헤케란은 고개를 끄덕였다. 다소 구멍은 있지만 위험과 임무의 균형을 고려한, 간신히 한계선상을 넘나드는 작전이었다.

"그렇다면 한동안 휴식 시간이라고 봐도 되겠군."

"──맞아. '칠흑'과 '스크리밍 휩(Screaming Whip)'이 경호를 맡아주겠지만, 만약을 위해, 그리고 긴장감을 유지하기 위해 각 팀이 돌아가면서 주위를 살피기로 했어. 순서는 백작가에 도착했던 순서대로 2시간마다 교대."

"그렇군. 다시 말해 우리가 맨 마지막이란 말이지."

"──응. 우리 차례는 멀었어."

여기까지 말하고 아르셰는 휙휙 고개를 돌리더니, 다음으로는 어깨도 이리저리 돌렸다.

"피곤하신가 보군요."

아르셰는 로버딕에게 고개를 끄덕였다.

"──피곤해. 이렇게 시간이 걸린 것도 전부 그 저질스러운 자식이 강행돌입을 제안했던 탓이야. 설득하느라 정말 고생했어. 그 인간은 협조라는 말을 몰라."

"……아, 검의 천재 나리."

"그냥 빌어먹을 개자식이면 되지 뭐."

살의가 깃든 이미나의 말에 쓴웃음을 지으며 헤케란은 화제를 바꾸고자 부심했다.

"그럼 우리 차례가 올 때까지 야영지로 돌아가 느긋하게 기다릴까?"

"찬성입니다. 비는 한동안 오지 않겠지만, 만약을 위해 준비를 해두면 나중에 고생하지 않을 테니까요. 이미나 씨가 나설 차례이니 그만 표정 푸세요."

"알았어. 아~ 진짜 열 받네. 찔러 죽여버리고 싶을 정도로. 텐트는 그 자식들하고 떨어져서 칠 거니까 그렇게 알아."

"정해진 부지 안이라면 상관없어."

사실은 그리 좋지는 않지만, 그렇다고 가까이 있다가 싸움이 나는 것보다는 낫다.

네 사람은 유적에 등을 돌리고 걸어갔다.

"──하지만 생각하면 생각할수록 불가사의해. 백작이 의뢰한 것도 이해가 가."

그 말에 반응해 돌아보니 아르셰가 발을 멈추며 유적을 응시하고 있었다.

"이 유적에서는 시대나 배경을 전혀 읽을 수가 없어. 갑자기 이 시대에 뚝 떨어진 것처럼. 그런 이질감이 들어. 저 조각은 마신이 휩쓸기 전에 이 근처에 있던 조각하고 비슷한 것 같기도 한데, 저쪽 조각상은 아주 동방의 물건 같기도 해. 게다가 십자 묘표가 있다는 걸 생각해보면…… 역시 무리. 전혀 모르겠어."

아르셰의 지식을 들으며 헤케란은 얼굴에 떠오르려는 싱글거리는 웃음과 두근거리는 마음을 억누르는 것이 고작이었다.

"다시 말해 그건 상당히 재미난 것과 마주칠 가능성이 있다는 뜻이잖아?"

"틀림없이. 깜짝 놀랄 만한 게 있을 거야, 분명."

"……무서운 언데드가 있을 가능성도 높습니다, 여러분."

"──우와~ 무서워~."

"──연기 너무 서툴어, 헤케란. 나랑 하나도 안 비슷해. 억지로 내 목소리 흉내 내려고 하는 바람에 진짜로 기분만 나빠졌어."

"넵. 죄송합니다."

"그래도── 좀 기대돼."

"그러게. 이 분묘가 뭣 때문에 있는지. 어떤 사람이 묻혔는지. 지적호기심을 한껏 자극해주는걸."

"그치? 미지를 안다는 건 적잖이 두근거리는 일이니까."

"——그리고 돈. 많이 있으면 좋겠어."

헤케란은 동료들이 만면에 웃음을 짓는 모습에 만족감을 느꼈다. 금전 따위의 이유로 지저분한 일에 손을 대버린 자들이기는 했지만, 좋아서 하는 것은 아니다. 진심으로는 모험자가 할 법한 일들을 선호했다.

여동생을 떠맡은 후에도 아르셰가 모험에 나갈 수 있을지는 알 수 없다. 아르셰가 빠지면 다음 멤버를 찾을 때까지는 나름 시간이 걸릴 테고, 찾는다 해도 팀워크를 맞출 때까지는 난이도가 낮은 의뢰만을 골라야 한다.

이번 일은 이 멤버로 수행하는 일 중에서는 최고의 것이 될지도 모른다.

'앞으로는 모험자 같은…… 모험 의뢰, 아니 우리끼리 미지를 찾아 나가보는 것도 나쁘지 않겠어…….'

헤케란은 하늘을 올려다보았다. 어디까지고 펼쳐진 하늘을.

*

어둠이 세계를 에워쌌을 무렵, 교묘하게 위장된 여러 개의 얕은 텐트에서 워커들이 우르르 밖으로 나왔다. 은밀한 직업에 종사하는 그들은 이제부터가 일을 할 시간이었다.

모험자들이 식사 준비를 시작했다.

하얀 고형 착화제에 불을 붙이고 숯에 불을 옮기는 작업이었는데, 〈어둠Darkness〉 마법으로 주위를 비추는 빛은 은폐해놓았다. 〈어둠〉은 어디까지나 빛만 끄므로 불꽃을 없애는 것은 아니다. 어둠 속에서 타오르는 불꽃으로 무한의 물자루에서 만들어낸 물을 끓인다.

끓인 물을 나무 그릇에 따랐다. 안에 든 휴대식량은 금세 형태를 잃고 향긋한 수프 냄새를 풍겼다. 여기에 건빵을 곁들인 것이 모두의 공통된 식사 메뉴였다.

그다음부터는 개인의 취향에 따라 달라진다.

그릇에 들어 있는 것은 노란색이 도는—— 워커들이 애용하는, 영양과 보존 기간을 중시한 수프지만, 여기에 말린 고기를 나이프로 썰어 얇게 슬라이스한 고기 조각을 넣는 사람, 조미료를 뿌리는 사람, 그대로 마시듯 배 속에 넣는 사람도 있다.

한 그릇만 먹고 모두가 식사를 마쳤다. 가혹한 노동을 생각하면 이 식사량은 턱없이 부족하다.

하지만 너무 무거운 것을 배 속에 담아두면 앞으로 몸을 움직일 때 불리하다. 그렇다고 식사를 하지 않아도 위험하다. 앞으로 얼마나 오랫동안 식사를 하지 못할지 알 수 없기 때문이다.

비상사태를 대비한 스틱 형태의 휴대식량도 무한히 존재하는 것은 아니며, 대량으로 들고 다니면 기민함이 떨어진다. 이런 절충을 잘해나갈 필요가 있다.

빈 그릇을 모험자들에게 주고, 워커들은 준비해온 짐을 짊어졌다.

워커들은 모험자들의 배웅을 받으며 일제히 행동을 개시했다. 모험자는 이 야영지를 경계하고 유적 침투에는 참가하지 않았다.

우선 언덕 아래를 따라 빙 돌아 유적 주위로 흩어졌다. 이 단계에서 습격을 당하면 하늘을 향해 신호를 보내기로 되어 있다.

풀 플레이트 아머를 입은 자가 많아 소음이나 행동이 둔중해져 은밀행동은 불가능할 것 같지만, 그것은 어디까지나 상식의 범주에서 하는 생각일 뿐이다. 마법이라는 상식을 타파하는 기술을 구사하는 자들에게 이 정도는 전혀 불가능하지 않다.

우선 〈정적Silence〉 마법을 사용한다. 범위 내의 소리를 없애주는 마법이라면 갑옷이 삐걱거리는 소리도, 땅을 박차는 소리도 울리지 않는다.

다음으로는 〈투명화〉. 이것으로 눈에 보이지 않게 만들면 보통의 육안으로 보아서는 발견하기가 어렵다.

만약을 위해 상공에서는 〈투명화〉와 〈비행Fly〉, 나아가서는 〈매의 눈Hawk Eye〉을 쓴 레인저가 주변을 감시했다. 무슨 일이 생기면 즉시 대응할 수 있도록 손에는 활을 들고 마비 효과가 있는 특수한 화살을 시위에 메겼다.

이렇게 두 단계의 준비를 거쳐 일행은 목적지에 도착했다.

이제부터가 진짜다.

언덕을 올라, 몇 미터 아래의 유적으로 내려간다. 그곳에서 지표 부분을 탐색하며 중앙 영묘로 보이는 장소에 집결한다. 가능한 한 〈투명화〉의 효과 시간이 지속되는 동안 해내야만 한다.

다만 일부가 제멋대로 행동하지 않도록 보조를 맞출 필요가 있다. 하지만 한밤중에, 그것도 투명화 마법이 걸린 상태에서 서로의 위치를 확인하기란 어렵다.

그러나 이 점도 이미 고려가 되었다.

길이 30센티미터 정도 되는 기묘한 막대가 갑자기 지면에 나타났다. 그것은 모습을 감춘 사람이 든 것처럼 허공에 떠올라, 한가운데에서 꺾이는가 싶더니 희미한 불꽃을 뿜어냈다.

이 특수한 막대―― 〈형광봉〉은 구부러뜨리면 안에 든 연금술로 만든 특수한 액체가 혼합되어 빛을 내는 구조를 가졌다. 한 번 떨어뜨렸던 이유는 〈투명화〉 마법은 발동 시 소지한 물건 전체에 걸리기 때문이다. 보이게 하려면 소지품을 몸에서 떼어내야만 한다.

빛을 몇 번 좌우로 흔든 다음 막대는 역할을 다했다는 양 파괴한다. 빛나는 연금술 용액은 지면에 뿌린 다음 흙을 덮어 완벽하게 흔적을 감췄다.

이렇게 각 워커 팀이 문제없이 대기상태에 들어갔음이 확인되었다.

거리가 멀어 서로의 기척을 살필 수는 없지만, 거의 같은 타이밍에 로프 네 가닥이 분묘의 지상 부분에 드리워졌다. 딱 좋은 간격으로 매듭을 지어놓은 등반용 로프였다.

로브 끝은 대지에 단단히 박힌 피톤에 묶여 있었으며, 그런 로프가 출렁출렁 움직였다.

투명화를 간파할 수 있는 자가 이 자리에 있다면 로프를 타고 내려오는 자들의 모습을 확인할 수 있었으리라.

아르세처럼 몸보다 마력과 지식을 단련해 민첩성이 요구되는 기능을 익히지 못한 사람이라도 이 정도는 할 수 있다. 아니, 워커든 모험자든 이 정도는 할 수 있도록 근육을 단련해놓아야 한다.

평소의 단련과 밧줄 매듭이 충분히 효과를 발휘해, 어느 워커도 지면에 굴러떨어지는 일 없이 분묘 안에 내려섰다.

각 침입팀의 첫 목적지는 네 곳에 있는 소형 영묘였다.

〈투명화〉 효과의 시간이 다 끝나 모두의 모습이 드러났다. 네 팀은 자신들이 담당한 영묘를 향해 뛰었다.

몸을 굽히고, 어느 정도는 묘비나 나무, 또는 조각상에 몸을 숨기듯 어두운 묘지를 달린다. 그러는 동안에도 〈정적〉의 지속 시간은 이어져 있어 소리는 나지 않았다. 풀 플레이트 아머를 걸친 전사조차 필사적으로 은폐를 해가며 달렸다. 여러 개의 그림자가 대지를 달려나가는 듯한 멋진 움직임이었다.

*

'헤비 매셔'의 리더 그링엄은 영묘에 다가감에 따라 슬쩍 눈을 크게 떴다.

짐작했던 것보다 훨씬 훌륭한 건물이었기 때문이다.

유적 사방에 있던 것이 소형 영묘라고는 했지만 어디까지나 한가운데의 거대한 영묘에 비교해서 소형이라는 뜻일 뿐, 다가가 보니 흠칫 숨을 멈출 만큼 크고 장엄한 건물임을 알 수 있었다.

흰 석벽은 깎아낸 것처럼 반들반들했으며, 세워진 지 상당한 시간이 지났을 텐데도 비바람에 얼룩이 지거나 풍화되어 깨져나간 곳이 보이지 않았다.

대리석으로 만들어진 3단 정도 되는 계단 위에는 보기에도 두꺼울 것 같은 쇠문이 있었다. 문 또한 녹슨 곳이 전혀 보이지 않을 정도로 멋들어지게 닦아놓아 새까만 강철의 광택을 띠었다.

얼마나 착실하게 손질을 했는지 쉽게 알 수 있는 건물이었다.

──다시 말해 분묘에 누군가가 있다는 건 확실하군.

그링엄이 그렇게 판단하는 동안 동료 도적이 앞으로 나가더니 계단부터 천천히 살피려 했다.

그링엄은 ──〈정적〉이 걸려 있으므로 ── 물러나라는 수신호를 받고, 천천히 후퇴했다. 범위공격형 함정이 있을지도 모르기 때문이다.

도적은 매우 꼼꼼하게 조사를 했다. 다소 조바심이 났지만 이는 어쩔 수 없는 일이었다.

인간의 영혼은 육체에 깃들며, 그 영혼은 육체가 썩기 시작했을 때 신의 곁으로 간다고 한다. 그렇기에 죽은 이는 즉시 묘지── 대지에 묻는 것이 기본이지만 귀족들처럼 일부 힘 있는 특권계급의 경우에는 조금 다르다.

즉시 땅에 묻는다면 정말로 부패했는지 확인하기 위해서는 도로 파내야만 한다. 그렇기에 죽은 자가 확실하게 썩었다는 눈에 보이는 증거를 얻기 위해 당장은 묻지 않고 일정 시간 안치해두는 것이다. 하지만 아무리 그래도 자택을 안치 장소로 이용할 수는 없다.

이때 선택되는 것이 묘지의 영묘다. 이곳에 일정 시간 안치해두고, 부패하기 시작했을 때 신관의 입회 아래 영혼이 확실하게 신의 곁에 불려갔다고 판단하는 것이다.

이때 안치하는 장소는 보통 영묘의 공용 공간이다. 넓은 장소에 마련된 수많은 석제 좌대 위에 시체를 두는 것이다. 부패하기 시작한 수많은 시체가 늘어선 광경은 언뜻 보면 무시무시하게도 여겨지지만, 이 세계의 일반적인 상식으로 보자면 지극히 당연한 광경이다.

그런데 대귀족처럼 더 큰 권력과 재물을 가진 자라면 여기서 또 이야기가 달라진다. 공용 영묘가 아니라 선조 대대로 내려오는 곳을 쓴다. 권력자가 신의 곁으로 불려갈 동안 쉴 곳으로 여겨지기에, 그들이 소유한 영묘는 힘의 상징이기도 하다.

여러 세간이나 보석으로 치장하는 일도 전혀 드물지 않다. 다시 말해 영묘는 도굴꾼들에게는 보물고나 같은 말이었다. 그렇기에 침입자를 퇴치하고자 위험한 함정을 설치해 두는 곳도 있다.

이 훌륭한 영묘라면 특히 그럴 가능성이 높으므로, 동료 도적이 여느 때보다도 신중하게 함정을 살펴보는 것이다.

계단을 다 조사하고, 다음으로는 문에 다가가려고 도적이 움직이기 시작했을 때 갑자기 주위의 소리가 돌아왔다.

〈정적〉의 지속시간이 다 된 것이다. 마침 딱 좋은 타이밍이라 할 수 있었다. 도적은 소리를 내지 않고 문 앞까지 다가가 계단 이상으로 꼼꼼하게 조사했다. 그리고 마지막으로는 컵 같은 것을 대고 안쪽의 소리를 들으려 했다.

몇 초가 지나, 도적은 그링엄을 비롯한 동료들 쪽에 고개를 가로저었다.

그 뜻은, '아무것도 없음'.

도적 자신도 의아하다는 듯 몇 번이나 고개를 꼬았다.

자물쇠조차 채우지 않았다는 점이 의문이었지만, 도적이 이 이상 아무것도 발견하지 못했다면 이제부터는 전열이 나설 차례다.

앞으로 나간 그링엄은 도적이 경첩에 기름을 발라놓은 문에 손을 댔다. 그 바로 뒤에는 방패를 든 전사가 대기했다.

그링엄이 힘껏 밀자 무거운 문이 천천히 움직였다. 미리 기름을 칠해두었기 때문인지, 아니면 이곳을 관리하는 자가 손질을 잘해둔 덕인지는 알 수 없었지만 무거운 것치고는 매끄럽게 열렸다.

곁에 대기했던 전사가 열린 문과 그링엄 사이로 들어와 방패를 내밀며 갑작스러운 습격이나 함정의 작동으로부터 막아주었다.

화살 같은 것이 날아오지도 않고, 강철의 문은 완전히 열려 뻥 뚫린 어둠이 '헤비 매셔' 앞에 모습을 드러냈다.

"〈영속광Continual Light〉."

마력계 매직 캐스터가 든 지팡이에 마법의 불빛이 맺혔다. 광량을 어느 정도 조작할 수 있는 마법의 불빛 덕에 영묘 안의 모습이 드러났다. 다시 한 번 마법이 발동되어 전사의 무기도 빛을 냈다.

두 줄기의 빛에 비친 것은 왕후귀족이 사는 저택의 방이 아닐까 착각할 만한 곳이었다.

방 한복판에는 신전의 제단에도 쓰일 법한 흰 석제 관. 2.5미터도 넘는 그곳에는 섬세하지만 화려하지는 않은 조각이 가미되어 있었다. 네 귀퉁이에는 갑옷을 입고 검과 방패를 든 전사로 보이는 백대리석 조각상이다.

그리고——

"——흐음. 저 문장에 대한 지식을 가진 사람이 혹시 있나?"

"아니, 모르겠는데."

본 적 없는 문장이 금사로 수놓인 깃발이 벽에 드리워져 있었다. 다른 나라의 것이라 해도 어지간한 귀족 가문의 문장은 암기해두는 도적이나 매직 캐스터의 기억에 없다면 왕국의 귀족도 아니리라 생각하는 것이 타당하다.

"왕국이 생기기 전의 귀족 가문이 아닐까?"

"200년도 더 전이란 말인가?"

200년 전, 마신에게 멸망당한 국가는 많아서 이 주변에서 200년 이상의 역사를 가진 나라는 의외로 적다. 왕국, 성왕국, 평의국, 제국은 모두 200년 전 이후에 생겨난 국가였다.

"그렇게 오래된 것치고는 세월의 흔적이 느껴지지 않는

걸? 저렇게 깨끗하게 남아 있다니, 대체 뭘로 만든 거람?"

"보존마법으로 보호를 받고 있어서가 아니겠나? 아니면 상한 부분을 마법으로 수리하는 것일지도 모르네."

"그보다도 리더, 그 이상한 말투는 관두면 안 돼? 여긴 우리밖에 없잖아."

"으음……."

그링엄의 눈썹이 위험한 각도로 일그러졌다가 느닷없이 활짝 웃었다.

"와, 진짜 피곤하네. 장난하나. '그대'는 뭐고 '하였네'는 뭐냐고. 완전 바보 같아."

"수고. 저 녀석도 말했지만 우리밖에 없을 때는 그래도 상관없다구."

"아니라네, 그럴 수도 없다네. 이렇게 고지식한 말투가 실력 있는 워커처럼 보이니 말일세. ……이리저리 바꾸는 것도 귀찮으니까 일할 때는 그걸로 밀어붙이는 게 내 정책이라구. 늬들도 알잖아."

동료들의 쓴웃음에 그링엄도 쓴웃음으로 대답했다.

그링엄은 원래 왕국의 농부 집안 셋째 아들이었다.

타와케(戲け, 멍청이)란 말이 타와케(田分け, 밭 나누기)에서 비롯되었다는 속설이 생겨났을 만큼, 형제 여럿이 논밭을 나눠 물려받으면 아들에게로 손자에게로 내려가는 사이에 각자가 가진 면적이 좁아져 수확량이 떨어지고 결국

몰락한다. 그렇기에 장남이 전부 상속한다. 차남은 일을 거드는 식으로 살아가는 길도 있겠지만 삼남 정도 되면 그저 짐만 될 뿐이다. 그렇기 때문에 입에 풀칠할 방법을 찾아 도시로 나가는 경우가 드물지 않다.

그링엄은 운 좋게도 좋은 몸을 타고 태어났으며, 또한 친구 복도 있어 결과적으로 대성했다. 그러나 원래는 농부였고 집안을 유지하기 위한 예비의 예비밖에 안 됐기 때문에 교양 같은 것과는 인연이 없었다. 읽고 쓰기도, 예의범절도 몰랐다.

물론 워커로서 중시되는 것은 의뢰를 완벽하게 수행하기 위한 능력이지 교양은 아니다. 하지만 리더가 그래서는 당연히 이익보다는 불이익이 많다.

필사적으로 공부했지만 머리는 몸만큼 재능이 없어 지식은 너무나도 엉성했다. 그래도 리더 자리를 빼앗기지 않았던 이유는 그 외의 요소를 동료들이 높이 평가해주었기 때문이리라. 그런 동료들에게 부끄러움이 없도록 그링엄은 이상한 말투를 쓰기 시작했다.

의뢰인이 봤을 때, '팀을 선전하기 위해 일부러 저러는 것일 테니 말투가 다소 괴악해도 이상할 것은 없다'고 생각하도록.

이것도 남들에게 우습게보일 수는 있다. 그러나 '허술한 지식밖에 없는 농민 출신 팀 리더라 이 정도밖에 안 된다'

고 여겨지는 것보다는 나았다.

"자, 휴식은 끝났네. 그대들도 가세나."

그링엄이 선언하자 이의 없이 모두들 움직였다.

우선은 도적이 영묘 안에 주의 깊게 침입하여 실내를 수색했다.

나머지 일행은 문틈에 굵은 쇠막대를 끼워놓아, 모종의 장치가 작동해도 완전히 갇히지는 않도록 조치했다. 그리고 외부로 불빛이 새어 나가지 않도록 반 이상 닫아두었다. 도적이 주의 깊게 내부를 살피는 동안 그링엄 일행도 주위의 경계를 태만히 하지 않았다. 어쩔 수 없다고는 하지만 조명을 쓰기 때문이다. 누군가가 목격할 가능성도 있다.

몸을 숙인 채 밖에서 대기한 그링엄이 주위를 살피고 있을 때쯤, 도적이 깃발 아래까지 도달해 이를 빤히 바라보고 있었다. 이윽고 결심한 듯 손을 깃발에 뻗어 건드리더니 황급히 손을 떼었다.

"일단 문제는 없어. 다들 들어와."

영묘 안으로 그링엄 일행이 들어오는 모습을 어깨 너머로 본 도적이 깃발을 가리켰다.

"……이거 엄청 값나가겠는데. 귀금속 실을 짜서 만든 거야."

"뭐어어어어?! 귀금속 실이라고?! 이딴 데다 걸어놓는 깃발에? 머리가 이상한 거 아냐?"

경악의 목소리가 일동 사이에서 새어 나왔다. 그리고 황급히 모두가 깃발 아래까지 다가가 교대로 만져보았다. 이 싸늘한 감촉은 틀림없이 금속이었다.

번쩍거리는 광택을 보면 도적의 감정은 틀림없을 것이다. 이 크기에서 생각할 수 있는 중량에, 미술품으로서의 가치를 더하면 엄청난 값이 나가지 않겠는가.

"이것은 의뢰인의 승리라 봐야 하지 않겠는가. 우리를, 아니 4개 팀의 고용 금액은 아직 회수하지 못했다지만 이외에도 엄청난 보물이 잠들어 있을 것이 분명할 테니."

"지금 당장 가져갈까?"

도적의 질문에 그링엄이 대답했다.

"그것은 좀 저어되는군. 게다가 상당히 무겁지 아니하겠는가. 나중에 회수하세. 이의 있나?"

"없어. 리더 말대로 이걸 들고 가면 행동하기가 힘들겠어. 그리고 수색 결과 말인데, 함정은 없고 비밀문 같은 것도 없어."

"……그러면 부탁하네."

그링엄이 마력계 매직 캐스터―― 마술사에게 고개를 끄덕이자 동료는 대답하듯 마법을 발동시켰다.

"〈마법탐지Detect Magic〉―― 마법적인 장치는 느껴지지 않는걸. 은폐계 마법으로 숨겨놓았을 경우를 제외하고."

"……그럼 이제는 조사할 도리가 없으니, 마지막 남은 본

론으로 들어가 보세나."

눈이 모여든 곳은 방 한가운데에 안치된 석관이었다.

도적이 시간을 들여 진득하게 조사한 후 함정 따위는 없다는 판단을 내렸다.

그링엄과 전사는 마주 보며 고개를 끄덕이곤 석관의 뚜껑을 열기 시작했다. 상당히 컸으므로 나름 중량이 나갈 거라 생각했지만 상상한 것보다도 훨씬 가벼웠다. 힘을 들여 움직이려다가 균형을 잃을 뻔했을 정도였다.

석관 뚜껑이 열리고, 그 안에서는 빛을 반사하는 무수한 광채가 쏟아져 나왔다.

금이며 은, 형형색색의 보석 같은 무수한 광택을 뿜어내는 온갖 장신구. 여기저기 흩어진 100개도 넘는 금화.

깃발에서 예상은 했지만 그링엄은 그 광경에 자신도 모르게 만면에 미소를 지었다. 주의 깊게 관찰한 도적이 손을 넣어 무수한 광채 중 하나—— 황금 목걸이를 들었다.

그것 역시 훌륭한 물건이었다. 황금 사슬로 만들어진 단순한 목걸이처럼 보이지만 사슬 부분에 치밀한 장식이 가미된 것이었다.

"……아무리 낮게 잡아도 금화 100닢. 잘 쳐주는 데로 가져가면 150닢도 거뜬할걸."

도적의 감정 결과를 들은 자들의 반응은 저마다 달랐다. 휘파람을 부는 사람, 싱글싱글 웃음을 짓는 사람. 공통된 것

이라면 모두가 눈에 희열과 욕망의 불꽃을 피웠다는 점이
다.

"절반은 받을 수 있다고 했으니 최소 추가 50닢. 한 사람
당 열 닢이라. 놀라 뒤집어질 만한 추가보수로구만."

"이거…… 이 유적은 보물산일지도 모르겠어."

"굉장한데. 이건 어쨌거나 굉장해."

"누가 아니라나. 하지만 이런 데에 보물을 놓아두는 것도
아깝잖아? 소중히 써줘야지."

그렇게 말하며 마술사가 보물산에서 큼지막한 루비가 박
힌 반지를 꺼내 보석 부분에 키스를 했다.

"진짜 크다."

신관이 손을 넣어선 바닥에 굴러다니던 금화를 떠내듯 들
어 올려선 주르르 떨어뜨렸다.

금화끼리 부딪치는 맑은 음색이 울려 퍼졌다.

"본 적도 없는 금화야. 어느 시대, 어느 나라 거지?"

나이프로 금화에 가볍게 상처를 내본 도적이 감탄하듯 말
했다.

"이거 아주 훌륭한 금화야. 무게도 교금화의 두 배는 되
고, 미술품으로 본다면 조금 더 값이 나가겠어."

"이건…… 크흐흐흐흐……."

웃음이 멈추지 않는 듯 몇 사람이 나직하게 웃음을 흘렸
다. 이것만으로도 한 사람에게 돌아오는 몫은 엄청나게 늘

어난다.

"이보게들, 신께 기도하고 싶어도 나중으로 미루세. 한시라도 빨리 회수하고 진짜 목적지로 가야 하지 않겠는가. 늦어지면 몫이 줄어들 걸세."

"——좋았어!"

그링엄의 말에 기세 좋은 대답이 돌아왔다. 그것은 흥분과 열광으로 가득 찬 목소리였다.

4

유적 중앙에 위치한 대영묘. 당장에라도 움직일 것처럼 생생함을 띤 거대한 전사상이 왕을 수호하는 기사처럼 건물을 에워싸고 있다. 그런 전사상의 발밑에 몸을 숨긴 헤케란은 대영묘의 사방을 차지한 소영묘 중 한 곳을 주의 깊게 바라보았다.

잠시 후 헤케란의 눈이 소영묘에서 달려오는 다섯 사람의 모습을 포착했다. 몸을 숨기면서도 재빠르게 달려오는 모습을 보며 이변이 없다는 점, 주위에 그들을 감시하는 자가 없다는 점을 신경질적일 정도로 확인했다. 잠시 후 근처까지 다가온 그들에게 문제가 일어나지 않았음을 확인하고 헤케란은 살짝 안도의 한숨을 내쉬었다.

거상 뒤에서 몸을 내밀어 신호하자 선두에서 달려오던 그링엄은 즉시 알아차리고 헤케란에게 접근했다.

"그링엄, 늦었군."

"사죄하겠네. 기다리게 하여 미안하네."

"집합시간까지 정해놓진 않았으니 문제 될 건 없지. 그보다 얼른 장소를 옮겨서 앞으로 어떻게 할지를 정하자고."

헤케란은 몸을 굽히고 주위를 경계하며 앞장섰다. 뒤를 따라가고 얼마 지나지 않아 그링엄이 물었다.

"묻고 싶네만, 그대의 팀은 보물을 발견했나?"

감출 수 없는 흥분이 묻어나는 목소리에 헤케란은 조금 전 자신들의 모습을 떠올리고 씨익 웃음을 지었다.

"엄청났다고. 입이 벌어져서 다물어지질 않아. 노공도 같은 말씀을 하시던걸."

"그대들도 그랬나? 이 분묘에 온 것은 정답이었던 모양일세."

"누가 아니래. 여기 묻힌 위인 나리에게 감사해야겠어."

"음. 그렇다고는 하지만 영묘에 이만한 보물이 있다면 주인이 안치된 곳에는 아무것도 없을 가능성도 고려해야 할지 모르겠네."

"아니야, 난 더 있다는 데에 걸겠어."

"어디—— 내기해보겠나?"

"좋지이. 분묘 안에서 더 발견하고 자네한테서도 돈을 또 뜯는다니, 그거 최고인데. 하지만 문제는 피차 똑같은 데에 걸 것 같다는 점이지."

두 사람은 소리를 내지 않고 입술 끝만 씨익 틀어올렸다.

"물론 그렇다네. 헌데 그대에게 묻고 싶은 것이 있네. 저 것이 무엇인가?"

그링엄의 시선 너머, 거상의 발밑에는 석비 같은 것이 오 도카니 놓여 있었다.

"아, 저거?"

헤케란은 발을 멈추지 않고 이동하면서, 조사한 결과를 그링엄에게 들려주었다. 석비에 적힌 문자는 먼저 도착한 3 개 팀 중 아무도 읽을 수 없었다. 어쩌면 그링엄 일행이라면 알지도 모른다는 엷은 기대감이 드러났다.

"석비 같은 것이라는데, 문자로 보이는 뭔가가 새겨져 있 었어."

"문자로 보이는 뭔가라니, 참으로 애매한 발언이로군. 무 슨 뜻인가?"

"모르는 언어야. 왕국어나 제국어도 아니고, 고대에 이 주 변에서 쓰이던 언어도 아닌 것 같아. 어쩌면 인간의 언어가 아닐 가능성도 있어. 하지만 2.0이라는 숫자만은 알아봤지."

"숫자? 상식적으로 생각해보면 건립된 연대가 아니겠는 가. 그렇다 쳐도 숫자가 너무 작군."

"아르셰는 이 유적의 수수께끼에 관한 말이 아닐까 했지 만…… 뭐, 기억 어딘가에 담아두는 편이 좋을지도 모르지."

"그렇군. 그렇게 해두세."

거상 앞을 지나, 경사가 완만한 긴 흰색 석제 계단을 다 올라가자 눈앞에 중앙 영묘의 입구가 나타났다.

"죽은 자의 냄새가 아닌가."

그링엄이 중얼거리고 헤케란이 동의했다.

"그래, 맞아. 카체 평야의 안개 속에서 곧잘 맡던 냄새야."

부패취처럼 가슴이 울렁거리는 악취는 아니지만 묘지 특유의, 그리고 언데드 특유의 냄새가 냉기에 섞인 것처럼 희미하게 떠돌았다.

분묘는 이렇게나 깨끗하지만 언데드는 분명히 있다.

각오했던 일행이 안으로 들어가니 그곳은 넓은 홀이었다. 좌우에는 무수한 석제 좌대가 놓여 있었으며 그 건너편으로 내려가는 계단이 보였다. 계단 맨 아래에 달린 문은 현재 활짝 열려 있었다. 공연히 서늘한 공기는 그곳에서 흘러나왔다.

"이쪽이야."

헤케란의 안내를 받아 그링엄 일행은 계단을 내려갔다.

계단 아래에 펼쳐진 것은 정면에 문이 달린 현실(玄室)이었다. 그 외에 문 같은 것은 보이지 않았다.

계단 위—— 영묘보다는 좁았지만 충분히 넓은 공간에 헤케란의 동료들 '포사이트', 에르야의 '천무', 그리고 팔파트라의 팀이 모두 모여 있었다.

"자, 이제 어떻게 할까? 예정에 따르면 여기서부터는 흩어져서 내부의 정보를 모아오기로 되어 있는데, 영묘를 수색하면서 무언가 다른 아이디어가 생긴 사람?"

그렇게 말한 후 헤케란은 흘끔 전원의 얼굴을 둘러보았다.

새로운 의견이 있을 법한 분위기는 아니었다. 욕망인지, 아니면 단순한 빛의 반사인지는 알 수 없었지만, 모두들 눈이 이글거렸다. 분묘 안으로 당장 뛰어들고 싶다는 흥분만이 모두의 얼굴에 떠올랐다.

이때 팔파트라가 나섰다.

"그러면 제안함세. 이 노인네의 팀은 숨겨진 문이 없는지 밖을 한 바퀴 수색하고 오겠네."

리더의 말이었지만 팀 멤버들은 불만스러운 표정이었다.

그렇게 엄청난 보물을 본 다음이 아닌가. 경험이 풍부한 리더의 의견이라고는 해도 동의할 수는 없었으리라. 눈앞에서 보물이 달아나는 환영이 어른거릴 테니까.

"어떤가들? 지표를 조사했다지만 완벽히 알아본 거슨 아니잖나. 영묘 밑에 다른 루트가 숨어 있을 가능성도 있지 않겠나? 게다가 묘지 부분도 조사해야 할 테고."

"노공의 말은 정론이오. 음유시인의 노래에도 나오는 거대 유적, 사사샤르 유적도 단숨에 중추부까지 가는 안전한 통로가 입구 부근에 있다 하지 않았소?"

"어, 그렇엄. 이미 여기까지는 조사가 끝났지만, 유감스럽게도 이 방에는 숨겨진 문이 없었어."

"그래서 제안하는 걸세. 이 노인네가 손해를 감수하는 대신 이 계층에서 발견된 것을 좀 나누어 줬으면 하고. 어디 보세. 팀마다 10%씩만 떼어주면 어떻겠나? 그리고 내일, 아래 계층이 발견되면 우리에게 최우선권을 쥬지 않겠나?"

"그 제안에 우리는 반론이 없네."

처음으로 말한 것은 그링엄이었다. 헤케란도 뒤늦게 동의했다.

"좋아, 그럼 이의는 없구먼! 헌데 우쥬루슈 쟈네는 어떤가?"

"개인적으로는 이의가 있습니다만 10% 정도라면 상관없습니다."

에르야의 빈정거리는 목소리에 노인은 천진난만하게 활짝 웃었다. 비아냥거리려다 허탕을 친 에르야가 오히려 떨떠름한 표정을 지었다.

"아! 노공, 그럼 부탁이 있습니다. 우리가 찾았던 영묘에 귀금속사로 만든 커다란 깃발이 있었는데, 너무 힘들 것 같아서 안 가져왔거든요. 그걸 회수해주실 수 있을까요?"

"헤케란의 말에 우리도 동의하오. 수고스러우시겠지만 회수해 옮겨주셨으면 하오."

"그거라면 우리도 부탁드리지."

에르야가 엘프 한 사람에게 턱짓을 하자, 가녀린 그녀는 등에 짊어진 커다란 천을 휘청휘청 바닥에 내려놓았다.

"알았네. 그것 말고도 뭔가 놓고 가고 싶다거나, 옮겨쥬었으면 하는 물건은 없나?"

팔파트라의 물음에 대답은 없었다.

"좋아! 그럼 우리는 죠금 전 제안대로 지표 쪽을 슈색하겠네. 쟈네들도 죠심해서 다녀오게나. 다만 이 노인네를 위해 돈 나갈 만한 물건을 남겨준다면 샤양하지 않겠네."

"하하, 노공. 몬스터라면 몰라도 보물은 동전 한 닢 남지 않을 겁니다."

사방에서 가벼운 웃음소리가 났다.

헤케란은 일행을 돌아보았다.

"그럼 가보실까요?"

제안은 즉시 통과되었다. 그렇게 그들은 한 걸음을 안으로 들였다. 기대와 욕망에 눈을 빛내며, 미지의 유적——지하분묘로 가는 첫 한 걸음을.

안쪽 문을 열자 통로가 한 줄기 이어졌다. 상상했던 대로라고 할까, 상태는 매우 청결하게 유지되어 있었다.

곰팡이나 이끼 같은 것이 전혀 보이지 않는 석조 통로의 좌우 벽은 상하 2단으로 나뉘었으며, 그곳에 수의로 칭칭 감긴 인간형 사이즈의 물체가 안치되어 있었다. 시체 특유의 냄새도 없었다. 그저 싸늘한 공기와, 죽은 이의 분위기라고 할 만한 특유의 냄새뿐이었다.

일정한 간격을 두고 천장에 청백색 빛이 켜져 있기는 해도 간격이 넓어서 곳곳에 어둠이 있었다. 걸어가기에는 부자연스럽지 않지만 무언가를 놓쳐버릴 것처럼 어스름했다. 예비 조명 없이 행동하기에는 위험하다는 생각이 들었다.

"――로버. 저 시체에서 언데드 반응은 나와?"

"아니오, 없습니다."

그 대답을 들은 아르셰는 수의에 감긴 시체에 다가가 손에 든 단검Dagger으로 갈라보았다. 그 모습을 보고 다른 팀에서도 두 사람 정도가 나와 그녀와 같이 수의 안에서 나타난 시체를 조사하기 시작했다.

"……이건 신장이나 체격으로 보건대 인간일 가능성이 매우 높겠군요. 그것도 성인 남성."

"옷 같은 것을 입지는 않았으니, 역시 어느 시대의 유적인지는 감도 안 잡히고."

"하지만 정말로 이 유적은 수수께끼인걸. 건축양식이나 매장수단을 봐도 연대를 가늠할 수가 없다니. 어쩌면 600년 이상 됐는지도 모르겠어."

"――만약 그렇다면 역사적 발견."

지식을 가진 자들에게는 토론을 벌일 화제인지도 모르지만 이곳에는 일을 하러 온 것이다. 헤케란과 그링엄의 싸늘한 시선을 받아, 그들은 황급히 결과만을 말했다. 역시 이

유적을 만든 시대나 배경은 의문이라는 것이었다.

"알겠습니다. 어서 조사해보죠? 저는 얼른 몬스터를 사냥해 죽이고 싶으니까요."

불만스러운 에르야의 말에 동의하고 일행은 걸음을 재개했지만, 몇 걸음 나아가기도 전에 멈춰 섰다.

이미 허리춤에서 뽑아 들었던 무기를 고쳐 들었다.

전방에서는 덜그럭덜그럭 뼈 울리는 소리가 다수 들려왔다.

천장에서 내려오는 빛에, 통로 저편에서 달려오는 언데드들의 모습이 언뜻 비쳤다.

거리가 줄어들고 상대의 정체가 판명되자 워커들 사이에서는 믿기 힘든 것을 보았다는 동요가 일어나고 술렁임이 퍼졌다.

"아무리 그래도 이건 아니잖아……."

"이봐, 내가 보고 있는 게 맞아……?"

"엥? 진짜 스켈레튼?"

누군가가 그 몬스터의 이름을 입에 담은 순간, 결국 참지 못한 폭소가 통로 내를 가득 메웠다.

"나 원 진짜!! 암만 그래도 스켈레튼은 아니지! 우리가 몇 명이 왔는데!"

스켈레튼 계열의 몬스터는 외견에 별다른 차이가 없어 언뜻 보기만 해서는 종류를 분간할 수 없는 경우가 있다.

하지만 기척 같은 것을 통해 이것이 틀림없이 단순한 스켈레튼임을 단언하기는 어렵지 않았다.

"만약 위력정찰을 할 생각이었다면 더 강한 몬스터를 내보냈을 테니── 알았다! 이 유적을 지배하는 몬스터는 없어. 아니면 이쪽의 전력을 전혀 파악하지 못한 무능력자거나, 아니면 침입자조차 알아차리지 못한 둔탱이겠지!"

폭소는 멈추지 않았다.

"아니, 암만 그래도 스켈레튼은 너무했잖아. 사실 이 유적의 보물이란 건 전부 위쪽 영묘에만 있는 건가?"

"그건 끔찍한데."

모험자라면 미스릴 클래스에도 필적하는 워커들에게 스켈레튼은 너무나도 약하다. 애초에 워커들보다도 수가 적다니 무슨 생각이란 말인가.

자신들의 앞을 가로막은 여섯 마리의 스켈레튼을 보며 누가 나갈지 눈치를 살피기 시작했다.

"전 싫습니다."

명확히 자기주장을 한 것은 에르야였다. 그 마음도 이해가 간다.

"그럼 내가 먼저 가겠네."

그링엄이 불쑥 앞으로 나섰다.

스켈레튼의 미미한 지성으로 무엇을 생각했을까. 혼자 앞으로 나선 전사를 대열에서 밀려났다고 봤을까, 아니면 무언가 다른 생각을 했을까.

　스켈레튼은 일제히 덤벼들었다. 그리고——

　그링엄이 휘둘러댄 도끼와 방패에 덧없이 박살이 났다.

　그 시간은 겨우 몇 초. 아니, 더 짧았다.

　여섯 마리의 스켈레튼을 부수고 잔해를 짓밟으며 그링엄은 지쳤다는 듯 한숨을 토해냈다. 전투행위의 피로가 아니라, 워커가 된 보람을 느끼게 해 주는 이런 대유적에서 첫 전투를 장식한 것이 최하급 언데드 스켈레튼이었다는 너무나도 한심한 사실에 대해.

　"참으로 허망하군. 고작 스켈레튼이라니. 그렇다 한들 방심은 어리석은 행위. 강대한 힘을 가진 언데드가 출현할 가능성을 고려하며 경계를 태만히 하지 말고 나아가세나!"

　그링엄의 말에 입가를 꽉 다잡고 일행은 앞으로—— 유적 안쪽을 향해 나아갔다. 그 너머에 기다리고 있을 보물의 무더기에 대한 기대로 가슴을 부풀리며.

*

　"다들 갔군."

　"갔군요. 워커라고는 하지만 같은 밥을 먹었던 사이이고, 이번 의뢰에서는 동료였는데. 무사히 돌아온다면 좋겠습니다만…… 모몬 씨는 어떻게 보시는지요?"

"——다들 죽겠지?"

나직한 목소리로 아인즈가 대답하자 질문했던 모험자 팀의 리더가 어이없다는 표정을 지었다.

'아차. 감정이 그대로…….'

"아, 아니, 그런 마음가짐으로 임하자는 이야기네. 이번 유적은 미발견 유적 아닌가. 어떤 위험이 기다리고 있을지 모르지. 서툰 바람은 자신을 상처 입히게 마련이니."

"아하, 그런 말씀이셨군요……. 걱정해 주셔서 고맙습니다."

'……상당히 억지스럽다고 생각했는데, 수긍하나? 아니, 나야 다행이지만.'

모험자 팀의 리더는 음음 몇 번이고 고개를 끄덕였다. 아다만타이트 클래스 사나이의 발언이기 때문에 맹목적으로 좋게 받아들였던 것이리라.

그들의 호의적인 반응을 보면, 나자릭에 도착할 때까지 여행을 하며 우호적으로 행동했던 아인즈의 노력도 보람이 있었던 셈이다.

"그러면 예정대로 나는 먼저 쉬도록 하겠네."

아인즈는 자신의 —— 당연히 나베랄과 공용이지만 —— 천막으로 향했다. 멀리 떨어진 곳이었으므로, 몇몇이 '신음소리'가 들리지 않도록 하기 위해서라고 억측하는 것도 잘 알았다. 그렇다기보다는 조금 전의 리더가 귀띔해주었다.

그는 워커보다는 같은 모험자인 모몬과의 친분을 다지고 싶었는지 워커들에게서 얻은 정보를 아인즈에게도 흘려주었던 것이다.

아인즈는 나베와 함께 천막에 들어가 입구를 닫고, 혹시 몰라 바깥쪽의 기척을 살폈다. 이쪽에 주의를 기울이는 자는 없었다. 심지어 주시하지 않으려는 기미조차 있었다.

"…… '사랑의 보금자리' 라는 말을 정면으로 부정하지 않았던 것이 정답이었군. 거리를 두고 천막을 설치해도 다들 이상하게 생각하지 않고. 이쪽에 주의를 기울이거나 다가오려 하지도 않고."

잃어버린 것도 없지는 않지만 장점이 더 크다.

아인즈는 투구를 벗고 해골 얼굴을 드러냈다.

"그러면 나베…… 아니, 나베랄. 나는 나자릭으로 귀환하겠다. 이곳에는 대신 판도라즈 액터를 보낼 예정이다만, 그때까지는 네가 알아서 대처해다오."

"분부 받들겠나이다, 아인즈 님."

"음. 무슨 일이 있으면 즉시 연락하도록."

아인즈는 갑옷과 검을 만들었던 마법을 해제했다. 손에 든 투구의 무게도 동시에 사라졌다.

온몸을 감쌌던 구속감에서 해방되어, 딱히 피로 따위는 없었지만 후우 소리를 내고 말았다. 결릴 리 없는 어깨를 돌려대는 것도 그렇지만 이런 면이야말로 인간의 잔재일 것이다.

"……나 원."

감정을 비롯한 인간 시절의 잔재는 이따금 거추장스럽게 여겨지기도 했다.

매사에 냉정 침착하게 대처할 수 있었다면 지금의 상황과는 전혀 다른 결과가 되었을지도 모른다. 하지만 만일 인간의 잔재가 없었다면 이렇게까지 나자릭 지하대분묘에 애착을 품지도 않았으리라. 아마도 스즈키 사토루라는 인간의, 그리고 친구들과의 추억에 대한 마음까지 잃어버렸을 테지.

아인즈는 쓴웃음을 지은 것과 동시에 마법을 발동했다. 이제는 인간의 잔재 따위에 대한 생각은 머리 한구석에조차 남지 않았다. 아인즈는 두세 가지를 동시에 생각해 무언가를 이룰 만큼 우수한 인간이 못 되었다. 지금 당장 필요한 생각 외에는 버려야 했다.

발동한 마법은 〈상위전이Greater Teleportation〉.

반지가 있으므로, 아인즈는 나자릭 지하대분묘 안에 펼쳐진 장벽을 넘어 단숨에 옥좌의 홀 앞에 도착했다.

"어서 오시옵소서, 아인즈 님."

그 직후 귀환을 환영하는 여성의 아름다운 목소리가 들렸다.

"다녀왔다, 알베도."

깊이 고개를 숙였던 여성은 얼굴을 들자 절세의 미모에 꽃이 흐드러지게 피어난 것 같은 미소를 지으며 일직선으로

—— 그 이외의 것 따위 눈에 보이지도 않는다는 양 아인즈를 응시한다.

'으으…….'

황금의 광채를 가진 눈동자에 사랑스러운 빛이 깃드는 것을 보면 멋쩍어 몸이 뒤틀릴 것만 같았다. 하지만 나자릭 지하대분묘의 지배자 아인즈 울 고운에게 어울리지 않는 태도는 보일 수 없었다.

아인즈는 약하기에 길게 지속되는 감정을 억누르고자 뼈로 된 몸에는 불필요한 헛기침을 짐짓 한 차례 했다.

"계획대로, 이제부터 침입자들이 올 것이다. 아니, 어쩌면 이미 도착했을지도 모르겠다만, 환영 준비는 어떻게 되었느냐?"

"만전이옵니다. 손님들도 분명 즐거워하리라 확신하옵니다."

"그래……? 그럼 너의 대접을 기대하고 있으마, 알베도."

나자릭 지하대분묘의 심장부인 옥좌의 홀에 발을 들였다. 그 뒤를 따라 알베도도 들어왔다.

이번 침입자에 대해 알베도에게 전제해둔 것이 한 가지 있었다. 그것은 그녀가 세운 방위체계를 실전에서 사찰하겠다는 것이었다.

나자릭 내에서의 방위에 대해, POP의 여부 등을 고려해 몬스터의 배치를 결정한 것은 옛 동료들이었다. 여기에 잘못이 있다는 생각은 조금도 들지 않았다. 하지만 이러한 상황이 되었으니 어쩌면 더 나은 배치가 있을지도 모른다.

그렇다면 방위체계를 다시 살펴보는 것도 반드시 필요하리라. 이번에는 이를 확인해보려는 것이다.

"……침입자는 매우 약하다. 전체를 완전히 확인하기란 당연히 불가능하겠지. 그러나 그렇다 해도 이번 건에서 무언가를 얻었으면 한다."

"분부 받들겠나이다. 아인즈 님의 기대에 부응할 것을 약속드립니다."

"좋다. 너도 알다시피 독가스를 살포하고 그곳에 언데드를 돌입시키는 등, 비용이 발생하는 함정의 기동은 최대한 차단해라. POP하는 서번트들을 이용한 함정을 부탁한다. 문제는 없겠지?"

알베도의 웃음을 보며 아인즈는 고개를 끄덕였다.

"그렇구나. 그러면 한동안 이곳에서 감상하겠다. 그리고 다른 계층수호자들은 어떻게 하고 있느냐?"

"예. 아인즈 님께서 귀환하신 것과 동시에 모이도록 지시해두었나이다. 도착한 자들부터 순서대로 들어와도 되겠나이까?"

"허가한다. 함께 웃을 사람이 많으면 더욱 재미있을 테지."

옥좌에 천천히 앉은 아인즈의 앞에는 마치 TV 모니터 같은 물체가 무수히 떠올랐다. 각자 나자릭 내의 곳곳을 비추었다. 알베도가 아인즈에게 보여주고 싶은 곳을 조작하는 것이다.

아마 이런 것들이 알베도가 이리저리 손을 댄 방위망의 모습일 텐데, 아인즈에게는 어떤 부분이 어떻게 달라졌는지를 잘 알 수 없었다.

'……이 훈련이 결실을 이루도록 나도 이 영상에서 무언가를 얻어야 해. 이번 훈련이 끝나고 의견을 교환하기라도 하면 위험해지니까.'

아인즈는 나자릭 지하대분묘의 절대지배자다. 그런 자가 부하들에게 방위체계에 관해 아무것도 모르겠다고 말할 수는 없다.

"그리고 혹시 몰라 확인하겠다만, 아리아드네가 기동할 가능성은 없겠지?"

콘솔을 열고 태그를 조작하며, 문제가 없음을 확인하면서도 질문을 하고 말았다.

"없으리라 사료되옵니다. 다만 한 가지 여쭙고 싶사오나, 침입자 측이 봉쇄했을 경우에도 아리아드네가 기동되는지요?"

아인즈는 옛날에 보았던 위그드라실의 Q&A를 떠올려 보았다. 아니, 어쩌면 운영진의 패치 갱신 설명이었는지도 모른다.

"그건 아닐 것이다. ……분명 그렇게 기억한다. …………그랬던 것 같다."

위그드라실이라면 그렇겠지만, 이 세계에서도 그 규칙이 준수되리라는 보장은 없다. 그렇게 따지면 아리아드네 자체가 있는지 없는지가 불명확했다.

"그렇다면 인간들을 조종해서 그렇게 했을 경우에는 어떻게 되옵니까?"

"기동하지 않을 가능성은 있다만, 기동되어서 잃어버리는 것을 고려하면 무서워서 해보고 싶지 않은 실험이구나."

시스템 아리아드네.

그것은 위그드라실의 거점 제작 시스템 체크장치다.

난공불락의 요새를 만드는 데에는 간단한 방법이 있다. 입구를 완전히 봉쇄해버리고 아무도 들어오지 못하게 하면 된다. 나자릭 지하대분묘라면 완전히 땅속에 묻어버리면 거의 완성된다. 하지만 아무래도 게임의 관점에서 보자면 용납될 행위가 아니다.

이런 식으로 침입이 불가능한 거점을 만들지 못하도록 감시하는 의미에서 아리아드네라는 시스템이 존재한다.

입구에서 던전의 심장부까지 한 가닥 실을 이을 수 있어야만 한다. 그 외에도 아리아드네가 체크하는 던전의 구성 중에는 내부를 걸어다닐 때 거리가 어느 정도여야 한다든지, 문은 몇 개 정도가 있어야 한다든지 등등, 많고도 세세한 규칙이 있었다.

이 규칙에서 어긋난 던전을 위그드라실에 업로드할 경우

페널티가 발동해 길드 자산이 단숨에 줄어든다.

나자릭은 제6계층이나 제5계층 같은 곳에서 이러한 문제를 한꺼번에 해결해버렸기에—— 그리고 유료 과금을 엄청나게 해댔기에 광대한 던전을 유지할 수 있었던 것이다.

아인즈가 조작하는 모니터 중 하나에 워커들의 모습이 비쳤다.

"쳇! 자, 이제야 겨우 입장하는구나. 상당히 오래 기다리게 하는걸."

동료들과 만들어낸 요새가 흙투성이 발에 침입당하는 영상을 보는 바람에 불쾌감이 아인즈를 엄습했다. 정신의 안정이 일정 이상을 넘어섰기 때문에 즉시 가라앉았지만 그래도 타는 듯한 짜증을 완전히 억누를 수는 없었다.

"알베도. 한 놈도 무사히 돌려보내서는 안 된다."

"물론이옵니다. 존엄하신 존재의 거성에 쳐들어온 어리석은 도적들의 운명을 감상해주시옵소서. 그리고…… 요망하셨던 검을 실험할 모르모트는 어느 자들로 하시겠나이까?"

"아, 그랬지. 노인과는 이미 겨루어 봤고. 이자하고는 도중에 가볍게 검을 나누었고. 이 팀은 연습에는 적합하지 않고. 그렇다면 소거법으로 이놈들이 좋겠는걸."

아인즈는 알베도에게 보이도록 모니터를 움직이며 가리켰다.

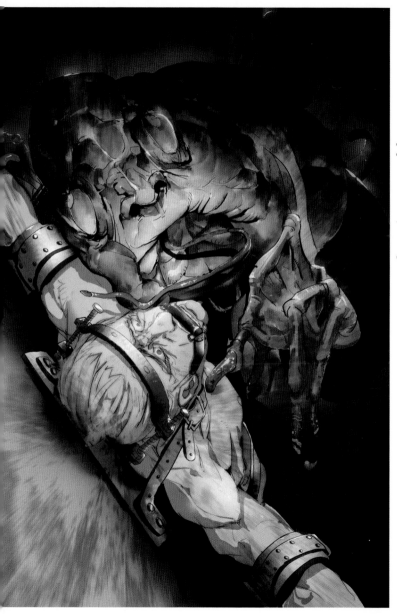

3장 대분묘

Chapter 3 | The large tomb

1

‘그린 리프’ 팔파트라가 이끄는 워커 팀은 기대와 흥분에
사로잡힌 자들과 헤어져 중앙 영묘의 입구, 계단 위에서 밖
을 내려다보았다.

눈 아래의 죽은 듯이 잠든 묘지에 움직이는 물체는 전혀
없었다. 그저 정적과 어둠, 별빛만이 그곳에 있었다. 한 발
을 디뎌 계단으로 나왔을 때 동료들이 팔파트라에게 말을
걸었다.

“노공, 아깝지 않나요? 묘지 탐색은 다른 팀에게 시켰어
도 됐을 텐데.”

“물론 그렇다네. 어느 팀이 하든…… 그 개갸식의 팀은

별도로 치더라도, 능력에 별반 차이는 없을 테니. 우리가 할 수 있는 일은 '헤비 매셔'도 '포샤이트'도 할 수 있겠지."

"그렇다면……."

동료를 슬쩍 가로막으며 팔파트라가 말을 이었다.

"내일 탐색에 우선권을 얻지 않았는가. 손해는 보지 않을 게야. 게다가 내일은 지표 부분 탐색도 끝난 후이니, 잘못하면 제일 마지막 팀은 정말 아무것도 얻지 못하고, 경우에 따라서는 베이스캠프 경호나 맡을 수도 있을 걸세."

"아하……."

"애초에 정체 모를 유적에 처음 침입하는 건 너무 위험하거든. 저 친구들은 우리의 카나리아인 셈이지. 무사히 생환해주면 좋겠구먼."

팔파트라가 싸늘한 눈으로 돌아보았다. 그의 시선은 유적에 돌입한 워커들의 보이지 않는 모습에 머물렀다. 미미한 경멸의 빛을 띤 표정은 노공이라 불리는, 평소의 호호영감 같던 사내와는 전혀 어울리지 않았지만 그를 잘 아는 팀메이트들은 놀라지 않았다.

팔파트라라는 노인은 매우 주의 깊은 사내였다. 주의에 주의를 거듭하여 돌다리도 두드린 다음 건너는 자. 그렇기에 오랫동안 일선에서 모험을 계속할 수 있었으며 용도 퇴치했던 것이다. 반대로 말하자면 지나치게 신중해 몇 번은 이익을 얻을 기회를 놓치기도 했다. 하지만 이제까지 동료를 한 사람도 잃지 않았던 그의 수완은 팀메이트 전원이 신뢰하기에 충분했다.

누구에게나 목숨보다 값진 보물은 없다. 그래도 역시 손에서 빠져나갈 보물을 아쉬워하는 마음은 있다.

"굉장한 아이템을 발견할 기회였는지도 모르는데요? 목숨을 칩으로 삼아도 괜찮지 않았을까요?"

"쟈네 말도 옳네. 그러나 이 깨끗한 묘지를 좀 보게나. 누가 청소를 하고 있는 이상, 분명 몬스터가 마중을 나올 게야. 어떤 몬스터가 있었는지, 다른 팀에게 조샤를 시키는 편이 좋지 않겠는가? 나는 개인적으로는 이런 의뢰는 좋아하지 않네. 불확정요소가 너무 많아."

팔파트라의 푸념에 팀메이트가 가벼운 어조로 물었다.

"그래도 결국 받으셨잖아요."

"그렇지. 다른 팀도 받았으니, 그 친구들이 희생하는 동안 도망칠 수 있을지도 모르겠다고 판단했거든."

일행은 계단을 모두 내려갔다.

"혹시 그래서 지상 탐색을 맡으셨나요? 그놈들의 비명이 들려오기라도 하면 즉시 도망치려고."

"그것도 있네. 이번의 내 생각은 도박이나 비슷하거든. ……아까 쟈네가 말했듯 큰 손해를 입을 가능성도 있네. 정보가 모이면 더 안전해지겠지만, 실제로 정말 그만한 이익이 있는지는 알 슈 없지. 그 경우에는 샤과하겠네."

"신경 쓰지 마십시오, 노공. 우리는 언제나 노공을 신뢰하니까요. 대부분의 경우에는 당신의 선택이 옳았습니다."

"게다가 손해를 본다면 이를 갈면서 다른 일로 많이 벌면 되죠. 노공이 그랬잖아요? 살아만 있으면 돈 벌 기회는 언제든 온다고. 그러니까 무리하게 위험에 뛰어들 필요는 없다고."

"그립구만. 우리가 아직 젊었을 때 얘기잖아."

"혀혀. 쟈네가 지금 젊은가?"

"에이, 노공이 그런 말씀을 하시면 어떡합니까."

조그만 영묘를 향해 발을 옮기며 일행은 쓴웃음을 지었다.

"아무튼 원래는 의논해 결정했어야 하는 일인데, 내 독단으로 결정해버려서 미안하네."

"그 타이밍에는 어쩔 수 없죠. 게다가 노공은 우리가 정한 리더인걸요. 신뢰하는 리더가 정한 일이라면 기꺼이 따를 겁니다."

"……얼굴에는 불만이 가득했던 것 같은데? 왜 쓴웃음들 짓고 그러나. 뭐, 됐네. 그럼 어서 조샤해보기로 하세나. 그리고 만약 시간이 남으면 모몬에게 슈련이라도 시켜달라고 해볼까. 자네들도 마침 좋은 기회이니 한 슈 배워보면 어떻겠나?"

"아, 노공이 싸우시던 모습은 눈에 단단히 새겨놨어요. 역시 아다만타이트 클래스던데요."

"······아다만타이트에도 여러 종류가 있네. 지금 제국의 '잔물결 팔연'은 솔직히 아다만타이트의 그릇이 아니야. 모몬이야말로 진정한 아다만타이트지. 내가 오르지 못했던 계단의 위에 있는 사나이일세."

"노공······."

"혀혀혀. 신경 스지 말게. 전성기였다면 질투했을지도 모르지만 지금의 나는 그져 쮸그렁 할아범인걸. 딱히 충격을 받거나 하진 않아. 게다가 진정한 아다만타이트 모험자를 이제까지 몇 명이나 보았지만, 모몬은 그 중에서도 각별하더구먼. 진짜 중의 진짜라고 할 만한 기운을 느꼈네."

"그런가요?"

"그럼. 그러니 가볍게라도 검술을 봐달라고 하게나. 내가 죽은 후에도 쟈네들이 모험을 계속한다면 경험은 분명 미래의 보물이 될 게야."

"노공이 죽는다니, 말도 안 되죠. 은퇴하는 이미지밖에 안 떠오르는걸요."

"누가 아니래. 노공이라면 팔라다인 옹만큼 오래 살지 않을까?"

"혀혀혀. 아니, 나도 그건 무리일세. 그 샤람도 역시 격이 다르지."

"훌륭한 팀이군요."

느닷없이 조용한 여자 목소리가 들렸다. 이번 멤버 중에 여자는 헤케란의 '포사이트'에 두 명, 에르야의 '천무'에 엘프 노예 세 명이 있다. 그러나 그들 중 누구와도 다른 목소리였다.

일행은 즉시 무기를 들며 돌아보았다.

조금 전 내려왔던 경사가 완만한 계단 위, 영묘 입구에 여러 명의 여성들이 서 있었다. 수는 다섯.

모두 눈을 의심할 정도로 아름다웠으며, 그렇기에 기이함은 이루 말할 수 없었다.

모두가 메이드복 같은 옷을 입었는데, 기괴한 점은 팔파트라 일행이 이제까지 보았던 옷과는 결정적으로 다른, 갑옷과도 비슷한 금속의 광택을 띠었다는 것이었다.

"쟈네들은…… 누구인가? 처음 보는 얼굴인데……. 흐음. 역시 비밀통로가 있었나……?"

"여자? '칠흑'의 미희에 필적할 만한 미모들인데…… 보통 사람들은 아니겠군."

"적의는 없는 것 같지만…… 우리 외에 고용된 자들…… 일 리는 없고."

"어떻게 할까요, 노공?"

방심하지 않고 여자들의 일거수일투족을 관찰하며 동료들이 물었다.

우선 교섭을 하는 것이 가장 좋은 선택이겠지만, 절대 우호적으로 끝날 리가 없었다.

"인원은 호각…… 어떻게든 되겠구먼?"

상대의 실력은 자신들과 동등한 정도이거나 약간 위일 터.

워커들이 모였을 때 공격해 일망타진을 노리지 않았던 이유는 한 번에 상대할 만한 전력이나 함정이 없기 때문이리라. 동시에, 지금 이 순간에는 정면에서 모습을 보이고 말을 걸었던 만큼 팔파트라 일행을 이길 자신이 있다는 뜻이다.

나이를 먹으면서 땀을 별로 흘리지 않게 된 몸이었지만 지금 이 순간, 스피어를 쥔 팔파트라의 손은 땀으로 흥건했다.

"그건 그렇다 쳐도 묘지에서 메이드라니…… 센스가 의심스러운데."

농담을 한 동료가, 다음 순간 이마를 비지땀으로 흠뻑 적시며 창백해진 얼굴로 떨었다.

팔파트라 주위의 온도가 일제히 낮아진 듯한 기분에 사로잡힌 것도 거의 한순간. 그러나 온몸에 소름이 돋아난 것은 기분 탓이 아니었다.

위쪽에 도열한 메이드 전원의 눈동자에 어린 냉혹한 감정이 달빛 아래에서도 뚜렷이 보였다. 마치 눈동자가 빛을 뿜어내는 것 같았다.

"죽여. 버리자."

"…………죽여야 해."

"평범하게 죽일 게 아니라, 말도 안 될 정도로 고통을 주어야 하겠군요."

메이드들의 주위에 살기가 소용돌이쳤다. 공간이 일그러지는 것이 아닌가 싶을 정도로 감정이 격렬한 고양을 보였다.

"자, 자."

지위가 가장 높아 보이는 메이드가 가볍게 손뼉을 쳤다.

"원래부터 누구 하나 무사히 돌려보내지 말라는 명령이었으니 죽이는 건 당연한 거란다. 하지만 모두 의욕을 보이니 기쁘구나."

따각. 대리석제로 여겨지는 계단에 금속성이 높이 울려 퍼졌다. 메이드들이 신은, 그리브를 연상케 하는 하이힐이 낸 소리였다.

팔파트라 일행은 밀려나듯 물러났다.

상대는 무기를 들지 않은 점으로 미루어보건대 매직 캐스터일 것이다. 그렇다면 전투에 유리한 높은 위치를 빼앗겼고, 게다가 장애물이 없어 사방이 탁 트인 이 상황을 유지해선 안 된다.

팔파트라 일행에게 유리한 전술은 간격을 좁히는 것. 그 반대는 메이드들에게 유리하다. 그렇다면 저 메이드들은 대체 왜, 계단을 내려오고 있단 말인가. 여차하면 〈비행〉으로 날아오르기라도 할 작정인가.

가면처럼 감정이 없는 얼굴로 제왕과도 같이 천천히 계단을 내려오는 메이드들의 행동에 갈팡질팡하면서도 팔파트라 일행은 전사의 방패 뒤로 돌아가 어떻게 할지, 어떤 전술을 취할지 의논했다.

따각. 한층 커다란 소리를 내며 메이드들은 계단 중턱쯤에 멈춰 섰다.

"자, 우선은 자기소개를 하지요. 나는…… 실례했습니다. 저는 플레이아데스의 서브리더를 맡은 유리 알파라고합니다. 짧은 만남이 되리라 생각하오나 잘 부탁드립니다. 각설하고, 저희가 소탕을 해버리면 이야기는 빨라지겠지만 어떤 사정에 따라 직접 손을 댈 수는 없답니다. 유감스럽게도요."

방울을 굴리는 듯 사랑스러운 웃음소리가 바람을 타고 흘러나왔다.

절세의 미녀인 메이드들의 웃음은 한순간에 사랑에 빠져버려도 이상하지 않을 만한 매력으로 넘쳐났다.

모험자 출신이며 지금은 워커로 오랜 기간 동안 팔파트라는 수많은 것들을 보았다. 그중에는 요정처럼 인간의 범주를 벗어난 아름다움을 가진 몬스터들도 있었다. 그런 그들 중에서도 이만큼 아름다운 여성은 본 적이 없었다. 넋이 나갈 만한 미모였다.

다만 이쪽을 경멸하는 말투, 말 한 마디 한 마디에서 배어 나오는 우월감은 고운 용모의 가죽 한 장 아래에 있는, 압도적인 강자의 오만. 수많은 모험을 헤쳐 나왔던 자신의 실력에 자신을 가진 남자들에게는 교만하고 아니꼬운 태도였다.

살짝 혼을 내주고 싶다는 생각이 들 정도로.

하지만 외견과는 달리 조금 전의 온갖 정황증거로 보건대 메이드들이 강자일 가능성은 매우 높아, 전투에 나서야겠다는 각오가 들질 않았다. 살의를 뒤집어쓴 동료 중 한 사람은 여전히 겁을 먹고 있었다.

어쩌면 최선의 수는 퇴각하여 모험자들—— 특히 모몬을 전투에 끌어들이는 것일지도 모른다.

"그러면 여러분의 상대를 소개해드리겠습니다."

유리가 짝, 짝 손뼉을 쳤다. 놀랄 정도로 멀리까지 퍼지는 박수 소리에 호응하듯 묘지가 흔들렸다.

"나자릭 올드 가더(Old Guarder), 나오시지요."

"아니?!"

팔파트라는 놀라 소리를 질렀다.

배후에서 대지가 갈라지더니 스켈레튼 몇 마리가 모습을 나타냈던 것이다.

'이건 협공?! 아니——.'

계단을 올려다보니, 메이드들은 적의는 있어도 전투의지라 할 만한 것은 전혀 없었다. 관전 모드라고나 할까. 방심할 수는 없지만 선언대로 즉시 공격할 기미는 없었다.

당면한 적은 후방의 스켈레튼들이라 판단하고 팔파트라는 새로 나타난 적을 관찰했다.

스켈레튼 자체는 별로 특이할 것도 없는 적이다. 팔파트라 일행이라면 백 마리 단위로 덤벼들어도 두려움조차 느끼지 않고 마치 작업처럼 궤멸시킬 수 있을 것이다. 그 점을 생각해보면 지면에서 솟아난—— 여덟 마리 정도의 스켈레튼 따위 적수가 되지 못한다.

다만 문제가 하나.

팔파트라의 동료들이 일제히 침을 삼키며 무의식중에 한 걸음 물러났다.

단순한 스켈레튼들과는 분위기가 달랐다. 무장도 달랐다.

어딘가 다른 나라의 근위병이 사용할 것처럼 훌륭한 브레스트 플레이트를 착용했으며, 한 손에는 문장이 들어간 카이트 실드를, 반대쪽 손에는 다종다양한 무기를 휴대했다. 등에는 콤포지트 롱보우를 짊어졌다. 그리고 그러한 무구는 모두 마법의 힘이 느껴지는 광채를 띠었다.

매직 아이템으로 무장한 스켈레튼들이 단순한 스켈레튼일 리가 없었다.

"대체 뭔가, 져건."

"노공께서도 모르십니까? 자신은 없지만…… 스켈레튼 전사Skeleton Warrior의 아종이 아닐까 합니다."

"아종이라고? 붉은 스켈레튼 전사Red Skeleton Warrior와도 다른 것 같은데……."

지식에 없는, 영문 모를 상대는 두려운 법이다. 게다가 그

런 상대가 특수효과를 가진 매직 아이템으로 무장했다면 더
더욱.

"──여러분의 숫자로 보건대 이 정도면 충분하리라 생
각합니다. 어디까지 도망칠 수 있을지, 열심히 노력하는 모
습을 보여주십시오."

"영광이구먼. 이만한 언데드를 상대하게 되다니. 그러
나……."

팔파트라는 냉정하게 생각했다.

아무리 그래도 이만한 매직 아이템을 걸친 언데드를 무수
히 마련하기란 쉽지 않을 터. 첫 수에 최대 전력을 보내겠다
는 심산일 것이다.

그렇지 않다면 침입을 전혀 허용하지 않고 대처할 수 있
었을 테니까.

"──이것들이 이 유적의 최대 전력이지? 이 정도로 우
리를 막을 수 있으리라 생각했나?"

올려다보니, 팔파트라의 질문에 유리가 살짝 동요하는 것
처럼 눈을 이리저리 굴렸다.

'정곡을 찔렀군. 과연. 조금 전에 대화할 때부터 함정을
파놓았던 게야…….'

최대 전력을 가장 현명하게 사용하는 방법은 분묘 내에서
각개격파에 쓰는 것이리라. 그러나 상대와 조우하지 않을
가능성을 고려하면 탐색을 마치고 정신적으로 육체적으로

지친 자들이 반드시 지나갈── 출구에 병력을 집중하는 편이 현명할지도 모른다.

그리고 상대의 노림수도 뻔히 보였다. '어디까지 도망칠 수 있을지.'라는 발언은 이쪽의 생각을 도주로 유도하여 배후에서 공격하는 유리한 입장을 만들기 위한 것이었으리라. 상대의 입장에서 생각해보면 앞으로 몇 번이나 더 싸워야 하는 것이다. 가능한 한 소모를 억제하고 싶을 것이다.

그렇기에 지금 해야만 하는 일은 단 한 가지.

"이곳에 있는 모든 스켈레튼을 쓰러뜨리고 돌파하면 그만이지. 내 말이 틀렸나?"

뒤를 따라올 팀들을 위해, 나자릭 올드 가더들을 격퇴해야 한다.

라이벌이기는 하지만 동료는 동료다. 게다가 상대가 이쪽이 도망치리라 생각했다면, 머무르면서 싸우는 편이 함정에 걸릴 확률이 낮아진다. 혹시나 상대가 강하다면 모몬을 참전시키겠다는 계획도 염두에 두면서 위험을 각오하고 싸워야 한다.

"예정과는 달리 우리가 카나리아가 되다니…… 뭐랄까, 머리가 아프구먼. 헌데 쟈네들도 져게 전부라 생각하나?"

"암만 그래도 저만한 무장을 갖춘 언데드가 더 있을 거라곤 생각하기 힘든데요."

"여긴 침입한 자가 누구나 지나가는 길 아닙니까. 그러면 여기에 최대 전력을 배치하는 게 최적의 전략이겠죠. 그걸 고려하면 저게 전부겠지요. 상대는 우리보다 정보가 많을 테니, 병력을 분산시키는 우를 범할 거라곤 생각하기 힘들고요."

"……아닙니다. 유적 내부에 앞으로 몇 마리는 더 있어도 이상하지 않습니다. 하지만 남은 것들은 대부분 더 저급한 언데드겠지요."

"노공…… 도망칩시다. 저건 위험해요. 정말 위험하다고요."

"협공당했을 때 이미 퇴로는 사라졌네. 날아서 도망쳐도 화살에 맞을걸. 버텨야 하네! 스러뜨리는 것 말고는 살아남을 방법이 없어!"

팔파트라가 고함을 치는 가운데, 위에서 어이없어하는 것 같기도, 놀라는 것 같기도 한 목소리가 들렸다.

"뭐, 그런 돌파 방법도 있기는 하지요. 응원해드릴 테니, 그러면 시작해 주십시오."

그 목소리를 끝으로, 나자릭 올드 가더들이 한 발을 내디뎠다.

유리 일행은 난감한 표정으로 열심히 '응원'을 보냈다.

생각과 너무나도 달라진 광경에 곤혹을 감추지 못했다.

설마 이렇게나……. 그런 생각이 들었다.

"이거, 큰났지 말임다."

"…………이 정도일 줄은."

"코퀴토스 님도 깜짝."

"이. 대로는…… 전혀. 좋은. 꼴을. 못. 보고. 끝나겠어."

유리 일행이 보는 가운데 해머가 허공을 갈랐다.

"저거 안 되겠지 말임다. 죽겠지 말임다."

루프스레기나가 툭 내뱉은 순간, 가슴에 일격을 받으며 무너졌다.

금속이 짓이겨지는 듯한 소리와 무거운 것이 쓰러지는 소리는 격렬한 전투가 이어지는 가운데에서도 또렷이 들렸다.

첫 전사자는 인간 전사. 벼락이 깃든 해머를 든 나자릭 올드 가더는 기뻐하지도 않고 다음 사냥감을 찾아 움직였다.

"신관님~ 빨리 치유마법을 걸지 않으면 죽겠는데요."

짐짓 걱정스레 말하는 유리에게 시즈가 고개를 가로저으며 대답했다.

"…………무리. 즉사. 게다가 저것 때문에 전선이 붕괴."

조금 전까지 전사가 막고 있었던 두 마리의 나자릭 올드 가더가 방어선을 넘어, 한 마리가 신관 쪽으로, 한 마리가 후열로 돌아 들어가려 했다. 신관은 조금 전부터 두 마리를 맡고 있었는데 여기에 추가로 한 마리가 더해지는 셈이다.

이제 그에게 마법을 쓸 여유는 없었다. 세 방향에서 밀려드는 공격을 피하는 것이 고작이었다.

유일하게 선전하는 팔파트라 또한 세 마리를 동시에 상대하느라 도우러 갈 여력이 없었다.

"도적 가지곤 화력이 부족하군요. 무언가 비장의 카드 같은 것도 없나?"

마력계 매직 캐스터를 지키며 싸우던 도적이 다시 추가로 한 마리를 더 맡는 꼴이 되었다. 이제 두 마리다. 단단한 갑옷을 걸치고, 일격사 따위는 노릴 수도 없는 언데드── 나자릭 올드 가더에게 도적이 가진 가벼운 무기는 결정력이 너무 부족했다. 어떻게든 가벼운 몸을 살려 회피하고는 있지만 체력에 한계가 있는 인간과 지칠 줄 모르는 언데드의 차이는 너무나도 크다.

"어쩐지 울상을 지으며 이쪽을 쳐다보는걸요."

"손이라도 흔들어줄까요?"

"그. 정도는. 해줘도. 괜찮지. 않을까."

"오케이지 말임다~."

루프스레기나는 팔파트라에게 생글생글 웃으며 손을 흔들었다.

"…………맞았네."

"루푸가 주의를 끄니까 그렇죠."

"으엥~ 내 잘못임까?"

"············응. 잘못. 그래도 응원. 나쁘지 않아. ······힘내라."

"그러게. 저 사람들도 열심히 싸우면 좋겠어."

유리의 말에 그 자리에 있던 메이드들이 모두 고개를 끄덕였다.

팔파트라 워커 팀과의 전투는 처음부터 끝까지 나자릭 올드 가더들이 압도했다. 이제는 쓸데없는 저항이라고밖에 여겨지지 않는 원사이드 게임은 관전 중인 유리 일행이 연민을 느낄 정도였다.

전투 전의 자신감은 뭐였냐고 처음에는 비웃었지만, 구경거리가 너무 없는 전투에는 하품이 나와 이제는 팔파트라 일행을 응원하기까지 했다.

"이렇게까지 일방적이면 참 뭐라 하기 힘들지 말임다."

"············비장의 카드 같은 거 뭐 없나."

"아까 외우던 소환마법 아닐까?"

"제3위계?"

"그게 비장의 카드라고 하기에는 너무 약하지 않아? 하지만 소환 몬스터로 벽을 만들려는 생각은 괜찮았어."

"그렇지 말임다. 공격이 안 닿으면 잠깐은 태세를 정비할 수 있었을지도 모르지 말임다."

"그래도. 다음에. 비행 마법. 썼던 건. 안 좋은. 수. 쭈그렁. 할아범이. 말했잖아."

"도망칠 생각이었는지, 상공에서 마법을 쓰려 했던 건지는 모르겠지만……."

"…………사살 대상. 좋은 표적."

마력계 매직 캐스터는 이미 치명상을 입고 쓰러져 있었다. 손이 빈 자가 있다면 치유 마법이든 포션이든 써서 전열에 복귀시킬 수 있겠지만 그럴 여유는 전혀 없었다. 그 결과 도적이 커버해 마지막 일격을 날리지 못하도록 막아주는 것이 고작이었다.

"하지만 왜 저 사람들은 나자릭 올드 가더가 이것밖에 없을 거라고 생각했을까?"

의문이었다.

어쩌면 자신들에게 유리한 방향으로 매사를 생각해버린 것일까? 그들이 바보라서가 아니다. 절망에서 눈을 돌리고자, 스스로 용기를 북돋기 위해 인간의 생존본능이 최대한 작용했기 때문인지도 모른다.

"어쨌거나 절망적이지 말임다."

"그러게. 금방 끝나겠네."

"다른 수단을. 생각한다면. 나머지 도둑들이. 돌아올. 때까지. 방어에 전념해. 시간을. 버는 것도. 좋을지도."

엔토마에게 모두의 싸늘한 시선이 못 박혔다.

"돌아오기는 어떻게 돌아온다고 그런 말을 하심까."

"…………자명한 이치."

"무리겠지. 나자릭 지하대분묘에서 무사히 돌아가다니."

고통에 젖은 목소리와 함께 무언가가 쓰러지는 소리. 전투 메이드들은 소리가 난 방향을 보고 실망한 듯 말했다.

"아. 도적.도. 쓰러졌어."

"이거 승부 났지 말임다."

"역시 아까 그 단계에서 목숨 구걸을 들어줬어야 했던 게……."

"그렇게까지 자신만만했는걸? 나도 당연히 무언가 꿍꿍이가 있을 거라고 생각했지."

도적이 뿌렸는지 농후하면서도 신선한 피 냄새가 메이드들 있는 데까지 풍겼다.

"맛있.겠다……."

"관둬."

유리가 말렸다.

주인에게 받은 명령은, 전투불능이 된 자들 —— 생사를 불문하고 —— 을 회수하는 것이었다. 온통 벌레 먹은 육체를 진상하다니, 그런 무례한 짓을 저지를 수는 없다.

"신선한. 고기이……."

"아인즈 님께 나중에 물어봐드릴 테니까 지금은 참으렴."

"하지만 혼나진 않을까? 원래는 도망치는 자들을 처리할 수 있을지 하는 실험을 하시려던 거잖아."

"그랬던 것 같지 말임다. 그래서 벽 부근에는 꽤 강한 언데드가 숨어 있었지 말임다."

"코퀴토스. 님은. 쉽게. 붙잡을. 수. 있을. 거라. 계산하
셨던. 것. 같아……."

"…………정면에서 덤벼들다니 예상 밖."

"상대의 전력을 분석하지 않으면 이렇게 되는구나. 자,
조금이라도 숨이 붙어 있으면 치유해서 고문실로 보내고,
죽은 것들은…… 아인즈 님께 보고하자."

이날 밤, 팔파트라가 이끄는 워커 팀은 이렇게 세상에서
자취를 감추게 되었다.

2

"다시 밀어붙여!"

곰팡이 냄새와 죽음의 냄새가 충만한 현실에 그링엄의 노
성이 울려 퍼졌다.

방의 크기는 사방 20미터 정도. 천장은 높아 5미터 정도
는 될 것이다. 그런 방에 매직 캐스터가 만들어낸 마법의 불
빛과 바닥에 떨어뜨린 횃불에 비쳐 넘쳐나는 인간 형태의
실루엣.

방 한구석으로 몰린 것은 그링엄을 비롯한 '헤비 매셔'
멤버들. 그리고 실내를 가득 메운 것은 좀비, 그리고 스켈레
튼으로 이루어진 저위 언데드들의 무리였다.

그 숫자는 헤아리는 것이 바보스러울 정도.

방패를 든 전사와 그링엄 둘이 죽음의 탁류를 정면에서 막아내며 후열로 보내지 않기 위한 제방이 되었다.

그링엄의 풀 플레이트 아머에 좀비가 휘두른 팔이 부딪쳤다. 시체가 되어 보통 인간보다 힘을 낼 수 있다곤 해도 강철 갑옷에 상처를 낼 수는 없다. 부패해 물러버린 손이 터져나가고 썩은 냄새를 풍기는 살점이 갑옷에 달라붙었다.

스켈레톤 또한 마찬가지였다. 손에 든 녹슨 무기로는 마법이 걸린 풀 플레이트 아머를 뚫을 수 없었다.

물론 우연히 뚫고 들어올 수는 있다. 하지만 그런 상황이 전혀 보이지 않는 것은 몸에 걸린 방어마법 덕이다.

그링엄은 손에 든 도끼를 수평으로 휘둘렀지만 한 마리를 쓰러뜨려도 이내 다른 언데드가 구멍을 메우듯 몰려들었다. 그리고 그대로 밀어붙이려는 양 거리를 좁혔다.

"빌어먹을! 이건 너무 많잖아!"

그링엄 옆에서 방패를 든 전사가 고통에 찬 목소리를 냈다. 온몸을 모두 가려주는 방패 덕에 몸에는 공격이 전혀 들어오지 않지만, 방패는 지저분한 액체로 흥건했다.

메이스로 좀비며 스켈레톤의 머리를 부수고는 있지만 역시 압력에 밀리듯 천천히 뒤로 물러났다.

"대체 어디서 이런 숫자가 솟아난 거야!"

전사의 의문도 당연했다.

그링엄 일행은 십자 교차로에서 다른 팀과 헤어진 후 몇몇 방을 탐색했다. 유감스럽게도 영묘만큼 보물이 많지는 않았지만 적지 않은 액수의 재화를 발견했으며, 느린 걸음으로나마 조금씩 탐색을 반복했다. 그리고 이 방에 들어와 마찬가지로 탐색을 시작했을 때, 갑자기 문이 열리더니, 대체 어디서 나타났는지 알 수 없는 숫자의 언데드가 밀려들어왔던 것이다.

좀비나 스켈레튼 따위는 별로 어려운 상대가 아니다. 하지만 이 숫자는 그야말로 폭력이었다.

만약 밀려 쓰러지거나 깔리기라도 했다간 죽지는 않는다 해도 꼼짝하지 못하게 될 것이다. 그렇게 되면 언데드의 무리는 후열까지 밀려든다.

물론 후열도 그리 쉽게 패하지는 않겠지만, 이 숫자의 폭력 앞에는 조금 불안했다.

이대로는 운이 나쁘면 전선이 붕괴될 수 있다. 그렇게 판단한 그링엄은 아껴두려고 생각했던 힘을 쓰기로 결심했다.

"여기서 단숨에 승부를 내겠어! 부탁하네!"

이제까지 팔맷돌만을 투척하던 후열이 움직이기 시작했다.

원래 그링엄의 '헤비 매셔'에게 이 정도 언데드는 별다른 위협이 되지 못한다. 그러나 그렇기에 될 수 있는 한 힘을 아껴두려고 후열을 대기시켜놓았던 것이다. 후열이 움직인다면 이 정도 언데드는 문제도 되지 않는다.

"나의 신, 지신(地神)이시여! 부정한 것들을 물리쳐 주소서!"

성표를 쥔 신관의 목소리가 힘이 되었다. 부정한 공기로 가득 찬 실내에 마치 시원한 바람이 지나간 것 같은 청량감——평소보다도 강한 신성한 힘의 발동이 생겨났다. 신관의 언데드 퇴치 능력이 발동한 것이다.

능력이 발동되자 신관 근처의 언데드들부터 일제히 무너져 재가 되었다.

언데드 퇴치는 보통 상대를 도망치게 만들지만, 서로의 압도적인 실력 차이가 있을 때는 소멸까지도 가능하다. 다만 수많은 언데드를 소멸시키려 하면 매우 어려워지며, 그만한 힘이 있어야 한다.

결과적으로 스무 마리도 넘는 언데드가 단숨에 무너졌다.

"날아가버려라! 〈화염구〉!"

마력계 매직 캐스터에게서 〈화염구〉가 날아들어 언데드들의 무리 한복판에서 폭발했다. 한순간 불꽃이 치솟고 그 범위 내에 있던 좀비니 스켈레튼이 거짓된 생명을 불태우며 무너졌다.

"아직 멀었어! 〈화염구〉!"

"나의 신, 지신이시여! 부정한 것들을 물리쳐 주소서!"

다시 범위공격이 터져나가며 언데드의 수가 크게 줄었다.

"가자!"

"좋았어!"

방패를 버리고 메이스를 두 손으로 쥔 전사와 함께 그링엄은 언데드의 무리로 뛰어들었다. 매직 캐스터들에게 맡겨두면 소탕은 쉽겠지만 그링엄 일행이 돌격한 이유는 가능하다면 마력을 아껴두고 싶다는 생각 때문이었다. 특히 신관의 언데드 퇴치는 쓸 수 있는 횟수가 정해진 기술이다. 언데드 상대에 특화된 클래스에 있는 인물이기에 이 분묘에서는 비장의 카드가 되는 것이다.

그링엄은 좀비 집단에 뛰어들어 도끼를 휘둘렀다. 피라기보다는 걸쭉한 액체가 날아간 몸의 일부분에서 —— 심장이 뛴다면 솟구쳤겠지만 —— 힘없이 울컥 흘러내렸다. 절단면에서는 속이 메슥거리는 악취가 뿜어져 나왔지만 참지 못할 정도는 아니었다.

그렇다기보다는, 코는 이미 마비되었다.

전사와 힘을 합쳐 공격하고 공격하고 공격했다. 방어는 생각도 하지 않았다.

마법의 보조가 있고 단단한 갑옷으로 몸을 감쌌기에, 그리고 약한 언데드가 상대이기에 가능한 억지 돌격이었다.

이따금 공격이 그링엄의 머리를 때렸지만 갑옷 덕에 충격은 흡수되고 목에 걸리는 부담도 거의 없었다. 가슴이나 배를 얻어맞아도 역시 충격은 별로 느끼지 못했다.

원래 상대는 최하급 언데드. 숫자 탓에 긴박한 상황이 됐을 뿐 토벌이 이 정도로 진행되면 여유도 돌아온다. 무기를 휘두르는 손을 멈추지 않고 전사가 외쳤다.

"이제까지 조우했던 건 피라미 언데드뿐이지만, 숫자만 보면 이 분묘는 엄청 많은데!"

"그러니까, 어쩌면 더 강한 언데드가 태어났을 가능성도 없지는 않아! 하지만 그렇다면 왜 안 나오는지 전혀 모르겠는걸!"

대답한 사람은 뒤에서 전황을 관찰하며 전사의 방패를 주워준 신관이었다.

"……아니, 어쩌면 이 언데드들은 모종의 수단으로 소환된 자들일지도 모릅니다. 모종의 의식마법 내지는 아이템 같은 것도 생각할 수 있겠군요."

시체는 기괴하게도 일정 시간이 지나면 소멸했기 때문에 발 디딜 틈도 없이 바닥을 메우는 일은 없었다. 그것이 마치 소환된 몬스터의 최후와 미묘하게 비슷한 면이 있었기에 마술사는 이런 말을 했던 것이다.

"저위 언데드를 대량 소환하는 장치? ……그런 건 사양일세! 분묘 전체에 좀비 따위가 꽉 들어찬 광경을 상상하게 만들지 말게나!"

그링엄은 나뭇가지를 쳐내듯 스켈레튼의 머리를 날려버리며 대답하고는 실내를 흘끔 둘러보았다. 남은 언데드의 수는 두 손 손가락으로 헤아릴 수 있을 정도. 활짝 열린 문에서 추가될 기미는 없었다. 조금만 더 있으면 전투는 끝난다.

그렇게 생각한 타이밍에, 발밑에서부터 오싹하는 느낌이 올라왔다.

위험감지력이 그 자리에서 즉시 대피하도록 지령을 보냈지만 이 상황에서는 불가능에 가깝다. 그래도——

"주의! 방 밖으로——."

같은 느낌을 받았는지 도적이 외치는 목소리.

그러나 이미 늦었다. 단단하고 확실했던 바닥이 느닷없이 힘없는 것으로 바뀌었다. 대신 부유감이 온몸을 감쌌다. 한 박자를 두고, 균형을 잃은 몸이 바닥에 내팽개쳐졌다.

동료들의 고통 어린 목소리. 그러나 그링엄은 낙하하면서도 떨어뜨리지 않았던 도끼를 굳게 쥔 채 함께 바닥을 굴렀던 스켈레톤을 파괴하면서 일어났다.

"섬멸하라!"

언데드들도 낙하 대미지를 입었으므로 —— 특히 타격에 약한 스켈레톤들은 낙하 대미지를 심각하게 입었다 —— 오히려 조금 전보다도 쉽게 쓰러뜨릴 수 있었다.

실내의 언데드들을 정리한 후에야 그링엄은 겨우 주위를 둘러보았다.

바닥이 통째로 소멸하는 마법적인 바닥함정에 걸려 떨어진 것이리라. 고개를 들어보니 천장은 까마득히 높은 곳에 있다. 어림잡아 12미터 이상은 된다. 그리고 바닥에서 3미터 부근에는 닫힌 문. 또 그 위로 3미터 —— 바닥으로부터 총 6미터 —— 떨어진 곳에는 열린 문이 있다. 이쪽은 그레이엄 일행이 처음 들어왔던 문이었다. 2층 정도 높이에서 떨어졌다고 보면 딱 좋을 것 같았다.

전체적으로 표현한다면 세로로 긴, 사각기둥이라고 해야 할까. 바닥 부분은 아래를 향한 사각뿔 형태였으며 경사가 제법 가팔라서 조금만 방심하면 방 한복판—— 가장 아래까지 굴러갈 것이다. 실제로 동료 한 사람은 낙하의 기세를 못 이기고 제일 아래에 끼었으며, 굴러온 좀비들에게 묻히다시피 했을 정도였다.

이런 곳에 떨어졌으면서도 거의 멀쩡했다니 믿을 수 없을 정도였다.

기괴한 것은 닫힌 문이 있는 높이 3미터 언저리인데, 그곳에는 각 변마다 네 개씩 합계 열여섯 개의 통로 같은 것들이 있었다.

"꼭 수장당할 것 같은 방이로군. 저 통로 같은 곳에서 콸콸콸…… 하고 대량의 물이 쏟아진다거나. 싫은데. 슬라임 같은 건 더 싫고."

"동감이야. 냉큼 저 문을 조사해서, 안전하면 그곳으로 도망치자고."

붙잡을 곳 하나 없는 벽을 두 계층이나 올라가기는 힘들다. 도적 정도는 등반이 가능하겠지만 그링엄처럼 전신에 갑옷을 걸친 사람에게는 어려운 일이다. 그보다는 그 아래의 처음 보는 문 쪽이 불안하기는 해도 편하다.

등반 수단에 대해 상담을 하고 있을 때, 열여섯 개의 통로 중 하나에서 불쑥 고개를 내미는 자가 있었다. 그것은 터질 듯이 부풀어오른 시체—— 역병폭격수Plague Bomber.

부풀어오른 것은 부정 에너지가 가득하기 때문이며, 물리치면 폭발해 산 사람에게 대미지를 주는 동시에 언데드를 회복시키는 성가신 언데드다.

살덩어리 같은 언데드가 몸을 날렸다. 역병폭격수의 몸이 바닥에 격돌해 구역질 나는 소리를 냈다. 문제는 그다음이다. 급경사를 이루는 바닥에 떨어진 둥근 몸은 기세를 죽이지 못한 채 그대로 바위처럼 굴러와 그링엄 일행에게 짓쳐들었다.

"위험해! 피해!"

"두뇌 담당인 나한테 그런 소리 하지 말라고!"

전원이 —— 우는 소리를 한 마술사도 —— 간신히 회피에 성공해 언데드는 그대로 사각뿔 중앙으로 굴러갔다. 다음 역병폭격수가 끔찍한 얼굴을 드러냈을 때, 지금 것이 무리 중의 첫 번째 한 마리였음을 깨달은 것과 동시에 앞으로 일어날 일을 짐작하고 말았다.

"도망쳐! 이 방은 저놈들로 묻혀버릴 거야!"

기세가 붙은 언데드에게 치여 방 한복판으로 굴러떨어지면 그대로 깔려버릴 것이 분명했다. 압사하진 않더라도 꼼짝 못하게 된 채, 동료들의 공격으로 폭발한 언데드의 부정에너지를 잇달아 받아 목숨을 잃는 것이다.

"함정 진짜 사악하네! 누가 발판이 좀 돼줘!"

"말도 안 되는 소리! 그럴 때 공격당하면 피할 수도 없어!"

회피에 성공해도 균형감각을 잃으면 몸이 휘청거려 다음 공격을 피하지 못한다. 그런 상황에서 발판이 되라는 것은 너무나도 잔혹했다.

"그럼 마법을 쓰겠습니다!"

"〈비행〉은 관둬! 네 근력으론 우리를 끌어올릴 수도 없어!"

"아니고요, 으아, 떨어진다! 〈거미의 사다리Web Ladder〉라고요!"

"그게 좋겠다! 저기 가까운 문까지 부탁해! 그링엄, 저 녀석 지켜줘!"

"──아냐 관둬! 우리가 들어온 2층으로 가자! 저 문은 위험해!"

그 근거를 물을 여유는 없었지만 그링엄에 대한 신뢰는 강했다.

"〈거미의 사다리〉!"

마법이 발동되어, 벽을 따라 두 계층 위까지 일직선으로 거미집이 뻗어 올라갔다.

마법으로 만들어낸 이 거미줄의 기묘한 접착성은, 떨어지고 싶지 않다고 생각하며 만지면 고정되지만 움직여야지 생각하면 떨어진다. 그야말로 사다리로 쓰기에 딱 좋은 마법이다.

조바심을 내면서도 완벽한 움직임으로 그링엄 일행은 줄줄이 사다리를 올랐다.

활짝 열린 문까지 겨우겨우 도달한 일행은 통로의 동태를 주의 깊게 살폈다. 여기서 떠밀려 떨어지기라도 했다간 맥도 못 춘다.

안도의 한숨을 쉬었다. 우려했던 사태는 피한 것 같았으며, 언데드의 모습은 없었다.

확인이 끝나자 통로로 뛰어들어, 밑에서 올라오는 사람을 힘껏 끌어올려 주었다.

"살았다! 언데드에게 압사당하다니, 거의 최하위권에 들어갈 만큼 끔찍하게 죽을 뻔했어!"

"……이 유적, 상당히 악랄하게 설계했군. 낙하 충격 때문에 다리가 좀 아픈데 치유마법을 걸어줘."

"부정 에너지가 터지면서 발끝에 따끔 닿았던 것 같아! 진짜 무섭다!"

"운이 좋아서 피했던 거야. 마술사에게 회피를 요구하다니, 제발 그러지들 말라고."

헉헉 숨을 몰아쉬며 동료들이 입을 모아 투덜거렸다.

"이봐, 그링엄. 왜 그 문을 피했던 거야? 나는 그 문이 진짜일 거라고 생각했는데. 정규 루트는 위험한 장소에 설치하는 법이잖아?"

"어, 그냥 감이었는데…… 쓸모없는 무기로 저 문을 한번 공격해볼래?"

여유가 사라진 그링엄이 원래 말투로 대답하자 도적이 즉시 문에 단검을 던졌다. 일직선으로 날아간 단검이 맞는가──싶었더니 문의 일부가 솟아올랐다. 그것은 촉수가 되어선 날아드는 단검을 튕겨냈다.

"저건…… 문 의태자Door Imitator! 아니, 촉수 색깔로 추측하자면 언데드 문 의태자겠군요. 접착성 체액으로 상대를 구속해놓고 촉수로 일방적으로 공격하는 몬스터."

"쳇! 이중 함정이었어? 사악하기는. 하지만 용케도 간파했는걸."

"감이었지. 아니, 정확하게 말하면 모르는 곳보다는 이미 아는 곳을 선택했을 뿐이었어. 그리고 저 문이 있는 곳은 부정 폭렬을 계속 받는 위치였거든. 문이라는 무생물에는 효과가 덜하겠지만, 그런 곳에 통로를 만들었을까 하는 의문이 들었을 뿐이야. 그러면 이동을……."

거기까지 말하려다가 그링엄은 입을 다물었다. 조금 전까지 수다스러웠던 도적이 입술에 손가락 하나를 대고 귀를 기울이기 시작했던 것이다.

그링엄도 귀를 기울이자 또각, 또각 무언가 규칙적으로 바닥을 두드리는 소리가 들렸다.

모두의 시선이 소리가 들린 쪽—— 통로로 향했다.

"적……이겠지? 좀 쉽게 해주면 좋겠는데."

"그래. 소리가 하나. 그것도 숨길 기색조차 없는 이상, 그렇겠지. 이걸로 끝이라면 좋겠지만……."

모두가 천천히 무기를 들었다. 선두에 선 전사는 받아 든 방패를 내밀고 그 뒤에 몸 절반을 감추었다. 마술사는 불빛이 들어간 지팡이를 소리 나는 방향, 통로 쪽으로 들이대고 곧장 마법을 쓸 준비를 했다. 신관은 성표를 내밀고, 도적은 활을 조준했다.

또각, 또각 소리가 커지더니 마침내 모습이 나타났다.

호화롭지만 낡은 로브로 여자아이처럼 가녀린 팔다리를 감싸고, 한쪽 손에는 뒤틀린 지팡이를 들었다. 이것이 소리를 냈으리라.

뼈에 가죽이 살짝 덮였을 뿐 부패하기 시작한 얼굴은 사악한 지혜의 빛을 띠고 있었다. 몸에서는 부정한 에너지가 피어나 안개처럼 온몸을 감쌌다.

그것은 망자 매직 캐스터. 그 이름은——

"——엘더 리치!"

제일 먼저 몬스터를 판별한 마술사가 고함을 질렀다.

그렇다. 사악한 매직 캐스터가 죽은 후 시체에 부정한 생명이 깃들어 태어난다는 최악의 몬스터였다.

그림엄 일행은 엘더 리치란 말을 들은 순간 진형을 바꾸었다. 일직선상에는 아무도 서지 않았다. 그리고 범위마법을 경계하여 어느 정도 거리를 두었다.

엘더 리치는 상당한 강적이다. 모험자라면 플래티넘으로는 조금 버겁고 미스릴이라면 승산이 있다는 그런 존재다. 그림엄 일행이라면 피로를 생각하지 않고 싸울 경우에는 이길 수 있는 상대다. 게다가 운 좋게도 이번 구성 멤버 중에는 언데드에 매우 강력한 힘을 발휘하는 동료가 있으니 든든하다.

게다가 거리가 멀었다면 매우 위험했겠지만, 이 거리에서라면 상당히 유리한 싸움으로 끌어갈 수 있을 것이다.

"분묘의 주인이로군!"

그림엄은 그렇게 판단했다. 엘더 리치는 지배하는 자다. 때로는 언데드의 무리를 지배하여 산 자들과 거래를 할 때도 있다.

카체 평원에 출현하는 안개 속을 달리는 유령선의 선장이나, 폐성 하나를 지배했다는 유명한 엘더 리치도 있을 정도였다.

그런 엘더 리치라면 이 분묘의 주인이라 해도 이상할 것이 없다.

"우리가 제대로 왔구만! 운이 좋았어!"

"딱히 분묘의 주인을 죽이는 게 의뢰는 아니었지만!"

"'헤비 매셔'의 힘을 보여주자고!"

"신의 가호 앞에 무릎 꿇으라!"

입을 모아 다른 동료들이 외쳤다. 엘더 리치라는 강적을 앞에 두고 두려움을 날려버리기 위한 포효였다.

"방어마법——."

결의를 다진 동료들에게 그링엄이 작전을 외치려다가, 위화감에 사로잡혔다. 그 위화감의 근거는 즉시 알 수 있었다. 눈앞에 있는 강적, 엘더 리치였다.

"……왜 저러지?"

"기습을…… 하려는 건 아니지?"

엘더 리치는 그링엄 일행을 보고도 일절 행동을 보이지 않았다. 지팡이를 들지도, 주문을 외우지도 않았다. 그저 묵묵히 바라볼 뿐이었다.

여기에는 그링엄 일행도 곤혹을 감추지 못했다. 즉시 전투에 들어가리라는 예상이 무너졌으니까. 하지만 선수를 취해 공격하는 것도 망설여졌다.

분명 언데드는 살아 있는 자들에게 적의를 가진다. 그러나 일부 지혜를 가진 언데드는 교섭을 할 줄 아는 것도 사실이다. 이쪽에서 교섭을 청할 경우 불리한 거래가 되는 경우가 대부분이지만, 때로는 언데드 측에서 휴전을 제안해, 아득한 과거에 유실된 기술로 만들어낸 아이템을 손에 넣게 되는 경우도 있다.

무엇보다 엘더 리치 같은 강적과 전투를 하지 않고 넘어갈 수 있다면 그보다 좋은 일이 없다. 함정으로 해치우지 못해 조바심이 나서 모습을 드러냈는지도 모르지만, 어쩌면 이쪽의 실력을 알고 평화적으로 거래할 길을 모색했을 수도 있다.

그런 요소를 고려하면 선수를 쳐 공격하는 것은 너무나도 얄팍한 행동으로밖에 여겨지지 않았다. 교섭의 가능성을 완전히 버리는 일이니까. 지금은 상대의 뱃속에 있다. 퇴로를 확보하지 못한 이 상황에서 힘든 전투는 위험성이 크다.

그링엄 일행은 서로 얼굴을 쳐다본 후, 같은 생각이라는 결론에 도달했다.

대표로 입을 여는 것은 당연히 리더의 일이다.

"실례하오. 귀공이 이 분묘의 주인이라 생각하오만, 우리는──."

엘더 리치는 그 끔찍한 얼굴을 그링엄에게 돌리더니, 뼈뿐인 손가락을 입술에 가져갔다.

의미는── 조용히 해라.

엘더 리치에게는 너무나도 어울리지 않는 행동이었으나 강자에게 그런 말을 할 수 있을 만큼 용감하지는── 아니, 무모하지는 않았다.

그림엄은 고분고분 입을 다물었다. 그리고 조용해진 통로에 또다시 '그 소리'가 들려 자신도 모르게 귀를 의심했다.

조금 전에도 들었던 또각, 또각 하는, 무언가가 바닥을 두드리는 소리. 그것도 여럿——.

그림엄 일행은 모두 얼굴을 마주 보았다. 들려온 소리에서 상상할 수 있는 대답을 믿을 수가 없어서.

그리고—— 모두가 일제히 절규했다.

"누구야! 누가 저 엘더 리치가 분묘의 주인이라고 그랬어?!"

"미안하게 됐다! 나야!"

"웃기지 말라고 그래! 이게 말이 돼?!"

"야야야야야, 이걸 어떻게 이기라고!"

"암만 신의 가호라고 해도 한계가 있단 말입니다!"

처음 나타난 엘더 리치의 뒤에서, 동종의 개체가 모습을 드러냈다. 그것도 여섯 마리.

이렇게 강대한 언데드 매직 캐스터가 합계 일곱 마리나 있다.

분명 동종의 존재인 이상 공격수단은 같다. 다시 말해 모든 공격을 완벽하게 무효화할 수단만 갖춘다면 이론상 일곱 마리를 전부 쓰러뜨릴 수 있다.

그러나 그런 수단을 갖춘 것도 아니며, 갖출 수 있을 리도 없다.

절대 승산이 없는 이 상황에, 그링엄 일행에게서는 이미 전의라는 것이 완전히 사라졌다.

『그러면, 시작하지.』

교섭할 마음이 전혀 느껴지지 않는 엘더 리치의 말에 맞춰, 일곱 마리의 지팡이가 천천히 올라갔다. 동시에 그링엄의 포효가 울려 퍼졌다.

"후퇴!"

그 말을 기다렸다는 듯이 팀 전원은 온 힘을 다해 뛰었다. 엘더 리치와는 반대 방향으로, 온 힘을 다해. 물론 통로 너머가 어떤 모습인지를 생각할 여유는 없었다. 엘더 리치의 무리라는 과잉전력에서 조금이라도 살아날 가능성을 추구했을 뿐이다.

선두는 도적. 그 뒤를 그링엄, 마술사, 신관, 전사가 따랐다.

일행은 달렸다. 망설이지 않고 달렸다.

모퉁이. 원래 같으면 함정이나 몬스터의 존재를 경계해야 하는 곳이지만 뒤에서 발소리가 들리는 상황에 주의 깊게 관찰할 여유는 없었다. 운을 하늘에 맡긴 채 그저 달렸다.

통로 좌우에는 돌로 만들어진 문이 있었지만 막다른 방에 들어갈지도 모른다고 생각하면 열고 뛰어들 용기는 나지 않았다.

금속 갑옷을 걸친 자들이 달리는 요란한 금속성이 통로에 울려 퍼졌다. 소리가 몬스터를 끌어들일지도 모르지만 〈정적〉을 걸 여유는 없었다.

달리고, 달리고, 달린다.

무아지경으로 발을 움직이고 모퉁이를 돌고 통로를 질주한 탓에 방향감각은 사라져, 이제는 현재의 위치도 감을 잡을 수가 없었다. 가능하다면 입구로 돌아가고 싶었지만 그럴 여유는 존재하지 않았다.

"──아직도 따라오나?"

달리며 그링엄이 외쳤다. 대답한 것은 제일 뒤에서 달리던 전사였다.

"있어! 저것들 뛴다!"

"망할!"

"뛰어서 쫓아오지 말라고! 비행마법을 쓰란 말이야!"

"비행하면 마법이 연속으로 날아들잖아, 멍청아!"

"어디 방에라도 틀어박혀서 교섭을──."

숨을 헐떡이며 마술사가 외쳤다. 이 멤버 중에서 가장 체력이 없는 그는 당장에라도 쓰러질 것 같은 분위기였다. 그링엄은 안 되겠다고 판단했다. 그는 더 이상 버티지 못한다.

엘더 리치 같은 언데드 몬스터에게 피로란 없다. 이대로는 언젠가 따라잡혀, 체력이 떨어진 일행은 천천히 살해당할 뿐이다.

"어떻게 엘더 리치가 저렇게 많은 거야……."

상식적으로 생각하면 말도 안 된다.

"이 분묘의 주인은, 엘더 리치보다도 강한 놈인 걸까요?!"

생각할 수 있는 대답은 그뿐이었다. 하지만 그런 언데드가 존재할까? 그링엄은 그 해답을 떠올릴 수 없었다.

"망할! 이 빌어먹을 놈의 분묘!"

헉헉 헐떡이는 숨을 토해내며 가장 뒷줄의 전사가 외쳤다.

그 순간을 기다렸다는 듯, 바닥에 빛의 문양이 떠올랐다. 그것은 그링엄 일행 전원을 모두 에워쌀 만큼 거대했다.

"앗!"

누구의 것인지, 비명과도 같은 목소리가 울려 퍼지고——

——조금 전의 낙하와는 또 다른 종류의 부유감.

그링엄의 시야는 칠흑의 세계에 에워싸여 있었다. 발밑에서는 무언가가 으저저적 밟히며 으깨지는 소리와 함께 천천히 몸이 가라앉는 감각. 마치 늪에 잠겨드는 듯한 느낌이었다. 한순간 공황에 빠질 뻔했지만 그렇게 깊지는 않았는지 허리까지 잠겼을 때쯤 그 이상 가라앉지 않았다.

그링엄은 정적만이 지배하는 암흑의 세계 속에서 부모를 잃은 어린아이처럼 처량한 목소리로 물었다.

"……누구 있나?"

"──여기야, 그링엄."

즉시 동료 한 사람── 도적의 목소리가 들렸다. 그것도 그리 멀지 않은 거리. 아마 조금 전에 달렸던 것과 같은 간격의 거리일 것이다.

"……다른 사람은 아무도 없나?"

대답은 없었다. 예측했던 대답이었다. 불빛이 없는 시점에서 마술사도 전사도 이 자리에 없으리라는 정도는 상상이 갔다. 도적이라도 있어 행운이라고 생각해야 한다.

"……우리뿐인가 보군."

"그 말은…… 쳇! 자네 말이 맞아."

한 걸음도 움직이지 않고 주위의 분위기를 살폈다. 깊은 어둠은 어디까지고 퍼져 나가, 자신과 어둠의 경계마저 확실하지 않은 것 같은 공포가 일었다.

움직임의 기척은 전혀 없지만──.

"불을 켜볼까?"

"그래야겠어."

공연히 움직여 이 정적을 깨뜨리는 것은 아닐까, 함정이 발동되는 것은 아닐까, 그런 무수한 불안이 떠올랐지만 유감스럽게도 인간의 눈으로는 어둠을 내다볼 수가 없다. 아무래도 불빛이 필요했다.

"그럼 잠깐만 기다려봐."

도적의 목소리가 들리는 어둠 속에서 부스럭부스럭 무언가가 움직이는 기척이 났다. 그리고 불빛이 생겼다.

손에 형광봉을 쥐고 높이 쳐든 도적의 모습이 처음으로 눈에 들어왔다. 그리고 그 빛을 반사하는 무수한 광채. 그것은 영묘에서 보았던 보물의 광채를 연상케 했다.

그러나── 아니었다.

그렁엄은 치미는 비명을 열심히 억눌렀다. 도적 또한 경련을 일으킬 것 같은 표정을 지었다.

무수한 반사광. 그것은 주위를 완전히 가득 메운 벌레 ── 바퀴벌레라 불리는 ── 의 광채였다. 이 방에는 새끼손가락 끄트머리만큼 작은 것에서 1미터도 넘는 거대한 사이즈까지 무수한 바퀴벌레로 가득했다. 그것도 수없이 겹쳐져서.

발밑의 으깨지는 듯한 감촉은 바퀴벌레를 짓밟았던 것이었다. 허리까지 잠긴 것을 생각해보면 얼마나 많이 쌓여 있는지 상상하고 싶지도 않았다.

실내는 까마득히 넓어 벽까지 불빛이 닿지 않았다. 형광봉의 조명 범위가 15미터라는 점을 감안해보면 이 실내의 넓이가 어느 정도인지는 대충 이해할 수 있었다. 천장을 보니 그곳에서도 어마어마한 수의 바퀴벌레가 빛을 반사해 번쩍거렸다.

"뭐야…… 여긴."

도적이 신음하듯 중얼거렸다. 그 마음은 그렁엄도 잘 이해가 갔다. 목소리를 내면 놈들이 일제히 움직일 것 같은 예감을 느꼈으리라.

"대체 뭐가 어떻게 된 거지?"

도적이 겁을 먹은 것처럼 주위를 둘러보는 가운데, 그링엄은 칠흑의 세계가 펼쳐지기 전의 마지막 광경, 발밑에 떠올랐던 빛의 마법진을 떠올리고 도적에게 물어보았다.

"……바닥 함정 아니었나?"

"그건 아닐 거야. 뭔가 다른, 모종의 마법에 당한 것이라고 생각하는데……."

"전이 계통 함정이라니……. 혹시 엘더 리치가 외웠던 주문일까?"

전이마법은 당연히 있다. 예를 들면 도주에 쓰이는 제3위계의 〈차원이동Dimension Move〉가 그렇다. 하지만 그것은 술자만이 이동하기 위한 마법이다. 다른 사람, 그것도 여러 사람에게 효과를 미치는 것은——

"——분명 제6인가 제5위계에 여러 사람을 한꺼번에 전이시키는 마법이 있다지?"

"그래…… 그랬던 것 같아."

"설마, 그 정도의 마법이……."

최소 제5위계를 구사할 수 있는 존재라니, 들어본 적이 없다. 하지만 그링엄은 수긍도 갔다. 만약 그런 절대자가 있다면 그 많은 엘더 리치가 공존하는 것도 이해할 수 있다.

지배하고 명령을 내리기도 쉬울 테니.

그링엄은 이 분묘의 위험성을 강하게 실감해 한기에 휩싸였다. 동시에 이런 의뢰를 내린 백작에 대한 격렬한 적의가 끓어올랐다. 물론 이 일을 맡은 사람은 그링엄을 비롯한 워커들이었으며, 위험성을 감수하고 목숨이라는 칩을 베팅했다. 애먼 화풀이라는 소리를 들어도 할 말이 없다.

하지만 백작은 어느 정도 정보를 가지고 있었을 것이다. 그렇지 않다면 이 분묘를 조사하라는 의뢰를 파격적인 보수로 제시해 많은 워커를 모아서 파견하지는 않았을 테니까.

"정보를 아낀 건가? 망할. ……얼른 내빼자. 이 유적은…… 건드려서는 안 되는 곳이었어."

"그래, 알았어. 그러면 앞장서, 그링엄. 따라갈 테니까."

보아하니 도적은 아직 알아차리지 못한 모양이었지만, 차라리 다행이었다.

바퀴벌레가 전혀 움직이지 않는다는 사실을.

그링엄은 눈앞에 있는 무수한 바퀴벌레를 흘끔 둘러보았다.

더듬이가 미미하게 움직이는 기척을 보면 죽은 것은 아닐 테지만, 꼼짝도 하지 않는다. 이유를 알 수 없는 으스스함이 풍겼다.

"──아니오, 도망칠 수는 없습니다."

갑자기 제3자의 목소리가 들렸다.

"누구냐!"

그링엄도 도적도 황급히 주위를 둘러보았지만, 움직이는 자의 기척은 없었다.

"아차, 실례했습니다. 이 몸은 아인즈 님으로부터 이 영토를 맡은 자, 공포공(恐怖公)이라 합니다. 잘 부탁드립니다."

목소리가 들린 방향. 그곳을 향한 시선이 기이한 광경을 포착했다. 바퀴벌레를 밀어내며 밑에서부터 무언가가 올라오려 하는 것이다.

근접무기가 닿을 거리는 아니었다. 도적은 묵묵히 활시위를 당겼다. 그링엄도 팔매를 꺼내려다가── 그만두었다. 여차하면 허리까지 오는 이 바퀴벌레의 무리를 가르고 달려가 베어주겠다고 생각하면서.

이윽고 바퀴벌레를 밀어내고 나타난 것은, 역시 바퀴벌레였다.

그러나 그것은 주위의 동족들과는 명백히 달랐다. 몸길이 30센티미터 정도 되는 그 바퀴벌레는 두 다리로 꼿꼿이 서 있는 것이었다.

호화로운 금사로 테두리를 장식한 선명한 진홍색 망토를 걸쳤으며, 머리에는 황금색으로 빛나는 왕관을 앙증맞게 얹어놓았다. 앞발에는 끄트머리에 순백색 보석을 박은 왕홀(王笏)을 쥐었다.

무엇보다 기괴한 것은 두 발로 서 있는데도 머리 부분이 그링엄과 도적을 향했다는 점이었다. 만일 평범한 곤충이

똑바로 선다면 당연히 머리는 위를 향할 것이다. 하지만 눈앞의 기괴한 존재는 그렇지 않았다.

그 외에, 다른 바퀴벌레들과 특별히 다른 점은 없었다. 아니, 이만큼 다르면 충분하다고 할 수 있다.

그링엄과 도적은 번갈아 시선을 나누고, 그링엄이 교섭을 맡기로 했다. 도적이 화살을 시위에 메긴 채 아래로 겨눈 것을 확인하고, 공포공에게 말을 걸었다.

"넌…… 누구냐?"

"흐음, 아까는 듣지 못하신 모양이로군요. 다시 한 번 이름을 말씀드리면 되겠습니까?"

"아니, 그게 아니고……."

여기까지 말한 그링엄은 해야 할 일과 물어봐야 할 것이 그런 질문이 아님을 깨달았다.

"……솔직하게 말하지. 거래하지 않겠나?"

"호오, 거래란 말씀입니까. 두 분께는 감사를 드리고 싶은 심정이니 제안에 응하지 못할 것도 없습니다만?"

그 말에 담긴 알 수 없는 의미―― 왜 감사하는지, 그 점이 마음에 걸렸지만 압도적으로 불리한 현재 상황에서 그런 것을 물어볼 수는 없었다.

"……우리가 원하는 건…… 우리를 무사히 이곳에서 보내달라는 거다."

"그렇군요. 당연한 생각이지요. 하오나 이 방에서 나가시더라도 현재는 나자릭 지하대분묘의 제2계층입니다. 지상으로 돌아가시기란 지극히 어려우리라고 말씀드리지 않을 수 없군요."

제2계층──.

그 말에 그링엄은 눈을 휘둥그렇게 떴다.

"지표에 있던 영묘에서 조금 내려간 곳에 있는 문을 지난 위치가, 제1계층이라고 보면 되겠나?"

"보통은 그렇지 않겠습니까?"

"아니, 한번 확인하고 싶었네."

"하하. 그야 제1계층에서 전이되어 오셨으니 혼란스러워하시는 것도 당연하지요."

어떤 구조로 되어 있는지 음음 고개를 끄덕여대는 공포공을 보며, 그링엄은 고드름이 등에 꽂힌 듯한 오한을 느꼈다.

그것은 조금 전의 가정이 사실임을 깨달은 데에서 오는 공포.

다시 말해, 어떻게 한 것인지는 모르지만, 함정으로 전이마법을 썼다는 것이다. 대체 어떤 마법이고 어떤 마법기술일까. 매직 캐스터는 아니지만 그것이 가공할 무언가라는 사실은 이해할 수 있었다.

"……그야 이 분묘에서 나가는 길도 가르쳐주었으면 하네만, 거기까지는 바라지 않겠네. 이 방에서 나가게만 해주게."

"흠흠."

"우리는…… 그대가 원하는 것을 제공하겠네."

"그렇군요……."

공포공은 깊이 끄덕거리더니 무언가 생각에 잠긴 듯한 자세를 취했다.

조용해진 실내에 한동안 시간이 흘렀다. 이윽고 공포공은 수긍한 듯 고개를 끄덕이곤 말을 시작했다.

"이 몸이 원하는 것은 이미 수중에 넣었습니다. 귀공들께서 제공하실 수 있을 만한 것으로는 불충분할 테지요."

입을 열려는 그링엄을 앞다리를 들어 저지하더니, 공포공은 다시 말을 이었다.

"그 전에, 왜 감사를 드리고 있는지 궁금하신 모양이니 그 점에 대해 대답하겠습니다. 이 몸의 권속이 동족상잔에 지친 모양이라 말입니다. 이를 해소해줄 먹이인 귀공들께는 조금 전에도 말씀드렸다시피 감사를 드립니다."

"뭐!"

도적이 그 말을 이해한 것과 동시에 화살을 쏘았다.

공기를 가르고 날아간 화살은 공포공의 새빨간 망토에 휘감기더니, 힘없이 떨어졌다.

그리고── 실내가 준동했다.

술렁술렁하는 소리가 무수히 일어나고, 거대해졌다.

그리고 해일이 일어났다.

그것은 시커먼 탁류였다.

"두 사람뿐이라 유감스럽기 그지없사오나, 권속들의 배 속에 들어가 주십시오——."

솟구쳐 오른 거대한 파도가 그링엄과 도적을 집어삼켰다. 그것은 해일에 정면으로 휩쓸리는 듯한 그런 광경이었다.

시커먼 소용돌이에 휩쓸리며 그링엄은 갑옷 틈새로 들어오는 바퀴벌레를 필사적으로 때려댔다.

이렇게 조그만 벌레의 집단에 무기가 통하겠는가. 게다가 그링엄은 범위공격형 무투기를 가지고 있지 못했다. 그보다는 평범하게 손으로 치는 편이 빠르다. 그러기 위해 이미 무기도 버렸으며, 이제는 어디로 갔는지도 찾아볼 수 없었다.

발버둥을 치듯 손을 휘둘러대려 했지만 온몸에 달라붙은 무수한 바퀴벌레 때문에 좀처럼 움직일 수가 없었다. 그 광경은 물에 빠진 자가 허우적대는 모습과도 비슷했다. 그링엄의 귀에 들려오는 소리라고는 무수한 바퀴벌레가 준동하는 소리뿐.

여기에 휩쓸려 동료 도적의 목소리는 들리지도 않았다.

아니, 도적의 목소리가 들리지 않는 것도 당연했다. 그는 입안, 목, 그리고 위장에까지 들어찬 바퀴벌레 때문에 말을 할 수 없는 상황이었으니까.

따끔거리는 아픔이 몸 곳곳에서 느껴졌다. 그것은 갑옷의 틈새로 침입한 바퀴벌레가 그링엄의 몸을 갉아대는 아픔이었다.

"그마——."

그링엄은 외치려다 입안으로 들어오는 바퀴벌레에 목이 막혀버렸다. 필사적으로 토했지만 살짝 벌어진 입술 사이로 다른 바퀴벌레가 몸을 디밀고 들어온다. 그리고 입안에서 버스럭버스럭 꿈틀거린다.

귀에도 조그만 것이 들어갔는지 버석거리는 소리가 지독히 크게 들려 소름이 끼쳤다.

얼굴 위를 헤아릴 수 없는 바퀴벌레들이 스멀스멀 돌아다니며 물어뜯었다. 눈꺼풀에 느껴지는 아픔. 그러나 눈을 뜰 수는 없었다. 눈을 뜨면 그 결과가 어떻게 될지는 쉽게 예상이 갔다.

이제 그링엄은 자신이 어떻게 될지를 이해할 수 있었다. 이대로 산 채 탐욕스러운 바퀴벌레들에 뜯어먹힐 것이라고.

"이런 건 싫어!"

절규를 질렀다. 그리고 입안으로 바퀴벌레가 쏟아져 들어갔다. 버석버석 움직이며 목 안으로 들어가려 한다. 그리고 구물텅, 무언가가 미끄러져 들어가 위장에 얹히는 감촉. 그리고 위장 안에서 바퀴벌레가 날뛰는 감각에 구역질이 났다.

그링엄은 필사적으로 발버둥을 쳤다.

이런 죽음은 싫다.

형들에게 큰소리를 치겠다는, 그 일념으로 여기까지 올라왔는데.

이젠 모험을 하지 않고 살아갈 만한 돈도 모았는데. 높아진 명성 덕에 마을에서는 만날 수도 없는 미인도 쉽게 아내로 삼을 수 있는데. 이제는 힘도 재력도 자신을 쫓아낸 형들을 능가해 인생의 승리자가 되었는데.

그런 자신이 이런 데서 끝나다니. 그러고 싶지 않았다.

"어붜어으어어얽! 살아서 돌아갈 테다아아악!"

입에서 씹어 부순 바퀴벌레를 토해내며 외쳤다.

"⋯⋯노력하시는군요. 그러면 좀 더 드리도록 하지요."

그링엄의 외침도 몇 초 후에는 시커먼 소용돌이에 금세 묻혀버렸다.

문득 눈을 떴다.

시야에 들어온 것은 어딘지 모를 천장. 돌로 이루어졌으며 백색광을 뿜어내는 물체가 박혀 있다. 자신이 어떻게 이곳에 있는지 알 수 없어 주위를 둘러보려다가, 머리가 움직이지 않는다는 사실을 깨달았다. 아니, 머리만이 아니다. 손목, 발목, 허리, 가슴까지 무언가에 묶여 있는지 전혀 움직일 줄을 몰랐다.

이해할 수 없는 상황이 공포를 불러일으켜 비명을 지르고 싶었지만, 입에는 무언가가 틀어박혀 말을 할 수도, 입을 다물 수도 없었다.

눈만을 움직여 필사적으로 주위를 확인하려 했을 때 목소리가 들렸다.

"어머낭, 정신이 들어엉?"

탁한 목소리였다. 여자인지 남자인지도 판별하기 힘든 목소리다.

움직이지 않는 시야에 들어오듯 모습을 나타낸 것은 징그러운 괴물.

그것은 인간의 몸을 했으면서도 머리는 일그러진 문어와도 같은 무언가였다. 허벅지 언저리까지 오는 여섯 개의 긴 촉수가 꿈틀거렸다.

피부색은 물에 빠져 죽은 시체처럼 탁한 흰색. 역시 물에 빠져 죽은 시체처럼 팅팅 부어오른 몸에는 검은 가죽으로 만든 띠를 옷 대신 삼아 체면만 차릴 정도로 감아놓았다. 고기를 요리할 때 쓰는 실처럼 피부에 감긴 모습은 끔찍하기 그지없었다. 미녀가 입었다면 요염했겠지만 이 끔찍한 괴물이 입고 있으니 구역질마저 났다.

손가락은 가느다란 것이 네 개 돋아났으며 사이에는 물갈퀴가 달렸다. 손톱은 길었지만 모든 손톱에 매니큐어를 깔끔하게 칠하고 기괴한 네일 아트까지 가미해두었다.

그런 이형의 존재는 눈동자가 없는 청백색의 탁한 눈을 그에게 돌렸다.

"우후후후. 잠은 푹 잤으려낭?"

"허억 허억 허억."

공포와 경악. 그 두 가지 감정에 사로잡혀 거친 호흡만이 그의 입에서 새어 나왔다. 그런 그의 뺨에, 겁먹은 아이를 안심시키려는 어머니처럼 부드럽게, 괴물이 손을 가져다 댔다.

너무나도 싸늘하고 질퍽한 감촉에 그의 온몸은 한기를 느꼈다.

여기에 코를 찌르는 피비린내나 썩은 냄새까지 난다면 완벽하겠지만, 풍기는 것은 좋은 꽃향기. 그것이 오히려 공포를 부추겼다.

"어머낭, 이렇게 오그라들어서는. 겁먹을 거 없엉."

그 괴물의 시선은 그의 하반신을 향하고 있었다. 피부에 닿는 공기의 감촉으로, 겨우 자신이 알몸이라는 사실을 깨달았다.

"음, 이름을 물어봐도 될까낭?"

가녀린 손가락을 뺨으로 보이는 부위에 가져다 대며 고개를 갸웃한다. 미녀였다면 보기 좋은 광경이겠지만 문어 머리를 가진 익사체 같은 괴물이 이러고 있으니 혐오감과 공포밖에 느껴지지 않는다.

"……."

눈만 뒤룩뒤룩 움직이는 그에게 괴물은 웃음을 지었다. 촉수로 입가는 완전히 가려졌으며 표정도 거의 변하지 않는다. 하지만 그럼에도 웃음이라는 것을 알 수 있는 이유는 싸늘한 유리알 같은 눈동자가 가늘어졌기 때문이었다.

"우후후후. 말하고 싶지 않은 거구낭? 귀여워랑. 부끄러워하기느은."

괴물의 손이 알몸이 된 가슴 위를 글씨라도 쓰듯 미끄러졌지만 그에게는 심장을 도려내는 것 같은 공포밖에 일어나지 않았다.

"먼저 언니 이름을 들.려.줄.게."

어미에 하트마크가 붙을 것 같은 달짝지근한 말—— 걸걸한 목소리지만.

"나자릭 지하대분묘의 특별정보수집관, 뉴로니스트라고 해엥. 뭐, 고문기술자라고도 불리고 있징."

긴 촉수가 꿈틀거리며 그 뿌리께에 있는 동그란 입을 드러냈다. 날카로운 이빨이 주위를 에워싼 가운데 혀처럼 한 줄기의 관이 구물텅 튀어나왔다. 그것은 그야말로 빨대 같았다.

"이걸로 이따가 쪼옥 빨아줄 거야."

뭘 빨아준다는 말인가. 오싹해진 그는 몸을 움직이려 했지만 완전히 고정된 상태였다.

"자자. 넌 말이징, 우리한테 붙잡힌 거야."

그렇다. 마지막 기억은 앞장서서 달리던 그링엄과 도적이 사라지던 모습. 그 후로 기억이 완전히 끊어지고, 현재로 이어졌다.

"네가 어디 있는지, 그 정도는 알겠징?"

뉴로니스트는 웃더니 말을 이었다.

"여기는 나자릭 지하대분묘란당? 지고의 41인 중 마지막으로 남으신 분, 모몬——이 아니라, 아인즈 님께서 계시는 곳이양. 이 세계에서 가장 고귀한 곳이징."

"하잉흐 닝?"

"그래, 아인즈 님."

소리를 잘 내지 못하는 그의 말을 알아듣고 뉴로니스트는 그의 피부에 손을 미끄러뜨렸다.

"지고의 41인 중 한 분. 과거에 지고의 존재들을 통솔하셨던 분. 그리고 아주아주 멋진 분이셩. 너도 한번 그 모습을 보면 진심으로 충성을 맹세하고 싶어질 거양. 난 아인즈 님이 침대로 불러주신다면 순결을 바쳐도 상관없어엉."

부끄러운 듯 몸을 꼼질꼼질, 아니 구물텅구물텅 움직인다.

"저기저기, 들어볼래엥?"

부끄러움을 타는 소녀가 손가락을 매만지듯 그의 알몸 가슴 위에 글씨를 써나간다.

"전에 아인즈 님이 계셨을 때 말이야, 내 몸을 빤히 쳐다보셨엉. 그건 그야말로 사냥감을 선별하는 수컷의 눈이었단다. 그러더니 부끄러워하듯 시선을 돌리셨지 뭐양. 정말 가슴이 찌잉 소리를 내고 등줄기는 오싹오싹하는 거 있징."

그리고 우뚝 움직임을 멈추더니, 그의 눈을 들여다보듯

얼굴을 가까이 댔다. 그 기이한 외견에서 필사적으로 벗어나려 했지만 몸은 꼼짝도 하지 않았다.

"샤르티아 그 계집애도, 호박 알베도도 아인즈 님의 총애를 노리는 모양이지만, 내가 훨씬 더 매력적인걸. 너도 그렇게 생각하지?"

"에에, 그허헤 생하항이아(네에, 그렇게 생각합니다)."

긍정하지 않는다면 어떻게 될까. 그 공포가 그에게 동의하는 목소리를 내도록 만들었다.

뉴로니스트는 기뻐하며 눈을 가늘게 뜨고 두 손을 깍지 끼더니, 허공을 바라보았다. 그것은 마치 하늘을 우러러보는 광신자 같았다.

"후후후, 넌 착하구낭. 아니면 사실을 사실 그대로 말하는 것뿐이려낭? 하지만 어째서인지 날 불러주시지 않는 거야……. 아아, 아인즈 님…… 금욕적인 면도 멋지셔……."

부들부들 감동에 몸을 떠는 모습은 뒤룩뒤룩 부풀어 오른 환형동물의 준동을 연상케 했다.

"……하아. 짜릿짜릿해랑. 어머, 미안해. 내 이야기만 했네엥."

그대로 나를 잊어줘. 그런 그의 마음을 무시하고 뉴로니스트는 말을 이었다.

"이제부터 너의 운명에 대해 말해줄까 해엥. 너 성가대란 거 알아?"

갑작스러운 질문에 그는 눈을 깜빡거렸다. 그런 그의 당혹감을 보고 뉴로니스트는 성가대를 모른다고 판단했는지 설명을 시작했다.

"성가, 찬미가를 불러 신의 사랑과 영광을 칭송하는 합창단을 말하는 거양. 네가 그 일원이 돼줬으면 좋겠엉. 네 동료들하고 같이 말이양."

그게 전부라면 아무것도 아니다. 노래에 별로 자신이 있진 않지만 그렇다고 음치도 아니었으니까. 하지만 이 괴물이 그런 제대로 된 이야기를 하고 있을까? 그는 밀려드는 불안을 감추지 못하고 뉴로니스트를 곁눈질로 쳐다보았다.

"그래, 맞았엉. 성가대양. 아인즈 님께 충성을 맹세하지 않은, 어리석은 너희도 큰 목소리로 아인즈 님께 노래를 바칠 수가 있게 되는 거지잉. 목표는 합창이란다앙. 아아, 짜릿짜릿해랑. 아인즈 님께 보내드리는 뉴로니스트의 가스펠 뮤직인 거야앙."

기분 나쁜 눈알에 안개가 낀 듯한 색이 떠올랐다. 그것은 자신의 생각에 흥분했기 때문일까. 가느다란 손가락이 벌레처럼 꿈틀거렸다.

"우후후후후. 자아, 너의 합창을 서포트해줄 사람들을 소개해줄게엥."

이제까지 방 한쪽 구석에 있었는지 몇 명이 그의 시야에 들어오듯 갑자기 모습을 나타냈다.

그 모습을 보고 그는 한순간 호흡을 잊었다. 사악한 생물임을 한눈에 알 수 있는 그런 놈들이었기 때문이다.

몸에 착 달라붙는 새까만 가죽 앞치마. 온몸은 흰색이라기보다는 유백색. 그리고 그런 색깔의 피부 아래 —— 보라색 피가 있다면 —— 보라색 혈관이 떠올라 있었다.

한 치의 틈새도 없이 짝 달라붙는 까만 가죽 마스크를 뒤집어써서 어떻게 앞을 보는지도, 어떻게 숨을 쉬는지도 알 수 없었다. 그리고 팔이 매우 길었다. 키는 2미터쯤 되겠지만 팔을 늘리면 무릎 아래까지 닿을 것이다.

허리에는 벨트를 찼으며 그곳에는 무수한 작업도구가 매달려 있었다.

그런 것이 네 마리나 되었다.

"——고문악마Torturer란다앙. 이 아이들하고 내가 힘을 합쳐서, 네가 좋은 목소리로 노래를 할 수 있게 도와줄게엥."

불길한 예감. 노래를 한다는 것이 무슨 소리인지를 깨닫고 그는 필사적으로 도망가기 위해 몸을 움직였다. 그러나 역시 전혀 움직이지 않았다.

"소용없어엉. 너 따위의 근력으로는 끊어지지 않는걸? 이 아이들이 치유 마법을 걸어줄 테니까 실컷 연습할 수 있겠지잉?"

나도 참 상냥하지이. 그렇게 사악한 뉘앙스를 담은 어조로 뉴로리스트가 말을 자아낸다.

"이허히 하(이러지 마)!"

"응? 왜 그러는 걸까나앙? 그만뒀으면 좋겠어?"

눈에 눈물을 머금으며 외치는 그에게 뉴로니스트가 부드럽게 물었다. 그리고 여섯 개의 촉수가 구물구물 움직였다.

"내 말 잘 들으렴. 그분이 남아주셔서 우리, 지고의 존재들께 창조된 자들은 존재를 허락받은 거란다? 그런 분을 섬긴다는 데에 존재의 이유가 있는 거야앙. 그런 존귀하신 분이 사시는 곳에 흙투성이 발로 들어온 도둑들에게, 우리가 요만큼이라도 자비를 보일 줄 알았어? 진짜로 그렇게 생각해?"

"에아 항흐헤허(내가 잘못했어)!"

"그래, 그렇지잉. 후회는 소중한 거야앙."

뉴로니스트가 가느다란 막대기를 어디선가 집어 들었다. 끄트머리 부분에 5밀리미터 정도 크기의 가시가 돋아난 부분이 있었다.

"우선 이것부터 시작해보자앙."

그것이 무엇에 쓰이는 도구인지도 이해하지 못하는 그에게 뉴로니스트는 희희낙락 설명해주었다.

"날 만들어주신 분이 요로결석이라는 놈 때문에 고생을 하셨다고 들었거더엉. 거기에 경의를 표해서, 우선은 이것부터 시작해볼 거야앙. 마침 쬐끄매졌으니까 쉽게 갈 수 있을 거라고 생각해엥."

"이허히 하!"

무슨 짓을 당할지를 이해하고 울부짖는 그에게 뉴로니스트는 고개를 가까이 가져다 댔다.

"이제부터 오래오래 함께 지낼 거야앙. 이 정도로 울면 큰일인데?"

3

각 팀은 십자 교차로에서 서로 다른 길을 선택했는데, 에르야 우즈루스가 안쪽에야말로 강적이 있을 것이 분명하다는 근거 없는 판단에서 골랐던 방향은 정면 통로였다.

도중에 석조 문이며 무수한 모퉁이가 나왔지만 적당히 선택해 묵묵히 분묘 안을 걷고 있었다. 아무 일도 일어나지 않았지만 매우 지루했다. 몬스터는 고사하고 함정 하나 없었다.

길을 잘못 골랐던 걸까. 그렇게 생각하고 에르야는 혀를 한 번 찼다.

"굼벵이 같으니. 빨리 가지 못해?"

에르야는 10여 미터 앞에서 걷다가는 자꾸만 멈춰 서는 엘프 노예에게 강한 어조로 명령했다. 엘프 노예는 한순간 몸을 떨고 비척비척 걷기 시작했다. 그녀는 이 분묘에 들어온 후로 거의 멈춘 적도 없이 계속 걸어야만 했다.

현재까지는 운이 좋아 아무 일 없이 나아가고 있지만, 함정이 있다면 그녀는 목숨을 잃을 가능성이 높다.

함정을 수색하게 한다기보다는, 광산에 가지고 들어가는 카나리아 같은 대접이었다. 에르야의 팀은 에르야 자신과 각각 다른 기술을 가진 세 명의 엘프 노예 —— 레인저, 신관, 드루이드 —— 로 이루어졌다. 아무도 대신할 수 없는, 탐색 기술을 가진 그녀에게 내리기에는 너무나도 비합리적인 명령이었다.

그러나 여기에는 에르야 나름의 이유가 있었다.

그것은 단순히, 앞서 걸어가는 엘프에게 싫증이 났던 것이다.

이 말만 들으면 많은 이들은 놀랄 것이다. 윤리관의 문제가 아니라 금액 면에서.

슬레인 법국에서 흘러 들어오는 노예는 절대 싸지 않다. 특히 엘프의 경우 외모나 보유 스킬에 따라 금액이 크게 뛴다. 대개 눈알이 튀어나올 만한 액수가 붙는 상품이며, 일반 시민이라면 도저히 손대지 못할 영역에서 거래된다.

그중에서도 스킬을 가진 엘프라면 특수효과가 담긴 마법 무기 한 자루 정도의 액수가 될 것이다. 그것은 에르야라 해도 그리 쉽게 살 수 있는 금액이 아니었다.

하지만 '천무'의 보수는 에르야가 독점하므로, 일만 잘 풀리면 의외로 일찍 회수할 수 있다. 그렇기에 싫증이 나면 죽더라도 아깝지 않다고 생각하는 것이다.

'다음에는 좀 더 가슴이 있는 여자가 좋겠어.'

에르야는 터덜터덜 걷는 엘프의 뒷모습을 보며 그런 생각을 했다.

'가슴을 세게 움켜쥐었을 때 듣는 비명이 좋으니까.'

이번 의뢰는 공동작업이기도 해서 며칠 동안은 엘프를 안을 수가 없다. 그런다고 딱히 누가 불평을 하는 것은 아니지만 질투로 인한 불쾌감을 유발할 수는 있을 것이다. 그것이 얼마나 큰 불이익으로 이어질지, 에르야도 워커로서 그 정도 상식은 갖추었다.

그렇기에 쌓인 욕망이 에르야에게 그런 생각을 품게 했다.

'아니면 다음에는 그 여자 같은 걸 구해볼까.'

에르야의 뇌리에 떠오른 것은 '포사이트'의 일원. 에르야를 가증스럽다는 눈으로 노려보던 하프엘프였다.

실로 눈에 거슬리는 여자였다.

그녀의 옆에는 소녀라 부를 만한 여성이 또 하나 있었는데, 그 계집애가 노골적으로 악감정을 드러내며 노려보는 것도 어쩔 수 없다는 점에는 에르야도 수긍했다. 여자가 남자의 성욕을 이해해주지 못하는 경우는 흔하며, 그만한 나이에는 결벽성도 있을 테니까. 하지만 인간보다도 저열한 생물이 인간에게 그런 눈빛을 보이는 점은 용서가 안 되었다.

생각만 해도 에르야의 단아한 얼굴에는 분노의 불꽃이 피어났다.

'그 불쾌한 낯짝을 저항도 못 하게 될 때까지 두들겨 패

주고 싶다…….'

노예 엘프는 사용자의 손에 들어가기 전까지 온갖 수단으로 마음을 완전히 박살 내버린다. 그런 엘프 노예가 반응을 보일 리 없다.

그러나 그 하프엘프를 표적으로 삼는다면, 미친 짐승처럼 저항할 것이다. 에르야가 그것을 부수고 정복하기란 어렵지 않다. 그러나 이쪽도 멀쩡하지만은 못 할 테고, 사냥감을 살려둔 채 제압하는 기술에는 매우 자신이 없었다. 상상 속에서 이미나의 얼굴을 몇 번씩 후려치는 바람에 앞서 가던 엘프가 발을 멈춘 것을 뒤늦게 깨달았다.

"왜 서는 거지? 어서 걸어."

"흐윽……! 저, 저기, 소리가 들렸어요."

"소리라고?"

용기를 쥐어짜내 대답하는 엘프에게 눈살을 찡그린 에르야는 귀에 온 신경을 집중시켰다. 주위는 조용했으며 정적만이 귀에 아프게 감길 정도였다.

"……안 들리는데."

평소 같으면 후려쳤겠지만 엘프의 청각은 인간보다도 뛰어나다. 에르야에게 들리지 않는다 해도 엘프에게는 들렸을 가능성이 높다. 확인하는 의미에서 옆에 있던 두 사람에게도 물었다.

"너희는? 들리나?"

"네, 네에. 무언가 들려요."

"그, 금속끼리 부딪치는 소리 같아요."

"……그렇단 말이지."

금속 부딪치는 소리가 자연적으로 생겨났을 리가 없다.

그렇다면 누군가가 내는 소리. 다시 말해 이 분묘에 들어온 후 처음으로 전투가 벌어질 가능성이 있다는 뜻이다. 그 생각을 하니 가슴이 두근거렸다.

"그 소리가 들리는 곳으로 가자."

"네, 네에."

엘프 노예를 앞세우고 소리가 들렸다는 쪽으로 나아갔다.

이윽고 에르야에게도 분명히 금속성이 들리기 시작했다. 단단한 것과 단단한 것이 격렬하게 맞부딪치는 소리. 거센 기합성.

"다른 워커들이 전투하는 소리였군. 중간에 구부러졌던 것 같지는 않았는데, 보아하니 다른 팀과 맞닥뜨리고 만 모양이야."

희열과도 비슷한 감정에 냉수를 끼얹은 기분이었다. 의욕을 잃은 것처럼 한숨을 쉬었다.

"뭐, 상관없지. 어쩌면 원군으로 싸울 수 있을지도 모르고."

그대로 소리가 들리는 곳까지 나아간 에르야는 위화감을 느꼈다. 전투치고는 이상하다고. 이것은 마치——.

의혹은 모퉁이를 돌았을 때 풀렸다.

그곳에는 제법 커다란 방이 있었다. 수십 명이 뛰어다녀도 문제가 없을 만한 넓이였다. 그런 실내에 있던 것은 훌륭한 갑옷을 입은 리저드맨 열 마리. 목에는 모두 고리를 찼으며 거기서 뻗어나온 사슬은 중간에 끊어져 덜렁덜렁 흔들렸다.

실내에서는 그들이 서로에게 검을 휘둘러대고 있었다. 찢어지는 기합성을 담은 일격, 각오가 담긴 참격이 서로 부딪친다. 그런 광경이 실내 곳곳에서 보였다. 치열한 전투를 연상케 하는 광경이었지만 에르야는 이것이 훈련임을 한눈에 알아보았다.

에르야 일행이 들어온 것과 동시에 검을 휘두르던 손을 멈추었으니 확실할 것이다.

그 외에도 방에 있던 것은 거대한 타워 실드를 가진, 혈관이라도 튀어나온 것 같은 진홍색 문양이 새겨진 검은색 풀 플레이트 아머 차림의 거구, 그리고 마지막으로 또 한 사람은—— 아니, 한 마리라고 하는 편이 옳겠군.

은백색 모피를 가졌으며 지혜가 느껴지는 눈을 한, 거대한 마수였다.

"겨우 이곳에 도착하시었구려, 침입자 양반."

대화를 나눌 수 있는 마수 중에는 성가신 것들이 많다. 기본적으로 마수란 굳강한 육체로 밀어붙이는 타입이 대부분인데, 지성이 뛰어난 마수 중에는 마법을 쓰는 것도 있다.

에르야는 자신을 천재 검사라 확신하지만 마법의 힘은 뛰어나지 못했다. 배에 힘을 주며 마음을 굳게 먹고, 상대의 마법에 저항할 각오를 다지며 물었다.

"귀하는?"

물을 것도 없으리라. 자신을 기다리고 있었던 이상 이 유적을 지키는 존재다. 문제는 어느 정도의 존재냐 하는 점이었다.

외견으로 보건대 어쩌면 이 유적의 주인일지도 모른다. 그렇다면 이 마수를 물리치면 공적 제1위. 이번 워커 팀 중에서는 가장 우수하다는 뜻이 된다. '천무'는 에르야 혼자만의 팀. 그렇다면 이번에 참가한 모든 워커들 중에서 최고인 셈이다. 운이라는 요소도 워커에게는 중요한 것이다.

"본좌는 이곳에서 귀공을 상대하라는 명령을 받았소이다. 이런저런 테스트를 겸하고 있소만…… 그대라면 상대도 안 될 것 같구려."

실망과 짜증이 동시에 치밀어 올랐다.

마수가 기껏해야 파수꾼일 뿐이라는 점에 대한 실망과, 자신이 과소평가당하고 있다는 점에 대한 짜증이었다.

"검을 나누기도 전에 이 모양이라니…… 야."

"네, 네에."

낮은 목소리로 부르자 엘프는 흠칫 몸을 떨었다. 그런 모습에 에르야는 만족감을 느꼈다. 이 태도야말로 자신에게 보여야 할 바람직한 모습이다. 며칠 동안이기는 했지만 모몬이라는, 모두가 우러러보는 존재와 공동생활을 하며 거칠어졌던 마음이 누그러졌다.

"저게 대체 무슨 마수야?"

"죄, 죄송, 합니다. 제, 제가 모르는 마수입니다."

"쯧, 밥벌레 같으니."

도움이 되지 않는 엘프를 칼자루로 퍽 후려쳤다. 바닥에 쓰러져 고개를 숙이고 사죄를 되풀이하는 엘프를 완전히 무시한 채 에르야는 마수의 체구를 관찰했다.

거대하기 때문에 정면에서 부딪치면 상당히 불리할 것 같았다. 하지만 마수란 대개 그런 적이다. 그리고 에르야는 이제까지 그런 마수를 몇 마리나 죽였다. 그런 자신이 미지의 마수라는 이유만으로 겁을 먹는 것도 어리석게 여겨졌다.

경계는 필요하지만 경계가 지나쳐 겁을 먹는 것도 무능하기 그지없는 짓이다.

"한 가지 묻겠습니다. 귀하가 나에게 이기리라는 근거가 있습니까?"

"귀공은 척 봐도 약할 것 같소이다만……?"

에르야는 얼굴을 일그러뜨리고 칼을 든 손에 힘을 주었다.

"……옹이구멍인 모양이군요. 그 쓸모없는 눈을 도려내 드릴까요?"

"그건 관둬주셨으면 좋겠소이다. 헌데 여기서 귀공을 죽여도 상관은 없다는 명령을 받았으니…… 냉큼 시작하는 것이 어떻겠소이까?"

태평한 어조. 그것이 다시 에르야의 속을 긁었다.

아무 말도 없이 칼을 휘둘러버리고 싶었지만, 여유를 보이는 마수에게 덤벼들면 자신이 더 하수인 것 같다. 그렇기에 꾹 참고 코웃음을 쳤다.

"그러면 그렇게 하지요, 짐승."

"헌데 왜 그러시고 있소이까? 거기 있는 엘프들은 준비를 하지 않아도 되는지?"

"필요 없습니다. 그보다도 그쪽은 뒤에 있는 도마뱀들을──."

"아, 괜찮소이다. 뒤에 있는 자들은 어디까지나 본좌의 전투를 구경할 뿐이니. 신경 쓰지 마시구려."

"유일한 승산을 내팽개치다니, 용감하군요."

"칭찬해 주시니 몸 둘 바를 모르겠소이다."

비아냥거려봤지만 통하질 않았다. 말은 알아들어도 지성은 그리 높지 않은 걸까? 에르야가 그런 생각을 하고 있으려니 마수는 수염을 까닥거리며 말을 걸었다.

"그렇다고는 하나 가차 없이 죽일 작정이므로, 그대 또한 온 힘을 다해 덤벼주었으면 싶구려. 아까도 말했듯 이것은 본좌에게 내려진 테스트이기도 하기 때문이외다."

"테스트? 파수꾼으로서의 테스트입니까?"

"으음~ 전사로서 실력이 향상되었는지를 알아보는 테스트이외다. 자, 각설하고 슬슬 시작해도 될는지? 뒤에 계신 엘프들은 일단 놓아두고 귀공만을 상대하겠소이다."

"마음대로 하시지요."

"본좌의 이름은 햄스케! 그대를 죽인 자의 이름을 기억하며 저세상으로 가시기를! 그쪽도 이름을 대시구려!"

"……짐승에게 댈 이름 따위는 없어서 말입니다."

"그렇다면 이름 없는 어리석은 자로서 본좌의 기억에서도 지워버리겠소이다!"

거구가 단숨에 달려들었다.

크기에서는 상상도 할 수 없는 준민한 움직임이었다. 어수룩한 전사라면 밀려드는 압박감에 짓눌려 거구의 육탄돌격에 큰 부상을 면치 못했으리라.

'나는 그런 피라미들과는 다르지.'

에르야는 햄스케의 돌진을 한껏 끌어들인 다음 발을 움직이지 않고 옆으로 슬라이드하듯 이동했다.

이것은 〈축지(縮地)〉라 불리는 무투기의 개량판인 〈축지 2〉의 효과였다.

원래 〈축지〉는 적과의 거리를 좁히는 데밖에 쓸 수 없지만 이것은 전후좌우 어디로도 이동할 수 있다. 발을 움직이지 않고 미끄러지듯 움직이는 모습은 매우 기괴해 보이지만 실용성은 높다. 크게 회피하면 몸이 흔들리게 마련이지만, 그것이 없다면 즉시 공격으로 전환하면서도 하반신의 힘을 확실하게 전달할 수 있기 때문이다.

"타아앗!"

검을 내리치──.

"──께흑!"

햄스케의 몸이 튕기듯 따라오는 바람에 여기에 부딪쳐 에르야는 뒤로 날아갔다.

어마어마하게 단단한 몸이었다.

부드러운 모피처럼 보였던 은백색 털은 금속 같은 경도를 지녀 에르야는 마치 철구에 격돌한 기분이었다. 충격에 의식이 한순간 새하얗게 물들었다.

바닥에 부딪친 것과 동시에, 온몸이 움직이는지를 거의 무의식적으로 확인했다.

타박상은 있었지만 골절 같은 것은 없다. 전투는 충분히 가능했다.

다만 자신이 바닥에 쓰러졌다는, 그리고 꼴사납게 적의 공격을 허용했다는 두 가지 사실에 의식이 분노로 점철되려 했다. 하지만 '전사'인 에르야가 그것은 지금 할 생각이 아니라고 질타했다.

에르야는 일어난 것과 동시에 즉시 햄스케의 위치를 파악하고, 이번에는 돌진에 맞추듯 검을 내밀며 자세를 잡았다.

코에서 끈적거리는 것이 흘러나왔다. 한 손으로 닦아보니, 예상대로 피였다.

"빌어먹을 자식……."

햄스케는 일어나는 에르야를 조용한 눈으로 가만히 보았다. 관찰이라는 말이 가장 적합한 눈빛이었다.

짐승들이 흔히 보이는, '이건 먹을 수 있을까.', '이건 이길 수 있을까.' 하는 눈과는 다른, 어떻게 싸우면 좋을지를 지금의 짧은 공방을 통해 판단하려는 전사의 눈이었다.

'마수가 전사로서 성장했는지를 알아보는 시금석? 다른 사람도 아닌 내가?'

불쾌했지만 일련의 움직임은 단순한 마수의 몸놀림이 아니었음을 인정할 수밖에 없었다. 조금 전의 공격은 자신이 그의 측면으로 돌아가리라고 깨달은 순간 점프하여 과감히 몸으로 밀어붙였던 것이었다. 별로 힘이 실린 공격은 아니었지만, 훈련을 했기에 그렇게 즉시 대응할 수 있었을 것이다.

"과연 그렇구려……. 이대로 야금야금 싸우면 여유롭게 이길 수 있을 것 같소이다. 어이쿠, 신경 쓰지 말아주시구려. 인간 중에서 본좌를 이길 만한 자는 본 기억이 없는고로."

"그런 말은 이걸 본 다음에 해 주시지요? 짐승과는 달리 전사에게는 무투기란 것이 있으니까요!"

여유롭게 이길 거라고 생각했다. 그렇기에 쓰지 않았다. 하지만 이제는 그런 소리를 할 여유도 없었다.

"무투기! 〈능력향상〉, 〈능력초향상〉!!"

그가 자랑하는 무투기였다. 특히 〈능력초향상〉은 보통 에르야의 수준에서는 취득할 수 없는 무투기였다.

'그런 것을 습득할 수 있기에 천재! 역시 나는 강하다!'

검을 휘두른다. 몸이 가볍고 움직임이 부드러웠다. 칼이 이미지를 그대로 따라가듯 움직인다.

에르야가 씨익 웃었다. 다음은 자신의 차례라고.

"흐음~. 상대의 힘이 불명확할 때는 거리를 두라, 고 들었소이다. 허나 전사로서 싸워야만 하기에……. 어쩔 수 없 겠구려."

햄스케가 두 다리로 오종종 걸어 눈앞까지 다가왔다.

"근접전이외까? 받아들여 드리리이까?"

"날 우습게보지 마라, 마수."

간격에 들어온 순간 에르야가 공격에 나섰다.

강화된 육체에서 뿜어져 나간 검격을 햄스케는 발톱으로 간신히 받아 흘렸다. 아니, 받아 흘려내려 했다는 편이 정확 할 것이다. 미처 흘려내지 못해 그대로 팔을 향해 검이 날아 들었기 때문이다. 하지만 기세가 수그러든 검으로는 그 단 단한 모피를 가르고 그 밑의 육체를 베지 못했다.

에르야는 칼을 거두지 않고 햄스케의 눈을 노려 내질렀 다. 일부 몬스터는 안구방호막 같은 것으로 어지간한 검은 튕겨내며 뛰어난 전사는 기(氣)나 오라 같은 특수한 능력으로 문외한의 검을 튕겨낼 수 있다. 그러나 햄스케에게 그만한 방어력은 없는 것 같았다.

그렇기에 이 공격은 햄스케가 허용하지 않았다.

휘릭 햄스케의 몸이 한 바퀴 돌며 내지른 검을 회피한 것과 동시에 꼬리가 바람을 가르며 짓쳐들었다.

에르야는 이를 검으로 받아냈다. 놀라울 만한 충격이 마비감이 되어 팔에 전해졌다.

"크윽!"

시야 속에서 햄스케가 다시 한 바퀴 돌고 있었다. 그것은 다시 말해 같은 충격이 한 번 더 온다는 소리다.

에르야는 뒤로 뛰어 물러났다. 꼬리의 길이는 이미 종잡을 수가 없었다. 그것이 지나간 다음 〈축지 2〉를 써서 파고들 생각이었다.

하지만 눈앞을 지나가리라 생각한 꼬리는 한순간 우뚝 멈추었다.

"윽!"

양동이었다. 그 틈에 햄스케는 자세를 가다듬고 동시에 꼬리도 도망쳤다. 뛰어들 기회를 잃은 에르야는 얼굴을 실룩거렸다.

꼬리가 몸과는 완전히 다른 움직임을 보였다. 쥐 같은 짐승의 꼬리가 아니라 복합마수Chimaera의 뱀으로 된 꼬리 같은 독자적인 움직임이었다.

"꼬리도 자유롭게 움직이는——군!"

에르야는 햄스케라는 마수의 데이터를 머릿속에 새겨넣으며 뛰어들었다. 기다리고 있던 햄스케가 이에 맞섰다.

칼과 발톱이 교차했다. 피를 흘린 것은 에르야 쪽이었다. 두 손으로 공격할 수 있는 햄스케 쪽이 칼 한 자루로 맞서는 에르야보다도 공격횟수에서 우세했다. 근접전은 불리하다.

육체능력을 높였지만 그래도 햄스케 쪽이 우세했다. 그렇다면——.

〈축지 2〉로 단숨에 뒤를 향해 물러났다.

"흐음, 이외다."

햄스케가 쫓아오지 않는 사이에 에르야는 검을 상단으로 들고, 단숨에 내리쳤다.

"〈공참(空斬)〉!"

참격이 허공을 가르고 햄스케에게 육박했다.

얼굴을 감추듯 자세를 잡은 햄스케의 모피에 부딪쳐 참격이 튕겨나갔다.

비거리가 있는 만큼 대미지는 떨어진다. 이래서는 치명상을 입히기란 어렵다. 하지만——

"역시 이건 막지 못하는 모양이군요. 이것이 짐승과 인간의 차이입니다."

"이거 난처한데……이외다."

〈공단〉을 연속으로 사용한다.

햄스케의 모피는 단단하다. 이를 뚫기는 어려울 것이다. 그렇기에 더욱 무방비하리라 여겨지는 얼굴을 노리고 무투기를 연속으로 사용했다.

제자리에 못 박힌 햄스케는 조금 전의 위치에서 움직이지 않은 채 얼굴을 손으로 가리고 가느다란 틈으로 말을 걸었다.

"잠시 기다려 주시구려——."

"목숨을 구걸하려는 겁니까? 역시 짐승이로군요."

"그게 아니고—— 방해가 되어서 말이외다. 이건 본좌의 입속에 있는—— 이젠 다 귀찮소이다!"

영문을 모르겠다.

'뭐, 짐승이 하는 말을 인간이 이해할 수 있을 리 없지. ⋯⋯그렇다고는 해도 슬슬 돌진할 것 같군!'

"아~ 정말 시끄럽소이다! 그만 가겠소이다!"

"덤벼라."

원거리 공격 수단이 없는 햄스케가 취할 수단은 거의 없다. 억지로라도 다가오려 할 것이다. 그거야말로 에르야의 노림수.

〈공단〉으로는 햄스케에게 치명적인 대미지를 입히기 어렵고, 직접공격 말고는 쓰러뜨릴 수단이 없다. 햄스케는 짐승답게 얼굴을 드러내고 달린다. 여기에 〈공단〉보다도 강력한 무투기를 꽂아 발을 붙들어놓는다. 그 후에는 근접전에서 얼굴을 계속 노리면 틀림없이 이길 것이다.

승리를 확신한 에르야가 잔인한 웃음을 지었을 때, 햄스케의 꼬리가 구물텅, 움직였다. 그리고——

"으끼야아아아아아악!"

채찍처럼 낭창낭창한 꼬리가 있을 수 없는 속도로 에르야의 어깨를 강타했다.

어깻죽지의 갑옷이 비명을 지르며 찌그러지고 살점이 짓이겨졌다. 동시에 우드득 뼈 부러지는 소리가 몸속에서 울려 퍼져 격통이 벼락처럼 뇌를 향해 달려들었다.

너무나 아픈 나머지 입에서 끈적끈적한 침을 흘리며 에르야는 비틀비틀 후퇴했다.

햄스케의 뒤에서 거대한 뱀 같은 꼬리가 꿈틀댔다. 이상할 정도로 늘어나 있었다.

"역시 꼬리는 지나치게 강하구려. 그렇기에 근접전으로만 승부를 내려 했던 것이외다."

위험하다.

에르야는 비명을 꾹 참았다.

이런 상태로 돌진을 허용했다간 지고 만다.

"너! 너희! 뭘 멍청히 앉아 있어! 마법을 걸어! 치유해! 치유마법을 내놔! 얼른 해, 이 노예들아! 마법을 걸라고!"

자신들의 주인에게서 떨어진 명령에 엘프 하나가 황급히 마법을 걸기 시작했다.

어깻죽지의 아픔은 씻어낸 듯 사라졌다.

"아직 멀었어! 강화마법 내놔!"

육체능력의 상승, 검의 일시적인 마법강화, 피부의 경질화, 감각예민화……. 무수한 강화마법이 날아드는 가운데 햄스케는 조용히 바라보고만 있었다.

수많은 강화마법이 걸리면서 에르야의 얼굴에는 다시 희미한 웃음이 돌아왔다.

막대한 힘이 에르야의 몸을 내달렸다.

이만한 마법강화를 받고 패배한 적은 없었다. 그것이 제아무리 강대한 적이라 해도.

부웅, 검을 휘둘렀다. 평소보다도 엄청나게 빨라진 칼놀림이었다. 이거라면 호각 이상으로 싸울 자신이 있었다.

"인간과 마수는 원래 육체능력에 차이가 있으니까! 이것으로 차이를 메워주마!"

"애초에 모두 동시에 상대할 생각이었으니 전혀 상관없소이다만? 아니, 그렇게 해서 괜찮은 승부가 된다면 좋겠구나, 하고 본좌도 생각하던 참이었소이다."

"헛소리!"

에르야는 돌진했다. 온몸에 솟아나는 이 힘으로 단숨에 짓밟아주겠다고. 이 이상 저 마수가 큰소리 치도록 내버려두지 않겠다고. 〈축지 2〉를 쓰면서 견제하는 의미로 〈공단〉을 날렸다.

"받아라!"

노성과 함께 온 힘을 다해 검을 내리쳤다. 모피가 단단하다면 이를 능가하는 기세를 더하면 그만이다.

"〈참격(斬擊)〉! 이외다."

내리치는 검보다도 더 높은 곳에서 날카로운 무언가가 팔을 향해 날아들었다.

빙글빙글 허공에 날아간 것이 바닥에 내팽개쳐져, 금속과 함께 젖은 자루가 떨어진 듯한 요란한 소리가 울려 퍼졌다.

에르야는 이해하지 못했다.

자신의 두 팔, 조금 전까지 검을 쥐고 있던 팔이 사라졌다는 사실을. 절단면에서 피가 심장의 고동에 맞춰 울컥울컥 솟아나는 상태임에도 여전히.

몸을 타고 올라오는 격통. 멀리 떨어진 곳에 놓인, 여전히 칼을 꽉 쥔 자신의 두 팔.

그런 사실을 보고 에르야는 겨우 현실을 파악했다.

비틀비틀 햄스케의 앞에서 뒤로 물러나며 경련하는 목소리로 외쳤다.

"내 파, 파아아아알! 치, 치유, 치유 내놔아!! 얼른 못해!"

엘프는 움직이지 않았다.

흐리멍덩한 눈동자에 비친 것은 학대받던 자의 어두운 기쁨.

"좋았어! 성공이외다! 무투기를 쓸 수 있었구려! 이제 주공께 칭찬을 받을 수 있겠소이다!"

"히익!"

에르야가 갈라진 비명을 질렀다.

인간보다도 강한 생물이 발호하는 이 세계에서, 모험을 한다는 것은 곧 아픔과 함께 살아간다는 것과 같은 말이다.

이제까지 수많은 아픔을 겪었다. 뇌격에 꿰뚫리고, 불에 타고, 냉기에 얼어붙고, 뼈가 부러지고, 이빨에 씹히고, 찢기고 짓이겨졌다. 그래도 무기를 잃은 적은 없었다. 무기를 놓치는 것은 죽음으로 이어지는 세계이기에 당연하다고 할 수 있다. 아니, 무기만 있으면 어떤 곤경도 빠져나올 자신이 있었다.

그것이 지금 박살 났다.

에르야를 엄습한 충격은 태어나서 처음 겪는 것이었다.

"내 파알! 얼른 못해!"

울컥울컥 피가 흘러, 상처 부위부터 시작해 온몸이 싸늘해지고 무거워졌다.

깨진 종을 두드리는 것 같은 에르야의 목소리에 엘프들이 지었던 것은 만면의 웃음.

마음속에 휘몰아치는 감정을 무슨 말로 표현하면 좋을지 알 수 없었던 에르야에게, 자비롭다고도 할 수 있는 목소리가 들렸다.

"참으로 고맙소이다! 괴로움을 주는 것은 취향이 아닌지라 이만 끝을 내겠소이다."

슈욱, 공기가 울었다.

뒤늦게 안면에 충격이 내달렸다. 손에 대해서는 까맣게 잊어버릴 만한 아픔이 내달리고, 모든 것이 산산조각 나버린 것처럼 느껴졌다.

그것이 에르야가 마지막으로 느낀 아픔이었다.

얼굴이 절반 정도 짓이겨진 시체가 쿵 쓰러졌다.

"흠흠."

햄스케는 고개를 돌리며 오종종 물러났다. 자신이 가까이 있으면 경계해서 사내의 근처로는 다가오지 않을 것이다. 엘프들은 매직 캐스터인 것 같았으나 어쩌면 사내의 검을 손에 들고 싸우려 할지도 모른다. 그것을 방해할 의도는 없었다.

"자, 그대들도 덤비시겠소이——?"

거리를 둔 햄스케는 말을 어물거렸다. 엘프들이 비웃음과 함께, 동료인 줄로만 알았던 전사의 시체를 걷어차고 있었던 것이다.

"무엇이외까? 엘프 나름의 매장방법이기라도 한 것이외까?"

말해놓고 보니 전혀 아닌 것 같았다. 퀭하니 혼탁해진 눈동자 속에 희열의 빛이 떠 있었던 것이다. 증오를 터뜨리는 모습으로밖에는 여겨지지 않았다.

"……이거 난처하게 됐소이다."

침입자에게 이제까지 배운 기술을 펼쳐라. 훈련의 결과를 보여라. 그 말을 듣고 싸웠는데, 적의가 없는 상대를 공격한들 이제까지의 훈련 결과를 발휘했다고 말할 수 있을까? 하다못해 맞서주기라도 했으면 좋겠는데.

"도발도 괜찮은 수단이라 들었소이다만…… 과연 무어라 말하면 좋을지? 모르겠소이다……. 어쩔 수 없구려. 주공의 연락을 기다려 보겠소이다. 헌데——."

뒤를 돌아보며 싸움을 채점하던 자에게 물었다.

"자르스 공, 어땠소이까? 합격점이었소이까?"

"예, 훌륭하셨습니다. 분명히 무투기가 발동했습니다."

전사로서 기술을 가르쳐주었던 리저드맨이 고개를 끄덕이자 햄스케는 활짝 웃었다.

"이거 기쁘구려. 그러면 다음은 드디어 갑옷 착용 훈련이외까?"

"그렇게 되겠군요. 우선은 경장갑옷부터 시작해서 서서히 무겁게 해 보지요."

햄스케는 이제까지 갑옷을 착용할 수가 없었다. 갑옷을 입으면 위화감 때문에 생각처럼 움직일 수가 없었던 것이다. 평범하게 달리거나 이동하는 데에는 문제가 없었지만 전투가 벌어지면 꼬리 같은 것을 휘둘렀을 때 균형을 잃어

정확하게 맞지 않기도 했다. 그렇기에 리저드맨을 스승으로 삼아 그가 쌓았던 훈련을 흉내 내고 있었다.

"주공을 위해서도 더욱 강해진 햄스케를 보여드리겠소이다! 앞으로 얼마나 지나면 어엿한 전사라 할 수 있겠소이까? 전사 햄스케인 것이외다."

"어디 보자……. 햄스케 씨라면 앞으로 한 달, 아니 두 달이면 전사라 부를 수 있지 않을까요?"

"너무 오래 걸리는구려!"

"난 빠르다고 생각하는데? 이봐, 햄스케 씨. 보통은 1년은 걸려야 겨우 무투기를 쓸 수 있게 되는 법이라구. 그걸 생각하면 빠른 게 맞아."

자류스의 옆에 서 있던 다른 리저드맨—— 젠벨이 입을 열었다.

"그렇소이까?"

"그래, 그렇소이다. 실전훈련, 부상을 입었을 때의 치유, 지원마법을 걸고 수준 높은 상대와 진짜로 싸우는 훈련 등등. 지옥훈련의 결과라곤 해도 아주 빠르다니까."

햄스케는 부르르 몸을 떨었다. 리저드맨들도 똑같이 떨었다. 그동안 자신들이 해왔던 훈련을 떠올리며.

"……좀 뭐랄까, 죽음이라는 단어가 떠오르지 않을 만한 훈련이었으면 좋겠구려."

"개인적으로야 죽느냐 사느냐 하는 고비에서 싸우는 편

이 더 강해질 수 있는 것 같지만…… 뭐, 사람마다 다르겠지. 게다가 새신랑이 훈련하다 죽어버리면 가엾잖아?"

"오오! 그러고 보니 결혼하셨소이다!"

"예. 그녀가 아이를 가진 것 같아서."

"역~시 뛰어난 전사는 명중률이 다르다니까. 두세 번?"

자류스의 주먹이 젠벨에게 꽂혔다.

"그쯤 해둬. 슬슬 훈련을 시작하지 않으면 야단을 맞을 걸. 그리고 저기 있는 엘프들은?"

"뭐, 저대로 내버려 두어도 되지 않겠소이까?"

이제까지 발길질 주먹질을 하던 엘프들은 한 사람씩 실이 끊어진 것처럼 바닥에 주저앉아 있었다. 그 모습에서는 싸울 의지가 전혀 느껴지지 않아, 햄스케는 주인의 명령이 내려지거나 그녀들이 도망치기 전까지는 방치하기로 결심했다.

막간

코끝에 느껴지던 공기의 흐름에 느닷없이 변화가 생겨나, '백금용왕Platinum Dragon Lord'이라는 별명을 가진 용, 차인도르크스 바이시온은 선잠에서 의식을 되돌렸다.

깨어난 의식을 채워가는 것은 놀라움이라는 이름의 감정. 경악이라고 해도 좋았다.

용의 예민한 지각능력은 인간을 아득히 능가한다. 상대가 눈에 보이지 않는 마법을 걸어도, 환술로 속여도, 놀라울 정도로 먼 거리의 기척이라 해도 용은 즉시 감지한다. 설령 잠을 자고 있었더라도.

용왕인 그의 지각능력은 그런 보통 용과는 비교도 안 된다. 그렇다면 그의 몸 가까운 곳까지 접근한 자의 능력이 얼마나 높은지는 비유조차 할 수 없을 것이다.

오랜 세월을 살아온 그조차도 그만한 능력을 가진 자는 손으로 꼽을 정도밖에 알지 못한다. 우선은 동격의 용왕들, 다음으로는 이미 이 세상에는 없지만 십삼영웅 중 한 사람이었던 암살자 이자니야. 그리고———

다음으로 뇌리에 그린 인물의 기척을 느끼고 차인도르크스 바이시온—— 차아는 입가를 일그러뜨리며 천천히 눈을 떴다.

용의 눈동자는 어둠을 한낮처럼 꿰뚫어본다.

느껴진 기척 너머에 당당히 서 있던 것은 허리에 훌륭한 검을 찬 인간 노파였다. 용의 예민한 지각에 감지당하지 않고 이곳까지 왔다는—— 천진난만한 장난에 성공한 자 특유의 웃음이 쪼글쪼글한 얼굴에 퍼져 있었다.

"오랜만일세 그려."

대답하지 않고 차아는 노파를 바라보았다.

온통 흰색으로 물든 머리카락은 살아온 시간의 길이를 말해주었다. 다만 얼굴에는 나이에 어울리지 않는 장난꾸러기 같은 활달함이 있었다.

나이는 그녀를 가녀리고 약하게 만들었으나, 마음까지는 바꿔놓지 못했다.

차아가 기억 속의 그녀와 비교하고 있으려니, 노파의 눈썹이 위험한 각도로 치켜 올라갔다.

"뭣고? 내 친구는 인사도 까먹었나? 나 이거야 원. 용도 치매에 걸리는구먼."

차아는 이를 드러내며 부드러운 웃음소리를 냈다.

"미안하네. 옛 친구를 만나 감동에 몸을 떨고 있었지. 그래서 말을 못했다네."

거구에서는 상상도 할 수 없는 부드러운 목소리에 노파의 대답은 차아가 예견한 대로 비아냥거리는 말이었다.

"친구우? 내 친구는 저기 있는 알맹이 텅 빈 갑옷인데? ……온통 흠집만 난 것 같지만."

옛날, 차아가 노파 일행과 함께 여행을 했을 때는 멀리서 텅 빈 갑옷을 조작했다. 그렇기에 정체를 밝혔을 때 동료들은 속았다고 분개했다. 그때의 원한이 아직도 남았는지 지금도 이렇게 이따금 책망을 당한다.

슬슬 용서해주었으면 좋겠다고 생각하면서도, 그런 반면 그리운 친구와의 이러한 대화가 즐거운 것도 사실이었다.

차아는 변함없는 대화에 씨익 웃으면서도 노파의 손가락에 눈길을 돌렸다.

"응? 반지가 없어진 것 같군. 그건 어디로 갔나? 자네에게서 무언가를 빼앗을 만한 자는 없을 텐데……. 인간의 영역을 초월한 힘을 가진 아이템 아닌가. 어수룩한 자의 손에는 넘기지 않았으면 좋겠군. 특히 법국의 칠흑성전 놈들에게는."

"그거 지금 화제를 바꾸려는 겐가? 하지만 보통 눈썰미가 아니구먼. 보물을 인식하는 용의 능력이란 겐가? ……뭐 됐고, 그건 젊은 친구에게 줬어. 안심해."

주었다고 쉽게 말해도 될 만한 아이템이 아니었다.

그것은 '원시 마법Wild Magic'으로 만들어낸 물건. 마법의 힘이 더럽혀지고 일그러져버린 오늘날에는 같은 것을 만들기가 어렵다. 손으로 헤아릴 정도로밖에 남지 않은 원시 마법의 기수로서 반지의 행방을 묻고 싶은 기분도 있었다.

하지만 친구를 신뢰했다.

"그랬군. 자네의 판단이라면 옳겠지. ⋯⋯헌데 소문으로 듣자 하니, 자네는 모험자 일을 하고 있다며? 그 일 때문에 이곳에 왔나?"

"설마. 여기에는 친구와 놀러 온 거야. 모험자 같은 건 은퇴했어. 이젠 이런 할멈에겐 일을 시키지 말아줬으면 좋겠다고. 내 역할은 울보에게 양보했지."

"울보?"

차아는 생각에 잠기고, 문득 떠올렸다.

"⋯⋯혹시 그녀 말인가?"

차아의 어조에 담긴 미묘한 감정에서 정답을 읽어낸 노파는 씨익 웃었다.

"그래. 임베룬 꼬마 말이야."

"아~."

차아는 어이가 없다는 목소리를 냈다.

"그녀를 꼬마라고 부를 수 있는 건 자네뿐일 거야."

"그려? 자네가 그렇게 부르는 게 더 어울릴 것 같은데. 난 그 계집애하고는 거의 동갑이니까. 자네가 나이는 더 많지 않나?"

"뭐, 그야 그렇지만……. 그래도 용케 그녀가 모험자 노릇을 수긍해주었군. 무슨 트릭을 썼나?"

"헹. 그 울보가 하도 쫑알거리길래 내가 이기면 말을 들으라고 해놓고 흠씬 두들겨 패줬지!"

노파는 진심으로 즐거운 듯 깔깔 웃었다.

"……그녀에게 이길 수 있는 인간은 자네뿐일 거야."

인간이라면 식은땀이라도 흘렸을 법한 목소리로 차아가 고개를 가로저었다. 다른 옛 친구── 함께 마신과 싸웠던, 벌레 마신과의 전투에서 특히 활약했던 동료의 얼굴을 떠올리며.

"뭐, 동료들도 도와주었지. 게다가 언데드를 안다는 건 언데드를 쓰러뜨릴 방법도 안다는 뜻이잖나. 기본 실력으로는 이기지 못해도 상성이 맞으면 그것도 뒤집을 수 있고. 울보가 강하다곤 해도 더 강한 존재도 있어. 예를 들면 자네라면 그 아가씨도 쉽게 쓰러뜨릴 수 있겠지. 자신에게 제약만 걸지 않는다면 자네는 이 세계에서도 최강의 존재일 테니."

노파의 시선이 움직여 백금 갑옷으로 향했다. 아마도 가벼운 대답이 돌아오리라 생각하고 있을 노파에게 차아는 무겁게 대답했다.

"그건 알 수 없네. 또 세상을 더럽힐 힘이 움직이기 시작했는지도 몰라."

갑옷의 오른쪽 어깻죽지에는 창에 꿰뚫린 듯한 구멍이 있었다.

"……100년의 여진이 돌아왔나? 이번에는 리더처럼 세계에 협조하는 자가 아니었나?"

"……불행한 조우전이었을 가능성은 높지만, 그 흡혈귀의 본질은 악질적인 쪽이라고 생각하네. 그건 그렇다 쳐도 때가 되었다고는 생각했네만, 느닷없이 조우한 건 불운이라고 해야 하려나, 존재를 확인할 수 있었던 것을 행운이라고 여겨야 하려나."

"표리일체, 어느 쪽이든 좋아하는 쪽을 골라도 상관없겠지. 그래서, 옛날에도 들었지만 다른 용왕들의 힘을 빌리는 건 불가능하겠나?"

"대답은 마찬가지일세. 어려워. 결국 지금 세상을 살아가는 건 팔욕왕과의 싸움에 참가하지 않았던 자들일세. 애초에 '성천용왕(聖天龍王, Heavenly Dragon Lord)'처럼 하늘만 날아다니거나 '상암용왕(常闇龍王, Deep Darkness Dragon Lord)'처럼 거대 지하동굴에만 틀어박혀 뭘 하는지 알 수 없는 자들이 힘을 빌려주리라고는 도저히 생각할 수 없네만."

"그럴까? '칠채용왕(七彩龍王, Brightness Dragon Lord)'처럼 인간하고 자식을 만든 용왕도 있는데. 얘기해보면 좋은 방향으로 굴러갈지도 모르지."

"……그럴지도. 하지만 개인적으로는 그가 말했던, 해상 도시 최하층에 잠든 그녀를 깨워 협력을 요청하는 편이 가능성이 높을 거라 보네."

"꿈을 꾸며 기다린다는? 리더의 지혜를 확실하게 전부 남겨두었으면 귀찮은 일이 줄어들었을 텐데. 역시 그 죽음은 너무 일렀어."

"어쩔 수 없지. 그도…… 함께 걸었던 '플레이어' 동료를 죽여 충격을 받았잖나. 소생을 거절한 것도 이해가 가. 리그리트 너도 충격을 받았을 텐데?"

노파가 먼 곳을 보는 눈을 하더니 침통한 얼굴로 천천히 고개를 끄덕였다.

"그야……. 정말로…… 그랬지."

"리그리트, 모험자를 그만둔 자네에게는 미안하지만 한 가지 부탁해도 될까?"

"뭔고? 대충 예상은 가지만 들어보세나."

차아의 시선 너머에 있던 것은 한 자루의 검이었다. 그것은 벤다는 행위에는 적합하지 않을 법한 형상을 한 검이었다. 하지만 무엇과도 비교할 수 없을 정도로 예리했으며, 현대의 마법으로는 결코 만들어내지 못할 영역에 있었다.

이 검 —— 팔욕왕이 남긴 8대 무기 중 하나 —— 이야말로 차아가 이곳에서 떠날 수 없는 이유.

"이제까지 내가 해온 일이지만, 자네도 도와주었으면 해. 거기 있는 검, 길드 무기에 필적하는 아이템의 정보를 모아주게. 혹은 왕국의 아다만타이트 '주홍물방울'이 가진 강화 갑옷 같은 위그드라실의 특별한 아이템을 말일세."

4장 한 줌의 희망

Chapter 4 | A handful of hope

1

둑을 무너뜨린 탁류란 이런 것이리라. 그렇게 여겨질 만큼 노도 같은 공세였다.

물론 적은 저위 언데드. '포사이트'에게는 별로 무서운 존재가 아니었다. 하지만 파상공격이라고도 할 수 있는 습격 앞에 휴식은 없었다.

연속전투를 개시한 지 열 차례. 가스트(Ghast) 두 마리를 겨우 물리치고, 헤케란은 온 얼굴에 흐르는 땀을 손으로 닦았다.

몸은 휴식을 원했지만 그럴 시간은 없었다. 허리에 찬 가죽자루를 들어 물을 한 모금 마시고 거친 숨을 억누르면서 후퇴를 지시했다. 하지만 역시라고 해야 할까, 적은 그러도록 내버려두지 않을 모양이었다.

원형 방패를 든 스켈레튼 전사 세 마리, 로브를 걸치고 스태프를 든 스켈레튼 마법사Skeleton Mage 두 마리로 이루어진 복합 파티가 길을 가로막듯 튀어나왔다.

"마력은 아껴!"

"압니다!"

"——알고 있어."

앞으로 무엇이 나타날지 예측할 수 없는 상황에서, 대응 능력이 탁월한 마법은 쉽게는 쓸 수 없는 비장의 카드다. 그렇기에 이제까지는 가능한 한 아끼면서 싸웠다.

그렇다고는 하지만 그 대신 하루 사용 횟수를 한계까지 구사해버린 능력도 있었다. 그만큼 온갖 함정이며 다채로운 언데드들이 앞길을 가로막고 나타났다.

격자문 너머에 늘어선, 검이 닿지 않는 곳에서 화살을 날려대는 스켈레튼 궁수Skeleton Archer들 —— 찌르는 무기에 내성을 가졌기 때문에 이쪽의 화살로는 치명적인 일격을 주기 어렵다 —— 은 로버딕이 언데드 퇴치를 시도해 물리쳤다.

독이 든 유리병으로 후려치는 언데드도 로버딕의 언데드 퇴치로 파괴했다.

바닥으로 변해 있다가 밟은 자의 발을 끈적끈적한 체액으로 고정시키는 바닥 의태자Floor Imitator, 비행 언데드의 연속공격도 로버딕의 언데드 퇴치로 각개격파했다.

병, 독, 저주 같은 온갖 배드 스테이터스를 주는 각종 언데드의 혼합부대도 로버딕의 언데드 퇴치로 물리쳤다.

이쯤 해서 로버딕이 하루에 쓸 수 있는 언데드 퇴치 사용 횟수가 거의 다 떨어졌지만 그 외의 능력이나 마력은 아껴두었다. 유일하게 고전했던 경우라면 좀비 집단 속에 좀비와 비슷한 육신 골렘Flesh Golem이 섞여 있었을 때 정도였을까.

"주의! 후방에서도 발소리 다수!"

"언데드 반응! 숫자 여섯!"

이미나 —— 뒤를 이어 로버딕 —— 의 목소리에 긴장감이 돌았다. 그렇다면 앞에 늘어선 다섯 마리의 스켈레튼이 전투를 시작하지 않는 이유는 협공하여 단숨에 섬멸할 심산이기 때문이리라.

헤케란은 다음 수를 생각했다.

머릿속에서 수많은 전술이 순식간에 펼쳐졌다. 눈앞의 적에게 선제공격을 가하고 단숨에 쓰러뜨린다. 앞에서 꾸물거리는 적은 내버려두고 몸을 돌려 뒤의 적을 공격한다. 여기서 발을 멈추고 잘 관찰했다가 앞과 뒤의 능력을 간파해 약한 쪽을 먼저 친다. 마법을 써서 한쪽을 묶어놓은 다음 그 틈에 나머지를 격파한다.

어느 쪽도 효과적이며, 어느 쪽도 결정적이지는 못했다. 그리고 그때 헤케란에게 직감의 신탁이 내려왔다.

"헤케란! 어떻게 하지?!"

"뒤로 물러나! 분명 옆길이 있었어! 그쪽으로 들어가자!"

그 말이 끝나기 무섭게 맨 후열을 맡았던 이미나가 달려나갔다. 뒤를 이어 아르셰, 로버딕. 맨 뒤는 헤케란이었다.

이미나가 달려간 것을 보면 거리로 보았을 때 불가능한 명령은 아니었던 모양이다. 전력으로 달려가는 다른 멤버들에게 뒤처지지 않도록 헤케란도 필사적으로 뛰었다. 당연히 적도 놓칠 마음은 없는지, 따라오려는 언데드들의 발소리가 이어졌다.

"이거나 먹어라!"

헤케란은 손에 든 접착성 연금용액을 뒤로 던졌다.

연금술로 만들어낸 용액은 바닥을 미끄러지듯 퍼져갔다.

효과는 즉시 나타나, 발소리가 단숨에 사라졌다.

지성 있는 언데드라면 우회를 생각할지도 모르지만 저위 언데드들에게 그 정도 지능이 있을 리 없다. 게다가 스켈레튼처럼 근력이 없는 몬스터는 한번 달라붙으면 힘으로 떼어내기는 힘들 것이다.

"언데드 반응! 오른쪽에서 넷!"

"벽인데?!"

"아냐, 환술!"

벽을 뚫고 구울 네 마리가 덤벼들었다. 깡마른 언데드가 갈고리처럼 길고 누런 발톱을 들이대며 급습하는 모습은 무섭다. 그렇다고는 하지만 이 팀에 이 정도로 떨 만한 사람은 없다.

"어딜 감히!"

기습을 받았음에도 이미나는 즉시 단검을 뽑아 구울의 목에 박았다. 지저분한 액체 같은 피가 울컥 넘쳐나고 구울 한 마리가 쓰러졌다. 또 한 마리는 이미나의 옆에 있던 로버딕이 혼신의 힘으로 휘두른 메이스에 머리가 박살 났다.

두 사람에게 맡기면 안전하다고 판단한 헤케란은 뒤쪽에 주의를 기울였다. 쫓아오는 것은 분명하다. 그렇다면 조금 전과 같은 방법으로 연금용액을 뿌리는 것이 안전할까?

병을 던지려던 헤케란은 무서운 언데드 한 마리의 모습을 발견했다.

"엘더 리치!"

동시에, 언데드 고위 매직 캐스터의 손가락에 깃든 번개를 확인했다. 저 마법의 정체 정도는 헤케란도 잘 안다.

〈뇌격Lightning〉. 효과는 일직선으로 관통하는 벼락. 회피수단은 단 하나뿐.

"──구울들을 밀어붙여!"

이쪽에 등을 돌린 이미나와 로버딕은 헤케란이 왜 그런 명령을 내리는지 몰랐을 것이다. 그러나 두 사람은 망설이지 않고 따랐다.

네 사람이 구울과 함께 환영의 벽 너머로 들어간 바로 그

순간, 등 뒤를 새하얀 벼락이 섬광처럼 가르고 지나갔다.

공기가 파직파직 소리를 내며 떨리는 가운데 헤케란 일행의 발밑에 마법진이 펼쳐졌다. 다음 순간, 아래에서 솟아나는 회피가 불가능한 창백한 빛에 휩싸이면서 시야에 들어오는 광경이 돌변했다.

"전원 주의! 경계! ……이게 뭐야?"

구울이 사라지고 주위의 풍경이 바뀌었지만 연속전투에 긴장을 띤 정신은 이완되지 않았다. 그래도 너무나 기이한 사태에 넋 나간 듯한 목소리가 흘러나오고 말았던 것은 어쩔 수 없는 일이리라.

헤케란은 머리를 긁으며 주의력을 되돌렸다. 처음에 해야 할 일은── 상황 파악도 중요하지만, 동료들의 상태를 확인하는 것이다.

이미나, 아르셰, 로버딕.

'포사이트' 멤버들은 조금 전 마법진에 들어섰을 때의 대열을 유지한 채 누구 하나 빠짐없이 모두 모여 있었다.

서로 안전을 확인하자 네 사람은 주위를 빈틈없이 경계했다.

어스름한 통로가 일직선으로 이어져 있었다. 통로는 넓고 높다. 거인이라도 쉽게 지나갈 만큼. 통로에 걸린 횃불의 불꽃이 일성이며 음영을 만들어내고 그림자가 춤을 추듯 움직였다. 통로가 뻗어나간 끝, 그곳에는 거대한 창살문이 있었다. 창살문의 틈으로는 마법적인 하얀빛이 드나들고 있었다. 통로 반대편을 보니 상당히 깊은 곳까지 뻗어나가는 듯, 도중에 수많은 문이 있는 것이 횃불 불빛에 반사되어 보였다.

전체적으로 조용했으며, 들려오는 것은 횃불이 튀는 소리 정도였다.

일단 당장 달려드는 몬스터는 없었다. 그렇게 판단하면서도 긴장감을 늦출 수는 없었다.

"여기가 어디인지는 모르겠지만, 이제까지하곤 분위기가 완전히 다른걸."

분명 조금 전의 분묘와는 성향이 완전히 달랐다. 이쪽이 더 문명적인 냄새가 난다고 해야 하리라. '포사이트' 멤버들이 주위를 둘러보고, 이곳이 어디인지를 파악하려는 가운데 아르셰의 태도만이 살짝 달랐다.

"──여긴……."

그 말에 담긴 감정을 예민하게 느끼고 헤케란은 아르셰에게 물었다.

"알아? 혹시 짐작 가는 데라도 있어?"

"──비슷한 장소를 알아. 제국의 투기장이야."

"아, 듣고 보니 그렇군요."

로버딕이 동의했다. 헤케란과 이미나도 말을 하지는 않았지만 수긍했다.

'포사이트' 멤버들이 투기장에 나갔을 때, 대합실에서 투

기장으로 가는 도중의 통로와 이 장소는 분명 비슷한 느낌
이 있었다.

"그러면 안쪽은 아레나겠군요."

로버딕이 창살 쪽을 가리켰다.

"그렇겠지. 여기로 전이했다는 건…… 그런 뜻일 거야."

투기장으로 나가라는 뜻이리라. 그곳에서 기다리고 있을
것이 무엇인지까지는 상상이 가지 않았지만.

"──위험해. 장거리 전이는 제5위계 마법에 속한다고
해. 그런 영역의 마법 함정을 만들 수 있다니, 옛날이야기에
서밖에 들어본 적이 없어. 이 유적은 말도 안 될 정도의 마
법기술을 가진 존재가 만든 곳이야. 상대의 유인책에 넘어
가선 안 돼. 반대 방향으로 갈 것을 제안하겠어."

"그래도 말이야, 상대가 부른다면 죽음 속에서 활로를 찾
는 방법도 있지 않을까? 생각해봐. 부르는데 따르지 않으면
화가 나서 '그래, 나도 모른다.', 그럴 수도 있잖아?"

아르셰와 이미나의 말을 들은 헤케란이 고개를 끄덕였다.

"양쪽 모두 위험하겠군. 로버는 어떻게 생각해?"

"두 분 말씀에 모두 찬성합니다. 다만 아르셰 씨의 발언
에 의문이 드는데, 이건 과연 이 유적에 사는 자가 설치한
함정일까요? 낯선 제3자가 만든 함정을 활용하는 것은 아
닐지?"

서로 얼굴을 마주 보고, 한숨을 토했다. 이대로 여기서 다

튀봤자 소용이 없다. 정보는 부족하며 의견은 정리되지 않지만, 결론을 낼 필요가 있다.

"——로버 말이 맞아. 어쩌면 500년 이상 된 유적일지도 모르고."

"아, 옛날에는 발달한 마법기술이 있었다고 하지요."

"대륙을 지배했지만 금방 멸망한 나라. 현재는 수도만이 남았다고 하는?"

"——팔욕왕. 이 세계에 마법을 퍼뜨렸다는 존재. 그 시대의 것이라면, 어쩌면……."

"……그렇군요. 그렇다면 저는 투기장으로 간다는 데 찬성합니다. 애초에 함정으로 이곳에 날아왔다면 놓아줄 리가 없지 않습니까?"

로버딕의 발언에 헤케란을 포함한 세 사람은 각오를 다지고 고개를 끄덕인 다음, 움직였다.

창살에 다가가자 기다렸다는 양 힘차게 위로 올라간다. 그 밑을 지난 일행의 시야에 비친 것은 몇 층이나 되는 객석이 중앙 공간을 에워싼 장소였다.

제국의 것과 비교해도 손색이 없는 투기장이었다. 아니, 어쩌면 이쪽이 더 클지도 모른다는 생각이 들 만큼 훌륭한 구조였다. 곳곳에 〈영속광〉이 걸려 주위에 흰빛을 뿜어냈다. 그렇기 때문에 대낮처럼 전체를 내다볼 수 있었다.

'포사이트' 멤버들의 놀라움은 객석을 보았을 때 절정에

달했다.

그곳에는 무수한 흙덩어리, 골렘이라 불리는 인형이 앉아 있었기 때문이다.

골렘이란 주인의 명령을 받아 충실하게 움직이는, 마법적인 수단으로 만들어낸 무생물을 말한다. 식사도 수면도 필요하지 않으며, 피로도 노화도 모르는 그들은 문지기나 경비병이나 노동자로 매우 요긴하게 쓰인다. 제작에는 시간과 수고와 비용이 매우 많이 들기 때문에 가장 약한 것이라 해도 상당한 고가에 매매된다.

고액으로 고용된 헤케란 일행이라 해도 골렘을 구입하기란 매우 어렵다.

그만큼 값비싼 것이, 이 투기장에는 넘쳐날 정도로 앉아 있는 것이다.

이 투기장을 보유한 자가 얼마나 엄청난 부를 소유했는지, 그리고 얼마나 외로움을 타는 자인지를 의미하는 기호처럼 여겨졌다.

이 장소에 날아온 후로 몇 번이나 그랬듯, 서로 얼굴을 마주 보고, 그 후 조용해진 투기장 한가운데로 전진했다.

"밖인가?"

이미나의 목소리에 반응해 하늘을 올려다보니, 그곳에는 밤하늘이 펼쳐져 있었다. 주위의 불빛이 강해 별의 광채가 가려져 잘 내다볼 수는 없었다. 그래도 투기장 위에 펼쳐진 것이 밤하늘이라는 것은 분명했다.

"밖으로 전이한 건가?"

"──그러면 비행 마법으로 도망을──."

"토옷!"

아르셰의 말을 가로막듯, 기합성과 함께 귀빈석으로 보이는 테라스에서 뛰어내리는 그림자가 하나 있었다.

6층 건물에 필적하는 높이에서 뛰어내린 그림자는 허공에서 한 바퀴 회전하더니 날개라도 달린 것처럼 가볍게 착지했다. 여기에 마법의 작용은 없었다. 단순한 육체능력으로만 해낸 기교였다. 도적이기도 한 이미나가 흠칫 숨을 멈출 만큼 완벽한 움직임이다.

발만 가볍게 구부려서 충격을 완전히 흡수한 그 그림자는 자랑스러운 듯 뽐내는 표정을 지었다.

그것은 한 다크엘프 소년이었다.

금사 같은 머리카락 사이에서 튀어나온 긴 귀를 까닥까닥 움직이며, 태양 같은 만면의 미소를 짓고 있다.

위와 아래 모두 칠흑과 진홍색 용린(龍鱗)을 붙인 몸에 밀착하는 가죽 경장갑옷을 걸쳤으며, 그 위로는 흰 바탕에 금색 실이 들어간 조끼를 입었다. 가슴께에는 알아볼 수 없는 문장이 있었다.

서로 색이 다른 눈을 본 이미나가 놀라 소리를 질렀다.

"오──."

"——도전자가 입장했습니다아아!"

다크엘프 소년이 손에 든 막대기 같은 것에 말하자, 변성기가 지나지 않은 목소리가 몇 배로 증폭되어 투기장 내에 울려 퍼졌다.

소년의 밝은 목소리에 맞춰 느닷없이 투기장이 쿵쿵 울리는 소리가 났다.

주위를 둘러보니, 이제까지 꼼짝도 하지 않던 골렘들이 발을 굴러대고 있었다.

"도전자는 나자릭 지하대분묘에 침입한 목숨 아까운 줄 모르는 어리석은 4인조! 그리고 여기에 대항하실 분은 나자릭 지하대분묘의 주인, 위대하시고 지고하신 죽음의 왕, 아인즈 울 고운 님!"

다크엘프의 목소리와 타이밍을 맞춰 건너편의 창살문이 올라갔다. 그 너머, 어스름한 통로에서 투기장으로 모습을 드러내는 자. 그것은 한마디로 표현하자면 해골이었다.

백골이 된 머리에 공허한 눈구멍. 그 안에서 뿜어져 나오는 새빨간 불꽃.

가운 같은 의복을 착용했지만 끈으로 조인 허리 언저리는 근육이 없기 때문인지 있을 수 없을 정도로 가늘었다. 손에 무기를 들지 않은 것은 매직 캐스터이기 때문일까.

"오오! 세컨드로는 우리의 수호자 총책임자, 알베도가 함께하고 있네요!"

그 뒤를 따라 걸어나온 여성을 본 순간 '포사이트' 멤버 모두가 숨을 멈추었다.

'미희' 나베를 능가하는 절세의 미녀였다. 인간의 아름다움이 아니라고 생각했으며, 이를 증명하듯 이마 좌우에서는 앞으로 튀어나온 뿔이, 허리에는 칠흑의 날개가 달려 있었다. 너무나도 생생한 그 형태는 절대 장식물이 아니었다.

투기장을 뒤흔들 것 같던 발구르기 소리는 새로운 두 등장인물을 맞아 박수로 바뀌었다. 왕을 맞이하는 환희에 어울리는 것이었다.

주위의 골렘들이 만들어내는, 그칠 줄 모르는 만뢰 같은 박수갈채 속에 두 사람은 한 걸음 한 걸음 '포사이트'에게 다가왔다.

"——미안해."

아르셰가 중얼거렸다.

"——내 탓에 이렇게 됐어."

이제부터 일어날 전투는 아마도 '포사이트'가 시작된 이래의 격전이 되리라. 어쩌면 사망자가 나올지도 모를 정도로. 그리고 그녀는 그런 상황에 내몰린 원인이 자신 때문이라 지레짐작하고 있으리라. 그 일이 없었다면 정보가 부족한 분묘에 오는, 그런 일은 맡지 않았을 것이라고.

하지만——

"이봐들? 이 여자애가 지금 무슨 소릴 하는 건지 알겠어?"

"그러게 말입니다. 다 함께 결정해 고른 일 아닙니까. 당신 탓이 아니에요. 게다가 이런 의뢰는 당신 이야기가 아니었어도 받아들였을걸요?"

"그런 거야. 신경 쓸 거 없어."

헤케란과 로버딕이 웃음을 짓고, 이미나가 마지막으로 아르세의 머리를 쓰다듬었다.

"자, 우선은 무리라고는 생각하지만 대화를 시도해볼까? 그리고 아르세. 저 언데드의 정체는 알겠어?"

"——지성이 느껴지는 데서 판단컨대, 상위 스켈레톤 계통 아닐까."

선두에 선 해골—— 아인즈가 손을 내저었다. 그것은 무언가를 치우려는 듯한 동작처럼 보였다.

소리가 그쳤다. 모든 골렘의 움직임이 한순간에 멎고 귀가 따가울 정도의 정적이 돌아왔다. 천천히 다가오는 아인즈에게 몸을 돌린 헤케란은, 진지한 태도로, 예의 바르게 인사를 했다.

"우선은 사과를 드리고 싶습니다, 아인즈 울—— 님."

"……아인즈 울 고운이다."

"실례했습니다, 아인즈 울 고운 님."

아인즈는 멈춰 서더니, 그다음 말을 기다리듯 고갯짓을 했다.

"이 분묘에, 당신의 허락도 받지 않고 무단으로 들어와 죄송합니다. 용서를 받을 수 있다면 그에 상응하는 위자료를 지불하고 싶습니다."

한동안 침묵이 흘렀다. 그리고 아인즈는 한숨을 쉬었다. 물론 언데드인 아인즈에게 호흡을 할 필요는 없다. 그럼에도 그런 모습을 보인 이유는 이쪽에 자신의 뜻을 전하기 위해서이리라.

"너희는 그런 자들인가? 곧 먹으려고 집에 놓아두었던 음식에 구더기가 생겼다면 죽이지 않고 부드럽게 밖에 풀어주는 그런 자들인가?"

"구더기와 인간은 다릅니다!"

"마찬가지다, 나에게는. 아니, 인간이 더 저열할지도 모르지. 구더기는 알을 깐 어미 파리의 잘못이라고 할 수도 있지만, 너희는 그렇지 않다. 억지로 끌려왔다거나, 특별한 사정이 있어 어쩔 수 없이 왔다거나 한 것이 아니라 금전욕이라는 시시한 욕망을 채우기 위해, 누군가가 있을지도 모를 분묘를 습격하여 재물을 약탈했다."

아인즈는 웃음소리를 냈다.

"아, 마음에 둘 필요는 없다. 너희를 책망하는 것이 아니니. 강자가 약자에게서 빼앗는 것은 지극히 당연한 일. 나도 그렇게 하고 있으니 나 자신만이 예외라고는 생각하지 않는다. 나보다도 강한 자가 있다면 빼앗기는 쪽으로 전락할지도 모르기에 경계하는 것이지……. 자, 수다가 너무 길어졌군. 약육강식이라는 심플한 진리에 따라, 너희에게서 한 가지를 빼앗도록 하겠다."

"아니, 사실은 어쩔 수 없는 이――."

"――그만!"

강한 어조로 말을 가로막는다.

"거짓말을 하여 나를 불쾌하게 만들지 마라. ……그러면 목숨을 걸고 어리석음을 속죄하거라."

"만약 허가가 있었다고 한다면?"

우뚝, 마치 얼어붙은 것처럼 아인즈의 움직임이 멈추었다. 그 모습에서는 틀림없이 강한 동요가 느껴졌다. 헤케란은 자신이 별생각 없이 했던 말이 그렇게 큰 영향을 미쳤다는 데에 내심 놀랐으나 표정으로는 드러내지 않았다. 만사 끝장이라고 생각했던 순간 일말의 희망이 갑자기 나타난 것이다. 이를 이용하지 않을 이유가 있겠는가.

"……시시하군."

꺼져 들어가는 듯한 작은 목소리였다.

"너무나도 시시한 허풍이다. 나를 그만 불쾌하게 만드는 게 어떻겠나."

동요는 주위에 퍼져, 다크엘프 소년도 곤혹스러운 기색을 보이고 있었다. 마지막 한 사람의 반응을 확인하려 했던 헤케란의 온몸에 소름이 돋았다.

뒤에 서 있던 미녀는 여전히 부드러운 웃음을 지을 뿐이었다. 그러나 이마가 흠뻑 젖어들 것 같은 살기를 뿜고 있다.

"진실이라고 한다면?"

"……아니…… 아니, 허풍이다. 절대 그럴 리가 없다. 너희는 모두 내 손아귀 위에서 놀아났던 제물이었을 뿐이다."

고개를 가로저은 아인즈의 시선이 헤케란을 꿰뚫어보았다.

"그러나, 하지만, 나는…… 그래, 혹시 모르니 물어봐 주마. ……누가 허가했지?"

"당신이 모른단 말입니까, 그를."

"그라고……?"

"이름까지는 듣지 못했습니다. 하지만 제법 커다란 괴물의 외견을 하고 있었지요."

"크다고? 그건……."

헤케란은 이 위험한 줄타기의 종착점이 어디에 있을지를 열심히 생각했다.

상대는 두 가지 갈등 사이에 끼어 움직이지 못하는 상황이기에 과감하게 질문하지 못했다. 그 말을 들어버리면 진위가 확정되고 말기 때문이다.

마치 인간 같은 태도였다. 헤케란은 그렇게 생각했다. 괴물에게는 어울리지 않는 반응이었으며 겁쟁이의 행동. 그러나 이것은 좋은 기회다.

"어떤 외견이었느냐. 말해보라."

"……번들번들했지요."

"번들번들……?"

다시 생각의 소용돌이에 빠져드는 아인즈에게 헤케란은 또 한 번 위험한 상황을 돌파했다는 데에 내심 안도의 한숨을 내쉬었다. 손가락을 가볍게 움직여 주위의 상황을 살피라고 동료들에게 신호를 보냈다. 찾아야 할 것은 탈출 루트. 상대는 정보의 진위를 확정할 때까지 죽이려 들지는 않을 것이다. 그때까지 어떻게든 할 수밖에 없다.

"무슨 말을 했더냐."

'지금 경계해야 할 것은 매료나 지배 같은 마법, 아니면 그런 특수능력을 썼을 경우인데…….'

"그 전에, 우리의 안전을 약속해 주십시오."

"뭐야? ……너희가 정말로 동료의 허가를 얻었다면 안전은 보장할 것이다. 걱정하지 마라."

새로운 단어── 동료.

헤케란은 손에 넣은 정보를 조합했다. 교섭에 넘어와 정보를 끌어내려 하는 이상, 아인즈 울 고운에게는 동료가 있으며 현재 연락이 되지 않는 상황이라는 뜻이 되지 않겠는가.

상대가 바라는 정보를 잘 이끌어내, 혼자 착각하도록 손을 쓴다. 그것은 사기의 요령이었다.

"……왜 그러느냐. 왜 아무 말도 하지 않지? 그러면 너를 만난 자는 무어라 말했는지 밝혀라."

여기까지는 줄타기에 성공했다. 그러면 다음은 줄다리기

다. 손에 배어든 땀을 바지에 닦았다.

"나자릭 지하대분묘에 있는 아인즈에게 안부를 전해달라 하더군요."

"……아인즈?"

우뚝 움직임이 멈추었다. 헤케란은 실수했다 싶어 표정을 굳혔다.

"……아인즈에게 안부를 전해달라고 했단 말이냐?"

각오를 다졌다. 한번 뱉은 침은 다시 입안으로 돌아오지 않으니까.

"예."

"크하하하하하하!"

헤케란의 대답을 듣고 아인즈는 드높이 웃었다. 그것은 기분 좋은 웃음이 아니었다. 끈적끈적한 열을 뿜어내는 격한 웃음이었다.

"하아…… 뭐, 그렇겠지. 냉정하게 생각해보면 너무나도 앞뒤가 안 맞는 말이었어."

아인즈는 우뚝 움직임을 멈추더니, 헤케란 일행을 노려보았다. 눈구멍 속에 깃든 진홍색 불꽃 같은 일렁거림이 거무스름한 광채로 물들었다. 물리적인 압력마저 수반한 듯한 시선을 받아 헤케란 일행은 한 걸음 물러났다.

그곳에 담긴 감정은 분노.

"쓰으, 쓰레기 같은 것들이이이이이이이이이!! 내가아!! 나와 동료들이, 함께에에에에에에에에!! 함께에만들어낸우리의, 우리의 나자릭을흙발로짓밟고들어와서어어!"

극심한 분노를 억제하지 못해 말을 더듬는다. 아인즈는 마치 심호흡을 하듯 어깨를 들썩거리더니, 격렬한 말을 연신 토해냈다.

"게다가아아! 친구의, 나의 가, 가장 소중한 동료의 이름을 사칭하려 들다니이이! 빌어처먹을 것들이이이이! 용서할 줄 아느냐아아아아아아!!"

아인즈가 격한 어조로 외쳤다.

그 분노는 영원히 이어질 것만 같았다. 그러나 문득 급격히 가라앉았다.

그것은 무언가가 뚝 끊어지는 듯한 변모. 급격한 변모는 이를 마주하던 헤케란 일행조차 기이하게 여기기에 충분했다.

"──이처럼 격노하기는 했다만, 딱히 너희의 잘못은 아니지. 살아남기 위해 필사적으로 거짓말을 했을 뿐이니. 솔직히 말해 내 몸속에서 여전히 이글거리는 분노는…… 나의 애먼 이기심일 터. ……알베도, 아우라. 그리고 나의 목소리를 듣고 있는 수호자들이여, 모두 귀를 막으라."

절세미녀와 다크엘프 소년은 모두 귀를 막았다. 소년은 손가락을 꽂았으며 미녀는 사랑스러운 귀를 덮었다. 그것은 두 사람 모두 지금부터 할 이야기는 하나도 들리지 않았다는 어필일 뿐이었다.

"애초에 이 계획은 마음에 들지 않았다. 나자릭 지하대분묘에 지저분한 도둑들을 끌어들이다니. 그렇다고는 하지만 이것이 최선의 수라는 사실은 이해할 수 있었으니 수긍했다만……."

아인즈는 안타깝다는 듯 고개를 가로저었다.

"뭐, 됐다. 푸념은 끝났다. ……마지막 자비 삼아 전사로서 죽여줄까 했다만, 마음이 바뀌었다. 지저분한 도둑으로서 처리해주마."

남의 일처럼 말을 이은 아인즈는 가운을 벗어 던졌다.

그 아래는 당연히 뼈밖에 없는 모습이었다. 늑골 안에는 흉흉한 검붉은 색으로 물든 보주(寶珠)가 떠 있었다. 그 외에는 바지와 그리브 말고는 아무것도 착용하지 않았다. 아니, 또 한 가지. 목줄을 몸에 차고 있었다. 사슬은 중간에 끊어져 그저 축 늘어져 있을 뿐이었다.

"오오!"

상공에서 괴성이 들렸다. 올려다보니 귀빈석에서 몸을 내민 은발의 소녀임직한 모습이 있었다. 금세 뒤에서 튀어나온 푸른색 건틀릿 같은 것을 찬 손이 억지로 끌어당기기는 했지만.

"……저 녀석은 뭘 하는 게냐."

"나중에 제가 야단을 치겠사옵니다."

어이없다는 목소리가 들려 시선을 되돌리니, 아인즈의 손에는 한쪽에만 날이 달린 새까만 검과 원형의 방패가 들려 있었다. 어느새 착용했단 말인가.

"자, 내 준비는 끝났다. 어서 시작하자."

발을 살짝 벌려 잡은 그 자세는── 전투태세였다.

"알베도, 아우라. ……이제는 귀를 막지 않아도 좋다."

이름을 불린 두 사람이 동시에 대답했다. 그에 맞춰 귀에 댔던 손을 되돌린다.

"나는 기분이 매우 좋지 못하다. 이런 놈들일 줄은 생각 도 못했다. 죽지 않을 정도로만 상대하겠다. 그 후의 처분을 부탁한다. 자, 그럼 시작하지."

검과 방패로 무장한 아인즈와 대치하면서 헤케란이 처음 한 생각은, 눈앞의 적이 전사나 검사가 아니라는 것이었다. 굳이 말하자면 마수처럼, 뛰어난 육체능력으로 밀어붙이는 적같이 여겨졌다.

그것은 아무렇게나 선 자세 때문이었다. 말하자면 초짜의 분위기였다. 하지만 밀려드는 중압감은 강대했다. 인간 크기의 체구가 단숨에 부풀어 올라 짓누르는 것만 같았다.

이런 존재를 적으로 돌렸을 경우에 가장 두려운 상황은 단숨에 덤벼들 때다.

"덤비지 않을 테냐? 그러면 간다."

질문과 함께 아인즈가 뛰어들었다.

한순간에 피아간의 거리를 밀착 상태로 만드는 무시무시

한 속도.

이어서 뿜어져 나온 것은 높은 상단에서 날아드는 수직베기.

파괴력은 있지만 허점투성이여야 할 공격인데도, 차원이 다른 육체능력을 가진 강자가 휘두르면 그것은 일격필살의 검으로 변했다.

──받아내면 위험하다.

고속으로 밀려드는 검을 느끼면서 헤케란은 순식간에 판단했다. 받아냈다간 저 파괴력과 정면으로 맞서야 한다. 그렇다면 육체능력의 차이에서 무조건 밀리고 말 것이다.

그렇다면 수단은 단 하나──.

까드득 검이 깎여나가는 불쾌한 소리를 남기며 아인즈가 휘두른 검은 땅으로 향했다.

──받아흘리기였다.

검을 받아 옆으로 흘려내면 보통 상대는 균형이 흐트러져 반격의 기회가 찾아와야 하지만, 아인즈는 미동도 하지 않았다. 마치 그렇게 되리라 알고 있었던 것 같은 발놀림으로 자세를 되돌린다.

헤케란은 착각했음을 깨달았다.

절대 육체능력에만 의존한 움직임이 아니었다. 전사의 움직임을 이해하는 자의 몸놀림이다.

'아뿔싸, 너무 만만하게 봤어! 하지만 지금은 공격할 수밖에 없다!'

노릴 곳은 무방비한 상대의 머리. 그리고 펼쳐야 할 것은 보통 공격이 아니라——

"〈쌍검참격(雙劍斬擊)〉!"

쌍검이 빛을 뿜으며 아인즈의 머리로 달려갔다. 원래는 스켈레튼 계통인 아인즈와 싸울 때는 구타 무기 쪽이 더 큰 대미지를 줄 수 있으며 유리할 것이 분명하다. 하지만 헤케란은 참격 무기가 특기였으며, 구타 무기에는 조금 자신이 없었다.

이 싸움에 필요한 것은 아인즈에게 조금이라도 대미지를 주는 것이다. 맞을지 어떨지 알 수 없는 공격을 되풀이해 큰 대미지를 노리는 것이 아니다.

머리를 향해 질주하는 쌍검.

보통의 적이라면 그 일격을 맞았을 것이다.

일류의 적이라면 찰과상으로 버텨낼 것이다.

그러면—— 초일류의 적이라면?

"흐음!"

아인즈는 검의 궤적 위에 원형 방패를 끼워넣었다. 보통 사람이라면 늦었을 테지만 압도적인 육체능력이 이를 가능케 했다.

"——〈마법 화살Magic Arrow〉."

"〈하급 민첩력 증대Lesser Dexterity〉."

두 공격을 방패로 튕겨내고 단단한 소리가 울려 퍼지는

가운데 아르셰의 마법이 빛의 화살이 되어 아인즈를 향해 날아갔다. 동시에 민첩력을 증대시켜주는 지원마법이 로버 딕에게서 헤케란에게 들어왔다.

"어린아이 장난이군."

아인즈는 아르셰 쪽은 보려고도 하지 않았다. 광탄은 아 인즈에게 닿을 듯 말 듯한 거리에서 소멸했다. 아르셰가 경 악한 표정을 지었다.

"마법 무효화?!"

"흥!"

대답 대신 아인즈는 방패를 써서 헤케란의 안면을 노리고 후려쳤다.

'〈방패강타〉인가?!'

유명한 기초적 무투기가 머릿속에 떠올랐다. 하지만 이를 기회라 보고 헤케란도 공격을 감행했다. 노릴 곳은 복부. 이 위치라면 방패에 가려 사각이 될 것이다.

하지만 아인즈는 흑검으로 손쉽게 이를 쳐냈다.

'——읽고 있었어!'

눈앞에 벽처럼 밀려드는 까만 방패를, 몸을 낮춰 간신히 회피하—— 눈앞에 그리브를 장착한 발차기가 밀려들었다.

보통 발차기라면 그렇게까지 무섭지 않다. 그러나 몇 차례 의 공방을 통해 이미 명백해졌지만 아인즈의 근력에서 뿜어 져 나오는 공격은 —— 육체가 없는 스켈레튼인데도 —— 모두가 가공할 일격필살의 기술이다. 맞았다간 치명상을 각오해야 한다.

헤케란은 황급히 굴러서 피했다. 로버딕의 마법 보조가 없었다면 불가능했으리라. 발차기의 풍압에 머리카락 몇 가닥이 뽑혀나가 소름이 등줄기를 타고 달렸다.

"이쪽이다!"

이미나가 활을 들어 화살을 동시에 두 대 쏘았다. 소리를 냈으니 기습은 되지 않아, 아인즈는 당황하지도 않고 그쪽을 보았다.

화살은 목표를 맞추지 않고 뒤쪽으로 날아갔다.

원래 같으면 스켈레튼인 아인즈에게 화살은 효과가 없다. 그렇기에 여유 있는 태도로 회피하지 않고 맞아주기를 바랐던 것이지만, 그것은 너무 안이한 바람이었던 모양이다. 떨어진 화살의 화살촉은 짓이겨진 듯한 형태였다. 구타 대미지를 주는 특제 마법 화살인 것이다. 피하지 않았다면 스켈레튼에게 효과적인 구타 속성 대미지를 주었을 것이다.

그렇다고는 하지만 유감스럽지는 않았다. 그 틈에 헤케란은 아인즈로부터 조금 떨어진 곳에서 몸을 일으킬 수 있었으니까. 원래 이미나가 소리를 쳤던 것도 헤케란이 일어날 틈을 만들어주려는 속셈이었다.

역습이라는 양 헤케란은 한 걸음을 파고들었다.

"〈쌍검참격〉!"

"흥!"

두 개의 참격을 한 개의 검으로 쉽사리 튕겨낸다. 충격에 손이 떨렸다.

'정말 성가신 놈이군. 인간을 아득히 능가하는 육체를 가진 몬스터가 전사로서 수련을 쌓으면 이 정도란 말이야? 무왕이 강한 이유가 있었구만!'

일격필살의 간격에서 싸우면 정신력을 엄청나게 소비한다. 피로 때문에 뇌가 비명을 질러대는 것 같아 헤케란은 거리를 벌리고자 후퇴했다.

물론 아인즈가 이를 내버려둘 리 없었다.

"놓칠 줄—— 알고!"

아인즈가 파고든다. 당연한 일이지만 후퇴보다도 전진이 빠르다.

따라잡히겠다고 판단한 헤케란의 얼굴 옆으로 소리를 내며 뒤에서 무언가가 날아갔다.

헤케란의 뒤에서—— 몸을 숨기고 쏜 고속의 화살. 이것은 보통 사람이라면 회피가 불가능할 것이다. 하지만 역시라고 해야 하나, 초인적인 반사신경을 가진 아인즈에게는 통하지 않았다.

"——〈섬광Flash〉."

"〈하급 근력 증대Lesser Strength〉."

아인즈의 앞에서 섬광이 번쩍였다. 저항Resist의 여부에 관계없이 일시적으로 근소하게 시야를 빼앗는 마법이지만 아인즈의 앞에서는 무의미한 것 같았다. 그저 거추장스럽다는 정도의 태도밖에 보이지 않았다.

"어디서 방해를!"

민첩력과 근력이 증대된 헤케란이 거리를 좁히자 혀를 차는 아인즈.

"──〈갑주 강화Reinforce Armor〉."

"〈악에 대한 방어Anti Evil Protection〉."

아르셰와 로버딕의 지원마법이 헤케란의 수비를 다져주었다.

헤케란의 공격을 피하고, 검으로 튕겨내고, 반격하려던 아인즈의 얼굴을 향해 다시 화살이 날아들었다.

"⋯⋯흠!"

얼굴을 슬쩍 움직여 화살을 회피한 아인즈의 몸놀림은 그야말로 분노의 지배자로 어울리는, 그리고 몬스터 전사로서 어울리는 모습이었다.

지원을 받아 간격을 조금 벌린 헤케란은 단시간이지만 농밀한 전투 때문에 배어나온 땀을 닦았다.

알고는 있었지만, 아인즈 울 고운은 강하다.

인간은 도저히 미치지 못하는 육체능력. 게다가 그 육체를 잘 활용하기 위한 기술. 페인트를 간파하는 통찰력. '포사이트' 전원의 움직임을 파악하는 인식력. 마법에 대한 내성. 그리고 손에 든 마검과 방패까지. 전사가 원하는 것들은 모두 가졌다고 할 수 있다.

그런 사내와 이만큼 호각의 승부를 벌일 수 있는 데에도 이유가 있다.

분명 모든 수가 아슬아슬한 줄타기와도 같은 공방이었다. 만약 수직으로 날아드는 검의 각도를 잘못 읽고 받는다면 검은 파괴되고 치명상을 입을 것이다. 수평베기의 간격과 속도를 조금이라도 잘못 파악하면 두 쪽이 날 것이다. 이제까지 던진 동전이 모두 앞면이 나온 것과도 같은 행운 덕이라고 할 수 있다.

그러나 그 이상으로, 또 한 가지 큰 이유가 있었다.

그것은 팀워크.

사선을 함께 돌파하고 서로의 생각까지도 읽을 수 있게 된 사이이기에 비로소 가능한, 하나의 생물과도 같은 행동.

군체인 '포사이트'와 최강의 개체인 아인즈 울 고운은 호각이다.

헤케란은 뺨에 살짝 떠오른 웃음을 지웠다.

아직까지 아인즈는 상처를 입지 않았다. 벽은 두꺼우며 높다.

그래도 절대적인 것은 아니다.

그렇게 확신하고 쌍검을 휘둘렀다.

마법으로 강화된 헤케란의 육체에서 뿜어져 나오는 최속

의 검은 까만 원형 방패가 너무나도 쉽게 튕겨내고, 날아드는 화살은 까만 검이 베어버린다. 그사이에 아르셰와 로버딕의 마법이 헤케란을 더욱 강화한다.

아인즈에게서 불쾌하게 한 번 혀를 차는 소리가 들리고, 적의가 급속도로 식어갔다.

추가공격을 고려하던 헤케란은 거칠어져가던 호흡을 고르기로 하고 뒤로 물러났다. 언데드인 아인즈는 아무리 싸워도 피로를 모르지만 인간인 헤케란 일행은 서서히 지쳐간다. 지구전이 되면 불리하다. 쉴 수 있을 때 쉬어야 한다.

"역시…… 결정력이 좀 부족하군. 공격횟수가 많은 것이 얼마나 강점이 되는지는 잘 안다고 생각했다만, 내가 막상 그 입장이 되니 조바심과도 같은 감정을 품게 되는구나……. 어째서 이런 놈들 하나 쓰러뜨리지 못하는가, 하고."

어깨를 으쓱하는 아인즈의 모습에 불쾌함을 느끼지는 않았다. 정말로 그렇게 생각하는 것이다.

실제로 그것이야말로 팀워크의 강점이다. 헤케란은 칭찬을 받은 것 같아 얼굴에 웃음을 머금었다.

그런 가운데, 이제까지 잠자코 분위기를 살피던 절세미녀가 입을 열었다.

"——아인즈 님. 장난은 그쯤 해두시는 편이 어떨는지요."

"뭐?"

"외람되오나 지고의 존재를 사칭하려 했던 불손하기 그지 없는 도둑들이 이 이상 활개를 치는 모습은 용납하기 힘이 드나이다. 자비의 시간은 그만 끝내심이 좋지 않겠나이까?"

"알베도, 아인즈 님께 무슨——."

"——아니다, 아우라. 정론이지."

아인즈는 고개를 가로저었다.

"게다가 이제는 충분하지 않겠느냐. 나름 경험에서 우러 난 전투를 보였다고 생각한다만."

"그야말로 훌륭하였사옵니다. 역시 저희의 지배자라 생각하옵니다."

"후후, 그래? 그거 기쁘구나. 전사로서 나보다도 아득히 높은 경지에 있는 너에게, 빈말이라고는 해도 칭찬을 들으니 민망하기까지 하다."

"빈말이라니요, 그렇지 않사옵니다. 저는 진심으로 그렇게 생각했나이다."

"그래. 고맙구나. 그러면 다음에는 코퀴토스의 평가와, 앞으로의 훈련방법에 대한 의견을 들어봐야겠군."

몇 번이나 고개를 끄덕이며 만족한 듯한 기색을 보인 아인즈는 다시 '포사이트'를 돌아보았다.

주변을 둘러싼 분위기의 변화에 헤케란은 안 좋은 예감이 들었다.

수많은 사선을 넘나들며 단련했던 직감이 술렁거렸다. 위험하다고.

"자, 칼싸움 놀이는 이쯤 해 두지. 이제부터는 또 다른 놀이가 시작되니."

아인즈의 손에서 검과 방패가 떨어졌다. 그 두 가지는 지면에 닿자마자 소멸했다.

"아니?!"

검을 버린다—— 그것은 패배를 받아들이는 것과 같은 행위. 그러나 아인즈의 태도 어디에도 패배의 빛은 없었으며, 패배를 인정할 만한 상황도 아니었다.

그렇기에 헤케란은 아인즈가 무슨 생각을 하는지 알 수 없어, 곤혹스러웠다.

"……뭘 하려는 겁니까?"

그 물음에 아인즈는 희미하게 웃었다. 아니, 웃은 것 같았다.

천천히 팔을 벌린다. 그것은 신자를 받아들이는 천사의, 혹은 자식을 끌어안으려는 어머니의, 애정으로 감싸주려는 듯한 그런 모습이었다.

"모르겠나? 그렇다면 말해주마."

아인즈는 씨익 웃었다.

"놀아주마. 덤비거라, 인간들아——."

공기가 바뀌었다——.

원래 같으면 무기—— 장비를 버리면 그만큼 약해지기 마련이다. 하지만 눈앞에 있는 아인즈는 조금 전보다도 강대한 존재가 된 것처럼 여겨졌다. 그렇다. 마치 몸이 갑자기 훨씬 커진 것 같은, 그런 위압감에 사로잡혔다.

검을 버려 힘이 강해지는 존재.

거기서 생각할 수 있는 대답은 두 가지. 하나는 몽크처럼 자신의 육체를 무기로 삼는 존재. 하지만 그렇게 생각한다면 조금 전의 전투── 회피하는 모습은 그런 상황에 익숙한 몸놀림이 아니었다.

그렇다면 한 가지 가능성은──

"──매직 캐스터?!"

헤케란과 같은 결론에 도달한 아르셰가 외쳤다.

그렇다. 이제 와서 겨우 그 가능성에 도달한 것이다. 눈앞의 존재, 아인즈 울 고운. 그는 매직 캐스터가 아닐까 하고.

그 생각을 못했던 것도 당연하다. 팀 내 최강자이자 역전의 강자인 헤케란과 대등하게 싸울 수 있는 매직 캐스터라니, 누가 상상이나 하겠는가.

매직 캐스터 ── 특히 마력계 ── 는 전사보다도 육체면에서 취약하다. 몸을 단련할 시간이 있으면 마법을 갈고닦기 위해 쓸 테니까. 따라서 전사와 대등하게 싸울 수 있는 매직 캐스터는 존재하지 않는다.

그것이── 세계의 상식이다.

그런 상식을 뒤엎는 존재. 그런 자가 눈앞에 있을 줄 누가 알았을까.

그렇기에 아르셰의 목소리에 깃든 감정은 부정해주었으면 하는, 거절해주었으면 하는 애원이었다. 만약 긍정할 경우 아인즈는 육탄전이 아닌 마법 전투에 더 자신이 있다는 뜻이 된다. 그것이 무슨 뜻인지는 말할 필요도 없다.

마법을 조금만 쓰면 전투능력은 쑥쑥 올라간다. 강화계 마법을 몇 번 쓰기만 해도 훨씬 강해진다. 현재의 헤케란이 바로 그렇다. 그렇다면——.

"이제야 깨달았나? 어리석은 자들이로고. 나의, 아니—— 나와 동료들의 나자리에 흙투성이 발로 들어온 시궁쥐들이니 그 정도 지혜밖에 없는 것도 당연하겠지."

그러나 아르셰가 있는 이상 헤케란에게는 이를 부정할 만한 이유가 있었다.

"아르셰! 이놈은 매직 캐스터야?!!"

"——아니야! 단언할 수 있어! 적어도 마력계 매직 캐스터는 아니야!"

"응? 그것이 무슨 뜻이냐?"

"——당신에게서는 마법의 힘이 느껴지지 않아!"

"아하, 탐지계 마법을 쓰고 있군. 이거 실례했다."

아인즈는 헤케란 일행에게 보이도록 손가락을 벌렸다. 뼈밖에 없는 언데드다운 손이었다. 좌우 손가락에는 각각 한 개씩 반지를 끼고 있었다.

"이 반지를 빼면 알 수 있을 거다. 부하에게도 빌려주었다만."

아인즈는 그렇게 말하며 오른손의 반지를 벗었다. 그러자
──.

"──우웨에에에엑!"

구토하는 소리. 거의 액체뿐인 토사물이 투기장에 요란하
게 쏟아지고 주위에 시큼한 냄새가 풍겼다.

"뭘 한 거야!"

갑작스러운 사건에 아르셰에게 달려가려던 이미나가 아
인즈를 노려보았다. 반면 아인즈는 난감하다는 듯, 그러나
불쾌하게 대답했다.

"무슨 짓을 하는 거냐, 그 여자는? 남의 얼굴을 보면서
토하다니, 무례해도 분수가 있지."

"──다들, 도망쳐!"

눈가에 눈물이 맺힌 아르셰가 외쳤다.

"저놈은, 괴── 우웨에에에엑!"

다시 견디지 못한 듯 아르셰가 토하는 가운데 헤케란 일
행은 이해했다. 아르셰가 토한 이유를.

아인즈가 무엇을 저지른 것이 아니다. 너무 큰 긴장과 공
포, 그리고 아인즈가 가진 막대한 마력에 견디지 못하고 토
한 것이다.

다시 말해 이건──

"──이길 수가 없어! 힘의 차원이 달라! 괴물이라는 말
로 표현할 존재가 아니야!"

울부짖는 아르셰.

"──무리무리무리무리!"

발광한 듯 머리를 가로젓는 소녀를 이미나가 꽉 끌어안았다.

"진정해! 로버딕!"

"알겠습니다! 〈사자심Lion's Heart〉."

로버딕의 마법에 공포 상태에서 회복된 아르셰가 막 태어
난 새끼 사슴처럼 비척거리는 발걸음으로 지팡이를 들었다.

"──다들 도망쳐! 저건 인간이 이길 수 있는 존재가 아
니야! 믿을 수 없을 정도로 괴물!!"

"……알아, 아르셰."

"잘 압니다. 반지를 벗은 순간부터 세상을 감싸는 것처럼
떠도는, 찌릿찌릿 소름이 돋는 듯한 이 기척. 충분히 실감할
수 있고말고요."

"응. 저게 상당하다는 말로 표현할 수 있을 만한 괴물이
아니란 것쯤은."

이미 세 사람 모두 경계 수준은 한계를 돌파했다. 조금 전
보다도 더욱 신경을 날카롭게 가다듬으며 아인즈를 노려보
았다.

단 한순간이라도 시선을 돌리면, 그것이 곧 죽음이라는
것을 이해한 표정으로.

"이건 절대 도망 못 치겠네."

"등을 보인 순간 죽을걸? 시선을 돌리기만 해도 위험할

거 같아."

"조금이라도 시간을 끌 만한 수단을 발견해야겠군요."

"……덤비지 않을 텐가?"

의욕 없는 듯 두개골을 긴 손가락으로 득득 긁어대는 아인즈의 도발에 헤케란은 넘어가지 않았다. 적의 전투능력은 이제까지 조우했던 어떤 존재보다도 아득히 높다. 그렇다면 노릴 순간은 단 하나.

아인즈가 마법을 외우기 시작하는—— 매직 캐스터가 가장 무방비해지는 순간이다. 무영창화해버렸다면 끝장인, 그런 시시한 가능성뿐이었다.

시위에 메긴 화살을 잡아당기듯, 헤케란은 온몸의 힘을 용수철처럼 모으기 시작했다.

"그러면 내가 먼저 가도록 하지. 〈불사자의 접촉Touch of Undeath〉."

"무슨 마법이야, 아르셰?!"

"몰라! 들어본 적도 없어!"

아인즈의 오른손을 감싼 시커먼 안개—— 미지의 마법을 경계하며 헤케란은 언제라도 긴급회피를 할 수 있도록 다리에 힘을 주었다. 뒤에 있던 동료들도 범위공격을 경계해 서로 거리를 벌리려 하는 것 같았다.

아인즈가 이쪽으로 한 걸음을 내디뎠다.

헤케란은 눈을 껌뻑거렸다. 허점투성이였으며, 너무 스

스럼없는 걸음이었다. 전사로서 뛰어난 능력을 보여주었던 사내의 발놀림이 아니다. 함정이 분명했지만 노림수를 읽을 수 없다.

'분명 마법으로 무언가를 노리고 있는데……. 조금 전의 마법은 근거리에서밖에 효과가 없는 타입인가? 아니면 방어마법인가?'

유명한 마법 정도는 공부해 외워두었지만, 본업이 아닌지라 헤케란은 아인즈의 의도를 파악할 수 없었다.

"오지 마!"

이미나의 고함이 들리고 연사된 화살이 아인즈를 향해 날아갔다.

특수기술을 써서 날린 세 대의 화살을 아인즈는 뼈밖에 없는 손으로 능숙하게 쳐냈다.

"……귀찮군."

싸늘하고 작은 목소리였다.

뻥 뚫린 눈구멍에 깃든 붉은 불꽃이 일렁였다. 정면에서 일거수일투족을 놓치지 않겠다고 주의를 기울이는 헤케란에게는 그 움직임이 똑똑히 보였다.

오싹하는 느낌이 등줄기를 내달린 순간, 아인즈의 모습이 사라졌다.

직감에 따라 헤케란은 발을 돌려 뛰었다. 시야에 동료들의 놀란 얼굴이 비쳤다. 하지만 설명할 여유도 시간도 없었다. 이미나의 뒤. 그곳에 서 있던 아인즈가 이미나를 향해 오른손을 천천히 뻗기 시작하는 상황에서는.

'이미나! 아직 못 알아차렸어! 소리를…… 위험해! 상대가 여유를 부리는 이 상황에서는!'

무투기를 사용해 이동속도를 높이면서 전력으로 뛰어가던 헤케란은 문득 망설였다.

이미나를 지키는 것이 현명한 행위일까.

강화마법을 사용할 수 있는 아르셰나 로버딕과 비교하면 이 전투에서 이미나의 중요성은 낮다. 다수가 생존하기 위해서는 당연히 짐을 잘라내야 한다. 그래도——

'——망할!'

리더로서는 잘못된 행동이었다. 동료에 대한 배신에 가까운 행위임을 알면서도 헤케란은 속도를 늦추지 않았다. 이성이 아니라 감정이 그를 몰아붙였다.

이미나를 구하라고.

문득 침대 안의 이미나가 뇌리를 가로질렀다. 생사가 걸린 국면에서 요철 없는 그녀의 몸을 떠올리는 자신에게 쓴웃음을 짓고 말았다.

그래도—— 발에 담은 힘은 더욱 강해졌다.

자신의 여자를 지키는 남자의 힘이었다.

"비켜!"

돌진하는 헤케란을 보고 망설임이 생겼기에 늦지 않았던

것이리라. 아인즈가 건드리기도 전에 이미 나를 후려치다시피 날려버렸다.

고통을 참는 조그만 비명이 들리는 가운데 앞에 나타난 사내와 도망친 여자, 어느 쪽을 우선시해야 할지 아인즈가 생각하는 것이 손에 잡힐 듯이 보였다.

"나다, 이 멍청아!"

고함을 지르며 무투기를 전환했다.

우선 처음으로 발동시킨 것은 〈한계돌파〉. 대가를 지불하기는 하지만 한순간 무투기의 동시발동 한계를 올려주는 기술이다. 다음으로는 몸속에서 무언가가 뚜둑뚜둑 끊어지는 듯한 아픔이 느껴졌으므로 〈통각둔화〉를 기동했다. 그다음으로는 〈육체향상〉, 〈강완강격(剛腕剛擊)〉에서 이어지는 〈쌍검참격〉.

이렇게 하여 최고의 일격이 탄생했다.

쌍검이 곡선을 그렸다.

조금 전의 공방에서 헤케란의 검속에 익숙해졌으면 익숙해진 만큼 타이밍이 어긋나 회피는 더욱 어려울 것이다. 포석을 깔았기에, 눈에 익었다면 끝장이기에 가능한 일격필살기.

여기에 아인즈는 반응할 수 없다.

'잡았다!'

무방비한 머리를 검이 갈랐다고 여긴 순간, 손에 전해진 것은 결코 날붙이가 뼈를 가르는 감촉이 아니었다.

'참격 완전내성!?'

워커로서 모험을 하면서 이와 비슷한 감촉을 느낀 적이 있다.

'찌르기와 참격에 완전한 내성을 가졌단 말이야?! 그런 괴물이 있어도 돼?!'

황급히 물러나려는 헤케란의 이마를 싸늘한 감촉이 덮었다. 그것은 아인즈의 손이었다. 바이스를 연상케 하는 압력은 헤케란을 놓치지 않고 꽉 붙들어놓았다.

"헤케란!"

"이미나! 참격에는 완전내성이야!"

격통을 참으며 헤케란은 지금 얻은 정보를 뒤쪽의 동료들에게 전했다. 그 타이밍에, 꽉 붙들린 헤케란의 몸이 허공으로 올라가는 것을 느꼈다. 칼등으로 팔을 내리쳤지만 힘이 풀릴 기미는 없었다.

"그것이 아니다. 찌르기도 참격도 구타도── 너희 같은 약자가 공격해서는 나에게는 찰과상조차 입힐 수 없다."

"──뭐야, 그게?! 무슨 사기야! 치사해!!"

"거짓말입니다, 이미나! 만일 사실이라면 그렇게 필사적으로 싸웠을 리가 없어요! 무언가 약점이 있을 겁니다!"

"──안 속아!"

"신용을 받지 못한다는 것은 슬픈 일이지. 지금까지의 근접전은, 조금 전의 대화로 어느 정도 파악했다고 생각한다만, 실험의 의미가 강했다. 게다가 조금은 좋은 승부를 낼 수 있어서 너희도 희망을 품었겠지? 앞으로 기다릴 지옥 속에서도 행복한 꿈을 꿀 수 있도록 자비를 베풀어주었던 것이다."

"뭐가 자비야! 이 빌어처먹을 쓰레기 자식아! 헤케란을 놔줘!"

화살이 날아드는 소리가 연속으로 들렸다. 그러나 아인즈는 흔들림 없이 태연한지 헤케란의 이마에서 전해지는 아픔에는 변함이 없었다.

"괜찮겠나? 이 사내에게 맞아도."

헤케란은 이마에서 치미는 격통에 이대로 머리가 박살이 나는 것 아닌가 하는 공포에 사로잡혔다. 발버둥을 쳤지만 상대는 꿈쩍도 하지 않았다. 철판이 들어간 부츠로 걷어차도 자신의 발이 아플 뿐이었다.

"아픈가? 안심하라. 여기서 죽이지는 않을 것이다. 도둑들을 상대로 이 이상의 자비는 베풀지 않는다. ——마비."

몸이 얼어붙었다. 아니, 이것은 언 것이 아니다. 마비였다.

"마비밖에 쓰지 않는데 〈불사자의 접촉〉은 조금 아까웠나?"

귀만이 쓸데없이 소리를 들었다.

활시위 소리가 잇달아 울렸다. 대답은 조소마저 머금은 조용한 목소리.

"그러니 아무리…… 아니, 저항하거라. 그러는 편이 더욱 절망감을 느낄 터이니."

'도망쳐.'

헤케란은 움직이지 않는 입술을 떨었다.

온 힘으로 도망치더라도 벗어날 수 없는 상대일 것이다. 그러나 싸우는 것은 더 어리석다. 특히 전면에서 상대의 공격을 막아야 할 전사가 쓰러진 지금 전선은 금방 붕괴될 것이 분명하다.

"그러면 다음은 누구로 할까? 전원을 한 번에 처리해도 좋겠다만, 그래서는 재미가 없겠지?"

투기장에 쓰러진 헤케란을 이미나가 바라보았다.

죽지는 않았다. 하지만 이제는 죽은 것이나 다름없다. 저 아인즈 울 고운이라는, 이해할 수 없는 괴물에게서 그를 구해낼 방법이 떠오르지 않았다. 그래도——

"이 바보야! 상식적으로 생각하면 나를 버렸어야지! 멍청이!"

짜증이 치밀었다.

"바보, 바보, 바보! 이 바보 천치! 얼간이!"

"……동료를 감싼 사내에게 그 폭언은 불쾌하군."

이미나의 감정을 전혀 이해하지 못하는 말이었다. 아니,

상대는 괴물이니 인간의 감정을 이해하라는 편이 무리가 아닐까.

"그런 건 내가 더 잘 알아! 아까울 정도로 멋진 리더란 말이야!"

숨을 한 번 들이마신다.

"하지만! 당신은 바보야! 감정에 휩쓸린 당신은!"

"……무슨 소리냐."

의아해하는 목소리를 무시하고 이미나는 생각했다. 리더가 쓰러진 이상 그것이 서브리더의 역할이다.

'망설임은 버려.'

이미나는 자신을 타일렀다. 남자를 구하러 가고 싶다는 여자의 감정을 죽였다.

헤케란을 버리고, 여기서 얻은 정보를 가지고 돌아가야만 한다. 이 유적에 이렇게 무시무시한 괴물이 있다는 사실을 알리고, 경우에 따라서는 토벌대를 편성할 필요도 있을 것이다.

'——마신.'

200년 전, 대륙을 휩쓸었던 악마들의 왕이 바로 이런 존재가 아니었을까.

자신이 살아온 세계가 마치 신화나 무언가에 물들어버리는 기분이었다. 그럴 리가 없는데도, 꿈인 것만 같은 그런 불확실함마저 있었다.

'신화라. 그거 절묘한 표현이네. 이런 괴물과 싸우는 건 영웅——.'

그 순간 번뜩이는 것이 있었다.

그렇다. 마신과 싸웠던 것은 십삼영웅—— 영웅이다. 그렇다면 아인즈와 싸울 수 있는 것도 영웅뿐일 것이다.

"헤케란을 돌려줘! 우리가 규정시간 내에 돌아가지 못하면 이 세상에서 가장 강한 인물이 이 유적에 쳐들어오기로 돼 있어. 만약 우리를 무사히 원래 장소로 돌려보내준다면, 그에게 말해 만류하겠어."

"또 거짓말인가?"

하아, 한숨을 내쉬는 아인즈. 이미나는 이마에 땀을 흘렸다. 이것은 사실이다.

"아니, 거짓말이 아니야."

"——알베도. 지상의 이 근방에 강자의 모습이 있느냐?"

"없사옵니다. 시시한 거짓말로 사료되옵니다."

"거짓말이 아니야!"

이미나의 뒤에서 소녀의 목소리가 터져나왔다.

"아다만타이트 클래스 모험자, '칠흑'의 모몬이 있어! 그는 최강의 전사야! 너희보다도 강해!"

알베도가 처음으로 동요를 보였다. 당황하여 아인즈에게 고개를 숙였다.

"시, 실례하였사옵니다! 분명 계셨사옵니다! 요, 용서하여 주시옵소서!"

"으음……. 어—, 아니, 전혀 신경 쓸 거 없다, 알베도. '칠흑' 모몬 말이지. 참고로 그건…… 아니, 상관할 거 없겠지. 그건 나에게 이길 수 없으니."

마왕처럼 굴다가 느닷없이 힘이 쭉 빠져나간 듯 어깨를 으쓱하는 태도는 무언가를 감추는 것 같았지만 그것이 무엇인지는 알 수 없었다.

"모몬은 강해! 당신보다도!"

"……아니, 그건 교섭 재료가 될 수 없다. 포기해라."

의욕 없는 모습으로 아인즈는 손을 내저었다.

"그러면—— 시작할까?"

쓸데없는 이야기는 끝났다는 분위기였다.

"아르세, 도망치세요!"

로버딕이 외치고 이미나가 동의했다.

"그래! 어서!"

"위를 보십시오! 여긴 아마 밖일 겁니다. 날아서 도망치면 벗어날 수도 있어요! 당신만이라도 도망치십시오! 시간을 1분…… 아니, 10초는 벌 터이니!"

"그거 제법 재미있는 제안이로군. 아우라, 출구의 문을 열고 오너라. 놀아주는 것도 나쁘지 않겠구나."

"알겠습니다!"

아인즈는 그들이 들어왔던 방향을 가리켰다. 아우라가 탁 뛰어오르자 신발이 살짝 빛을 발하고, 모습이 사라졌다.

"자, 아우라는 전이해 문을 열었을 것이다. 가려거든 가거라. 동료를 버리고 가란 말이다. 그래서, 누가 도망칠 테냐?"

아인즈가 손을 내밀었다. 뼈로 된 얼굴에 표정은 없었다. 하지만 손에 잡힐 듯이 알 수 있었다. 그 얼굴에 떠오른 사악한 웃음을. 내부분열을 기대하는 웃음을.

분명 모험자와 달리 워커 팀은 단순한 금전 이해관계로 맺어진 팀도 많아 앞다투어 도망쳤을 가능성이 높다. 하지만 '포사이트'는 다르다.

"아르셰, 어서 가십시오!"

"그래, 어서 가."

이미나가 웃었다.

"동생이 있잖아? 그럼 우리를 버리고 가. 그게 네가 해야 할 일이야!"

"──그럴 수가! 나 때문에!"

로버딕은 아인즈가 즉시 공격할 뜻이 없음을 알아차리고 아르셰의 곁으로 걸어갔다. 그리고 품에서 꺼낸 조그만 가죽자루를 쥐여 주었다.

"괜찮습니다. 저 아인즈라는 괴물을 쓰러뜨리고 당신을 따라갈 테니까요."

"그래, 맞아. 그때는 네가 한턱 쏘는 거야."

이미나도 조그만 가죽자루를 꺼내 쥐여 주었다.

"⋯⋯자, 가십시오. 그것과 여관에 맡겨놓은 돈은 마음대로 써도 좋습니다."

"내 것도."

"──흐흑, 아라써. 멍저 갈게⋯⋯."

물론 세 사람 모두 믿지 않았다.

아인즈라는, 상상을 초월하는 존재를 쓰러뜨릴 수 있으리라고는 전혀 생각하지 않았다. 이것이 최후의 작별임을 아는 아르셰는 오열 때문에 목소리를 거의 제대로 내지 못했다. 그녀는 마법을 외우기 시작했다.

"상공에는 몬스터가 있으니 그리 도망쳤다간 잡힐 텐데."

"──〈비행〉."

아인즈의 충고를 무시하고 아르셰는 마법을 발동시켰다. 그리고 마지막으로 동료들을 한 번 쳐다보고, 말없이 상공으로 날아올랐다.

"⋯⋯아, 그렇군. 달리는 것보다 빠르고 지치지도 않지."

아인즈는 깜빡 잊었다는 듯한 태도를 보였다.

"하지만 내부 분열도 없이 용케도 결정했구나. 좀 더 좀도둑에 걸맞는 꼴사나운 모습을 보이지 않을까 했다만."

"당신은 모를 겁니다. 동료이기 때문에 가능하지요."

"그래. 동료의 방패가 돼서 죽는 것도 별로 나쁘지 않──"

이미나의 뇌리에 그 순간 떠오른 것이 있었다.

"──당신의 동료들도 그런 사람들 아니었을까?"

"!!"

"당신 동료들도 훌륭한 사람들이었겠지? 거기에 견줄 만큼, 우리도 사이가 좋아."

"그렇다."

이제까지의 사악한 분위기가 거짓말이었던 것처럼 조용한 태도로 아인즈가 중얼거렸다.

"사람이 친구를 위하여 자기 목숨을 버리면, 이에서 더 큰 사랑이 없나니—— 마가복음이었던가."

"……우리는 죽어도 상관없어. 하지만 당신의 훌륭한 친구와 같은 행동을 보인 우리를 봐서라도, 저 아이만은 살려줘."

"으음……."

아인즈는 몇 초 망설이고, 그 후 고개를 가로저었다.

"도둑인 너희에게 베풀 자비는 없다. 괴로워하고 괴로워하고 또 괴로워하다 죽어라. 그러나 자신의 목숨을 버려서라도 동료를 구하겠다는 너희를 보아서라도, 저 아이는 예외로 해주지. ——샤르티아."

아인즈는 두 사람에게 태연히 등을 돌리더니 귀빈실에 다시 말을 걸었다. 자신이 대미지를 입을 가능성 따위 전혀 없다는 듯한 태도였다.

아니, 실제로 그러했다. 어떤 공격도 절대 통하지 않는다. 그 사실을 알기에 보일 수 있는 여유인 것이다. 두 사람에게는 아인즈라는 괴물을 상처 입힐 수단이 없다. 그렇기에 냉정하게 머리를 굴릴 수 있었다. 최악의 경우에도 아르셰가 도망칠 만한 시간을 벌 필요가 있으니까.

소용없다고 생각하지만 해볼 수밖에 없다. 이미나는 로버딕과 눈짓을 나누고, 서로 고개를 끄덕였다.

한편 아인즈의 목소리에 반응하여 귀빈실에서 한 소녀가 뛰어내렸다.

은색으로 빛나는 아름다움을 가진 인간 소녀였다. 분노에 지배당하려던 두 사람이 눈길을 빼앗길 만한 미모의 소유자.

문득 미소녀가 시선을 돌려 두 사람을 정면으로 바라보았다. 진홍색의 예쁜 눈동자. 그것이 마치 이미나의 심장을 콱 움켜쥐는 것만 같았다. 마찬가지로 로버딕 또한 움직임——호흡마저 곤란한 중압감이 밀려드는 것 같은 기분을 품은 모양이었다.

소녀의 시선이 다시 돌아간 후에도 이미나와 로버딕은 움직일 수 없었다.

"샤르티아. 저 아가씨에게 공포를 가르쳐주어라. 도망칠 수 있지 않을까 하는 어수룩한 희망에서 비롯되는, 현실과 직면했을 때의 절망에서 오는 낙차로 나자릭 지하대분묘에 침입한 벌을 주겠다. 그 후에는 고통 없이, 자비롭게 죽여라."

"분부 받들겠사와요, 아인즈 님."

소녀—— 샤르티아는 아인즈를 향해 생긋 웃었다. 다만 그 빛나는 미소를 옆에서 보고 이미나의 등에 소름이 돋았다. 저것은 괴물이 아름다운 껍질을 뒤집어쓰고 있을 뿐이라고, 직감이 속삭였다.

"사냥을 즐기고 오너라."

"예. 그렇게 하겠사와요."

샤르티아는 아인즈에게 깊이 인사를 하더니 천천히 걸어갔다. 그 한 걸음 한 걸음이 아르셰의 목숨을 빼앗는 행위라고, 머리 한구석으로 또 다른 이미나가 외치고 있었다. 하지만 이미나도—— 로버덕도 움직일 수가 없었다.

이쪽에는 전혀 주의를 기울이지 않은 채, 시선 한 번 주지 않고 샤르티아는 옆을 지나 걸어갔다. 달려가면 금방 따라잡을 만한 거리. 그것이 너무나도 멀게만 느껴졌다.

"왜들 그러나? 덤비지 않겠나? 이야기를 하는 틈에 달려들었어도 상관없었다만……. 의외로 예의가 바르군."

바보 취급을 하는 것이 아니다. 진심 어린 발언이었다. 어떤 의미에서는 얼이 빠진 듯한 그 반응에 조금이나마 이미나의 전투의욕이 돌아왔다.

"한 가지 묻겠습니다! 지금! 지금 그 명령 어디에 자비가 있었단 말입니까!"

"신관…… 가르쳐주마. 이 나자릭에서 죽음이란 그 이상의 고통을 주지 않겠다는 의미에서 자비이다."

침묵이 내려앉았다. 이제 말을 해야 할 것은 입이 아니라 손에 든 무기뿐이었다.

"──가자, 로버!"

"예! 우오오오오!"

어울리지 않는 포효를 지르며 달려든 로버딕의 메이스가 아인즈의 안면을 후려쳤다. 아무 생각도 없는 전력의 일격. 아인즈가 회피할 리가 없다고 생각하며 혼신의 힘을 담은 일격이었다.

혼신의 일격을 안면에 받았지만 예상했던 것처럼 아픔 따위 느끼지도 않는 듯한 태도. 여기에 로버딕이 추가공격에 나섰다. 빈 한쪽 손을 내지른다.

"〈중상치료Middle Cure Wounds〉!"

치유마법의 방향은 아인즈. 언데드는 치유계 마법에 반대로 대미지를 입기 때문이다. 하지만 그것도 아까 아르셰가 썼던 공격마법처럼 마치 보이지 않는 벽이 있는 듯 효과를 발휘하지 못했다.

"──아아아아아!!"

──어딘가 힘이 빠진 듯한 외침과 함께 이미나는 화살을 시위에 메겼다. 그리고── 쏜다. 로버딕이 바로 옆에 있지만 오인사격을 할 만큼 서툴지는 않다. 이 거리에서라면 백발백중이다.

그러나── 날아간 화살은 아인즈에게 맞고 아무런 상처

도 입히지 못한 채 땅바닥에 떨어졌다.

아인즈의 모습이 갑자기 사라졌다.

──조금 전과 같은 전술.

"전이마법!"

"틀렸다."

그 목소리는 역시 뒤에서 들렸다.

"이──!"

로버딕이 이름을 외치기도 전에 아인즈의 손이 이미나의 어깨에 툭, 부드럽게 얹혔다. 적의라고는 조금도 느껴지지 않았다.

그러나 효과는 절대적이었다. 온몸에서 힘이 빠져나가고 쓰러진다. 의식만은 또렷했지만 몸의 근육이 줄줄 녹아내린 것 같았다.

"대체 뭘 한 겁니까?"

쓰러지는 이미나에게서, 그리고 그 옆에 선 아인즈에게서 시선을 돌리지 않은 채 떨리는 목소리로 로버딕이 물었다.

"신기한가? 별로 대수로운 일은 아니다만."

아인즈는 트릭을 밝혔다. 마음이 꺾일 만한 대답을.

"조금 전과 거의 마찬가지였다. 무영창화한 〈시간정지 Time Stop〉를 발동한 후, 이동 중에 거기 쓰러진 사내에게 썼던 마법 〈불사자의 접촉〉을 발동시켜, 뒤에서 건드렸을 뿐이지."

공간이 얼어붙는 듯한 정적. 자신의 침을 삼키는 소리가 로버딕에게는 공연히 크게 들렸다.

"……시간을, 멈춰……?"

"그렇다. 시간 대책은 필수 아니겠느냐. 너희가 70레벨이 될 무렵에는 마련해두어야만 하는 것이지. 뭐, 너희의 인생은 여기서 끝날 테니 필요가 없으려나."

이가 따닥따닥 소리를 냈다.

거짓말이다. 그렇게 외칠 수 있다면 얼마나 행복할까. 눈앞의 괴물——이라기보다는 신의 영역에 있는 존재의 말을 전부 부정하고, 귀를 틀어막은 채 주저앉아버리면 얼마나 편할까.

분명, 상당히 강하다는 것은 이해하고 있었다.

하지만 아무리 그래도 시간을 멈춘다니, 어느 세계의 생물이라 해도 불가능한 기술이다.

인간이 결코 지배할 수도 제어할 수도 없는 시간의 흐름. 그것을 조종하는 자를 상대로 무엇을 어떻게 하란 말인가. 검 한 자루로 대삼림의 나무를 모조리 베어내는 편이 그나마 현실성이 있지 않을까.

아인즈 울 고운. 그것은 인간이라는 종은 결코 이길 수 없는 존재. 신의 영역에 선 자.

두 손으로 메이스를 부르쥐고——

——툭, 로버딕의 어깨를 두드리는 손길.

"억……."

로버딕의 몸이 멈추었다. 누가 어깨를 두드렸는지 보지 않아도 알 수 있었다. 눈앞에 있어야 할 아인즈 울 고운── 시간의 흐름조차 조작할 수 있는 신과도 같은 존재. 그가 어느샌가 시야에서 사라졌기 때문이다.

어깨에 얹힌 손에서 냉기가 흘러들어 얼음 조각상이 되었다. 그런 기분마저 들 정도로 몸이 마음대로 움직이질 않았다.

"──무리란 말이다."

부드러운── 적의가 조금도 느껴지지 않는 목소리가 흘러나왔다. 메이스가 힘없이 로버딕의 손에서 빠져나가 땅에 떨어지고──.

"그러면……."

아인즈가 중얼거리더니, 전의를 잃은 로버딕을 바라보았다.

"헛수고였군. 고생들 많았다."

──전혀 효과가 없었다. 이제는 무슨 수단으로도 아인즈에게 대미지를 입힐 수는 없다.

완벽할 정도로 마음이 꺾인 로버딕은 조용히 아인즈를 바라보며, 고요한 마음으로 물었다.

"한 가지만 묻겠습니다. 나에게 어떤 운명이 기다리고 있습니까."

"음? 너는 신앙계 매직 캐스터이니 저 두 사람과는 다를 거다."

그런 전제를 깔고, 아인즈는 자신의 생각을 말했다.

"그러면 먼저 저쪽 두 사람을 처리하지. 아우라, 저 둘은 대혈(大穴)로 끌고 가거라. 아식호충왕(餓食狐蟲王)에게서 집이 부족하다는 말을 들었으니."

다크엘프의 귀가 쫑긋 움직이고 동시에 눈이 크게 뜨였다.

"아, 아인즈 님! 마레! 마레에게 명령해도 될까요! 거기로 데려가라고!"

"으, 음. 상관없다만."

"알겠습니다! 마레에게 시킬게요!!"

"아차, 미안하다. 별로 편안한 운명이 기다리고 있는 건 아니라서. 그래서 너 말인데―― 그 전에. 지금 너의 동료를 쫓아갔던 내 부하는 신앙계 매직 캐스터다만, 그녀가 믿는 신은 너희가 믿는 신과는 전혀 다른 존재다. 그렇다기보다는 나에게는 너희가 신앙하는 사대신이야말로 뭔지 모를 존재지. 그래서 확인하고 싶다만. 종속신 같은 것들에게도 하나하나 이름이 붙어 있는데, 사대신 혹은 육대신에게는 화신(火神), 토신(土神) 등 역직 같은 이름밖에 없더군. 그 이유는 무엇이냐?"

"글쎄요. 저도 모르겠습니다."

"그렇군……. 그들은 신비한 힘을 가진 초월적인 존재가 아니라 과거의 위인이 신격화되었을 뿐——."

"——그럴 리가!"

"일단은 들어라. 나는 그렇게 생각했다. 하지만 그렇다면 너희는 신의 힘을 빌려 마법을 발동시킨다고 하는데, 죽은 인간이 그런 힘을 빌려줄 수 있겠느냐? 아니, 근본적으로 신이란 무엇이냐? 정말로 존재하는 것이냐? 너희는 정말로 신에게서 힘을 얻는 것이냐?"

"……무슨 말씀을 하시는 겁니까?"

"……신이라는 존재를 본 적은 있느냐?"

"신은 우리의 곁에 있습니다!"

"그 대답은, 다시 말해 직접 본 적이 없다는 뜻이렷다?"

"아닙니다! 마법을 쓸 때는 커다란 존재를 느낍니다. 그것이 바로 신입니다."

"……그것이 신이라고 누가 결정했지? 신 자신이냐, 아니면 그 힘을 쓰는 자냐?"

로버딕은 온갖 신학론을 떠올렸다. 아인즈가 던지는 의문. 그에 대한 해답은 확실히 밝혀지지 않았다. 아직 수많은 신관 사이에서 다툼의 원인이 되고는 있지만, 그래도 그것이 신이라 불리는 존재의 일부라는 결론은 나왔다.

입을 벌리려던 로버딕을 제지하듯 아인즈가 말했다.

"……아무튼 그것을 고차원 존재—— 신이라 가정하고 생각한다면, 그것이 원래 무색은 아닐 테지만, 나는 이런 식으로 생각하기도 한다. 이를테면 힘의 덩어리에, 색이 깃든 액체를 끼얹어 이런저런 변화가 발생한다는……. 뭐, 마법이라는 법칙이 존재하는 세계에서 무슨 생각을 하느냐고 스스로도 딴죽을 걸고 싶다만. 실제로 신이 있다 해도 이상할 것은 없고."

"……."

"미안하다. 그런 말을 하고 싶었던 것이 아니었다. 너희가 신앙하는 신의 힘. 그것을 습득할 수는 없을까 생각했다. ……까놓고 말해 인체실험을 하고 싶은 것이다."

은근슬쩍 위험하기 그지없는 소리를 하는 아인즈.

"……인체실험?"

"그렇다. 이를테면 기억의 일부를 변화시켜, 네가 신앙하는 신을 다른 신으로 바꾸었을 경우 어떤 결과를 미치는가 하는 것이다."

미쳤구나.

로버딕의 솔직한 감상은 그것이었다.

아니, 상대는 언데드다. 어떤 짓을 저지른다 해도 이상할 것이 없다.

아인즈는 한 걸음 물러난 로버딕을 흥미롭다는 듯 바라보았다. 그 시선이 마치 실험동물을 관찰하는 학자인 것 같아 로버딕은 구역질마저 느꼈다.

"왜, 그런 생각을, 합니까?"

"신의 존재를 증명하기 위해…… 아니, 농담은 관두지. 진짜 노림수는 힘을 해명하면 더욱 강해질 수 있을지도 모르겠다는 것이다. 게다가 신이라는 존재가 만약 정말로 존재한다면 나의 적이 될 만한 감정이나 지성을 가졌을지 아닐지. 그러한 것을 확인하기 위해서다. 나는 말이다, 근본적으로 나만이 선택받은 존재라고는 생각하지 않는다. 실제로 그런 생각을 품게 만드는 그림자를 몇 번이나 느꼈다."

무슨 말을 하는 것인지 전혀 알 수 없었다.

"그렇기에 군비 확장이 필요하지. 물론 적 따위 없을지도 모르고, 우리만큼 강해질 수 있는 자는 없는지도 모른다. 하지만 조직의 장으로서 그런 노력을 게을리해선 안 된다고 생각하지 않느냐? 강하다는 데에 안주하여 위를 지향하지 않다간 언젠가는 발목을 붙들리고 말지."

신이라는 존재를 확인하는 것도 그 일환이다.

아인즈는 그렇게 말을 마무리하며 어깨를 으쓱했다.

2

아르셰는 거친 숨을 몰아쉬었다.

주위의 풀과 나무가 바람에 흔들릴 때마다 흠칫 몸을 떨었다. 그리고 작은 동물 같은 모습으로 주위를 둘러보았다.

주위는 숲이라 빛이 들지 않는 곳이 많다. 울창하게 우거진 나무들의 가지에 하늘에서 내려오는 빛은 차단되고 지상에 불빛은 거의 없었다.

사람 눈으로는 걸어다니는 것도 힘들 장소를, 불빛 하나 없는 아르셰가 행동할 수 있는 것은 마법 〈암시Dark Vision〉로 주위를 대낮처럼 내다볼 수 있기 때문이다.

하지만 볼 수 있다 해도 사람 하나 정도는 간단히 들어갈 만한 덤불, 뒤에 충분히 몸을 숨길 수 있는 거목, 술렁술렁 흔들리는 가지 등 주의를 기울여야 할 곳은 무수히 많았다.

매직 캐스터인 아르셰는 몬스터의 육탄공세에 깔리기라도 했다간 힘으로 떨쳐낼 수 없을 것이다. 평소 같으면 동료들이 즉시 구해주겠지만 지금은 구해줄 사람도, 앞을 막아줄 사람도, 치유해줄 사람도 없다.

다시 말해 근접전에 들어가기 전에 적을 탐지하고 거리를 벌리거나 도망쳐야 한다. 그 사실을 알기에 정신을 팽팽하게 긴장시키며 주위를 살펴야 했다. 정신적인 피로는 평소보다도 극심했다.

원래 처음에는 밖으로 나가 〈비행〉을 써서 단숨에 도망칠 계획이었다. 하지만 나무 위까지 올라갔을 때, 밤하늘 속에서 시커멓고 거대한 그림자가 무언가를 찾듯 비행하는 모습을 목격하고 그 생각을 포기했다.

거대한 박쥐 같은 존재를 보았을 때는 비행속도를 경쟁할 마음조차 들지 않았다. 〈투명화〉는 시각을 속일 수는 있어도 박쥐가 가진 특수한 감각기관을 속일 수는 없기 때문이다.

아르셰는 주위의 안전을 확인한 후 다시 떠올라서는 느릿느릿한 속도로 허공을 나아갔다.

〈비행〉의 최대속도보다도 훨씬 느린 속도로 나아가는 이유는 주위를 살피기 위해서였다. 전력을 다해 날면 주위를 경계해도 발견 타이밍이 늦어진다. 그렇게 되면 몬스터의 한복판에 뛰어들 수도 있다. 이를 피하기 위해서는 역시 속도를 늦출 수밖에 없다.

이윽고 아르셰는 자신을 에워싼 마법의 장막이 약해지는 것을 느꼈다. 〈비행〉의 제한시간이 지나버린 것이다.

천천히 발을 지면에 댔다.

문제는 이제부터 어떻게 하느냐였다. 다시 〈비행〉을 쓰는 것 자체는 문제가 없었다. 그 정도 마력은 남아있는 것이 느껴졌다. 하지만 〈암시〉도 반드시 필요하고, 만약을 위해 발동해둔 방어마법을 유지하는 데에 소비할 양, 그리고 전투를 피할 수 없을 때를 위한 힘도 남겨두어야만 한다.

아르셰가 쓸 수 있는 마법 중에서도 제3위계 마법인 〈비행〉은 위계가 가장 높은 마법이다. 다시 말해 마력을 가장 많이 소모한다. 그런 만큼 가능하다면 쓰고 싶지 않았다.

하지만 지면의 환경을 무시할 수 있고 육체적 피로가 없다는 강점을 가진 마법을 쓰지 못하게 되면, 이 숲에서 탈출할 때까지 얼마나 많은 시간이 걸릴지 추측조차 불가능했다. 게다가 날지 못한다면 현재 위치를 확인할 수도 없다.

아르셰는 이곳에 오기까지 이따금 나무 위까지 고도를 높여 투기장 바로 옆에 있는 거목을 확인하면서 방향을 알아보았다. 〈비행〉을 쓰지 못하고 이동할 경우 아르셰는 금세 방향감각을 잃을 것이다. 울창한 숲 속에서는 이정표가 될 거목은 볼 수 없었으며, 또한 일일이 가까운 나무에 기어올라 이를 확인할 수 있을 만한 상황도 아니었다.

"──어디선가 쉬자."

아르셰는 중얼거렸다.

쉬어서 마력을 회복시키면 〈비행〉의 사용횟수도 훨씬 늘어날 테고, 태양 밑에서 행동하는 편이 안전하다. 특히 숲에 사는 몬스터 중에는 야행성이 많다.

이 어두운 숲을 억지로 나아가느니, 어딘가에 몸을 숨기고 하룻밤을 보내는 편이 훨씬 안전하다.

그러나 어디가 안전한지는 아르셰도 알 수 없었다.

만약 이 자리에 이미나가 있다면 가르쳐주었을 것이다. 로버딕이나 헤케란이 있다면 위험한 장소에서도 안심하고 쉴 수 있다. 하지만 의지할 동료가 없는 것이다.

"──이미나. 로버딕."

아르셰는 거목에 기대 동료들을 생각했다.

"……거짓말쟁이."

이만한 시간이 흘렀는데도 두 사람에게서 연락이 올 기미는 없었다.

역시 도망치지 못했다.

아니, 이미 알고 있었다. 그들이 아인즈라는, 차원이 다른 존재에게 이길 리가 없다고. 그러나 그렇다 해도 담담한 기대를 품고 말았던 것은 아르셰가 어리석기 때문일까——.

아르셰는 털썩 주저앉아 등을 나무에 기댄 다음 눈을 감았다. 위험하다는 것은 잘 안다.

하지만 눈을 감고 싶었다.

세 사람을 떠올리며, 눈을 꽉 감았다.

나뭇결의 싸늘한 감촉이 머리에 기분 좋게 느껴졌다. 조금 쉬니 자신이 지쳤다는 것을 강하게 실감했다. 높아진 긴장감이 정신적인 피로가 되어 얹히는 것 같았다.

"——하아."

목의 힘을 빼고 머리를 뒤로 기댔다.

그리고 눈을 크게 떴다.

〈암시〉로 선명하게 비치는 어둠의 세계 속에서, 그것이 시야에 들어왔다는 사실을 이해하지 못했다.

아르셰를 내려다보는 사람이 있었던 것이다.

그것은 아르셰가 본 적도 없는, 오싹할 정도로 아름다운 소녀였다.

차림새는 이 숲의 분위기와는 어울리지 않는 부드러운 칠흑의 보울 가운. 백랍처럼 흰 피부. 한쪽 손으로는 긴 은색

머리카락을 한 손으로 들어 아르셰가 있는 곳까지 닿지 않게 하고 있었다.

귀족 출신인 아르셰조차 이만큼 아름다운 소녀는 본 적이 없었다. 만일 무도회에 나간다면 남자들은 서로 춤을 추려고 경쟁할 것이며, 그 미모만으로도 원하는 것은 무엇이든 얻을 수 있으리라. 진홍색 눈동자가 영혼을 빨아들일 것 같은 매력을 뿜어냈다.

아르셰는 이내 정신을 차렸다. 이런 곳에 이런 차림을 한 사람이 있을 리가 없다. 게다가 그녀는 두 발을 나뭇결에 댄 채 줄기에 수직으로 서 있는 것이다.

생각할 수 있는 것은 아인즈가 보낸 추적자. 그러나 이 숲에 옛날부터 살고 있었을 주민일 가능성도 절대 없다고 단언할 수는 없다.

"숨바꼭질은 끝났사와요?"

담담한 기대는 덧없이 배신당했다.

"──추적자."

아르셰는 벌떡 일어나선 거리를 두며 소녀를 향해 지팡이를 내밀었다. 소녀는 그런 아르셰에게 관심을 잃은 것처럼 나무줄기를 따라 걸어와 지면에 섰다.

"자, 얼른 도망쳐야 하사와요."

"──여기서 널 쓰러뜨리면 안전하게 도망칠 수 있어."

그렇게 말하면서도 아르셰는 내심 쓴웃음을 지었다. 아인즈라는, 상식의 범주를 벗어난 괴물이 보낸 추적자에게 이길 리가 없음을 이해하고 있기도 했다.

그런데도 이런 태도를 보인 이유는 어디까지나 상대의 반응을 살피기 위해서였다.

"그럼 그렇게 하시어요. 잠깐이라면 놀아주겠사와요."

자신과 상대의 역량 차이를 완전히 알고 있는 태도. 다시 말해 그녀에게 아르셰와의 전투는 완전히 장난의 영역인 것이다.

"——〈비행〉!"

아르셰는 마법을 영창하고 도주를 개시했다. 지상을 터덜터덜 비행할 여유는 없었다. 단숨에 상승했다. 두 손으로 얼굴을 가리고 나뭇가지 사이를 빠져나가 단숨에 나무 위로 나갔다.

밤하늘 아래, 아르셰는 주위를 둘러보았다. 조금 전에 보았던 거대 박쥐와 비슷한 몬스터가 있을까 경계한 것이다. 하지만 주위에서는 확인할 수 없었다. 그렇다면 도주할 뿐이다.

"자, 힘을 내사와요."

도망치려던 아르셰에게 아름다운 목소리가 들려왔다. 아르셰의 심장이 철렁 한 차례 울렸다. 시선이 이리저리 헤매 어디 있는지를 찾았다. 그리고 향한 곳은 아르셰보다도 높은 상공.

언제부터인지 조금 전의 소녀가 그곳에 있었다.

"──〈뇌격〉!"

앞으로 내민 지팡이 끝에서 청백색 벼락이 밤하늘을 찢으며 그녀에게 꽂혔다. 아르셰가 쓸 수 있는 최대의 공격마법이다. 여기에 꿰뚫리고도 그녀의 얼굴에 떠오른 미소는 사라질 줄을 몰랐다.

아인즈에 필적할 만한 존재. 아르셰는 그렇게 확신했다. 그것은 다시 말해 아르셰는 절대 이길 수 없는 존재라는 뜻. 도망치려는 아르셰에게 즐거움에 찬 소녀의 목소리가 들렸다.

"권속이여."

소녀의 등에서 거대한 날개가 뻗어나왔다. 그것은 박쥐의 날개 같았으며, 다만 너무나도 거대했다. 등에서 분리되듯 날아오른 것은 기이할 정도로 거대한 박쥐였다. 물론 진홍색 눈을 가진 박쥐가 단순한 짐승일 리 만무했다.

퍼득퍼득 소리를 내며 날아오른 박쥐 근처에서 소녀가 씨익 웃었다. 아르셰의 온몸이 얼어붙는 것 같은, 외모에서 느껴지는 연령과는 전혀 어울리지 않는 웃음이었다.

"자아, 힘을 내서 도망치사와요──."

아르셰는 도망쳤다.

그저 하염없이 도망쳤다.

상대를 따돌리기 위해 나무들 사이로 돌입하고, 가지로 자신의 몸이 긁혀도 아랑곳 않고 도망쳤다.

동료들을 내팽개치고 왔으니 하다못해 완벽하게 도망치기라도 해야 한다. 그러기 위해서라면 무슨 짓이든 할 수 있다고 생각했다.

그리고 얼마나 날았을까. 아르셰는 절망을 직시하고 있었다.

벽이다.

눈에 보이지 않는 벽이 그곳에 있었다.

세계는 아직도 더 이어져 있는데, 아르셰의 몸을 차단하는 벽이 있었던 것이다. 현재 아르셰가 있는 곳은 상공 200미터 지점이었다. 여기까지 눈에 보이지 않는 벽이 뻗어 있었다.

"――이건."

절망에 가득 찬 목소리로 아르셰가 중얼거렸다. 손으로 만지면서 비행했다. 그러나 벽이다. 벽이다. 벽이다. 벽이다.

그랬다. 어디까지 가도 손에는 단단한 감촉만이 전해졌다.

"이게 대체?"

"벽이사와요."

대답이 없어야 할 혼잣말에 대답이 돌아왔다. 누구의 목소리인지 예측할 수 있었던 아르셰는 지친 얼굴로 돌아보았다.

그곳에 있었던 것은 예상했던 인물. 조금 전의 소녀. 그리고 주위를 날아다니는 세 마리의 거대한 박쥐.

"뭔가 착각하고 있는 모양인데, 여긴 나자릭 지하대분묘 제6계층이사와요. 다시 말해 지하."

"……여기가?"

아르셰는 세계를 가리켰다. 하늘에는 별이 가득하고, 바람은 불며, 대지에는 숲이 우거졌다. 그런 장소가 지하에 있을 리 만무하다는 생각과, 이자들이라면 그 정도는 가능하리라는 생각이 겹쳐졌다.

"지고의 41인—— 과거 이곳을 지배하셨고 우리를 만들어주신 분들. 그분들이 만들어주신, 우리조차 이해할 수 없는 시스템이사와요."

"——세계를 만들어? 그건 신의……."

"그래요. 우리에게는 신과도 같은 존재이사와요. 아인즈 님을 필두로, 과거에 계셨던 그분들은."

아르셰는 주위를 둘러보았다.

이제 그녀는 받아들이고 있었다. 아무리 그래도 이만한 것을 보여주면 받아들일 수밖에 없었다.

자신이 이제 살아서 돌아갈 수는 없다는 것을.

"자, 도망치지 않사와요?"

"——도망칠 수 있어?"

"무리사와요. 원래 놓칠 생각은 전혀 없었사와요."

"――그렇구나."

아르셰는 지팡이를 두 손으로 꽉 쥐고 소녀에게 달려들었다. 이제 마력은 없었으므로 마법은 쓰지 못한다. 하지만 그래도 마지막까지 도망칠 노력은 한다. 그것이 최후의 '포사이트'가 된 아르셰가 해야 할 일이었다.

"네, 네. 고생 많사와요."

결사의 돌격을 감행하는 아르셰에게 소녀는 재미없다는 듯 중얼거릴 뿐이었다.

"그럼 이것으로 당신의 도주는 끝이사와요. 마지막에 울며불며 매달리지 않아 유감이사와요."

소녀는 아르셰가 휘두른 지팡이를 쉽게 손으로 받아내고 자신 쪽으로 끌어당겼다. 자세를 무너뜨리며 끌려가는 아르셰와 소녀. 두 사람은 허공에서 끌어안은 꼴이 되었다.

소녀는 기세 그대로 아르셰의 목에 얼굴을 묻었다. 아르셰는 몸을 뒤틀어 떨쳐내려 했지만 갑자기 굳어버린 것처럼 소녀의 몸은 떨어지질 않았다. 뜨뜻한 숨결이 목에 닿아 아르셰의 몸이 오싹 떨렸다.

"……흐응~ 땀 냄새."

워커인 아르셰는 한창 일을 하던 중이었으므로 몸을 씻지 못하는 것도 어쩔 수 없는 노릇이었다. 이것은 워커, 모험자, 여행자처럼 바깥을 돌아다니는 사람이라면 당연한 일이며, 지저분하다는 소리를 들어도 그래서 어쨌느냐고 웃으며 되받아칠 만한 소리였다.

하지만 자신보다 어린, 그것도 매우 아름다운 소녀에게 그런 말을 들으니 수치의 감정이 떠오르는 것도 어쩔 수 없었다.

소녀의 얼굴이 아르셰의 목에서 떨어졌다. 그 새빨간 눈동자를 들여다본 순간, 아르셰는 혐오감에 사로잡혔다. 여자의 몸을 탐닉하려는, 정욕에 번들거리는 남자 같은 감정이 깃들어 있었기 때문이다.

"안심하사와요. 당신은 고통 없이 죽음을 맞이할 테니. 아인즈 님의 자비에 감사하사와요."

"——!"

되받아치려다 아르셰는 놀랐다. 자신의 몸이 전혀 움직이지 않는다는 데에. 마치 그 진홍의 눈동자에 영혼이 빨려 들어간 것처럼.

그제야 아르셰는 겨우 소녀의 정체를 깨달았다. 인간이 아닌—— 뱀파이어임을.

"……그리고."

아르셰의 얼굴에 소녀가 얼굴을 가져다 대더니, 끈적하게 입술 사이를 가르며 나온 혀가 아르셰의 이마를 핥았다.

"……소금 맛."

소녀는 씨익 웃고, 아르셰는 절망에 속으로 울부짖었다.

소녀의 웃음이 더욱 커졌다.

마치 찢어지는 것처럼 입술 끝이 귀밑까지 올라갔다. 홍채에서 배어나오는 색에 안구가 완전히 핏빛으로 물들었다.

그리고 입이, '쩌억'이라는 의태어가 어울릴 만한 모습으로 열렸다. 조금 전까지 희고 아름다웠던 이가 나란히 늘어서 있었던 입에는 주사기를 연상케 하는 가늘고 하얀 것이 상어처럼 무수히 몇 겹으로 돋아나 있었다. 핑크색으로 음탕하게 빛나는 구강은 번들거렸으며 투명한 침이 입 끝에서 뚝뚝 떨어졌다.

오싹. 마음속에서 솟아나오려는 공포가 아르셰를 감쌌다.

"아하하하하하아아아!!"

깔깔 웃으며 피 냄새를 뿌리는 괴물을 앞에 둔 채 아르셰는 스스로 자신의 마음을 놓아버렸다.

마지막으로 집에서 기다리는 두 여동생의 얼굴을 떠올리면서.

"으으으으으응? 기절해버렸사와요오오오오? ……그러면 마법으로 의식을 빼앗을 필요도 없겠사와요. 그대로 꿈속에서 사신에게 안기는 것도 좋겠사와요."

3

침입자의 뒤처리를 맡기고, 아인즈는 옥좌의 홀에서 모니터를 기동시켜 나자릭 내의 데이터를 열람했다. 가장 마음에 걸렸던 보유 금액에는 미미한 변화밖에 없었다. 비용 소비형 함정이 별로 쓰이지 않았던 덕이다. 이는 충분히 성공이라 할 만했다.

긴장한 낯빛으로 평가를 기다리는 알베도에게 활짝 웃으며 —— 해골 얼굴에 표정은 드러나지 않지만 —— 칭찬했다.

"훌륭하구나. 침입자가 약했다고는 하나 이 세계의 인간들 중에서는 나름 힘을 가진 자들이었다. 그런 자들을 이 정도 지출로 격퇴하였으니, 앞으로 방위는 알베도에게 일임해도 전혀 문제가 없겠다."

"감사하옵니다."

누가 봐도 안도한 낯빛으로 알베도는 깊이 고개를 숙였다.

"그런데 아인즈 님, 잠시 시간 괜찮으신지요?"

"괜찮다. 판도라즈 액터에게 들으니, 위쪽은 귀환이 늦지만 이대로 하루 내지는 유적 내에서 변화가 있을 때까지 기다려 보기로 결심했다고 한다."

아침이 와도 워커들이 하나도 돌아오지 않는 사태에 직면해 당황하는 모험자들에게 모몬 —— 판도라즈 액터가 이 자리에서 하루를 더 기다려 보자고 제안한 것이다. 일단 비상사태에 조우했을 때는 거점에서 철수해 멀리 떨어진 곳에서 상황을 지켜보게 되어 있었지만 아다만타이트 클래스 모험자의 말은 그보다도 무거웠다.

"그렇다면 시간을 조금 할애해주실 수 있으신지요. 사실은 아인즈 님께 제안이 있나이다."

"그것이 무엇이냐, 알베도? 조금만 기다려다오. ……좋아, 됐다."

마지막으로 모니터에 비친 햄스케와 리저드맨들을 확인한 다음 아인즈는 알베도를 돌아보았다.

"그래, 제안이란 무엇이냐?"

"——예."

주위를 둘러본 다음 입을 열었다.

"조금 전의 어리석은 자들이 했던 말에 관해서이옵니다. 아인즈 님께 지고의 존재를 수색하고 발견하시는 일은, 우선순위로 보았을 때 어느 정도 위치이옵니까?"

"최상위다. 이 나자릭 지하대분묘라는 장소를 위험에 빠뜨리지 않는 범위 내에서는 최우선사항이다."

아인즈는 즉시 대답했다.

"그렇사옵니까. 이해했나이다. 그렇다면 다시 제안 드리겠사옵니다. 제 밑으로 지고의 존재들을 탐색하기 위한 직속 부대를 신설하도록 허가를 내려주시옵소서."

"그게 무슨 말이냐?"

아인즈의 목소리가 의도치 않게 굳어졌다. 자신의 내심에 도사린 어두운 부분을 느꼈기 때문이다.

이제까지 동료들을 능동적으로 찾을 기회가 적잖이 있었다. 그러나 그때마다 '인원 부족', '정보 부족' 같은 이유로 계획을 미뤄왔다.

　세계의 구석까지 뒤져도 발견하지 못한다면? 그렇게 생각하니 결단을 내릴 수 없었던 것이다. 고독을 확정 지을 노력을 하느니, 미친 듯이 명성을 긁어모으는 괴물이 되는 편이 차라리 희망을 품을 수 있다고.

　"예. 조금 전 어리석은 자들과의 대화는 즉석에서 거짓임을 간파할 만큼 시시한 것이었나이다. 하오나 앞으로는 그러한 정보의 진위를 묻는 것이 어려워질 때가 올 것으로 사료되옵니다. 그렇기에 정보의 신빙성을 확인하고 그와 동시에 지고의 존재들을 수색하는 팀을 형성하려는 것이옵니다. 제 선에서 자세히 알아본 후 아인즈 님께 보고를 드리는 편이 좋지 않을까 판단하옵니다."

　"그래……?"

　아인즈는 아래턱에 뼈로 된 손을 가져다 대며 신음하듯 중얼거렸다. 조금 전 워커들과 나눈 대화를 떠올리고, 분노가 아닌 허무함을 품었다. 희망과 절망의 틈바구니에서 놀아난다는 것은 정말로 더할 나위 없는 아픔이었다. 개인의 감상은 차치하고서라도, 조직의 장으로서는 비록 조그만 한 걸음이라 한들 앞으로 나아갈 결단을 내려야만 할 때가 왔다.

　"딱히 알베도가 아니어도 문제는 없으렷다. 너는 나자릭을 잘 운영해주었으면 한다. 외부에 정보를 찾으러 나가는 것을 전제로 생각한다면…… 마레나 아우라가 최적이 아니겠느냐? 다크엘프는 바깥세상에도 있다고 하니."

"지당하신 말씀이옵니다. 하오나 여기에는 단 한 가지, '폭주'라는 불안이 있사옵니다. 예를 들어 페로론티노 님의 정보를 얻는다면 샤르티아가 돌진하리라 여겨지는 것처럼, 부글부글찻주전자 님의 정보를 얻었을 경우 아우라나 마레가 어떤 행동을 보일지는 불명확하옵니다."

"하긴······."

샤르티아를 떠올리며 아인즈는 쓴웃음을 지었다.

"정말 그럴 것 같구나."

"따라서 제 밑으로 팀을 편성하는 것이 좋지 않을는지, 어리석은 머리로나마 생각해 보았나이다."

"······타블라 님의 정보를 얻었을 때는 네가 폭주하지 않겠느냐?"

"안심하시옵소서. 나자릭 수호자 총책임자라는 지위에 있는 자로서 그러한 일은 결코 없을 것이옵니다. 약속드리겠나이다."

"그렇군······."

나자릭 내에서도 조직 운영에 가장 탁월한 현자 알베도라면 감정에 떠밀려 폭주할 가능성은 낮다. 이따금 좀 얼빠진 모습을 보이기는 하지만, 그래도 아인즈가 없던 나자릭을 문제없이 운영하는 이상 신뢰하기에는 충분하다.

"개인적으로는 데미우르고스도 괜찮지 않을까 하오나,

그자는 다른 여러 가지 일을 맡고 있나이다. 지고의 존재에 대한 정보를 모으는 막중한 임무까지 지우는 것은 가혹한 일이 아닐지."

"그것도 일리가 있다. 그러면 판도라즈 액터를 쓰면 어떻겠느냐?"

"그래서 말씀이오나, 제 밑에 부관으로 판도라즈 액터를 빌려 주시옵소서."

"그렇구나. 나자릭 내에서도 지혜가 뛰어난 너희라면 하나만 있을 때보다는 실수가 적겠지. 허나…… 그는 보물전의 관리도 맡고 있다. 네가 원할 때 우선적으로 빌려주는 형식으로 양해해다오."

"감사드리옵니다. 그리고 그에 따른 몇 가지 말씀을 드릴까 하옵니다."

아인즈는 말을 계속하라고 고갯짓을 했다.

"제 직할부대가 될 지고의 존재 탐색대는 가능하다면 실력 있는 자들로 편성하고자 하옵니다."

"당연한 말이다. 최고위의 부하들을 주마."

"감사드리옵니다. 그리고 아인즈 님께서 만드실 수 있는 언데드 부관을 주시면 고맙겠사오나……."

"그건 안 된다. 분명 내가 만들 수 있는 부관은 90레벨이나 되지. 그러나……."

용병 NPC보다도 아인즈의 스킬 중 하나로 경험치

를 소비해 만들 수 있는 언데드 —— 오버로드 와이즈맨(Overlord Wiseman)이나 그림 리퍼 타나토스(Grim Reaper Thanatos) 같은 —— 는 한 마리밖에 가질 수 없는 만큼 강력하다. 그래도 위그드라실에서처럼 경험치를 잔뜩 벌 방법이 없는 이상, 가능하다면 경험치 소비형 스킬은 쓰고 싶지 않았다.

"음, 역시 그건 안 되겠다. 팀의 책임자로 알베도를 두고, 부관으로 판도라즈 액터. 그 외에는 몬스터를 두는 것이 좋겠구나."

"알겠나이다. 그리고 또 한 가지 말씀이온데, 이 조직은 가능하다면 다른 수호자들에게도 내밀히 해주셨으면 하옵니다."

"어째서냐? 수호자의 협조도 있는 편이 좋지 않을까?"

"아닙니다. 공연히 정보가 흘러나가면 수호자나 다른 지고의 존재들에 의해 만들어진 자들이 확인을 위해 자신들도 데려가 달라고 주장할 수 있습니다. 그것이 만일 함정이었을 경우 호락호락 위험에 뛰어드는 꼴이 되지 않겠나이까? 저는 방어에 탁월하므로 혼자서라면 도망칠 수도 있사오나, 다른 자들까지 함께 있으면 도저히 어려울 터인지라……."

"정론이지. 좋다, 알베도. 네 뜻대로 행하거라."

"감사드리옵니다, 아인즈 님!"

긴 머리카락이 늘어져 얼굴을 폭 감출 만큼 깊이 고개를 숙이는 알베도.

"괜찮다. 그보다도 잘 부탁한다."

"물론이옵니다! 최중요 지령을 수행하는 비밀 특별부대. 결코 아인즈 님께 후회를 드리지 않겠나이다."

아인즈는 내심 머리를 긁적거렸다. 대답치고는 좀 이상하지 않나?

'뭐, 괜찮겠지.'

"그러면 부하들을 선발하도록 하지. 일단은 계층에 배치된 자들을 빼내는 것보다는 새로이 만들어내도록 하자. 80 레벨대는 얼마나 필요하지?"

"일단은 열다섯 정도면 좋지 않을까 하옵니다."

"열다섯? 좀 많지 않……."

거기까지 말하려던 아인즈는 고개를 가로저었다. 옛 동료들의 수색은 중요한 일이다. 그렇다면 그 정도는 필요경비도 되지 않는다.

"아니, 그 말이 옳다. 알겠다."

"그리고 여쭙고 싶사오나, 루베도에 대한 지휘권을 받아도 되겠나이까?"

"기각한다."

아인즈는 즉시 대답했다.

나자릭 최강의 개체 루베도. 순수한 육탄전에서는 세바스, 코퀴토스, 알베도보다도 상위에 속하는 존재다. 아마 풀 장비를 갖춘 아인즈조차 능가하지 않을까 싶은 힘을 가진 루베도와 비교한다면 샤르티아조차 약하다고 할 수 있다.

'그걸 이기려면 제8계층에 배치한 그것들을, 세계급 아이템과 함께 활용했을 경우에만 가능하지. 암만 그래도 그중 한 마리와 제대로 싸울 수 있을 것 같지는 않지만……'

"기동실험에 성공한 이상, 당분간 그것을 움직일 마음은 없다. 그보다 왜 그만한 전투력이 필요한 게냐?"

"부끄러운 말씀이오나, 들어주시겠나이까?"

"상관없다만?"

"기왕이면 최강의 팀을 만들어 볼까 하여."

"하하하하──!"

참으로 어린아이 같지만, 그건 그거대로 이해할 수 있는 알베도의 말에 아인즈는 크게 웃었다. 이내 감정은 억제되었으나 그래도 아직 잔물결 같은 유쾌함은 남았다.

"아인즈 님!"

난처한 기색을 보이는 알베도에게 아인즈는 화사하게 ── 얼굴은 안 움직이지만 ── 대답했다.

"미안, 미안하다. 아니, 음. 재미있었다. 그렇구나. 그렇다면 너의 여동생이지. 지휘권을 주마."

"그래도 괜찮으시겠습니까?"

"상관없다마다. 너만의 드림팀을 만들거라. 어쩌면 앞으로 그 팀으로 다른 일에도 힘을 발휘하게 될지 모르고 말이다."

"감사드리옵니다, 아인즈 님!"

다시 깊이 고개를 숙여 표정은 확인할 수 없었지만 알베도라면 평소의 미소를 짓고 있을 거라 생각하고 아인즈는 다시 모니터에 눈을 돌렸다. 그때 옥좌의 홀로 들어오는 사람이 있었다. 엔토마였다. 그녀는 그대로 곧장 옥좌 부근까지 오더니 한쪽 무릎을 꿇고 깊이 고개를 숙였다.

"실례하옵니다."

"무슨 일인가요, 엔토마?"

"예."

딱딱한 알베도의 목소리에 대답하고는 그 자세를 유지한 채 대답했다.

"아우라 님과 마레 님께서 출발하실 시간이 되었기에 보고 드리옵니다."

"그랬군. ……고개를 들라."

"예."

다시 짧게 대답하고 엔토마가 고개를 들었다.

"시간은 있다. 배웅하러 가자꾸나. 마법으로 연락하는 것도 멋이 없지. 엔토마에게는 미안하다만 먼저 가서 두 사람에게 그렇게 전해다오."

"분부 받들겠나이다."

일어나 걸어가는 엔토마의 등을 바라보며 알베도가 눈치를 살피듯 아인즈에게 물었다.

"······아인즈 님, 불쾌하진 않으시옵니까? 이곳은 엔토마 이외의 메이드가 왔어야 하옵니다. 제가 야단을 치겠나이다."

"······뭐가 말이냐?"

"그게, 실례되는 소리를 했던 저 계집아이의 목소리를 들으셔도——."

"아, 딱히 신경 쓰지 않는다. 그렇다기보다도 엔토마에게 권유했던 것은 나—— 잠깐, 엔토마!"

"예! 무슨 일이시옵니까?"

황급히 돌아오려는 엔토마를 손짓으로 말리고, 아인즈는 그 자리에서 대답하도록 지시했다.

"그 외의 부위는 어떻게 하였느냐? 제대로 유용하게 활용하였느냐?"

"예. 머리 부위는 머리장식 악마Silk Hat의 일부가, 팔 부위는 망자의 전율Deadman Struggle이 나누었으며, 피부는 데미우르고스 님께서 가져가셨습니다. 그리고 남은 부분은 그랜트의 자식들이 먹이로 삼았으므로 빠짐없이 활용하였노라 생각하옵니다."

"그렇군. 그러면 됐다. 사냥한 자는 항상 낭비가 없도록 최대한 활용할 책무가 있는 법이다. 사냥꾼이라면 누구나 그럴 것이다. 그것이 공양이란 것이지."

"참으로—— 인자하시옵니다. 지저분한 도둑들에게도 그

만한 자비를 베푸시다니, 역시 지고의 존재. 지금 아인즈 님의 말씀을 들으면 나자릭의 모든 이들이 감격의 눈물을 흘릴 것이옵니다!"

알베도의 감개무량한 목소리. 엔토마의 기이한 눈동자에도 존경의 빛이 어린 것 같았다.

"……음, 뭐…… 응. ……이건 나만의 판단이고 너희에게까지 강요할 생각은 없다. 그래도 역시…… 유익하게 잘 쓰는 게 예의 아니겠느냐."

"그대로 따르겠나이다. 그러면 그자들 또한 반드시 유익하게 사용하겠사옵니다!"

깊이 고개를 숙이는 두 사람에게 아인즈는 무언가 애매하게 단추를 잘못 채운 것 같은 기분을 맛보면서도 '응.'이라고 대답할 수밖에 없었다.

4

마법성에는 회의실과 응접실이 수없이 많다. 그중에서도 플루더가 향한 곳은 가장 고급스러운 세간으로 장식된 응접실이다. 황제나 그에 준하는 인물이 왔을 때밖에 쓰지 않는 곳이었다.

그 앞에 선 플루더는 자신의 몸가짐을 확인했다.

로브는 황제가 주최하는 대연회에도 나갈 수 있는 일급품이었으며 목깃과 소매에 뿌린 향수가 좋은 냄새를 풍겼다.

플루더는 원래 정치에도 사교에도 거의 관심이 없었다. 그렇다기보다는 마법 연구에만 집중하고 싶다는 소망이 있었기에 그 외의 모든 것들을 거추장스럽게 여겼다. 하지만 무관심을 관철할 수 있는 처지가 아니라는 것도 자각했다.

자신의 몸단장이 제국의 위신에 상처를 입히는 일만은 역시 피하고 싶었다.

'좋아, 문제는 없군.'

흐트러지지 않았음을 확인한 후 문을 노크하고, 열었다.

호화로운 방에 있던 것은 두 명의 모험자. 마치 조금 전에 보았던 죽음의 기사 같은 칠흑의 갑옷을 착용한 전사. 그리고——플루더조차 한순간 눈길을 빼앗길 만한 미녀.

''칠흑' 모몬과 '미희' 나베.'

"오래 기다리시게 해 죄송합니다."

플루더는 조심스럽게 문을 닫고, 문득 위화감을 깨달았다.

'……이상하군…….'

문 앞에 선 채로 절세미녀를 응시한다.

"……보이지 않아?"

플루더의 눈이라면 원래 또 하나, 겹쳐져서 보여야 하는 것이 있다. 하지만 그것이 보이지 않는다는 충격과 놀라움 때문에 자신도 모르게 목소리를 내고 말았다.

플루더는 탤런트를 가지고 있다. 그것은 마법계 매직 캐스터가 사용할 수 있는 마법의 위계에 따라 발하는 오라를 보는 힘이다.

하지만 '칠흑'에 속한 '미희' 나베는 마력계 매직 캐스터라 들었음에도 플루더의 탤런트로 오라를 볼 수 없었다.

'탐지 방어?'

그렇다고밖에는 생각할 수 없다. 그렇다면 다른 의문도 생긴다. 왜 탐지 방어를 썼지? 보통 모험자들은 탐지 방어까지는 쓰지 않는다. 일일이 그런 데까지 힘을 할애하는 것이 귀찮고, 평소에 경계를 할 만한 상황이 별로 없기 때문이다. 게다가 탐지 방어를 한 채 사람을 만나는 것은 예의에 어긋나는 일이 아닐까.

'하기야 탐지계 능력을 구사하는 것도 예의에 어긋나는 짓이긴 하지만…… 왜 자신의 힘을 감춘단 말인가?'

플루더의 이능은 널리 알려져 있으므로 대책을 세운 것이겠지만, 해답까지는 도달할 수 없었다.

선 채로 들어오지 않는 플루더에게 의아한 목소리가 날아들었다.

"왜 그러십니까?"

"아, 실례했습니다."

플루더는 모몬 앞에 앉았다. 그렇다고는 하지만 곁눈질로 자꾸만 나베 쪽을 살피게 되었다.

"아, 그렇군요. 그러면 시작하기로 하지요."

뭘?

플루더가 그렇게 묻기도 전에 모몬이 말을 이었다.

"……나베. 슬슬 반지를 빼는 것이 어떻겠느냐."

"분부 받들겠나이다."

나베가 반지를 뺐다. 그 순간——

폭풍이 밀려드는 것만 같았다.

"아니!"

고함을 지를 뻔했다.

나베에게서 압도적인 힘이 방사된 것이다.

실제로 풍압을 받은 것은 아니었다. 이것은 플루더와 같은 이능을 가진 자만이 볼 수 있는 힘의 분류였다.

플루더는 차디찬 역풍을 맞은 사람처럼 몸을 옹송그리며 떨었다.

"마, 말도…….."

말도 안 된다. 말이 될 리가 없다. 이런—— 자신보다도 강대한 힘이, 있을 리가 없다.

그러나 마지막까지 부정의 말을 꺼낼 수는 없었다. 눈앞의 광경은 사실이었다. 이제까지 이 힘이 배신당한 적은 한 번도 없었다. 그렇다면—— 그녀의 힘은 자신보다도 아득히 뛰어나다는 사실이다.

"제7위계…… 아니, 설마. 이 거대한 힘의 분류는……

제8위계의 증거……?"

그렇다고 한다면 이제는 신화의 영역이다.

플루더는 이제 말도 할 수 없었다. 제5위계 마법은 영웅의 영역. 그리고 플루더가 도달한 제6위계는 전인미답의 영역이다. 그럼에도 그다음 위계를 가볍게 돌파한 인물이 갑자기 눈앞에 나타난 것이다.

게다가 이렇게 젊고 아름다운 여성이.

'외견과 나이가 다른 것인가?!'

경악에 몸을 떠는 플루더의 시야 끝에서 모몬이 까만 건틀렛을 벗는 것이 보였다. 그리고 반지 하나를 빼는 모습도.

"————!"

한순간, 세계가 섬광에 물들어 플루더는 의식이 날아가버리는 것 같았다.

눈앞에서 일어난 일을 이해할 수가 없었다. 200년 이상의 세월을 살아온 플루더조차, 인간이 도달할 수 있는 최고 위의 위계마법까지를 구사할 수 있는 인물조차, 인식 자체가 불가능했다.

"이, 이, 이럴, 이럴 수가."

플루더의 뺨을 타고 따뜻한 것이 흘러내렸다. 그러나 그것을 닦을 여유도, 기력도 없었다. 그만한 충격이 마음을 갈기갈기 흐트러뜨리고 있었다.

누가 예상이나 했을까. 칠흑의 전사라 칭송이 자자한 인물이, 마력계 매직 캐스터이자 플루더가 발밑에도 미치지 못하는 높은 영역에 있으리라고.

"저것이 제8이라고 한다면, 제9…… 아니…… 이 무슨…… 오오, 신이시여……."

칠흑의 전사 모몬에게서 뿜어져 나오는 압도적인 힘은 곁에 앉은 나베를 아득히 초월했다. 추정 제8위계의 매직 캐스터인 나베를 초월한다면 모몬이 구사할 수 있는 위계는 대체 어느 정도 경지란 말인가.

뇌의 한구석에 떠오른 의문을 플루더는 영혼으로 이해했다.

——제10위계. 있다고는 여겨지면서도 존재를 확인한 자는 그 누구도 없다는 절대영역. 그 지고의 영역에 선 자가 눈앞에 강림했다.

벌떡 일어난 플루더는 모몬 앞에 무릎을 꿇었다. 넘치는 눈물을 그대로 둔 채.

"……마법을 관장한다는 신을 신앙해왔나이다. 그러나 당신이 바로 그 신이 아니라 한다면 저의 신앙심은 지금 막 사라졌습니다. 왜냐하면 진정한 신이 제 앞에 모습을 나타내주셨기 때문입니다."

플루더는 이마를 힘차게 바닥에 찧으며 평복했다. 아픔

따위 마음에서 우러나는 제어불능의 환희 앞에서는 의미가 없었다.

"실례인 줄 알면서도 무릎을 꿇은 채 부탁드리옵니다! 저에게 당신의 가르침을 주시옵소서! 저는 마법의 심연을 보고 싶습니다! 부디! 부디!!!"

"——너는 그 대가로 나에게 무엇을 주겠느냐."

얼음장처럼 싸늘한 목소리. 백 명이 들으면 모두 틀림없이 그렇게 대답할 것 같은 목소리였으나, 플루더의 귀에는 마음을 녹이는 듯 달콤한 목소리로밖에 들리지 않았다. 물론 독이 담긴 목소리라는 것도 이해했다. 그러나—— 그것이 어쨌단 말인가.

플루더는 한순간의 망설임조차 없이, 주었다. 영혼마저도.

"모두! 그렇습니다, 저의 모든 것을 당신께 바치겠습니다! 심연의 주인이시여! 심원하신 분이시여!"

"……좋다. 모든 것을 바치겠다면 나의 지식은 너의 것이다. 바람을 들어주마."

"오오! 오오!"

바닥에 이마를 비벼댄 채 플루더는 환희의 눈물을 흘렸다. 질투에 응어리졌던 마음이 녹아내리는 것 같았다. 이제까지 200년 이상을 고대하였던 바람이 이루어질 가능성을 지금 얻은 것이다.

흥분 때문에 절정에 달한 플루더는 고개를 들지도 못한 채 슬금슬금 다가와서는 모몬의 그리브에 입을 맞추었다. 처음에는 핥을 생각이었다. 그러나 그것은 자신의 주인이자 신이 싫어할지도 모른다는, 머리 한구석의 냉정한 자신이 제안한 결과 타협한 행동이었다.

"그 정도면 된다. 너의 충성을 잘 알았다."

"오오! 감사드리옵니다! …………스승님!"

"그러면 우선 명령하겠다. 제물을 나의 거성에 보내도록——."

"할아범! 할아범! 왜 그러나, 할아범!"

생각에 잠긴 플루더는 자신을 부르는 목소리에 의식을 되돌렸다. 며칠 전의 충격적인 만남은 아직도 플루더의 마음을 꽉 움켜쥐어, 조금만 마음을 놓으면 즉시 몽환의 영역에 들어가려 했다.

플루더는 눈을 여러 차례 깜빡여 자신이 어디에 있는지를 떠올리고는 자신을 부르는 인물에게 슬쩍 고개를 숙였다.

"실례하였습니다, 폐하. 잠시 생각에 잠겼습니다."

플루더의 시선 너머에 있던 것은 유일하게 자신을 '할아범'이라 부를 수 있는 상대. 바하루스 제국 황제 지르크니프 룬 파로드 엘 닉스였다. 그리고 이 방은 황제의 집무실이다.

보통 때 같으면 사람이 별로 없을 방에는 수많은 인물이 있었다. 황제 지르크니프, 네 명의 경호병, 제국 최고의 매직 캐스터 플루더 팔라다인. 그리고 의지할 수 있는 지성을 가진 황제이기는 했지만 이를 보좌할 만한 능력을 가진 신뢰 두터운 신하 열 명, 나아가서는 제국 최강이라 일컬어지는 제국 4기사 중 한 명인 '뇌광' 바지우드 페슈멜의 모습까지 있었다.

그들은 모두 원하는 곳에 앉아, 향후 제국의 방침에 대해 토론을 계속하고 있었다. 사방에 흩어진 종이가 회의의 열기를 말해주고 있었다. 개중에는 목소리가 슬쩍 갈라지려는 사람도 있었다.

선혈제라 불리는 젊은 황제는 다른 이들에게는 결코 하지 않을 말을 플루더에게 건넸다.

"아니, 신경 쓰지 말게. 이래저래 심려가 많을 테지. 할아범도 나이를 먹은 만큼 나도 좀 사양하고 싶네만, 아무래도 자꾸만 의지하게 된단 말이지. 용서하게."

"폐하의 자비로우신 마음씨에 감사드립니다. 하오나 저는 폐하의 충실한 신하이니 심려치 마시고 무엇이든 명령하시옵소서."

노고를 치하받은 플루더는 슬쩍 고개를 숙였다.

좋은 아이로 자랐구나.

플루더는 미목수려한 청년을 바라보며 그렇게 생각했다.

당시의 황제── 6대 전과는 사이가 좋지 못했다. 그래도 그 무렵부터 고위 매직 캐스터로 힘을 가졌기에 초빙되자마자 즉시 궁정마술사 중에서도 상위의 지위를 얻었다.

그런 일도 있고 해서 5대 전과는 조금 친밀해져, 수석 궁정마술사 지위를 얻은 것과 동시에 그의 자식인 4대 전의 황제를 교육했다. 마법 측면뿐이기는 했지만 꾸준히 종사했다.

3대 전부터는 교사로서 온갖 지식을 내려주었고, 정책 같은 데에도 크게 관여하게 되었다.

그리고 현 황제까지——.

사랑스러운 아이였다.

이제까지 역대 황제를 두루 보았지만 누구 하나 무능한 황제는 없었다. 마치 신이 점지한 것처럼 대대로 우수했으며 재능도 뛰어난 아이들—— 6대 전은 장년이었지만—— 이었다. 그중에서도 현 황제의 재능은 압도적이었다. 2대 전부터 준비를 했다고는 하지만 전제군주제를 구축할 수 있었던 것은 그의 재능이 탁월한 덕이었다.

플루더는 지르크니프 룬 파로드 엘 닉스를 사랑했다.

자신의 자식처럼 교육에 힘썼다. 황제도 자신을 또 다른 아버지처럼 여기고 있으리라 확신했다.

그래도——

플루더는 자기 자식처럼 사랑하는 인물이라 해도 내칠 수 있었다.

'나는 마법의 심연을 들여다보고 싶은 게다, 지르. 그러기 위해서라면 무엇을 버린다 해도 망설이지 않겠다. 설령 너처럼 아끼는 아이라 해도.'

"그러면 폐하. 이번 분기는 왕국에 대한 침공은 완전히 중지하시는 것으로 알면 되겠나이까?"

"그렇다. 그 이상으로 조사해야만 할 것이 얄다바오트라는 악마이기 때문이다. 할아범, 무언가 알아냈나?"

"유감스럽게도, 알아보고는 있사오나 자료는 아직까지 발견되지 않았나이다, 폐하."

그렇다. 그런 것으로 되어 있다.

"팔라다인 경. 마법으로 조사할 수는 없습니까?"

그렇게 말한 사내에게 신중하게 표정을 꾸미며 플루더는 눈을 흘겼다.

"물론 마법은 만능의 가능성을 가지고 있네. 그것은——."

"——할아범, 미안하지만 그런 이야기는 좀 길어지니 일단은 멈추게."

"알겠습니다, 폐하."

플루더는 짐짓 부루퉁한 표정을 지으며 교사가 못난 아이를 타이르는 듯한 어조로 다시 말을 시작했다.

"마법으로 탐색을 하는 데에는 대항수단이 존재하네. 예를 들면 이 방에도 내부의 소리가 밖으로 새어 나가지 않도록 방벽을 쳐놓은 것은 다들 알고 있을 걸세. 그 외에도, 이를테면 간단한 것은 탐지마법 저해가 있지."

"⋯⋯알겠습니다. 대항수단이 다양해 어렵다는 말씀이군요."

"그렇지. 그러나 마법이 효과를 발휘하지 않는 정도라면 운이 좋다고 생각해야 하네. 높은 경지에 오른 매직 캐스터는 그러한 마법에 반격 준비를 해두기도 하니까. 자칫하면 탐지한 사람을 즉시 죽일 만한 마법을 말일세."

'지고의 존재에게 나 정도의 마법이 무슨 도움이 될까. ⋯⋯그야말로 지고의 존재라는 말이 이렇게 정확하게 어울리는 분은 없을 것이다. 어서 도움이 되어드리는 모습을 보여드려서──.'

몇 사람이 반격에 즉시 죽는다는 말을 듣고 언짢은 표정을 지었지만 플루더에게는 관심도 없었다.

"그 말씀에 비추어 생각하자면⋯⋯."

신하 중 하나가 종이를 한 장 들었다.

"아인즈 울 고운이라는 매직 캐스터의 거점으로 여겨지는 장소가 팔라다인 님의 마법에 의해 밝혀졌다는 것은, 그분이 팔라다인 님보다 아래라는 뜻이 되겠군요?"

"섣부른 생각일세!"

쓴웃음을 지을 것 같은 자신을 열심히 억누르며 플루더가 강하게 말했다. 모두들 명확한 역정을 느낄 수 있도록.

"너무나 섣부른 생각일세. 카르네 마을이라는 곳을 구했다는, 아니 카르네 마을밖에 구하지 않았다는 점에 주의를 기울여 그 근교 전역을 마법으로 감시케 하였고, 유적이 발견되었네. 지식에 없는 유적이었기에 감시를 계속한 결과, 아인즈 울 고운으로 보이는 매직 캐스터가 그곳에 들어가는 모습을 발견했을 뿐일세. 그저 우연이었다는 점을 간과하면 큰코다치게 될 게야!"

일부는 진심이었다. 그분을 만만하게 보다니, 어리석기 그지없다. 아니, 자신도 그랬지만 모른다는 것은 얼마나 불쌍한 일인가.

플루더는 어리석었던 자신을 마음속으로 비웃었다. 정말로 몽매하였다고.

"실례했습니다."

사과에 손을 들어 받아주었다.

"아, 할아범. 그리고 보니 그의 주거로 보이는 장소에 돌입시켰던 워커들의 이야기는 어떻게 됐나?"

"그들을 미행케 했던 첩보원 한 사람에게 〈전언Message〉 마법으로 받은 첫 소식에 따르면, 전멸한 것으로 보입니다."

지르크니프는 요일을 손가락으로 헤아려보고 눈을 슬쩍 크게 떴다. 이야기에 따르면 상당히 우수한 워커 팀이 여럿 갔다고 들었다. 그것이 겨우 하루, 어쩌면 한나절 만에 궤멸되었다면 상당히 놀랄 만한 사태였다.

──그야 당연하지.

플루더는 놀라지 않았다. 지극히 당연한 결과라고 생각했다. 하지만 얼굴에 드러낸 것은 물론 믿을 수 없다는 표정이었다.

"……그렇군. 그렇다고는 하지만 마법으로 얻은 정보만으로는 신뢰할 수 없겠는걸. 모험자들이 돌아오려면 앞으로 며칠이나 걸리나?"

"귀환자가 없다는 사태와 맞닥뜨린 만큼 즉시 철수하자는 결정이 났다지만, 앞으로 나흘은 걸릴 것으로 사료되옵니다."

"귀환한 모험자들에게 정보가 올라오려면…… 최소 닷새는 걸리겠군. 그때까지는 이쪽도 움직일 수 없단 말이지."

〈전언〉이란 마법은 신뢰성이 매우 떨어진다. 거리가 멀면 말을 알아듣기 힘들어지기 때문이다. 여러 나라에서 〈전언〉을 중용하지 않는 데에는 그 외에도 이유가 있다.

유명한 것으로는 가텐버그라는 나라의 비극을 들 수 있다.

이 나라는 300년쯤 전, 도시 사이에 〈전언〉을 펼쳐 신속한 정보 교환을 가능케 한, 마력계 매직 캐스터들이 중심이 되어 세운 인간종 국가였다. 이 나라는 〈전언〉을 너무 신뢰한 나머지 겨우 세 가지 허위 정보를 받아들이는 바람에 내란 상태에 돌입해 도시 사이에 전쟁이 벌어졌으며, 그때 몬스터의 습격과 아인들의 침공이 겹쳐져 멸망했다.

그 외에도 배신했다는 정보를 받아들여 아내를 죽였더니 그것이 거짓말이었다는 비극도 음유시인들 사이에서는 널리 전해진다.

그렇기에 〈전언〉을 신뢰하는 자는 적다. 반대로 〈전언〉을 너무 신뢰하는 자는 어리석은 사람으로 여겨질 것이다. 지르크니프도 그중 하나였다. 분명 〈전언〉을 사용하기는 한다. 하지만 반드시 다른 루트로도 정보를 얻으려 한다. 결코 마법 한 가지에만 의존하지는 않는다.

"하지만 백작도 바보 같은 놈이로군. 에 란텔에서 워커를 고용했더라면 좀 더 우리 의도대로 이야기가 진행되었을 텐데. 무능하기에 손바닥 안에서 우스꽝스러운 춤을 보여주는 것이다만, 지나치게 무능한 것 또한 문제인걸. 조금 더 좋은 미끼 노릇을 해 주어야지."

"지당하신 말씀이옵니다, 폐하."

플루더의 동의에 지르크니프는 이맛살을 찡그렸다.

며칠 전 회의 때 플루더의 제안을 받아들여 입안했던 계획에는 두 가지 목적이 있었다.

하나는 아인즈 울 고운의 성격을 파악하는 것이었다.

플루더가 조사한 결과 아인즈 울 고운의 반응이 며칠 동안 그 유적에서 움직이지 않았다는 사실을 확인했으므로,

거점이라 여겨졌기에 워커를 보내 우선 아인즈 울 고운의 반응을 살폈다.

자신의 주거에 쳐들어온 상대에게 온건한 대응을 보일 것인가, 아니면 격한 반응을 보일 것인가.

워커의 전멸이라는 결과에서 성격의 일말을 확인했다.

그리고 또 한 가지 목적은, 왕국과 아인즈 울 고운의 사이를 틀어놓는 것이다. 에 란텔에서 워커를 고용했다면 제일 좋았겠지만, 유감스럽게도 그렇게 되지는 않았다.

'아무리 그래도 그렇게까지 어리석진 않았군.''

백작에게 갔던 정보는 어디까지나 미발견 유적이 있다는 정도일 뿐이었다. 제국 귀족이 왕국령 내의 유적을 어지럽힌다는 지극히 위험한 짓을 하는데 왕국령 내의 워커를 고용하려면 엄청나게 큰 용기가 필요할 것이다. 제국의 워커를 고용한 것도 어쩔 수 없다.

하지만 이래서는 에 란텔, 나아가서는 리 에스티제 왕국과 아인즈 울 고운 사이의 관계가 나빠지기를 기대할 수 없다. 그렇기에 후자의 목적을 이루려면 왕국 모험자 조합에도 미발견 유적의 정보를 흘려야 한다.

"모몬이 제국에 와서 마침 다행이로군."

"동감이옵니다. 미발견 유적이 있으며 워커들이 전멸했다는 이야기는 그의 입을 통해 그쪽 조합으로 흘러들 것입니다. 그렇게 해서 제국이 노린다는 사실을 알아차린 왕국 조합은 진지하게 조사를 개시하겠지요."

그렇게 되도록 억지로 모험자를 끼워넣었던 것이다. 물론 황제의 권한 따위는 전혀 드러내지 않았다. 첩보원을 경유해 다른 귀족에게 귀띔을 시켰을 뿐이다.

이번 건은 한 어리석은 귀족의 폭주로 모든 것을 끝내버려야 한다. 제국의 관여가 들켰다고 해도 아인즈 울 고운의 적의는 조종당한 백작에게 돌아가고, 지르크니프는 우호적으로 일을 추진할 수 있으니까.

"그리고 격한 반응을 보였던 아인즈 울 고운의 주거로 쳐들어갈 왕국의 모험자들. 거대한 힘을 가진 매직 캐스터는 왕국에 어떤 반응을 보일까. 그리고 반격을 당한 왕국 조합 또한 어떻게 나올까."

기대된다며 웃은 지르크니프는 혹시 몰라 확인을 해보았다.

"아인즈 울 고운의 힘은 잘 알겠다. 워커 팀을 쉽게 전멸시킬 만한 힘을 가졌단 말이지. 바보 귀족 하나의 목으로 모두 해결되도록 잘 처리했나?"

"물론이옵니다. 지극히 신중하게 진행하였으므로 이 자리에 있는 자들 외에는 속사정을 알지 못합니다."

"그러면 됐다. 혹시 몰라서── 뭐지?!"

지르크니프가 말을 끊은 것은 땅울림 같은 진동 때문이었다. 창문이며 세간이 덜컹덜컹 흔들렸다. 그러나 지진과는 느낌이 달랐다. 거대한 무언가가 대지에 격돌한 듯한, 단 한 차례의 커다란 울림이었다.

"무슨 일이냐?! 확인하고—— 소란스럽군. 대체 무슨 일이냐!"

지르크니프가 있는 곳까지, 실내만이 아니라 실외에서도 들려오는 비명. 이 방의 벽은 두껍고 단단하게 만들어졌다. 여기까지 들리다니, 대체 목소리가 얼마나 크단 말인가. 혹은 얼마나 많은 사람의 목소리란 말인가. 비명—— 이 자리에 가장 어울리지 않는 목소리를 낸 원인은 무엇인가.

지르크니프의 의문에, 창문 틈 너머 목소리의 발생원으로 여겨지는 안뜰의 양상이 보였다. 경호병 하나가 창백해진 얼굴로 외쳤다.

"폐하! 용입니다! 용이 안뜰에 내려왔습니다!"

한순간이었으나 지극히 얼빠진 공기가 흘렀다. 무슨 말을 들은 것인지 창졸간에 이해하지 못했다. 아니, 이해할 수 있을 리가 없었다. 그가 거짓말을 할 리 없다는 사실을 알면서도, 모두들 자신의 눈으로 확인하고자 창문으로 달려갔다.

두꺼운 커튼을 뜯어낼 기세로 젖혔다. 뒤쪽의 반투명한 유리 너머로 보인 광경—— 안뜰 한복판에 자리 잡은 용을 직접 보고 모두가 크게 입을 벌렸다.

"어, 어째서 용이 있단 말이냐? 저것은 대체?!"

"외무대신! 오늘은 용으로 안뜰에 내려오겠다는 무례한

자가 온다는 말을 들었나?!"

"그런 말은 못 들었사옵니다!"

"평의회의 용과 면식은 있나?! 저것이 혹시 그것은 아닌가?!"

"……제가 전해 들은 이야기와는 외견이 전혀 다르군요. 외교로 왔던 이의 이야기였으니 신용할 수 있을 것입니다."

"그보다도 여기까지 침입을 허용하고 말았던 것이 가장 큰 문제 아닌가! 폐하께서 계시는데 황실 공호병단은 무엇을 하고 있었나!"

강건한 비늘에 감싸인 강인한 육체에, 인간을 아득히 초월하는 수명, 온갖 특수능력과 마법의 힘을 가진 용은 이 세계 최강의 존재이다. 물론 용의 능력은 천차만별이라 모험자에게 퇴치당한 사례도 많지만, 그와 마찬가지로 분노한 용에 의해 멸망당한 도시, 혹은 국가의 역사적 사례 또한 찾아보면 드물지 않다. 20여 년 전에 남쪽에 있는 나라의 한 도시가 멸망당했던 사실은 아직도 기억에 생생하다.

그런 존재가 황성 한복판에 나타났다니, 엄청난 비상사태였다.

지르크니프조차 마른침을 삼키며 무슨 일이 일어나는가 지켜보고 있으려니, 용의 등에서 두 개의 조그만 그림자가 내려오는 것이 보였다.

가만히 응시하니 그것은 볕에 그을린 것처럼 피부가 까만 아이들이었다.

"아마도 다크엘프인 것 같습니다."

플루더가 침착한 어조로 두 사람의 종족명을 말했다.

"팔라딘 님! 저 용은 대체 무엇입니까? 저 두 아이는 대체 누구이고요?!"

"글쎄, 나도 모르는 용이네만……."

용에서 내려온 두 사람은 물론이고 안뜰에 내려선 용까지도 기사들에게 포위되었다. 하지만 제국이 자랑하는 기사들의 포위망마저 너무나 못 미더워 보이게 만드는, 그야말로 최강의 생물이다.

기사들 중에서 방패를 좌우 양손에 하나씩 든 사내가 앞으로 나왔다.

"이런, 저 친구가 나가는 거야? 하기야 그럴 수밖에 없겠지만…… 잃기는 아깝잖아."

앞으로 나선 것은 제국 4기사 중 하나인 '부동' 나자미 에넥.

제국 최고봉의 기사 중 한 사람이며 방어전에서는 4기사 최강이라 일컬어진다. 온갖 다양한 에너지 계통 공격에도 견뎌내는 전사지만, 용과 비교하면 너무나도 소소하여 '뇌광' 바지우드 페슈멜의, 동료의 최후를 확신한 듯한 말에 모두가 고개를 끄덕이지 않을 수 없었다.

"황제 폐하, 피난하십시오!"

제정신을 차린 신하의 제안에 지르크니프는 코웃음을 쳤다.

"도망쳐서 어디로 간단 말이냐. 어디가 안전하단 말이냐."

"하오나!"

"──나도 안다. 너희가 무슨 말을 하려는지는. 그러나 황성을 버리고 도망치면 웃음거리가 될 것이다. 상대가 설령 용이라 해도 말이다. 평의국의 용은 아닌 것 같다만, 내가 도망치지 않으리라 알고 행동했다면……. 용이 현명하다고는 들었지만, 제국의 정치 상황에도 박식하다고 보아야겠군."

지르크니프는 귀족들을 꽉 휘어잡고 있는데, 그것은 기사단이라는 군사력을 배경으로 삼았기 때문에 가능했다. 황성에 나타난 용 한 마리에게 성을 내주고 도망쳤다는 이야기가 나돌면 군사력이란 게 겨우 그 정도였느냐고 귀족들이 일제히 봉기할 가능성이 높다. 오합지졸에게 패배하리라는 생각은 들지 않지만 제국은 단숨에 힘이 깎여나가는 결과를 맞을 것이다.

'싸워도 도망쳐도 손실로 이어진다. 마음에 안 드는 수로 나오는군. 저 용은 대체 정체가 뭐지?'

이윽고 안뜰로 나가는 자들의 수가 늘어나 주위를 포위한 것은 40명의 근위병, 60명의 기사, 여기에 마력계 및 신앙계 매직 캐스터들의 모습도 있었다.

"120명 정도로는 불안하군. 폐하, 저도 가는 편이 좋을 것 같습니다."

지르크니프는 눈살을 살짝 찡그렸다. 플루더는 제국 최고의 카드다. 그런 인물을 용이라는 강자와 상대하는 데 쓰는 것이 유익할지는 알 수 없었다. 망설임을 끊어준 것은, 그러면 최악의 경우 무사히 도망쳐 주리라는 플루더에 대한 신뢰였다.

지르크니프는 모른다.

플루더가 스스로 나가겠다고 제안한 이유는, 지르크니프가 전이마법으로 도망치지 못하도록 하기 위해서였음을.

"할아범, 부탁하네. 그리고 가능하다면 '부동'에게 물러나라고 말해주겠나?"

"분부 받들겠나이다. 다만 저자들은 저력을 헤아릴 수 없사옵니다. 놀랄 만한 힘을 가진 것으로 여겨지니, 도망치실 준비도 해 두시는 편이 좋을 것으로 사료되옵니다."

그 말만을 남기고 플루더는 창문을 활짝 열었다. 그대로 몸을 허공에 날리더니, 〈비행〉 마법의 힘으로 허공에 날아올랐다.

『아— 여러분, 잘 들리나요?! 나는 아인즈 울 고운 님을 모시는 아우라 벨라 피오라라고 합니다!』

그 타이밍에 엄청나게 큰 목소리가 울려 퍼졌다.

『이 나라의 황제가 아인즈 님이 사시는 나자릭 지하대분
묘에 실례되는 놈들을 풀어놓았습니다! 아인즈 님은 기분이
언짢으십니다. 그러니까 사과하러 오지 않으면 이 나라를
없애버리겠습니다!』

지르크니프는 얼굴을 일그러뜨렸다. 누가, 어떻게 그 해
답에 도달했단 말인가. 가느다란 실을 어떻게 따라왔단 말
인가.

실내를 둘러보니 놀란 표정만이 돌아왔다. 그리고 지르크
니프의 의도를 헤아린 자는 모두 고개를 가로저었다.

『본보기로 여기 있는 인간은 모두 죽이겠습니다! 마레?』

곁에 있던 또 다른 다크엘프가 손에 들었던 지팡이를 안
뜰에 꽂아 세웠다. 그 순간 안뜰에만 국지적인 대지진이 일
어난 것 같았다. 같았다, 고 말한 이유는 지르크니프에게는
대지의 진동이 전혀 느껴지지 않았기 때문이었다. 그래도
용과 다크엘프들을 중심으로 대지는 비명을 지르며 갈라지
고 거미집처럼 복잡한 균열을 뻥뻥 뚫었다.

기사, 근위병, 매직 캐스터까지. 하늘을 날던 플루더 이
외의 모든 이들이 대지에 빨려 들어갔다.

자신들을 교묘하게 효과범위 밖에 두었는지, 태연하게 서

있던 다크엘프가 지팡이를 뽑자 발생했을 때와 마찬가지로 대지는 급속히 닫혔다. 닫히는 기세가 지나치게 강해 오히려 조금 전의 균열을 따라 대지가 불룩 솟아났다.

조금 전까지 안뜰에 모여 있었던 기사들의 모습은 어디에도 없었다. 너무나도 어이없는 종막이었다.

『네~ 모두 죽었습니다. 다음은 이 성에 있는 인간들을 모두 죽이…… 어, 누가 황제인지 모르니까 그건 관두겠습니다! 그래도 빨리 안 나오면 이 도시를 파괴하겠습니다! 황제, 얼른 나오세요!』

"폐, 폐하."

부들부들 떠는 신하가 새하얗게 질린 얼굴로 눈치를 살피듯 물었다.

"……너희는 잠자는 용의 꼬리를 밟았다고, 뭐 그런 말이라도 하고 싶어서 용을 타고 온 건가?"

지르크니프는 떨림을 필사적으로 억눌렀다. 유일하고 절대적인 존재이자 권력을 한 손에 쥔 황제가 신하 앞에서 겁먹은 모습을 보일 수는 없었다.

"아인즈 울 고운…… 대체 정체가 뭐지……. 아니, 그건 지금 생각할 일이 아니로군."

지르크니프는 창문으로 크게 외쳤다.

"황제 지르크니프 룬 파로드 엘 닉스다! 이야기를 나누고 싶다! 사절은 이곳까지 와줄 수 있겠는가!"

얼굴을 신하들에게 돌렸다.

"최상급의 환대 준비를 갖추어라! 서둘러서!"

황급히 실내에서 뛰어나가는 신하들의 등에서, 이쪽을 올려다보는 다크엘프에게 시선을 되돌렸다.

"……방심했군. 저런 게 부하라면…… 내가 감당할 수 없겠는데……. 그렇다고는 하지만 여기서 물러날 수도 없지. 교섭을 바란다고 한다면…… 다음 싸움은 설전이 되지 않겠는가, 아인즈 울 고운. 너의 노림수를 박살 내주고 말겠다!"

"그러면 이것이 약속한 교금화 100닢입니다. 그리고 증서."

가죽자루 안을 보며 만족스럽게 고개를 끄덕인 후 아르셰의 아버지는 망설이지 않고 양피지에 사인을 했다. 그리고 마지막으로 가문 문장을 찍었다. 그 익숙한 손놀림은 몇 번이나 똑같은 짓을 했다는 증거였다.

"이러면 됐겠지?"

그가 내민 양피지를 받아 사내는 고개를 끄덕였다. 헤케란과 이미나가 이 자리에 있었다면 언짢은 표정을 지었을 것이다. 사내는 '포사이트'가 머물던 여관에 찾아왔던 바로 그자였다.

사내는 아르셰의 아버지가 내민 양피지를 몇 번씩 살펴보며 문제가 없다는 것과 잉크가 잘 말랐음을 확인하고는 둥글게 말아 양피지통에 집어넣었다.

"예, 확실하군요."

그리고 부친 앞에 가죽자루 하나를 내밀며 사내가 물었다.

"그런데 확인은 안 하십니까?"

"뭐, 금화 한 닢 정도야 모자라도 상관없네."

"그렇습니까?"

느긋하게 대답하는 부친에게 사내는 고개를 끄덕이며 대꾸했다.

물론 정확하게 들어있다는 것을 다 확인했다. 그래도 이 상황까지 몰린 집이 금화 한 닢이라도 소중하게 여기지 않는다는 시점에서 이미 불안했다. 아니, 그런 인간이 당주인 것 자체가 끝장인지도 모른다.

사내에게는 좋은 고객이라면 문제는 없지만.

"그러면 금리와 변제기간도 여느 때처럼 해도 되겠지요?"

그 질문에 역시 느긋하게── 자신이 더 위에 있는 존재임을 의심하지도 않는 태도로 끄덕이는 당주.

사내는 알았다는 뜻을 담아 고개를 끄덕였다.

"……헌데 따님은 잘 계십니까?"

"음?"

사내는 이 집에는 딸이 셋 있다는 사실을 떠올리고 덧붙였다.

"아르셰 씨 말입니다."

"아하, 아르셰 말인가. 그 아이는 돈을 벌러 나갔네."

"……그렇군요."

딸이 일을 하는데 넌 뭘 하는 거냐.

사내는 그런 식으로 생각한 것과 동시에 눈 속에 깃든 경멸의 빛을 잘 감추었다.

이런 부친을 둔 그 소녀에게 연민이 느껴졌다.

사내도 악마는 아닌 것이다.

다만 그에게 가장 중요한 것은 채무자들이 이자와 원금을 제때 갚아주는 일이다. 그리고 몇 번씩 자신에게 돈을 빌리러 오는 것. 남의 집 사정에까지 고개를 들이밀 마음은 없었다.

"돈 좀 번다고 건방져져서는."

불쾌하게 중얼거리는 부친에게 사내는 슬쩍 눈살을 찡그렸다. 무언가 성가신 일이 생길 경우 상환에까지 영향이 미치면 곤란하다. 게다가 이 집에서는 금리로 상당히 쏠쏠하게 챙기고 있다. 될 수 있으면 이 관계를 오래 지속하고 싶었다. 그러기 위해 평소 같으면 신경도 쓰지 않는 일에 고개를 디밀어 보았다.

"무슨 일 있었나요?"

"아니, 별일은 아닐세. 자기가 성장할 때까지 얼마나 큰 은혜를 입었는지도 잊어버린 어리석은 딸이 부모에게 대들었을 뿐이지."

"그렇다면 다행이지만요……."

"나 원! 따끔하게 한마디 해줘야겠어! 귀족이란 것이 어떤 것인지를."

사내는 내심의 생각은 결코 입 밖에 내지 않았다. 하지만 한마디는 하고 싶어졌다.

"힘들겠네요."

"그러게 말일세. 나 원, 그 바보 같은 딸자식은……."

주어 부분을 생략한 사내의 말을 당연히 자신의 고충이리라 받아들이고 투덜거리는 부친.

교금화 백 닢은 거금이다. 하지만 평소 패턴대로라면 부친이 금세 다 써버릴 가능성이 매우 높다. 그리고 또 자신을 부를 테지만, 이번 상황이 끝날 때까지는 빌려주지 않는 편이 좋으리라고 사내는 판단했다.

그때 사내는 실내를 둘러보았다.

사내의 눈으로 보아도 훌륭한 세간이 무수히 많은 방이었다. 아무리 낮게 잡아도 빌려준 금액은 회수할 수 있을 것이다. 게다가 만약 세간으로 회수를 못한다 해도…….

사내는 눈 속에 떠오른 감정을 감추려는 듯 눈을 내리깔았다.

"애초에 그런 지저분한 일을 푸르트 가문의 여식이 해야 한다는 것이 이상하단 말이지. 동료들은 평민 출신인 것 같고. 품성도 매우 저열할 테지."

"……그럴까요?"

사내는 술집에서 보았던 두 사람의 얼굴을 떠올리며 의미심장하게 말했다. 그 어조에 담긴 감정을 어떻게 받아들였는지, 부친은 변명하듯 빠른 어조로 주워섬겼다.

"음, 평민 전체가 그렇다는 말은 아니었네. 모험자 노릇을 한다는 의미에서 말일세."

"그럴지도 모르겠네요."

"그렇지? 딸이 반항적으로 변한 것도 그놈들 탓이 아닐까 모르겠어. 한번 따끔하게 말해줘야겠군. 애초에 딸은 아버지의 말을 듣는 것이 도리 아닌가. 나에게 말대답을 하다니, 10년은 멀었지."

그야말로 불쾌하다고 역정을 내는 부친을 한번 흘끔 보고 사내는 의자에서 일어났다.

"……그러면 저는 달리 돌아볼 데가 있어서 이만 실례하겠습니다. 상환 잘 부탁드립니다."

"언니는 언제 와?"

"조금 더 기다려야 해."

그 방에는 두 소녀가 있었다. 의자 대신 침대에 오도카니 앉은 두 사람은 그야말로 쏙 빼닮은 얼굴이었다.

하얀 뺨에 어렴풋한 붉은색을 띤 모습은 천사를 연상케
했다. 그리고 언니와 닮은 얼굴에서는 장래의 미인을 쉽게
상상할 수 있었다.

두 사람 모두 똑같이 얼룩 하나 없는 순백색의, 프릴이 많
이 들어간 원피스 드레스를 입었으며, 그곳에서 나온 하얀
다리가 까닥까닥 움직였다.

"정말?"

"정말."

"그랬어?"

"그랬어."

"언니 돌아오면 이사 가는 거지?"

"맞아."

두 사람은 즐겁게 웃었다. 이사를 간다는 것이 어떤 의미
인지 깊이 생각했던 것은 아니다. 그러나 사랑하는 언니가
이젠 아무 데도 안 간다는 것. 그것이 기뻤다.

언니—— 아르셰는 밖에 나가는 일이 잦다. 무슨 일을 하
는지는 몰라도, 무언가 아주 중요한 일을 한다는 점을 두 사
람 모두 잘 안다. 그렇기에 떼를 쓰지 않겠다고 결심했지만,
그래도 다정한 언니와 함께 놀고 싶다는 욕구는 멈추질 않
았다.

그렇다. 두 사람 모두 아르셰를 아주아주 좋아하는 것이다.

다정하고, 똑똑하고, 따뜻한 언니를.

"언니 아직 안 오나?"

"아직 안 오나~."

"기대되지, 쿠데리카."

"응, 기대되지, 우레이리카."

"책 읽어달라고 해야지."

"같이 자자고 해야지."

"쿠데리카 치사해."

"우레이리카도 치사해~."

그리고 두 사람은 서로 얼굴을 마주 보고 똑같이 즐거운 웃음을 지었다. 그리고 방울이 굴러가는 듯 귀여운 목소리로 웃었다.

"그럼 쿠데리카도 같이. 언니랑 같이."

"응. 우레이리카도 같이. 언니랑 같이."

그리고 다시 웃는다. 앞으로 찾아올 즐거운 시간을 꿈꾸며——.

OVERLORD
Characters

캐릭터 소개

뉴로니스트
페인킬

| 이형종

neuronist painkill

5대 최악 중「역직최악」

직함 —— 나자릭 지하대분묘
특별정보수집관. (별명: 고문기술자)

주거 —— 제5계층 빙결뇌옥 내 진실의 방
Pain is not to tell

속성 —— 사악 ——[카르마 수치: −425]

종족 레벨 —— 뇌식자(Brain Eater)———— 7lv

클래스 레벨 — 비숍(Vishop)———— 3lv

닥터(Doctor)———— 10lv

갓 핸드(God Hand)———— 3lv

[종족 레벨]+[클래스 레벨] —— 합계 23레벨
● 종족 레벨　　　　　　　클래스 레벨
취득총계 7레벨　　　　　취득총계 16레벨

status　　　　　0　　　　　　50　　　　　100

능력표

최대치를 100으로 했을 경우의 비율

HP [히트포인트]	
MP [매직포인트]	
물리공격	
물리방어	
민첩성	
마법공격	
마법방어	
종합내성	
특수	

공포공

이형종

kyouhukou

5대 최악 중
「거점(주거)최악」

직함 —— 나자릭 지하대분묘
제2계층 영역수호자.

주거 —— 제2계층 흑관(黑棺)
<small>Black Capsule</small>

속성 —— 중립 ———— [카르마 수치: −10]

종족 레벨 – 곤충 드루이드(Insect Druid) —— 10 lv
기타

클래스 레벨 – 하이 드루이드(Patriot) —— 5 lv
서머너(Summoner) —— 3 lv
충사(蟲師) —— 2 lv
미니멈(Minium) —— 3 lv
기타

[종족 레벨]+[클래스 레벨] —— 합계 30레벨
● 종족 레벨　　　　클래스 레벨 ●
취득총계 12레벨　　취득총계 18레벨

status

능력표
<small>[최대치를 100으로 했을 경우의 비율]</small>

HP [히트포인트]	
MP [매직포인트]	
물리공격	
물리방어	
민첩성	
마법공격	
마법방어	
종합내성	
특수	

0　　　50　　　100

헤케란 터마이트 | 인간종

hekkeran termite

팀의 중심기둥

직함——— 포사이트의 리더.

주거——— 여관 '노래하는 사과'.

클래스 레벨— 파이터(Fighter) ————————— ? lv

펜서(Fencer) ————————— ? lv

소드 댄서(Sword Dancer)———— ? lv

생일——— 상풍월(上風月) 3일

취미——— 저금을 세는 것.

스피드와 공격횟수를 무기로 삼는 이도류 경장전사. 상인 가문의 넷째 아들로, 모험자를 목표로 삼았지만 돈을 좋아하는 탓도 있어서인지 정신이 들고 보니 워커가 되었다는 인물. 위험이 없다고 판단하면 별로 깊이 생각하지 않고 행동하는 경향이 있어 이미나에게 곧잘 야단을 맞았다. 다만 리더로서는 우수해, 그의 활약 덕에 '포사이트'는 적을 거의 만들지 않는 워커 팀이 되었다.

아르셰 이브
리일 푸르트

인간종

arche eeb rile furt

사랑받는 언니이자
여동생

직함—— 포사이트의 멤버.

주거—— 여관 '노래하는 사과(기분으로는)'.

클래스 레벨— 위저드(Wizard) —————— ?lv

　　　　　아카데믹 위저드(Academic Wizard)— ?lv

　　　　　하이 위저드(High Wizard) ———— ?lv

생일—— 중풍월(中風月) 26일

취미—— 독서. (잡다하게 읽음)

| personal character |

마력계 매직 캐스터 중에서도 마법을 학문으로 연구하는 마술사Wizard. 집안이 몰락해 그때까지 품었던 모든 꿈을 버리고 워커가 되었다. 포사이트의 다른 멤버들에게서는 여동생처럼 귀여움을 받았으며, 그녀 자신도 그들을 오빠나 언니처럼 생각했다. 주위에서는 그녀가 매우 뛰어난 재능을 가진 것처럼 생각하지만, 어디까지나 조숙한 수재였으며 이미 능력 면에서는 성장한계에 도달하고 있었다.

이미나 | 인간종

imina

준민한 사수

직함 —— 포사이트의 멤버.

주거 —— 여관 '노래하는 사과'.

클래스 레벨 – 레인저(Ranger) ———————— **?** |v

로그(Rogue) ———————— **?** |v

부시워커(Bush Walker) ———— **?** |v

생일 —— 상화월(上火月) 29일

취미 —— (아무 것도 안 하고)멍하니 있는 것.

| personal character |

아버지가 엘프, 어머니가 인간인 하프엘프. 아버지는 건재. 헤엄을 칠 때 '매우 물에 잘 뜨며 잘 빠지지 않는다(안 빠지는 것은 아님)'는 탤런트를 가졌지만 헤엄치는 것을 싫어한다. 물 있는 곳에서 몬스터에게 습격을 당해 곤욕을 치른 적이 있기 때문이다.

로버딕 골트론

인간종

roberdyck goltron

정말로 착한 신관

직함 ── 포사이트의 멤버.

주거 ── 여관 '노래하는 사과'.

클래스 레벨 ─ 클레릭(Cleric) ──────── ? lv

하이 클레릭(High Cleric) ──── ? lv

템플러(Templar) ──────── ? lv

생일 ── 중수월(中水月) 13일

취미 ── 목공일

원래 상급 신관으로 생활했으나 이런저런 데 얽매여 구해야 할 사람을 구하지 못하는 상황에 염증을 내 워커가 되었다. 자신의 보수 일부를 고아원에 기부하는 등 선한 인물이며, 같은 생각을 가진 신관들을 대신하여 일하는 등, 겉으로는 드러나지 않지만 많은 존경과 칭송을 받았다.

후기

　6권 발매로부터 7개월 만이군요. 오랜만입니다. 마루야 마입니다.

　이 책이 출간될 예정이 8월 말이니 아직 더울 때겠네요. 마루야마가 어렸을 때는 9월에 들어서면 더위는 한풀 꺾였던 것 같은데, 요즘은 그렇지도 않고 9월 중순까지 더운 것 같습니다. 마루야마가 어렸을 적의 이미지이니 실제로는 전혀 변한 것이 없을지도 모르지만요.

　마루야마는 지방이라는 옷을 보통 사람들보다 많이 입는 관계로 여름을 매우 싫어합니다. 평소에는 PC의 열기 탓에 에어컨을 상당히 세게 틀어놓은 실내에서 지낸다 해도 출퇴근할 때면 땀을 흠뻑 흘리기 때문입니다. 향수도 땀 때문에 다 씻겨나갈 테고. 정말 끔찍해요.

그처럼 더운 날이니 서점 같은 곳에서 띠지를 보신 많은 분들이 "흐악!" 하는 괴성을 지르지는 않았을까요. 분명 여름 더위 탓에 환각을 본 거라고.

하지만 사실입니다!

마루야마도 이야기를 들었을 때는 "제정신이야?!" 하고 소리를 지를 뻔했지만 기획은 진행 중입니다. 오버로드 애니메이션 기획 진행 중이라고요!! 좋은 작품을 전해드릴 수 있도록 노력 중이니 앞으로도 잘 부탁드립니다!

그러면 찌릿찌릿 아파오는 위장을 부여잡고 감사의 말씀을.

이번에 라이트노벨 사상 있을 수 없는 일러스트에 기합을 넣어주신 so-bin 님. 정말 역작이었어요. 마루야마도 그렇지만 독자 분들도 분명 감사감격하셨을 겁니다! 다음에 또 같이 밥 먹으러 가요! 디자인을 맡아주신 코드 디자인 님, 여전히 멋진 디자인에 감사드립니다. 교정을 봐주신 오오사코 님, 언제나 다양한 지적 고맙습니다.

미적지근하게 하지 말아달라고 마루야마에게 못을 박고, 또한 캐릭터 일러스트에 망설임 없이 공포공을 뽑아주신 F다 님. 일은 무리하지 않는 선에서 적당히 열심히 해주세요.

그리고 『오버로드』 제작에 힘을 보태주시는 여러분, 고맙습니다. 그리고 하니, 이번에도 이것저것 고마워.

그리고 사주신 여러분께 감사를!

2014년 8월 마루야마 쿠가네

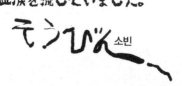

Postscript by So-bin

워커 여러분이 고문을 받고 있을 무렵 저도 마루야마 씨에게
고문(같은 주문)을 받으며 피눈물을 흘렸습니다.

ワーカーの皆さんが拷問をうけたりしているころ
私も丸山さんから拷問(のようなオーダー)をうけて
血涙を流していました。

そ'んびん～ 소빈

수호자들의 일상·

사랑과 고블린.

그리고 밝혀지는

엔리와 운필레아의 담담한

마을의 그 후 이야기—.

아인즈가 구한 카르네

제 8 권.

Volume Eight

알고 싶었었던 것들을 알 수 있을지도 모르는

두 편의 이야기.

스토리를 담은

실현한 완전 오리지널

작가의 뜨거운 희망을

오버로드 8

OVERLORD *Kugane Maruyama* illustration by so·bin

마루야마 쿠가네 ── 지음

김완 ── 옮김

2015년 여름 발매 예정

역자 후기

갑자기 옛날 게임 던전키퍼를 하고 싶어지는 밤입니다.

안녕하세요, 역자입니다.

스포일러라는 이름의 벌레가 득실거리는 방으로 강제 전이시키는 함정이 곳곳에 깔린 역자 후기이므로, 아직 본문을 읽지 않으신 분들은 조용히 입구로 돌아가실 것을 권해드립니다.

그런고로 『오버로드』 7권, 대분묘의 침입자 편입니다. 아무것도 모르는 순진한 모험자들이 악의 제국 나자릭 지하대분묘에 들어왔다가 문자 그대로 뼈도 못 추린, 그런데 알고보니 이게 전부 나자릭 측의 음모였다는 그런 이야기 되겠습니다.

6권 마지막의 예고를 보았을 때는 아기자기한 면도 나오고 나자릭의 방향성도 보여주는 그런 이야기가 되지 않을까 생각했는데, 반은 맞고 반은 틀렸네요. 그야말로 극악무도한 주인공만 볼 수 있었습니다.

저는 '이 세계로 날아오면서 게임 설정대로 바뀌어버린 건 이 녀석도 마찬가지일지 모르겠구나.' 하는 생각이 들었더랬습니다. 무슨 얘기냐면, 1권 뒷부분에 실린 아인즈의 캐릭터 소개에 보면 '속성'에 '카르마 −500 극악'이라고 적혀 있단 말이죠. 위그드라실 온라인의 속성 시스템이 어떤 것인지는 언급이 없어 모르겠지만, PK 등 다른 플레이어에게 가하는 '악한' 행위를 통해 매겨지는 일종의 성향 카운터가 아닐까 짐작해봅니다. 그 설정이 이 세계로 넘어오면서 인간 스즈키 사토루의 정신 상태에 알게 모르게 영향을 미친 것은 아닐까요. 다른 사람을 이렇게까지 확실하고 잔인하게 '처리'할 수 있다니 말이죠.

4권의 리저드맨들 이야기 때처럼 이번의 워커들에게도 많은 페이지를 할애해 감정이입을 잔뜩 시켜놓은 다음이라 죽을 때마다 가슴이 아프더군요(그야 죽어 싸다는 생각이 드는 놈도 있었지만). 특히 아르셰라든가 아르셰라든가 아르셰라든가. 개인적으로는 아르셰가 샤르티아의 뱀파이어 브라이드가 되어 살아(?)남고 나중에 어떻게든 동생들을 구해냈으면 좋겠다고 생각합니다만, 그렇게 될 리는 없겠죠. 네. 나자릭의 처벌과 자비는 그야말로 확실할 테니까요.

물론 아인즈의 입장에서 보자면 친구들과의 추억을 짓밟 혔다는 분노도 있었고, 또한 인체실험을 해서라도 나자릭의 강화를 꾀한다는 목적도 있었으니 그것도 당연하다면 당연 하겠습니다만…… 이제 아인즈에게는 정말 '잔재' 말고는 인간성이란 것이 남지 않은 걸까요. 어딘가 조금 불쌍하기 까지 하네요.

괜히 침울해지니 화제를 바꾸어서.

내용도 내용입니다만, 이번 7권에서도 엄청난 떡밥들이 다수 투하되었습니다. '플레이어'라는 이름으로 불리는 자 들이 있다는 사실은 6권에서도 나왔습니다만 이번에 나온 이야기들을 보자면 '팔욕왕'은 대부분 혹은 모두가 플레이 어였던 것 같고, 십삼영웅 중에 최소 두 명은 플레이어인 것 같고, 그렇게 보자면 마신이나 육대신 중에도 플레이어가 있지 않았을까 싶네요. 다만 이들 중 현재까지 살아남은 자 들은 얼마나 될지, 그건 미지수지만요.

또한 200년 전에 있었다는 '입만 현자' 미노타우로스라 든가, 현대의 물건과 성질이 비슷한 몇몇 아이템들도 플레 이어의 존재를 강하게 느끼게 해 주고 있습니다. 어쩌면 아 인즈가 여관에서 언급했던 음료들도 그들이 남긴 흔적일지 모르겠네요.

그러고 보니 기존에 언급됐던 떡밥도 일부 회수되었습니다. 1권에서 공포공 이야기가 잠깐 나왔는데, 혹시 기억하시나요? 이 세계에 도착한 후 아인즈가 처음으로 계층수호자를 모두 모아놓고 이야기를 할 때였습니다. 이때 샤르티아와 알베도의 반응이 재미있었죠. 이번에 보시면서 왜 그녀들이 그런 반응을 보였는지 이해하신 분들도 있을 것 같습니다(웹 버전 시절부터 보신 분들은 제외).

그런 덩어리 큰 서사만이 아니라 7권 한 권만을 놓고 보더라도 구성이나 서술로 트릭을 깔아놓은 곳이 몇 군데 있어서 두 번 이상 읽어보시면 새로운 내용이 나올 겁니다. 일례로 1장 첫머리에서 아인즈는 제국 수도에 막 도착해 곧바로 숙소를 잡는 것처럼 보입니다만, 자세히 읽어보면 사실은 그렇지 않다는 것을 알 수 있습니다.

그리고 포사이트 멤버들 이야기도 다시 보면……

어…… 아무리 스포일러를 깔아놓는 후기라고 해도 너무 떠들면 재미가 없겠네요. 나머지는 독자 여러분께서 확인해보시기 바랍니다. 페이지도 너무 길어지는 것 같고.

일본에서 곧 나올 8권(아마 이 책이 나올 때쯤이면 발매됐겠군요)은 일상을 담은 두 편의 외전 이야기이고, 그것도 웹에 공개된 적이 없는 오리지널 스토리라고 합니다. 저도 카르네 마을 이야기는 궁금했던지라 벌써부터 번역하고 싶어서 막 근질거리네요(사망 플래그).

그럼 저는 다음 작품에서 뵙겠습니다.

2014년 12월
김완

오버로드 7 대분묘의 침입자

2015년 01월 15일 제1판 인쇄
2024년 07월 31일 제16쇄 발행

지음 마루야마 쿠가네 | **일러스트** so-bin

옮김 김완

편집 · 제작 노블엔진 편집부

발행 영상출판미디어(주)
등록번호 제 2023-000035호
주소 07551 서울특별시 강서구 양천로 570 NH서울타워 19층
대표전화 02-2013-5665

ISBN 979-11-319-0452-7
ISBN 978-89-6730-140-8 (세트)

オーバーロード7 大墳墓の侵入者
ⓒ2014 Kugane Maruyama
All Rights Reserved.
First published in Japan in 2014 by KADOKAWA CORPORATION ENTERBRAIN
Korean translation rights arranged with KADOKAWA CORPORATION ENTERBRAIN

구매 시 파손된 도서는 구매처에서 교환하실 수 있습니다.
기타 불편사항, 문의사항이 있으신 독자님께서는 노블엔진 홈페이지
[http://novelengine.com] 에서 Q&A 게시판을 이용해 주시기 바랍니다.